DU MÊME AUTEUR

LE PROPHÈTE ET LA PANDÉMIE. Du Moyen-Orient au jihadisme d'atmosphère. *Gallimard, 2021.*

SORTIR DU CHAOS. Les crises en Méditerranée et au Moyen-Orient. *Gallimard, 2018. Repris dans « Folio actuel », n° 179, 2021.*

LA FRACTURE. *Gallimard, coédition avec France Culture, 2016.*

TERREUR DANS L'HEXAGONE, Genèse du djihad français (avec Antoine Jardin). *Gallimard, 2015. Repris dans « Folio actuel », n° 169, 2015.*

PASSION ARABE — PASSION FRANÇAISE, *augmenté de* PASSION EN KABYLIE. *Gallimard, 2014.*

PASSION FRANÇAISE. Les voix des cités. *Gallimard, 2014.*

PASSION ARABE. Journal, 2011-2013. *Gallimard, 2013. Repris dans « Folio actuel », n° 164, 2016.*

BANLIEUE DE LA RÉPUBLIQUE. *Gallimard, 2012.*

QUATRE-VINGT-TREIZE. *Gallimard, 2012. Repris dans « Folio actuel », n° 157, 2012.*

TERREUR ET MARTYRE. Relever le défi de civilisation. *Flammarion, 2008. Repris dans « Champs », 2009.*

FITNA. Guerre au cœur de l'islam. *Gallimard, 2004. Repris dans « Folio actuel », n° 126, 2007; rééd. 2015.*

CHRONIQUE D'UNE GUERRE D'ORIENT (automne 2001), *suivi de* BRÈVE CHRONIQUE D'ISRAËL ET DE PALESTINE (avril-mai 2001), *2002.*

JIHAD. Expansion et déclin de l'islamisme. *Gallimard, 2000. Repris dans « Folio actuel », n° 90, nouvelle édition refondue et mise à jour, 2002; rééd. 2015.*

À L'OUEST D'ALLAH. *Éd. du Seuil, 1994. Repris dans « Points Seuil », 1995.*

LA REVANCHE DE DIEU. Chrétiens, juifs et musulmans à la reconquête du monde. *Éd. du Seuil, 1991. Repris dans « Points Seuil », 1991; rééd. 2014.*

LES BANLIEUES DE L'ISLAM. Naissance d'une religion en France. *Éd. du Seuil, 1987. Repris dans « Points Seuil », 1991; rééd. 2014.*

LE PROPHÈTE ET PHARAON. Les mouvements islamistes dans l'Égypte contemporaine. *La Découverte, 1984. Repris dans « Folio histoire », n° 194, 2012.*

ENFANT DE BOHÊME

GILLES KEPEL

ENFANT DE BOHÊME

nrf

GALLIMARD

« Et tu recules aussi dans ta vie lentement
En montant au Hradchin et le soir en écoutant
Dans les tavernes chanter des chansons tchèques. »

Guillaume APOLLINAIRE
« Zone »

« L'histoire est un roman qui a été ; le roman est de l'histoire qui aurait pu être. »

Edmond et Jules DE GONCOURT
Idées et Sensations

SUR UN QUAI DE GARE

Cette histoire commence, comme tant d'autres, sur un quai. L'été 1926 touche à sa fin. Ce matin-là, un fringant quinquagénaire, col dur, fine cravate, chapeau melon, canne à pommeau, attend à la gare de l'Est l'express de nuit en provenance de Prague. Sa moustache soigneusement taillée se mêle de fils d'argent. Dans sa main, un bouquet de dahlias aux capitules chamarrés égaie la grisaille ferroviaire d'un lumignon de couleurs. À sa trace d'accent, à sa diction appliquée, le porteur, auprès de qui il s'enquiert du retard du train, a flairé l'un de ces étrangers pullulant à Paris dans l'entre-deux-guerres. Métèque, apatride, rastaquouère, juif : les ligues d'anciens combattants et leurs feuilles vitupèrent les escrocs et les parasites venus manger le pain des Français et sucer leur sang. Mais celui-ci semble bien élevé, et laisse transparaître son émotion dès que l'on distingue au loin le halètement de la locomotive à vapeur. Sûrement vient-il chercher une dame et se montrera-t-il généreux si les malles et les cartons à chapeaux parviennent à bon port. Le crissement strident des freins s'est à peine apaisé, les panaches de fumée ne sont pas encore dissipés sous la verrière translucide que l'on voit dans un halo s'ouvrir la porte de la voiture-lit bleu nuit. En émerge une bottine vernie, chaussant le pied menu d'une femme d'une vingtaine d'années à qui le conducteur, en livrée et képi marron de la Compagnie internationale des wagons-lits, propose le bras pour l'aider à assurer son pas sur les degrés de métal. Du menton, le client indique la scène au porteur qui le suit en claudiquant, brinquebalant son diable, persuadé désormais qu'il accueille sa fille. Pourtant l'homme n'étreint pas la jeune personne comme un père : chapeau bas il s'incline, lui fait le baisemain, donne en français des ordres brefs pour charger les bagages — offre enfin les fleurs qu'elle accepte en baissant les yeux. Il engage la conversation avec elle dans une langue incompréhensible, aux sonorités vocaliques venues des bois et des étangs du centre de l'Europe, par-delà la barrière gutturale du parler détesté des Boches qui ont estropié le porteur en lui collant une balle dans le tibia au Chemin des Dames, il y a bientôt dix ans. Il ne voit que ça du matin au soir depuis qu'il a obtenu cet emploi à la gare grâce à son invalidité, des femmes de toutes sortes qui descendent du train. Des aventurières aux aristocrates, qu'il distingue à l'intonation et au parfum. Il trouve celle-ci attirante : la chevelure auburn coupée court, les pommettes hautes rehaussées par le rouge, le teint frais malgré le long voyage en chemin de fer, le galbe de la croupe. Elle sait se parer, se vêtir, elle plaît. Les malles sont élégantes, la famille riche sans doute. Elle montre de l'aisance — mais paraît intimidée : elle s'adresse à l'homme avec un peu de retenue, semble marquer de la curiosité pour tout ce qu'elle découvre autour d'elle. Pour sûr, c'est son premier voyage à Paris. Le monsieur affecte une courtoisie légèrement empressée. Dans la mélopée mystérieuse de leur dialogue, le porteur repère un mot qui lui décèle le prénom de la jouvencelle : « *Mademoiselle* Milada ». À sa vêture, le client, dont la boutonnière s'orne du ruban de la Légion d'honneur, paraît en mission officielle de quelque légation étrangère pour l'accueillir et l'accompagner à son hôtel : les jeunes gens de bonne famille du monde entier viennent parfaire leur français sur les bords de la Seine, posséder la langue des affaires et des salons, celle de la Société des Nations, des ordres de Bourse et des romans d'amour, de la galanterie. Mais quelque chose va naître entre ces deux-là : le quinquagénaire offre une gratification anormalement élevée. Quand il lui tend le gros pourboire, le porteur remarque le monogramme R K brodé sur le poignet de la chemise blanche. Et la miss, enjôleuse, a découvert les deux rangées de ses dents étincelantes en lui lançant un « Me[r]ci, monsieur ! » au *r* roulé, aux finales expirées, l'œil brillant, serrant sur son cœur la gerbe floribonde, garance et vermeil, cinabre et écarlate, tandis que, les bagages chargés, il s'inclinait à la portière de la berline, casquette en main. Il entendit l'homme dire au chauffeur : « À Montparnasse ! » et partit en traînant la patte, la monnaie tintinnabulant dans sa poche, à la quête d'un nouveau client.

*

De cette rencontre aléatoire tu viendrais au monde — fruit de la parturition d'une Europe folle qui te ballotterait partout dans le ressac de ses haines et de ses passions, entre la Bohême des étangs et l'Angleterre des lacs, en passant par Genève et Paris, les villégiatures azuréennes et le Blitz londonien, à travers nazisme et communisme, sur le grand théâtre d'un continent où se donna la tragédie dont tu fus l'artiste dramatique. Quand ta mémoire commença à s'effacer, te précipitant dans la démence puis le trépas, je ressentis l'urgence de retrouver le texte de ce rôle que tu jouas à la scène comme dans la vie. Je découvris ainsi, pour tenter de l'exorciser, la malédiction originelle dont notre lignée était frappée — exhumant d'une masse d'archives inintelligibles rédigées dans ton tchèque maternel les stations de notre Passion slave, jusqu'à sa résurrection française.

I

BOHÊME FIN DE SIÈCLE

> « Enfant, je vivais dans nos bois, les arbres et les fleurs étaient comme mes frères et sœurs, j'ai crû avec eux et toute la nature qui m'entourait mettait sous mes yeux sa noblesse concrète. Et puis je fus un grand étudiant et j'ai trouvé dans les livres et dans l'art la continuité de cette école de l'enfance. Je me suis ainsi formé pour la vie, puis créé un monde où aucun ne peut entrer excepté de rares personnes. C'est ma force et nul ne peut m'atteindre dans ce qui, en moi, est le meilleur et le plus solide. »
>
> *Rodolphe à Milada, Paris, 7 mars 1927*

Celui qui, dix mois après la rédaction de cette lettre, deviendrait ton père sous les auspices facétieux du démon de midi avait foulé ce même quai de gare, près de deux décennies auparavant, en mai 1908. C'était alors un vieux jeune homme de trente-deux ans, sujet de l'Empire austro-hongrois et habité de deux passions : Paris et l'émancipation des Tchèques du joug des Habsbourg. Mais au contraire du confortable voyage de *Mademoiselle* Milada, le sien fut harassant, cahoté sur la banquette de bois du wagon de troisième classe où s'entassaient de pauvres hères fuyant la misère rurale vers les paradis industriels de l'Ouest. Il partageait son compartiment avec une famille de paysans moraves qui s'arrachaient à la terre ancestrale, dont la marmaille emplissait l'espace de ses pleurs et de ses hurlements rythmés par les taloches, parmi les remugles de bière, de charcutaille et de sueur. Il avait brusquement retrouvé les odeurs de son enfance, dans la maison forestière natale de Kaliště, en Bohême méridionale. Il accompagnait parfois son père dans la tournée des hameaux au milieu des rustauds crottés et déguenillés dissimulant dans leurs bicoques le gibier braconné, que les gardes-chasse décelaient à l'exhalation fétide des viandes faisandées. C'étaient les mêmes cris des mioches, la puanteur, les femmes qui suppliaient en découvrant la mamelle, comme celle qui somnolait à demi dépoitraillée sur la banquette opposée dès que sa progéniture lui lâchait le téton, la tête secouée dans l'abrutissement du sommeil par les saccades du train. Voilà qu'il retrouvait ce monde agreste dont il s'était émancipé, tel un viatique issu de sa souche rustique pour entreprendre le Grand Voyage vers Paris.

Étangs et forêts

Le 24 février 1876, le capitaine des chasses du domaine comtal du village de Nadějkov, Joseph K., avait fait baptiser dans la religion catholique par l'abbé Thomas Ployhar, curé du diocèse de Budějovice (Budweis), le garçon légitime qu'il avait eu avec Julie, fille de brasseur et dame de compagnie de la comtesse. Le nouveau-né, âgé de trois jours, portait le prénom de son parrain et oncle maternel Rodolphe, patron lui aussi d'une malterie, et le père de sa marraine exerçait également cette profession. Le sacrement lui fut administré au nom de la Sainte Trinité de l'orge, du houblon et de la levure, dans un pays d'étangs où l'eau n'est vraiment bénite que si elle permet une bonne macération du moût, où le bain à la bière sert de fontaine de Jouvence slave, ablution que le peuple pare en outre de vertus aphrodisiaques.

Ces étangs de sa région natale feraient de Rodolphe un « homme de lettres » — titre dont il se prévaudrait toute son existence dans la formulation française de cette expression tombée en désuétude. Lycéen provincial au chef-lieu de Tabor, il découvrit la lecture qui deviendrait l'une de ses passions — avec la peinture — en mémorisant ces vers mélancoliques tout juste publiés par un autre natif du pays, le poète Antonin Sova, dans un recueil intitulé *Fleurs de sensations intimes* (1891) :

Les étangs de Bohême ont l'air d'argent fondu
Légèrement strié par l'ombre des nuages ;
Avec leur flot brillant par les prés épandu,
Ils sont comme les yeux des calmes paysages.
[...]
À l'odeur des foins verts étendus dans les prés
Se mêle la fraîcheur d'un doux parfum d'acore ;
L'air souffle, frais d'avoir touché les flots moirés
Et là-dessus le vol d'un morne ennui s'essore.

Le hameau de Kaliště domine le paysage du sommet d'une colline, en une vue panoptique qui sied au régisseur d'un domaine, ayant l'œil à tout ce qui se déplace d'humain comme d'animal, voire advient sous l'effet des forces telluriques de la nature ou imprévisibles du destin. Pour l'enfant, c'était un lieu magique, dont la plus grande cérémonie avait lieu à la Saint-Joseph, le 19 mars, « la fête de papa et un jour mémorable ». Ils la célébraient à domicile, où tout était pavoisé. Dehors, en cette veille du printemps, les étourneaux chantaient depuis le matin, la terre séchait et sentait bon, de l'eau coulait dans le ruisseau. « Que cette vie était heureuse et joyeuse, malgré toutes les difficultés que rencontrèrent papa et maman — et que nous ne comprenions pas ! » notera Rodolphe en se remémorant ces moments. Ensuite, Pâques était sanctifié : « Pour la Résurrection une procession parcourait la place du village avec les pompiers, les tambours, les hymnes, mon papa dans son uniforme de capitaine des chasses juste derrière monsieur le curé, au-dessus de qui les maîtres de cor tenaient le dais. Comme c'était magnifique et d'une profonde sensibilité humaine. Maman attendait à la maison, elle en sortait pour écouter les cloches. »

Derrière le bâtiment commence le monde profond des bois. L'enfant ne s'y aventurait que sous la férule des gardes-chasse que commandait son père. Ils l'initièrent dès le plus jeune âge aux mystères sylvestres, rite de passage d'une religion secrète plus exigeante que la foi catholique et dont les divinités étaient les bêtes sauvages.

En langue tchèque, le mot Kaliště désigne la bauge du sanglier — la remise où le mâle solitaire sommeille, prenant quelque repos parmi la quête effrénée de la nourriture quotidienne, entre glandées et pâtis, et avant de rejoindre, l'automne venu, la harde et ses femelles pour un combat sans merci contre les rivaux jusqu'à la saillie victorieuse et l'accomplissement ostentatoire du rut. La prolifération du grand suidé cétartiodactyle était le cauchemar des agriculteurs, surtout durant les années froides, exagérément pluvieuses, ou de sécheresse : il vermillait les champs bordiers jusqu'à les ravager, car il n'y avait plus rien à manger dans la forêt transie, putride ou brouie. Il incarnait, avant même l'ennemi autrichien, le principal adversaire de l'homme dans la Bohême éternelle. Mais le paysan respectait en lui son frère ensauvagé, cachant sous l'aspect repoussant de ses soies rêches, de sa hure macrocéphale et de son corps trapu, de son grommellement vulgaire, presque obscène, l'intelligence d'un stratège capable d'enrayer l'implacable machinerie de mort des giboyeurs. En ces temps reculés, le sanglier résistait à l'homme par sa ruse comme le Tchèque s'opposait au hobereau germain.

Rodolphe parcourait avec les gardes-chasse missionnés par son paternel futaies, perchis et halliers — apprenant à devenir indétectable, barbouillé du sang d'un lièvre égorgé palpitant dont le fumet diluait l'odeur humaine et déjouait la méfiance séculaire du cochon singulier envers son cousin bipède. Au-delà de la maison on entrait sous la canopée, surplombant une butte jonchée de rochers moussus : les essences spontanées, hêtre et charme, chêne et bouleau, se mêlaient aux plantations d'épicéas que les bûcherons coupaient pour la charpente, les mâts, la lutherie, le papier. La pessière formait une immense cathédrale ombreuse sous les ogives de la ramure, où la vue portait loin dans l'entrelacs des troncs. L'air était empreint du parfum épais de la résine et le sol jonché des cônes tombés, parsemé à l'automne de bolets au pied pourpre, d'amanites tue-mouches dont le chapeau rouge vif moucheté de blanc agrémentait de taches de couleur les profondeurs du clair-obscur, de succulentes lépiotes élevées au large chapeau échancré croûté de tuiles brunes, et de la redoutable amanite phalloïde aux reflets verdâtres. L'ingestion de ce « calice de la mort » cause le décès presque subit par destruction du foie dans d'atroces souffrances. Rodolphe avait appris dès l'enfance à distinguer les espèces toxiques et comestibles, à prélever sur les souches le polypore du bouleau en forme de sabot de cheval, dont on fait en Bohême un bouillon vermifuge.

Il observait contre le vent les souilles où les animaux se vautraient en nasillant de plaisir, les mangeures où ils faisaient festin. Sur les portées de marcassins à la livrée rayée veillait une laie prête à tuer pour sa progéniture qui folâtrait dans la compagnie des bêtes rousses — juvéniles pleins de vigueur, ragots ou quartaniers au corps découplé comme des godelureaux. Soudain les dégageait d'un coup de boutoir un Noir colossal — vieux solitaire suivi de son page, le pinceau pénien touffu, les défenses luisantes acérées par le frottement incessant des grès. Il allait prendre la femelle en chaleur convoitée par tous les jeunes mâles. L'enfant, dissimulé derrière le rideau d'une immense trochée, aperçut le verrat ithyphallique la monter, exhibant une verge énorme aux téguments noirs, dressé sur ses postérieurs avec la légèreté stupéfiante d'un danseur puis couvrant la coche et s'enfonçant en elle de toute sa force. Il l'entendit exulter dans un ahan rauque au fort des bois qui lui déchira les tympans.

La comtesse Caroline dont ton grand-père régentait les terres et les gibiers fut contaminée comme ses gens par l'habitus sexuel des animaux de la forêt — dont le latin ecclésiastique a gardé la trace dans l'expression *more ferarum* (« à la manière des bêtes sauvages »). Celle-ci désigne l'accouplement dit « en levrette », objet à exécration fulminé par le droit canon qui bénit a contrario la position « du missionnaire ». On avait uni Caroline à un gentillâtre qui mourut peu après les noces et elle mit au monde durant son veuvage un bâtard. Deux photographies jaunies nous font revivre la mère et le fils : elle, affriolante, poitrine avantageuse rehaussée par le corset, croupe palpitante sous l'amas des rubans, chignon lâche sur l'abondante chevelure blonde, oreille ourlée, regard mutin, bouche gourmande surmontée d'un nez fin, sourire enjôleur qui irradie la pupille et découvre des dents parfaites — beauté slave dont Mucha populariserait l'idéal sur les affiches de l'Art nouveau. Lui, assis de guingois sur une banquette, une jambe ballante et l'autre repliée, chapeau mou dans la main gauche, en redingote qui bâille, le visage gras envahi par la mauvaise herbe d'un duvet flavescent, l'œil inexpressif. Il disparut du village et finit meunier.

La comtesse dédia le reste de son existence à la recherche du plaisir dans les villes d'eaux de la Cacanie, de l'Italie et de l'Empire français, mêlant sur sa couche les curistes de l'aristocratie oisive, les capitaines d'industrie et les garçons de bain, telle la laie qui dans sa concupiscence barbouille les troncs d'arbre de ses sécrétions pour alerter tous les mâles alentour. L'âge venant, les étalons rajeunirent, se montrant gourmands de sa bourse. Quand la lèvre supérieure de Rodolphe commença à s'ourler de duvet, Caroline, qui allait sur ses quarante-cinq printemps, s'en revint pour de bon à Nadějkov. La rente foncière et les fermages s'étaient réduits comme peau de chagrin — son sort la contraindrait à végéter sur ses terres, dans la forteresse médiévale reconstruite au siècle des Lumières dans le style Dientzenhofer, avec son exubérance décorative, sa façade rose et blanche où jouaient l'ombre et la clarté sous un toit rehaussé de tuiles rouges, en amont du village. À l'ère communiste, le château devint école municipale puis, rendu à ses anciens propriétaires et revendu après la révolution de velours, tomba en décrépitude — il se maintient aujourd'hui, vidé de ses habitants roturiers et de sa mémoire, dépouillé de ses ornements.

Peut-être en ces circonstances bascula notre destin. Joseph K. aurait-il présenté son rejeton à la noble libertine, négociant en esprit quelque bourse d'étude en échange d'un bon prix pour le stère de bois ? Prononça-t-elle de sa bouche purpurine des mots inoubliables en français qui marquèrent ton père ? Et la comtesse aurait-elle mis parmi tant d'autres créatures ensauvagées le maître des gardes-chasse dans sa gibecière — ce pourquoi elle accepta d'être la marraine de sa fille aînée ? À moins qu'elle n'eût elle-même porté en son sein Rodolphe, substituant au dernier moment sa dame de compagnie, et que les manants n'eussent été contraints de se prêter au subterfuge de sa naissance roturière et de son baptême par l'abbé Ployhar, stipendié pour bénir ce péché de chair d'un sacrement dévoyé de l'Église ?

LUI (*chapeau bas*) : Chère comtesse, vous vous souvenez de notre Rodolphe, le frère puîné de votre filleule.

ELLE : Comme il a grandi ! (*En aparté, en français* :) *Il est joli garçon !*

LUI : Pour la coupe des épicéas, j'ai obtenu une offre excellente...

ELLE : Fort bien. Parle-moi de ton fils !

LUI : Nous pensions l'envoyer au lycée à Tabor, car l'enfant a des dispositions pour l'instruction, notre bon prêtre de Nadějkov qui lui fait la classe l'a dit hier encore, mais la pension est onéreuse...

ELLE : Qu'à cela ne tienne, brave Joseph, tu la défalqueras sur la vente des arbres !

LUI (*tombant à genoux et contraignant Rodolphe à l'imiter*) : Madame la comtesse est généreuse !

ELLE (*souriant*) : Bon sang ne saurait mentir ! (*À Rodolphe* :) Et toi, jeune Rodolphe, qu'aimerais-tu étudier ?

RODOLPHE (*rougissant*) : Chère comtesse... le français que vous parlez merveilleusement !

LUI (*agacé*) : Mais on n'enseigne pas le français au lycée de Tabor ! Tu apprendras le latin et le grec, les mathématiques et le catéchisme !

ELLE : Qu'importe ! Nous causerons *en français* quand il reviendra en vacances au village !

J'en suis réduit à l'artifice de ce dialogue pour assigner une origine au basculement de notre lignage slave engoncé dans son patois rustique vers la francophonie universelle. J'ai parcouru les registres du *gymnasium* austro-hongrois de langue tchèque à Tabor : la double monarchie était minutieusement administrée. J'ai retrouvé le nom des camarades de Rodolphe, les notes de chacun au baccalauréat (à ma confusion devant le proviseur qui me traduisait l'annuaire du lycée de l'an 1895, ton père n'a obtenu que la mention « passable » — mais a signalé qu'il voulait devenir professeur, et je me suis conforté à la pensée que, deux générations plus tard, j'avais réalisé à titre posthume son désir inassouvi). On y apprenait le latin et le grec, l'allemand et le tchèque, la philosophie, les mathématiques et la physique, le catéchisme sous la houlette du révérend Josef Thir — aux israélites le Talmud-Thora était enseigné par le rabbin Nathan Weiss (il y avait une trentaine d'élèves juifs pour deux cent cinquante catholiques, chaque village de la région comportait sa juiverie dont les cimetières ont survécu ceints d'un enclos sur les buttes boisées pour les protéger de la divagation des bêtes sauvages) — mais nulle trace de la langue de Victor Hugo. On ne l'inculquait alors aux potaches de Bohême que dans les écoles techniques, car elle était tout juste jugée bonne, avant le tournant du siècle, pour la correspondance commerciale, et les élites germaines de l'Empire redoutaient l'attraction qu'elle exercerait sur les Tchèques au détriment de la *Kultur* allemande.

Une légende locale assignait une raison d'être également noble mais plus virile à l'appétence de Rodolphe pour le français : au XVIIe siècle, le seigneur de Nadějkov, le comte Vaclav Kinsky, rompu à l'escrime, avait voyagé dans le pays de Molière où il fit montre de ses talents fameux à pousser le fer. Il y fut défié par un marquis de Château-Loup qui, pour l'impressionner avant le duel, lui fit visiter sa chapelle privée où reposaient les cadavres de ses derniers adversaires dont les vingt paires d'yeux luisaient dans la pénombre en fixant le gentilhomme slave pour lui signifier qu'il les rejoindrait tout bientôt dans l'au-delà. Avant l'échéance fatale le comte demanda à rester quelque temps seul avec les trépassés — observant que tous avaient été blessés mortellement à l'identique, par une fente particulière qui les avait transpercés de haut en bas. Il anticipa ainsi la botte de son adversaire et en trouva la parade, lui portant après sa quatrième attaque l'estocade qui envoya le marquis rejoindre ses victimes au cercueil déjà préparé pour le comte. Dans la légende de Nadějkov, la France devint le lieu par excellence où se confronter au destin. Ce challenge fut-il transmis à ton père à travers la tradition orale par le prêtre qui lui donnait cours ? La cure du village était de bon niveau, tenue auparavant par un érudit nationaliste féru de reviviscence littéraire du tchèque, fondateur de la bibliothèque municipale riche de livres en cette langue. Rodolphe nourrit-il dès sa prime jeunesse dans le milieu enthousiaste oint par la grâce de l'abbé son feu patriotique, comme sa volonté de relever à son tour en France, mais en homme de lettres, le défi auquel Kinsky avait répondu sur le pré ?

Qui, du téméraire Vaclav ou de la fantasque Caroline, de l'escrimeur ou de la nymphomane, a instillé en ton père son tropisme gallican ? A-t-il connu le mythe fondateur de Château-Loup, ou celle-ci lui a-t-elle jamais causé en cette langue, s'est-elle même souvenue de ce bourgeon d'homme qu'elle avait peut-être enfanté ? J'aime à penser que cet idiome melliflu exhalé par des lèvres patriciennes et lascives a fait germiner dans son cerveau le plaisir qu'avait ensemencé la contemplation initiatique du rut des sangliers. L'aristocrate, à peine rentrée en son domaine désormais étriqué, continuait à collectionner les étalons, mais en se payant sur le pays. Elle appréciait les jeunes bouviers vigoureux, les solides bûcherons, les gardes-chasse habiles — suscitant les chuchotements intéressés des hommes et l'effroi résigné des paysannes. Certains se montraient tendres après l'accouplement, mais la lassaient vite et elle les renvoyait prestement dans leur chaumière. Le dialecte tchèque rustaud n'était guère propice à exprimer les péripéties de la galanterie qu'elle affectionnait, celle des *Liaisons dangereuses* lues en cachette au couvent. Et la saillie des croquants, dans ses chairs âpres du mâle, ne lui procurait que satisfaction fugace, qu'elle devait incessamment varier.

On lui recommanda un peintre de Vienne qui pourrait lui tirer le portrait avant les atteintes de l'âge, précipitées par les abus. C'était un rapin avantageux du nom de Carl Beck, qui pratiquait aussi la sculpture — de plusieurs décennies son cadet. Les photographies anciennes nous montrent un être carbonique, charpenté et musculeux quoiqu'un peu gras, l'œil lumineux et conquérant, la chevelure épaisse et blonde, la bacchante retroussée. Ce séducteur de profession se reput d'emblée de la pulpe mûre de Caroline. Elle édifia pour son art un vaste studio dans le parc du château — n'en demeurent plus aujourd'hui que les vestiges de murs effondrés envahis de plantes rudérales. Au prétexte de trouver des modèles, il attira vers l'atelier les filles de ferme les plus fraîches, que son amante toquée y convoquait pour alimenter un droit de cuissage prolongé de mélangisme. Il les faisait poser dans l'état de nature avant de consommer avec la même ardeur les pommes sures et le fruit blet aux arômes plus charpentés. Outre l'ambiance de scandale qu'il instaura au village, il poussa la profanation jusqu'à peindre avec les couleurs de l'outrage aux bonnes mœurs la toile qui orne toujours le maître-autel de l'église paroissiale baroque de la Sainte-Trinité : il s'y est représenté en Christ triomphant et très dénudé d'une Ascension licencieuse, dans un ciel nimbé d'une guirlande de têtes d'angelots rieurs qui sont autant de ses académies agrestes — la comtesse à la beauté fanée figurant le seul de ces visages qui soit teinté de mélancolie. Elle mourut après lui avoir légué ses biens, qu'il vendit illico à des juifs de Prague pour faire la noce à Vienne avec la plus gracieuse de ses égéries rustiques, et flamber dans la bamboche les liasses de billets de vingt couronnes austro-hongroises libellés dans les neuf langues officielles de la double monarchie.

Joseph K. avait alors quitté ses fonctions, prenant à la fin de la première décennie du XXe siècle sa retraite dans le chef-lieu voisin de Sedlec, sur la voie ferrée qu'avait fait construire l'empereur François-Joseph pour relier Prague à sa capitale — peut-être ne voulut-il pas être mêlé à la prévarication finale qui conclut tardivement l'ère de l'aristocratie et du libertinage à Nadějkov. Mais la vie de Rodolphe se déroulait désormais ailleurs : pensionnaire au lycée de Tabor, il dévorait durant les vacances les volumes assemblés à la cure. Ils façonnèrent l'homme de lettres. Il se distancia doucement de son clocher, portant sur la nature l'œil d'un citadin amoureux lors de ses retours récurrents au village. Tandis qu'il apprenait l'urbanité, sa contrée d'origine devint à l'inverse le motif de prédilection de paysagistes de plein air arrivant de Prague en chemin de fer avec leur chevalet sur le dos. Les vallons pittoresques, les sous-bois, les pièces d'eau argentées seraient réunis sur les cimaises sous le nom générique de *Česky Meran* — le Merano tchèque — par la ressemblance de ces tableaux avec la peinture des confins vallonnés et méridionaux du grand Empire bicéphale où l'on soignait les maladies de nerfs de l'ère industrielle en s'exposant au soleil. Pourtant battrait toujours en ton père, sous l'affabilité de l'esthète, un cœur ensauvagé par le coït des sangliers, les frasques de la comtesse, la ruse de l'escrimeur.

*

Cette symbiose avec la forêt et les étangs, depuis les vers d'Antonin Sova que Rodolphe t'avait fait apprendre par cœur pour que tu saches la beauté du pays méconnu d'où tu venais, jusqu'au choc de la scène primitive entre le verrat et la laie vue par ton père, s'enfouit en tes gènes. Et elle ressurgit brusquement lorsque, ayant gagné quelques sous pour la première fois de ton existence, tu achetas en juin 1968, le mois de mes treize ans et après les « événements » français de ce printemps-là, une fermette flanquée d'une mare en lisière de la forêt d'Orléans — domaine que des vendeurs inspirés avaient opportunément nommé « La Sauvagère ». Cette appellation est celle de l'étang du roman de Maurice Genevoix, *Raboliot*, qui obtint le prix Goncourt en l'an 1925 — quelques mois avant que ton père accueillît Milada à la gare de l'Est. Et en 1967, ce même auteur, alors âgé de soixante-dix-sept ans et secrétaire perpétuel de l'Académie française, qui avait passé son enfance à Châteauneuf-sur-Loire, chef-lieu du canton où se situait ton apanage ressuscité, publia *La Forêt perdue*, roman mystique situé dans une sylve imaginaire, tout empreint du culte des bêtes sauvages dont le Grand Cerf est la déité suprême. La propriété était sise au lieu-dit La Gravelle, qui désigne dans le parler local un gué aréneux, autour duquel les moines avaient défriché les bois à l'ère romane. Au passage d'amont ils édifièrent une ferme fortifiée et une chapelle pour protéger les gagnages des animaux qui y viandaient et exorciser le paganisme sylvestre qui ravageait les Écritures. Le grand homme du Loiret, après avoir vécu l'horreur fangeuse des tranchées en 1914 et 1915, réchappé de justesse à la mort, renonça à toute carrière universitaire et publia sa pentalogie, *Ceux de 14*, consacrée à la grande tuerie. Il dédia le reste de son existence à une littérature aujourd'hui négligée décrivant les rapports intimes de l'homme avec le monde boueux des bois et des étangs ainsi que les bêtes qui les peuplent. Au printemps 1968, au faîte de la consécration, ayant fourni la matière à d'innombrables dictées pour des générations de potaches, il était passé de mode. On ne lisait plus cet ancien combattant de la Grande Guerre dont les souffrances inouïes étaient inconcevables pour ceux qui jouaient à la révolution sur les barricades du Quartier latin et préféraient le lancer de pavés au crapahutage dans les forêts. Mais le couple d'aubergistes qui te vendit sa maison de campagne vivait dans une localité si imprégnée par l'aura du maître que les mots, ailleurs obsolètes, de son œuvre lui demeuraient familiers. Ils s'exprimaient avec le fort accent rural du Loiret, hérité peut-être du rude prononcé des barbares alains, qui arrachaient la peau des ennemis vaincus pour s'en faire des vêtements, et furent sédentarisés vers l'an 410 sur les rives du fleuve blond durant les Grandes Invasions. Leur trace demeure dans plusieurs toponymes du département et s'incarne, un millénaire et demi plus tard, dans l'étrange phénotype tronconique des paysans dont les ancêtres ouvrirent la voie, il y a mille six cents ans, à notre migration familiale vers l'ouest de l'Europe au début du XXe siècle.

Nous visitions chaque week-end des propriétés à vendre, toutes te répugnaient ou te laissaient indifférent. Quand tu découvris celle-ci, tu fus frappé par la foudre : d'instinct tu t'inscrivis dans notre saga forestière, t'entas sur la souche retrouvée. Tu signas tout à trac la promesse d'achat sur la table de chêne de la salle à manger, sans barguigner. Dès l'été, nous prenions possession du domaine, qui coûtait 125 000 F (156 000 €), dépassant beaucoup tes économies et te contraignant à des décennies d'emprunt pour recouvrer ta seigneurie imaginaire. Tu n'aurais de cesse de la remodeler, m'y faisant chaque fin de semaine, corvées interminables de l'adolescence, manier la pioche, la bêche, la houe, la hache, la cognée, le merlin et la scie tel un serf, jusqu'à ce que mes mains dolentes de gerçures et de cals ne puissent plus en tenir le manche. Tu as ainsi sculpté à ton fils pubescent et fluet un buste musculeux comme le poitrail d'une bête sauvage, avivant du même coup dans ta descendance l'atavisme du *kanec*, le sanglier tchèque, et dans ta nation d'adoption le paysage évanoui de la Bohême ancestrale aux étangs d'argent fondu.

Tu m'inciterais dans la foulée à me baigner dans les étendues liquides que tu m'avais fait creuser à La Sauvagère. Habitué aux vastes espaces salés de la Méditerranée, j'étais décontenancé en m'abluant dans cette eau stagnante, au goût sableux, par la vase où s'enfonçaient mes orteils parmi les bulbes et radicelles des plantes aquatiques, l'acore aux pétales jaunes veinés de brun et empourprés qui exhalaient un doux parfum, la laîche aux tiges coupantes, le phragmite houppé de fleurs rousses violacées portées par une longue hampe. Je n'ai compris que bien plus tard, lorsque ta mémoire eut défailli et que tes mots ballottaient déracinés à la surface de ton existence écoulée telle une île flottante où s'enchevêtrent les rauches et les joncs arrachés par le courant vital, que tu m'avais conféré à ton tour l'étrange baptême slave, par ce bain initiatique, ce rite de passage dont les codes et la signification s'étaient perdus.

Rodolphe tout enfant avait vu le coït du sanglier et de la laie — malédiction originelle qui insinue l'ensauvagement dans notre lignage. Mais cela favorisa notre destin en deux circonstances, préservant d'abord ton domaine des atteintes de l'agriculture industrielle qui l'aurait dénaturé, puis, bien des années plus tard, me sauvant la vie.

Durant les années 1980, le fermier vivant en surplomb de La Sauvagère avait installé sur ses terres un élevage de porcs, persuadé que cette activité, subventionnée par la Politique agricole commune de l'Union européenne, serait plus rémunératrice que ses vaches laitières. Tu découvris avec horreur ses champs qui longeaient ta propriété bucolique mités par des bicoques de taule ondulée où s'abritaient les coches avec leur portée ; puis, quand le vent soufflait vers nous, de lourds relents de porcherie s'abattaient sur la maison, et tous les poissons avaient disparu du ruisseau, empoisonné par les nitrates et le pissat des suidés. Tu étais entré, toi le métèque urbain récemment assimilé, dans une terrible colère contre l'agriculteur descendant des barbares alains sédentarisés depuis quinze siècles sur ces maigres terres.

Un jour, une chatte haret avait mis bas dans notre grange, et peu de temps après, une puanteur épouvantable s'en dégagea : je découvris une carcasse de porcelet en état de putréfaction que la féline avait capturé et traîné là pour nourrir sa portée. Ce fut notre bienveillant sanglier totémique qui nous débarrassa de l'élevage et de ses nuisances. Celui-ci avait été installé dans un champ bordier, et les coches fessues, tétonnières et roses, dopées aux hormones de croissance, excitèrent la frénésie sexuelle irrépressible de notre cousin cétartiodactyle, l'attirant hors de ses forêts profondes pour assouvir ses pulsions tel un rustre surexcité par les chairs cochonnes au bordel du chef-lieu. La laie en effet n'a ses chaleurs bien réglées qu'au mois de novembre, alors que l'œstrus des truies domestiques étant permanent, elles font connaître par leurs sécrétions leur disponibilité constante pour le coït quand elles ne sont pas pleines ou parturientes. Nos agnats sauvages défonçaient chaque nuit à coups de boutoir les clôtures et, se comportant dans la porcherie comme au lupanar, saillaient à tout-va de leur immense verge noire coches grasses comme cochettes primipares, frustrées de tout accouplement par une sexualité réduite à l'insémination artificielle. Elles se pâmaient dans un grouinement tonitruant qui déchirait la nuit, comblées de décilitres de foutre qui donnerait naissance, cent quatorze jours après la copulation féroce, à une cochonnée de bâtards bigarrés. Impropres à la vente, mais dotés de la force herculéenne paternelle et bourrés des substances chimiques transmises par leur mère, ces monstres fuyaient dans la forêt le fermier affolé qui leur donnait la chasse pour les exterminer, et qui chaque soir prenait l'affût pour repousser à coups de fusil l'assaut des hardes en rut. Il renonça, épuisé : la force incoercible de l'amour avait triomphé, et il démonta son installation. La vie reprit à La Sauvagère son cours d'antan, les poissons revinrent frayer dans le riot, la maison embauma de nouveau les fleurs des champs et des bois.

À une seconde reprise, un matin d'août de l'an 2015, cette hérédité ensauvagée protégea notre lignée. Je m'étais levé avant l'aube et, ayant chaussé mes souliers de marche, j'avais quitté une auberge des Pouilles, établie au flanc de la colline que surmonte Castel del Monte, le château ésotérique édifié au XIIIe siècle par l'empereur Frédéric II sur un plan et pour des raisons incompréhensibles aux érudits. De vastes plaines de chaumes après la fenaison rosissaient à la lueur de l'aurore, puis l'ouvrage fortifié captura les rayons comme une torche mystique éclairant le monde. J'étais empreint de cette harmonie cosmique, cheminant seul autour de l'octogone sacré des murailles lorsque j'aperçus « une vigne fort haute / et telle qu'on en voit en de certains climats » qu'ombrageaient quelques vieux pommiers aux fruits mûrs dont beaucoup devaient pourrir à terre car l'air matinal embaumait. Je m'avançais à travers les raisins dont les lourdes grappes pendaient aux pampres étirés le long d'échalas qui masquaient la vue sur le pied des arbres du verger. J'y tombai nez à nez avec la harde qui se repaissait des fruits chus. Elle ne m'avait pas senti, je m'étais sans doute approché à contrevent — tel Rodolphe autrefois. Des marcassins déboulèrent devant moi et j'entendis la laie « casser la noisette », comme les veneurs désignent le claquement des mâchoires des mères avant la charge pour protéger les petits d'un prédateur qu'elles terrorisent par cet effrayant tambour de guerre issu de la nuit des temps. Il était vain de prendre la fuite, comme de grimper aux échalas que les sangliers auraient renversés à coups de boutoir avant de me trancher l'artère fémorale, provoquant une hémorragie rapide et mortelle. La truie aux tétines frissonnantes se tint en retrait, trépignant de fureur, prête à se ruer sur moi, et tandis que toute la compagnie, immobile, me fixait, un quartannier se campa à quelques mètres, plein d'arrogance, « hottu d'une armure si épaisse que, sous ses soies, toutes raidies, elle sommait sa tête d'un bon pied » — il me revint les mots de *La Forêt perdue.* Je savais que ces bêtes d'une quarantaine de kilos, très mobiles, sont les plus dangereuses pour l'homme : elles se précipitent sur le chasseur, fût-il armé de son vouge ou de sa dague de vautrait et entouré de ses chiens, brisant tibias et côtes, s'acharnant à déchirer en tous sens les chairs avec leurs défenses pour saigner l'adversaire jusqu'à son trépas.

Ma panique disparut brusquement : issu du sang de mon aïeul initié dans la forêt de Kaliště, j'étais *Kanec,* frère juré des cochons sauvages. Je revis en pensée le tableau du peintre Julius Mařak, *Chênaie aux sangliers,* exécuté en 1876, date de naissance de ton père, exposé à la Galerie nationale de Prague : dans l'ambiance de clair-obscur propre au romantisme tardif, accentuée par un apprêt au bitume de Judée dont la corrosion a assombri les teintes au fil des décennies, la harde traverse une futaie pour s'engager sur un sentier lumineux qui mène vers le spectateur — exactement comme mon ancêtre l'avait contemplée lors de sa mystagogie. En observant l'œuvre surprenante de Mařak, certainement affilié lui aussi au culte sauvage, j'avais eu l'intuition de ce qu'avait contemplé Rodolphe. Je barbouillai soudain mon visage du jus des raisins mûrs puis levai lentement le bras que je tendis vers le ciel en poussant un grognement rauque : l'animal me fixa. M'ayant identifié comme l'un des siens, il tourna les talons et la compagnie s'ébranla en trottinant, me laissant ma part des pommes tombées, nasillant et soufflant car tout était rentré dans l'ordre cosmique.

Au lycée de Tabor

La ville de Tabor se dresse dans un cadre pittoresque, sur un verrou rocheux que percute la rivière Lužnice. Son nom signifie en tchèque « camp retranché », et les hussites en firent au début du XVe siècle leur place forte.

Ce mouvement de réforme du christianisme prônait le retour à l'Église des apôtres, spirituelle et pauvre. À cette fin, les adeptes avaient aussi choisi le toponyme en référence au mont Tabor de la Bible, situé en Galilée non loin du lac de Génézareth. La tradition évangélique y voit le site de la Transfiguration, où Jésus montra aux disciples qu'il était le fils de Dieu en irradiant de son visage une lumière céleste. Pour bien marteler dans les cervelles frustes la signification sacrée de cette appellation, on nomma « Jourdain » le lac de barrage qui fournit l'eau à la cité. Il est surplombé aujourd'hui par le majestueux bâtiment scolaire édifié par la république tchécoslovaque dans les années 1920 en style Art déco, où figure l'annuaire de 1895 mentionnant Rodolphe, et qui est devenu le lycée franco-tchèque Pierre-de-Coubertin. Mais lorsque ton père usait ses fonds de culotte sur les pupitres de bois de la classe de huitième secondaire, cet édifice n'existait pas encore, et le *gymnasium* pour les seuls garçons était installé dans l'ancien couvent baroque des moines de Saint-Augustin — envoyés en missionnaires zélés de la Contre-Réforme à Tabor pour la purger de l'hérésie. L'église de la Vierge, au fronton décoré de statues monumentales de Marie, d'Augustin et de sa mère Monique, a saturé son champ de vision de lycéen. Et c'est aussi devant les marbres et les images de cette même spiritualité augustinienne ornant la maison de santé où tu t'étioles que tu déambules à ton tour — sans plus même les remarquer — chaque jour que Dieu t'égrène, pour te rendre au réfectoire avec tes camarades de naufrage. Tu clos doucement dans ta sénescence le cycle qu'ouvrit et par lequel veille pour nous l'auteur des *Confessions,* dont la foi cérébrale sublima dans la prose latine la débauche où se forma sa jeunesse.

On nommait le baccalauréat *maturitas.* En latin, avaient été assignés à mon aïeul dix poèmes extraits des livres I et III des *Carmina* de Q. Horatius Flaccus — les *Odes* d'Horace. Les textes de cet amant du Parnasse et des Muses qui fut à la prosodie païenne ce qu'Augustin serait à l'autobiographie chrétienne ont constitué pour Rodolphe son rite de passage à l'âge adulte. Il traduisit en tchèque pour son examen la troublante neuvième ode du livre III « À Lydie ». Avait-il eu l'occasion d'entendre le duo pour piano, soprano et baryton que Jules Massenet écrivit neuf ans plus tôt sur *Horace et Lydie* d'Alfred de Musset ? À défaut de connaître le français, assista-t-il à un concert de ce musicien en vogue à travers l'Europe dans les années 1890, dans le théâtre municipal au décor néo-Renaissance — auquel on donnerait plus tard le nom d'Oskar Nedbal, condisciple de ton père au lycée ? Cet altiste virtuose du Quatuor tchèque, qui se produirait à Paris dès 1902, composa une *Valse triste* emblématique de la mélancolie slave — avant de se défenestrer en 1930. La mélodie de Massenet avait-elle bercé la rêverie de Rodolphe, l'avait-elle guidé vers le poème où Musset adapte cette même ode avec les mots du romantisme français, qui pénètre au plus profond la délectation morose des amants brouillés et leur réconciliation imaginaire, à moins qu'il n'y eût retrouvé la libido de la comtesse Caroline ? « Je me consume maintenant / Pour Calaïs, mon jeune amant, / Qui dans mon cœur a pris ta place. [...] Horace : Eh quoi ! si dans notre pensée / L'ancien amour se ranimait ? [...] Lydie : Calaïs est jeune et fidèle, / Et toi, poète, ton désir / Est plus léger que l'hirondelle, / Plus inconstant que le zéphyr... »

Le 13 novembre 2015 fut dévoilé au lycée par l'ambassadeur de France et les autorités locales, dans la pompe des deux républiques et à grand renfort de petits-fours et drapeaux, un profil de Rodolphe, copie en résine d'un plâtre des années 1920 par le sculpteur Otakar Španiel que tu avais conservé malgré tes déménagements. J'avais pris prétexte, pour favoriser cette petite célébration, d'une conférence sur le monde arabe pour les classes de terminale qu'on m'avait demandé de prononcer au lycée bilingue, ce sujet figurant au programme de l'examen d'où Horace a disparu à tout jamais — et quelques heures plus tard on apprit que le terrorisme jihadiste de Daesh frappait Paris. Une élève blonde à la beauté somptueuse, transfiguration de la comtesse Caroline à l'époque de sa primeur, tout droit sortie de la lithographie *Le Lys* que dessina à Paris Alphonse Mucha en 1898, avait offert aux hôtes de marque un bouquet de cette même fleur et récité un compliment.

Le lycée a été édifié sur l'ancien champ de mars du général Jan Žižka. Rodolphe, nourri de l'histoire tchèque qu'on élaborait dans l'ambiance patriote de la fin du XIXe siècle, avait été interloqué par l'un des hauts faits les plus terribles de sa légende. Après que Jan Hus eut été livré au bûcher au concile de Constance le 6 juillet 1415, se retrancha en ces lieux une branche intégriste de ses épigones qualifiés de « taborites », dont Žižka prit la tête. L'épisode qui marqua mon aïeul advint à sept lieues de Nadějkov.

Il en avait lu le récit dans une épopée de Svatopluk Čech, de trente ans son aîné, et qui vint au monde un

21 février : « Je suis né le même jour que ce grand poète, ce dont je retire une immense fierté ! » écrirait-il de cet aède « qui conquit tous les suffrages par la noblesse d'expression et la perfection de la prosodie ». En 1873, ce dernier publia *Les Adamites*, un succès fulgurant. Au lendemain de la Commune, les vers en retrouvaient le souffle utopique dans cette bande qui avait mis tous les biens en commun, en une sorte de prélude à l'insurrection parisienne, et dont les membres furent massacrés sans merci par le général Žižka en 1421, à l'exception de deux d'entre eux qui livrèrent les secrets abominables de l'hérésie vaincue.

Je découvris cette histoire dont j'ignorais tout en contemplant dans la Galerie nationale de Prague un tableau immense, *Le Massacre des adamites*, peint par František Ženíšek en 1903 — l'année où Carl Beck achevait son *Ascension* licencieuse pour le maître-autel de l'église de Nadějkov. Cette huile de 265 cm de haut sur 465 cm de large montre les zélotes fuyant nus, éperdus, vers la gauche de la toile, dans une vaste panique, poursuivis et rejoints par les fantassins et cavaliers fondamentalistes en cotte de mailles, le visage masqué par le heaume, qui percent de lance, de hache et de sabre ces anatomies offertes, dans un paysage rural désolé où se dressent comme des membres calcinés des souches d'arbres tandis que la fumée d'un gigantesque incendie envahit le lointain. Au premier plan, en revanche, une gerbe de graminées aux épis doucement ployés évoque le paradis terrestre que la secte avait édifié, désormais piétiné par les fugitifs et les soudards qui leur donnent la chasse.

Au centre du tableau, une femme qui révèle la somptuosité de son corps nu dans le sauve-qui-peut concentre l'intensité dramatique : de la main gauche un reître l'a attrapée par l'extrémité de sa longue chevelure auburn, brisant son élan et tirant sa tête vers le dos, avant qu'il ne frappe ces chairs opulentes avec l'arme coupante que tient sa dextre, pour les pénétrer et donner la mort d'un seul coup. Prise au piège comme un gibier dont le liquide chaud va sourdre sous la blessure, la belle a les yeux révulsés vers son prédateur, la bouche ouverte dans le cri muet d'un effroi fatal, la gorge déployée qui fait saillir les seins ; prenant appui pour s'élancer sur son pied droit au moment où elle est arrêtée, sa jambe gauche est tendue à l'horizontale vers l'arrière comme une flèche, en parallèle aux cheveux tirés, emblème chrétien de la luxure devenu la corde du péché par laquelle elle est attrapée pour mettre un terme à l'échappée que fut sa vie. L'écartement des cuisses dans le mouvement nerveux de la course suggère la toison pubienne qui chatoie en reflet de l'abondante crinière. Le ventre au nombril distendu et les hanches vigoureuses et tendres sont livrés sans défense au regard lubrique du spectateur comme au coup fatal du soldat de Dieu, prolongeant le viol par l'œil du meurtre sacré par le bras. Presque tout le corps de la femme est peint à finition, sauf ses pieds et ses mollets — déjà pris dans le *non finito* qui envahit la toile comme la mort châtie cette vie trop charnelle.

Rodolphe ne s'intéressait pas tant à la politique des adamites qu'à leur étrange mode de vie communautaire, fusionnant l'ensauvagement des sangliers de Kaliště et l'intempérance de la comtesse Caroline, poussant au paroxysme la débauche originelle du jeune Augustin et le polyamour d'Horace et Lydie. L'appellation de la secte, selon les hérésiologues, provient d'une école gnostique égyptienne du début de l'ère chrétienne dont les adeptes célébraient l'eucharistie en tenue d'Adam et Ève. Sa version du XVe siècle vit le jour sous les auspices d'un certain Picard, note Pierre Bayle dans son *Dictionnaire,* « qui trompait les gens par des prestiges » et était venu des Flandres jusqu'en Bohême car les troubles religieux y permettaient l'éclosion plus aisée des millénarismes. « Tant y a qu'en peu de temps il eut un grand nombre de sectateurs, hommes et femmes. Il leur ordonnait d'aller nus. » Il fonda pour cela au fort des bois un phalanstère suivant ces préceptes. Il se qualifiait « fils de Dieu et prétendait que — comme un nouvel Adam — il avait été envoyé au monde par son père, afin d'y rétablir la loi de nature, qui consistait principalement, disait-il, en deux choses, la communauté des femmes et la nudité de toutes les parties du corps... Il suffisait que celui qui se sentait de l'inclination pour quelqu'une la prît par la main et l'amenât à Picard. Il lui disait : "Mon esprit s'est échauffé pour celle-ci." Picard lui répondait : "Allez, croissez et multipliez" ».

Prague dorée

Ayant, de la sorte, obtenu sa *maturitas,* Rodolphe gagna la métropole magique de la Bohême pour y accomplir ses humanités. Le bachelier de dix-neuf ans était auréolé de gloire à Nadějkov, dont l'étymologie renvoie à l'« espoir de trouver de l'or » — dans le torrent municipal que les hussites avaient baptisé du nom biblique de Cédron. Les orpailleurs y tentaient la fortune depuis les tréfonds du Moyen Âge, disputant les gués aux hardes de sangliers qui venaient s'y désaltérer. Mais il ne partait à Prague qu'avec un maigre viatique, un peu de linge de rechange, son volume des *Carmina* d'Horace en latin et son exemplaire des *Adamites* de Čech dans un baluchon. En guise de métal précieux, son père lui remit quelques billets de cinq couronnes austro-hongroises provenant de la vente des terrains de la comtesse Caroline, comme soulte des débauches de l'aristocrate dont les lèvres charnelles avaient exhalé les premiers mots français qu'il eût entendus. Joseph K. ambitionnait que son unique garçon devînt juriste spécialisé dans le régime forestier : il rédigerait dans le tchèque littéral enseigné au lycée de Tabor le droit de la chasse, le code de la cueillette des champignons, les servitudes de l'essartage des chemins, les règles de prélèvement du gibier et les dates de la pêche aux carpes amour. Il le rêvait capitaine des chasses de Bohême, son glorieux successeur, et voyait en lui l'apothéose du lignage cynégétique des K.

Rodolphe déçut ses attentes : il s'inscrivit en droit à l'université Charles, mais n'y mit jamais les pieds. Il pouvait enfin s'adonner à sa passion française sous les auspices de la comtesse Caroline et du comte Vaclav, et il s'immergea dans la faculté de romanistique — comme on appelait en Europe centrale les études de langues et civilisation du monde antique et moderne issu de la latinité. Il le fit à la manière dont il plongeait l'été son corps nu dans les étangs de son village, s'engloutissant dans l'eau de surface tiédie par le soleil jusqu'à découvrir la fraîcheur sombre des fonds où les rayons dorés n'avaient pas pénétré.

Lorsqu'il arriva à Prague, la cité était un immense chantier — à la semblance du Paris haussmannien les décennies précédentes. Partout, on détruisait des quartiers vétustes — en premier lieu le ghetto juif millénaire —, on éventrait les sols, on pavait pour ouvrir des perspectives, posait les rails du tramway, édifiait des immeubles de cinq étages aux appartements lumineux, on lançait des ponts à travers la rivière, tandis que les usines tournaient à plein régime, encrassant de suies la Prague dorée éternelle et empuantissant l'air par la combustion surette du lignite. Les bourgeois tchèques avaient sauté dans le train de la révolution industrielle, fournissant l'immense territoire des Habsbourg en produits manufacturés. Ils investirent leur fortune dans le chambardement de la ville baroque qui devint au tournant du siècle la capitale économique de l'Empire, et s'ouvrit ainsi à tous les vents d'un cosmopolitisme dont le grand souffle provenait de Paris pour mieux balayer Vienne.

Rodolphe y parvint en même temps que les masses de ruraux brusquement arrachés à leur glèbe qui se serraient dans les faubourgs à proximité des fabriques où se placer comme ouvriers et se faire broyer par le Moloch dont les milliers de machines étaient autant de mâchoires qui arrachaient leurs racines paysannes pour recracher un prolétariat informe. La Bohême s'était lancée dans l'aventure industrielle avec frénésie : ici les fonderies, les forges, les aciéries, les tréfileries, où l'on pratiquait la charronnerie, la coutellerie, le lavage, la teinture, là l'ourdissage, d'où sortaient les engins modernes en fer, les canons, les locomotives et les trains qui rouleraient à travers toute l'Europe pour finir par la ravager avec la pire des guerres. Le wagon de l'armistice du 11 novembre 1918, à Rethondes, fut construit dans le faubourg neuf de Smichov, situé sur les bords de la rivière Vltava au sud du château.

Dans ces circonstances les étudiants se mobilisaient contre la mainmise des Habsbourg et, en 1897, ton père participa à sa première manifestation nationaliste, des émeutes dont la répression fit, le 1er décembre, mille quatre cents blessés et trois morts. Le chef du gouvernement de l'Empire bicéphale, le comte polonais Badeni, avait pris des ordonnances pour valoriser les langues slaves, donnant ainsi droit aux revendications fédéralistes de la prospère bourgeoisie tchèque. Mais cela suscita de violentes réactions de l'élément pangermanique à Vienne. Le centralisme fut rétabli et Prague se couvrit de barricades, ouvrant la voie à l'émeute urbaine — on y pilla les commerces juifs. Ton père et ses camarades de la romanistique passèrent à l'action, harcelant les soldats, fuyant de conserve devant leurs charges et sous la mitraille. Ainsi naquit l'amitié d'une vie qui le lierait à Viktor Dyk et à sa compagne Zdena, tes futurs parrain et marraine — à travers la mobilisation, la propagande, les réseaux. Dyk en tirera un roman de formation nationaliste, *Décembre*, dont Rodolphe corrigera les épreuves.

Après la proclamation de l'état de siège et le rétablissement de l'ordre austro-hongrois, les Tchèques retrouvent le chemin des estaminets où l'on débite la bière à la pression ainsi que l'absinthe à la cuiller — sans oublier les petits verres de *slivovice*, l'eau-de-vie de prunes qui tient chaud dans l'hiver enneigé mais cogne la tête avant de la plonger dans l'hébétude, rappelant le village abandonné. Le tripot pragois le plus fameux de ce tournant du siècle où les manœuvres s'assomment d'alcool, s'abrutissent de jeux de cartes et de mains se nomme Le Calice. C'est là que donne immanquablement rendez-vous à ses connaissances, autour de 18 heures, le pilier de taverne Joseph Sveik, le « brave soldat » du romancier Jaroslav Hašek auteur d'une sorte de *Don Quichotte* slave dont les tribulations advinrent au crépuscule de l'Empire et dont le héros véritable eût été Sancho Panza. Vendeur de chiens de son état, fourguant à ses clients des corniauds et des bâtards comme bêtes de race après leur avoir grisonné, panaché ou bigarré la robe avec des teintures, blanchi les dents à l'acide et retaillé les oreilles, Sveik détraque par son crétinisme placide l'immense bureaucratie de la double monarchie expirante, dont la police, la justice, la psychiatrie et l'armée conjuguent leur absurdité pour s'acharner sur le malheureux Tchèque qui surmonte *in extremis* chaque épreuve — et va se régénérer dans la nation indépendante qui surgira de la Première Guerre mondiale.

*

En quelles circonstances Sveik devint-il le personnage qui te permettrait, en 1965, d'en finir avec ton destin maudit d'histrion courant le cachet — te procurant soudain une fugace notoriété puis la relative aisance qui nous extirpa enfin de la gêne, fournissant la mise de fonds pour acquérir trois ans plus tard La Sauvagère ? Étais-tu las de trousser les actrices avec lesquelles tu partais en tournée dans les sous-préfectures — tandis que maman, malgré ses diplômes et son métier d'enseignante de lycée, en était réduite à t'attendre dans le petit appartement de Montparnasse au bail hérité de ton père où nous étions confinés ? Je me souviens d'un hiver rigoureux où le calorifère ne fonctionnait pas, nous grelottions tous deux emmitouflés dans nos couvertures, maman et moi — je dormais dans le lit matrimonial en ton absence pour qu'on se réchauffe mutuellement, ma chambre était un antre glacial. Un soir le général de Gaulle prononça une allocution radiodiffusée. Nous l'écoutions sur notre poste de TSF, je me rappelle son timbre de baryton, sa diction didactique : « Françaises, Français ! Tout va bien en France... » — interrompu par le hurlement de ma mère, que je n'avais jamais entendu jurer : « Viens voir ici, vieux con, si tout va bien en France ! Viens le sentir, ce poêle de merde qui ne veut pas chauffer et qui a fui partout, on se gèle et ça pue le mazout dans tout l'appartement, et son père, à cet enfant, qui fait le joli cœur je ne sais même pas où en province, tel un chien errant, sans gagner un rond, et moi la prof d'anglais qui fais bouillir la marmite comme une idiote ! Viens donc voir ici, vieux c... ! »

Elle s'était interrompue, effarée par mon regard. Elle avait prononcé ses imprécations avec son accent niçois soudain revenu en force dès lors qu'elle avait perdu le contrôle d'elle-même. Les larmes emplirent mes yeux tandis que de la buée me sortait de la bouche dans notre petit salon où régnaient un froid polaire et l'odeur infecte du gazole. « Ne pleure pas, mon chéri, tout ira bien, maman est là — mais je suis fatiguée, j'en peux plus — allons nous mettre au chaud sous les draps ! » Elle avait fermé le clapet au Général en tournant le bouton de la radio, nous avions avalé le reste de soupe tiédasse et étions partis nous coucher, je m'étais blotti contre elle, m'endormant dans la douceur de sa chair. Quand tu étais revenu de tournée, il y avait eu des éclats de voix récurrents que j'entendais assourdis de la chambrette qu'on m'avait aménagée dans l'ancien office derrière la cuisine. Un jour j'avais pouffé à cause du malaise que je ressentais et tu étais venu me gifler jusque dans mon lit avec un air méchant — tu ne levais pourtant jamais la main sur moi. Et puis tu étais resté des mois sans bouger de la maison, je ne t'avais jamais vu si longtemps d'affilée avec nous, tu tapais toute la journée avec les deux index sur la vieille machine à écrire Underwood héritée de Rodolphe en changeant régulièrement les rubans — je les récupérais et j'en faisais de la charpie pour mes petits soldats en me noircissant les doigts. Des gens souvent venaient dîner, maman cuisinait sans cesse, elle me grondait pour la moindre vétille, j'étais consigné dans ma chambre après avoir dit bonsoir aux invités, dont certains parlaient tchèque — j'ai appris l'un des rares mots que je connaisse en notre idiome ancestral : *brambora* (pomme de terre). C'est à ce moment-là aussi que j'ai commencé à dévorer avec frénésie dans ma solitude vespérale des livres de poche trouvés à la librairie Tschann boulevard du Montparnasse — j'ai découvert, tel Rodolphe à la bibliothèque de la cure de Nadějkov, le monde où me faisait voyager la lecture.

Un soir, tu es sorti avec maman, vous m'aviez mis au lit trop tôt et je n'arrivais pas à dormir, j'avais fini mon roman dont l'histoire me fit peur. Je suis allé à la fenêtre donnant sur le boulevard Raspail d'où l'on apercevait la bouche du métro qui avait conservé les ornements Art nouveau d'Hector Guimard. À la pendule j'ai vu qu'il était 1 heure du matin, pris de panique j'ai appelé les passants. Quand vous êtes rentrés il y avait un attroupement et les pompiers arrivaient. Maman était vêtue d'une robe longue et toi tu portais ton smoking (c'était celui de Rodolphe, ajusté à tes mesures, tu étais légèrement plus grand que lui et avais déjà un peu d'embonpoint). Tu as dispersé les badauds en les enguirlandant, renvoyé les soldats du feu à leur caserne, m'as grondé pour avoir gâché la plus belle soirée de ta vie en commettant du tapage nocturne. Ce 10 novembre 1965 était la première du *Brave Soldat Sveik*, « adaptation en vingt-trois tableaux de Milan K. » : tu fis un triomphe, on parla de toi dans les gazettes. Grâce à tes accointances communistes remontant aux années d'après-guerre où tu fus le secrétaire du Syndicat français des acteurs, tu avais créé avec ta compagnie le « Franc-Théâtre » la pièce à Stains, dans une salle subventionnée par cette municipalité de la banlieue rouge. Le succès aidant à la suite d'un compte rendu dithyrambique dans *Le Monde* du futur académicien Bertrand Poirot-Delpech, le spectacle serait repris après Stains à Montreuil, Levallois, Pierrefitte, Bagnolet, Villejuif, Argenteuil, Gennevilliers et Saint-Denis puis à Paris en février 1966, à l'Athénée-Louis-Jouvet et enfin au théâtre Hébertot, des salles boulevardières où *Sveik* se joua à guichets fermés.

Sveik, pour plaire au lieutenant Lucas dont il est le tampon, lui a offert un chien qu'il a volé. C'est malheureusement celui du colonel qui, lorsqu'il s'en aperçoit en rencontrant inopinément son subalterne tenant en laisse son propre toutou, mute par vengeance le malchanceux officier de l'arrière au front. Rejoignant en chemin de fer leur régiment caserné à Budějovice, le Brave Soldat commet une nouvelle bourde et descend à la gare de Tabor, d'où le train repart sans lui. Le romancier Jaroslav Hašek a intitulé le parcours semé d'embûches qu'effectue ensuite à pied son héros de Tabor à Budějovice l'« anabase de Sveik ». Le trajet se déroule à travers la contrée de l'enfance de ton père. Dans ta bibliothèque figuraient les actes d'un colloque académique sur la fortune de la figure de Sveik dans la littérature européenne, tenu à Grenoble en 2004. Tu as déjà soixante-seize ans, et le monde du spectacle où tu avais voulu te faire un nom en tête d'affiche ne se souvient plus de toi — mais tu n'as pas encore sombré dans la démence sénile. L'Université, conservatoire des mémoires disparues, sollicite ton témoignage et t'exhume pour cette modeste publication de l'oubli qui t'a englouti avec tes quatorze œuvres : les pièces pour enfants que tu as écrites, adaptées ou dont tu as été le librettiste — *Les Mésaventures de Ganagobie le Géant, La Merveilleuse Invention du professeur Minotor, La Clé des Temps, Ours le Prince* — et que personne ne met plus en scène, ton adaptation de Sveik dont le souvenir s'est estompé, tes traductions méconnues du dramaturge Josef Topol — *Rossignol à dîner, Fin de carnaval, La Chatte sur les rails, Une petite heure d'amour,* et finalement *Le Rapport dont vous êtes l'objet* de Vaclav Havel. Ta contribution à ce volume d'actes est humble, au regard des longs articles où pérorent les spécialistes de littérature comparée — elle ne compte que quatre pages anecdotiques. Mais tu as intitulé l'un de ses cinq paragraphes l'« anabase » en reprenant le titre de ce chapitre du roman, et tu l'ouvres ainsi : « Tout le roman de Hašek est le récit d'un déplacement perpétuel d'un point à un autre. On s'en va, sans espoir de retour. »

Cette fulgurance qualifie, au-delà de Sveik, notre errance depuis que Rodolphe a quitté Nadějkov. Pourtant tu ne sembles pas te rendre compte que l'anabase du héros, elle-même, a lieu dans notre contrée d'origine, où le brave soldat tourne en rond, s'égare, revient sur ses pas, finit arrêté par des pandores, manque être exécuté comme espion russe, avant de se voir finalement remis ivre mort et menotté à la caserne par la gendarmerie. Tu la banalises en la qualifiant de « petite balade en Sud-Bohême ». Tu es passé tout près du but, mais tu as raté la cible. Une brève autobiographie, que tu as rédigée à la troisième personne, précise : « Son activité théâtrale reste importante jusqu'en 1970. En effet, Milan K. se tourne vers ses origines ou plutôt celles de sa mère. Elle lui a légué sa langue, le tchèque, et il va décider de faire découvrir ce pays aux Français. Dès 1966, il adapte *Le Brave Soldat Sveik* de Jaroslav Hašek pour le théâtre. »

Tu t'es trompé d'une année sur la date, ton adaptation remonte à 1965, soulignant d'un lapsus ton erreur. Tu as occulté la mémoire de ton père ensemble avec son territoire souche. Ressurgit en revanche, à ta mention de la langue maternelle, Milada, ta maman disparue, morte à Genève en 1937, après la naissance de ta sœur, et dont a été sevrée ta jeunesse. C'est afin de revivre celle-ci que tu as écrit quatre pièces pour enfants, et non pour le fils que tu avais pourtant engendré, mais qui ne les a jamais vues.

Grâce au *Brave Soldat* et aux droits d'auteur qu'il a engrangés, nous avons changé de vie. L'été 1966, pour la première fois, je n'ai pas passé toutes les vacances à Nice chez ma grand-mère maternelle, à l'exception de la semaine où nous partions en famille sous la tente dans les camps autogérés du « GCU » (Groupement des campeurs universitaires) auxquels l'appartenance de maman au corps enseignant nous ouvrait droit, et dont je fredonnais l'hymne (« À nous les clairs matins... ») dans notre Dauphine rouge tressautante. Tu avais troqué cette automobile d'entrée de gamme dont les durites s'obstruaient sans cesse (te contraignant pour les désobstruer à siphonner de l'essence avec ta bouche, prétexte à écluser des litres de bière afin d'en atténuer le goût infect sur ton palais tout en ravivant du même geste ton génome tchèque), pour une Renault 8 blanche flambant neuve. Je me rappelle son immatriculation 1136 NJ 75, que je retrouve sur une photographie d'un dimanche après-midi en famille dans la forêt de Fontainebleau, où je grimace devant l'objectif tandis que tu rayonnes dans l'extraordinaire beauté de tes trente-huit ans, rehaussée par ta première réussite sociale. Pour les vacances tu nous as conduits jusqu'aux Alpes : nous logions dans un hôtel de Chambéry où descendit Rodolphe en 1931, déjeunions et dînions au restaurant au lieu d'avaler des sandwiches. Tu me faisais sans cesse des remarques, m'intimant l'ordre de me tenir droit à table, de rectifier la position de mes doigts sur les couverts, tu me sommais de fermer la bouche en mâchant, me reprochais de te faire honte devant les loufiats et incriminais maman et sa famille pour n'avoir pas su m'éduquer à vivre dans le *monde*, où tu te convainquais que nous étions désormais parvenus — ou plutôt rétablis à notre juste place grâce au triomphe de ton adaptation du *Brave Soldat*, après tant de tribulations de la lignée des K.

L'étudiant

En accompagnement du grand bouillonnement industriel qui engloutissait la ville baroque lorsque Rodolphe y monta de sa province à la rentrée universitaire de 1895, advint un foisonnement intellectuel et artistique à l'instar des autres capitales européennes — surtout Paris. Le romantisme qui chantait et peignait les étangs et forêts s'estompait devant une profusion d'écrits et de tableaux réagissant à la déshumanisation des individus laminés par les usines et broyés par la condition ouvrière dans les faubourgs miséreux. Mais ces artistes et ces poètes étaient pris dans un va-et-vient erratique entre le progrès inouï des techniques et sa face d'ombre. En 1896, peu après l'inscription de ton père à la faculté de romanistique, fut fondée la revue *Volne Směry* (« Libres courants ») par la Société des artistes Manès, qui tirait son nom de Josef Manès — décédé en 1871 — premier grand peintre de plein air du paysage tchèque qui cherchait à s'émanciper par celui-ci du goût viennois des Habsbourg. Rassemblant les jeunes d'avant-garde aux côtés du plus neuf de la production parisienne, elle publiait aussi des traductions d'articles de critique par Baudelaire, Huysmans ou Odilon Redon. Réalisme, impressionnisme, symbolisme, décadents furent acclimatés mais sur un mode tchèque, où l'ambition patriotique et révolutionnaire était mitigée par la mélancolie : Rodolphe le vivait dans sa chair.

Dans les semaines précédant son arrivée à Prague, un cliché du lauréat de la *maturitas* avait été pris par le photographe de la ville de Pisek, près de Nadějkov, un certain « V. Wietz », et collé sur un petit carton rigide portant au verso le nom du studio, illustré de la dizaine de médailles commerciales dont on l'avait primé. Une photographie constituait un objet rare, onéreux, fabriqué avec soin car destiné à durer. Rodolphe se tient très droit, créature séraphique surgissant des limbes dont l'artiste de la chambre noire a flouté la bordure de l'image. Il porte une veste austro-hongroise à encolure ronde, aux revers ornés de parements brodés. Il arbore une lavallière sombre, nouée lâche sur le col cassé blanc. Ses cheveux sont coiffés en arrière, il pose de trois quarts et fixe un point situé à gauche derrière le spectateur — c'est Paris qu'il voit à l'horizon. Il a les yeux clairs, les sourcils fournis, le nez volontaire, le bas du visage en triangle au-dessous d'un grand front et la lèvre supérieure rehaussée d'une fine moustache — qu'il cultivera et épaissira sa vie durant. La bouche est charnelle mais le regard hésite entre l'orgueil et la timidité, au moment où il va quitter sa province et partir à la conquête de Prague et du monde, loin des plates ambitions juridiques tracées par le capitaine des chasses Joseph K. Ce dernier a choisi avec attention le photographe le plus primé de la Bohême méridionale afin d'immortaliser ce moment cardinal pour le sort de son unique garçon — dont personne n'imagine alors comme il sera chaotique et combien le XXe siècle si généreux de promesses le fracassera.

Je suis frappé par notre ressemblance. À soixante-dix-neuf années de distance, lui et moi avons contrarié à l'identique l'ambition de nos géniteurs respectifs pour livrer notre vie aux aléas de l'univers que nous brûlions de parcourir. Comme Rodolphe j'ai accompli à dix-neuf ans le grand saut dans l'inconnu. J'ai quitté un jour de juillet 1974 ta Sauvagère — je n'en pouvais plus de creuser des fossés et d'émonder des saules et des aulnes, de capturer des tanches épaisses à la peau verte mordorée et des brochets élancés au museau en spatule, de cueillir des lactaires délicieux, des bolets bais et des coulemelles au large chapeau — pour partir découvrir l'Orient. Tu m'as accompagné incrédule et le cœur gros à Châteauneuf-sur-Loire où je prendrais l'autocar pour la gare des Aubrais-Orléans, début d'une anabase qui me mènerait à Istanbul, à Damas et au Caire. Comme l'esprit du monde hégélien, notre famille avait migré vers l'Occident. Il était scandaleux, blasphématoire même d'aller à rebours, plus encore dans un Sud méprisé : le rejeton des K. dérogeait — comme son aïeul Rodolphe avait trahi les espoirs placés par son père dans la faculté de droit. J'avais fui ton fantasme slave puis l'occultai en me jetant à corps perdu dans une autre existence. Ce n'est qu'à l'âge mûr que j'ai découvert sa résurgence enfouie — tandis que ta mémoire disparaissait, prélude à l'érosion de ta vie, et je pris le relais pour te conserver encore un peu avec moi. L'univers esthétique où ton père s'était épanoui m'aspira à mon tour, je pus te comprendre enfin en dépit de ta démence sénile et t'aimer *in extremis.*

À Prague, Rodolphe et ses camarades francophiles hantaient la taverne où se ressourcer à la bière lustrale et communier sous les deux espèces de l'eau-de-vie et de la liqueur de plantes. Avec ses condisciples, le poète Viktor Dyk, Hanuš Jelinek, le critique qui fera découvrir la littérature tchèque à Paris, ainsi que deux autres amis, ils formaient, selon les mots de ce dernier, « un quintet parfaitement harmonieux ». Chaque samedi, ils se retrouvaient à la brasserie « Chez Charles IV » où la chope était proposée pour la modique somme de cinq couronnes austro-hongroises — puis parcouraient ensuite une grande partie de la nuit les rues et les venelles en débattant sans fin.

La fine équipe se dispensait des cours barbants, mais suivait assidûment ceux du professeur Masaryk — futur premier président en 1918 de la Tchécoslovaquie indépendante. Cet enseignant charismatique portait sur le monde et son avenir un propos éthique qui les fascinait. Il fallait arriver une demi-heure en avance dans la salle — sous peine de s'asseoir à même l'estrade ou de faire le pied de grue au fond !

Outre la taverne, Rodolphe et ses camarades fréquentaient — parcimonieusement car leur bourse était plate — les vastes cafés plus onéreux où s'installer confortablement à de larges tables dans la société des illustres du temps. On y croisa au fil des années des jeunes gens nommés Kafka, Rilke ou Einstein. Les germanophones et les tchécophones avaient chacun leur rendez-vous de prédilection jusqu'à ce qu'ouvre en 1902 le Café Louvre dans l'avenue Ferdinand. Elle fut percée pour relier la ville industrielle et la ville baroque, le Théâtre national tchèque édifié en 1883 à celui des États où Mozart avait dirigé en 1781 la première de *Don Giovanni.* Se plaçant sous les auspices du musée homonyme, le Café Louvre se définissait dans une réclame adressée à l'« honorable public » comme le « seul dans son genre de modernité à travers tout l'Empire austro-hongrois » et s'affirmait face au café viennois. Il le supplantait par son cosmopolitisme en le renvoyant sans ambages à la déliquescence de la Cacanie — comme Musil nomma par dérision cette double couronne « impériale et royale » (K&K) des Habsbourg où « l'on se bornait à tenir les génies pour des paltoquets ». Avec ses billards importés d'Amérique, ses vastes miroirs, ses téléphones à disposition des habitués, ses deux concerts quotidiens, ses salons privés pour les sociétés littéraires et cercles philosophiques, il réconcilia momentanément écrivains et étudiants germanophiles et slavophiles autour de ses tables chargées de la presse parisienne acheminée à grands frais — dans laquelle tous se plongeaient, tenant en main les baguettes de lecture en hêtre blond auxquelles étaient fixés *Paris-Journal* mais aussi les revues qui reflétaient les débats agitant les esprits entre Montmartre et Montparnasse, *Le Mercure de France, La Plume* ou *Vers et Prose.*

Dans la correspondance de ton père avec Dyk figure une caricature du peintre Hugo Boettinger intitulée « AU LOUVRE » représentant quatre personnages attablés. Seul le plus corpulent est nommé — Viktor Dyk lui-même — mais Rodolphe est parfaitement identifiable — assis à sa droite, très mince et tiré à quatre épingles, le cou un peu grêle émergeant d'un faux col, cheveux en brosse et épaisse moustache noire. Un autre crayon du même artiste, qui fut l'un de ses meilleurs amis, le croque en effet sous trois espèces, « Prof. K. tel qu'il était », « Prof. K. mi-présentable » (il se regarde en souriant dans un miroir emmanché) et « Prof. K. tout à fait présentable » — en frac pour sortir dans le monde. Dans le premier dessin, la bacchante est en bataille et le cheveu désordonné, alors que le deuxième le montre gominé et le dernier plaqué à la brillantine. Il apportait un très grand soin à sa mise : figurait dans tes affaires lors de ton ultime déménagement sa queue-de-pie noire — tu l'avais conservée comme un vêtement mémoriel, il était plus menu que toi et tu n'aurais pu porter habit si ajusté, mais la coupe et le tissu sont d'une telle qualité, avec des pans de satin et de longues basques tombant derrière les genoux, qu'ils ont dû te fasciner et que tu n'as osé rompre le charme en t'en débarrassant. Je l'ai soigneusement pendue à mon tour dans un dressing-room, dans l'attente du jour où le spectre de mon aïeul reviendrait l'endosser.

Rodolphe et ses camarades avaient également une prédilection pour le Café Slavia, fondé en 1884 face au Théâtre national, en bordure de la rivière, pour accueillir les mélomanes patriotes. À travers ses larges verrières se déploie la substance du panorama pragois : la colline boisée de Petřin est coiffée du monastère de Strahov aux murs chaulés, toits rouge sang surmontés de deux clochers émeraude, et flanquée par la ligne de crête reptilienne du château, symphonie de pierres aux façades tirant sur le vert et le jaune — le Hradschin, comme l'orthographie Chateaubriand qu'il fascinait et où il rendit visite à Charles X déchu et exilé. Ce ruban infini est sommé de la cathédrale gothique Saint-Vit que projeta dans les cieux le maître avignonnais Mathieu d'Arras, couronnée de ses deux flèches noires et de sa tour au bulbe baroque. Là culmine l'horizon tchèque. Otakar Španiel sculpta en 1927 les lourdes portes de bronze qui ferment la nef.

C'est au Slavia que se retrouvèrent ton père et ses camarades de la romanistique la nuit du 31 mars 1901 après avoir assisté, debout dans le poulailler, à la première de l'opéra d'Antonin Dvořak, *Rusalka,* qu'ils applaudirent à tout rompre. Ce fils d'un boucher mélomane d'un village des rives de la Vltava devenu le Verdi de la Bohême n'a pas encore fêté ses soixante ans : il est le seul compositeur tchèque qui rayonne partout. On se l'arrache de Moscou — où Tchaïkovski l'adule — à Londres et à New York, dont il a dirigé le conservatoire au début de la décennie 1890 — revenant à Prague en 1895, l'année où Rodolphe arrive de Tabor. Même l'empereur François-Joseph le couvre de décorations, pour amadouer les Pragois hostiles aux Habsbourg. Il a rapporté d'outre-Atlantique la *Symphonie du Nouveau Monde.* Avec *Rusalka* (la Rouquine) — qui ne jouira de quelque notoriété hors du pays natal qu'à la toute fin de ce siècle qu'il inaugure — Dvořak exalte ses origines rurales en mêlant le grand récit tchèque entravé par les Habsbourg et l'histoire féerique d'un amour impossible, dont la consommation se solde par la mort des héros saturniens. Le cadre du drame est l'étang de Bohême, ce baptistère slave où Rodolphe t'avait plongé pour ta puberté.

En se retrouvant avec ses camarades au Café Slavia à l'issue de la représentation triomphale de ce dernier grand opéra du maître — Dvořak mourra trois ans plus tard — Rodolphe, par-delà l'enivrement de la musique, reconnaissait son propre chemin depuis son pays d'étangs jusqu'à l'exacerbation de son nationalisme. Le livret de Jaroslav Kvapil, de huit ans son aîné, poète patriote nourri de symbolisme et d'impressionnisme, était tiré des contes anciens qui avaient bercé son enfance à Nadějkov. Les deux hommes nourriront une amitié pérenne. Rodolphe, réfugié à Londres pendant la Seconde Guerre mondiale, évoquera en 1945 dans une lettre au librettiste, devenu résistant antinazi, cette période heureuse du début du siècle : « Que ces années d'avant la Grande Guerre étaient belles là-bas chez nous ! Tout ce que nous avons fait ! Comme notre vie était riche, vers quel noble but nous tendions ! Tout était imprégné d'un amour pour la patrie si profond !... Combien la Prague de notre jeunesse était magnifique ! »

Les condisciples de la romanistique rencontrèrent au Slavia en sortant de l'opéra Viktor Oliva, alors très fameux illustrateur, qui, après avoir fréquenté Montparnasse, prit ses habitudes dans ce café où il situa un grand tableau de 155 sur 205 cm intitulé *Le Buveur d'absinthe (Poète et Muse).* Une reproduction à l'échelle est aujourd'hui encore accrochée dans l'établissement, à l'endroit même où se déroule la scène, sous l'œil des touristes internationaux indifférents à cette mise en abyme d'un siècle — tandis qu'en vis-à-vis dans l'avenue Nationale (ci-devant Ferdinand) on aperçoit à travers les baies vitrées la loggia du théâtre ornée des statues d'Apollon et des neuf muses. J'ai vu Rodolphe dans le personnage représenté de face en veste et lavallière noire sur une chemise blanche au faux col ouvert, attablé au seuil de la salle de restaurant qui s'étire en ligne de fuite avec ses piliers-colonnes couronnés de portemanteaux vides comme autant de chapiteaux corinthiens en métal, salle déserte à l'exception d'un maître d'hôtel lointain et chauve, courbé dans une attitude obséquieuse. Sur le plateau de marbre blanc veiné, autour d'un verre d'absinthe, gisent un journal déplié emmanché sur sa baguette de lecture et le chapeau melon qui vient de rouler du chef dodelinant du poète. Celui-ci contemple d'un regard trouble, le visage lourd plongé entre les mains, la fée verte translucide assise nue, de trois quarts dos, sur la table où reposent ses fesses d'un beau galbe. La teinte de ses chairs est celle de l'absinthe, mais elle rappelle aussi — soulignée par l'assonance avec le patronyme du peintre — l'eau olivâtre des étangs tchèques d'où elle est issue. Elle a appuyé le bout des doigts sur le quotidien ouvert pour signifier l'inanité de toute lecture. La muse fixe le poète en surplomb, de sa tête légèrement inclinée dont la chevelure est retenue par le chignon haut des élégantes fin de siècle, dévoilant un cou et des épaules sensuelles prolongés par la cambrure svelte de l'échine s'épanouissant entre des hanches musclées et douces. Elle est évanescente pourtant — et inaccessible, sinon dans les enchantements de l'ivresse et les illusions de la littérature.

Ton père fréquenta l'Université qu'on désignait encore de son appellation latine, le Carolinum — car fondée en 1348 par Charles IV de Bohême, souverain élevé en France à la cour de son parrain Charles le Bel dont il adopta le nom plus européen que celui de Venceslas, tout empreint de la glèbe slave, qui lui avait été attribué au baptême. Les bâtiments en jouxtaient la rivière sur laquelle le monarque fit jeter neuf ans plus tard le pont de pierre édifié sous son vocable, permettant de relier la ville à la colline où se dresse le château royal. En 1895, des ponts modernes dont l'un suspendu avaient été construits en amont et en aval mais Rodolphe n'aimait rien tant que déambuler sur l'ouvrage médiéval, que chaque souverain avait enrichi de ses dons, jusqu'à ce que les parapets s'ornent avec la Contre-Réforme de groupes statuaires de saints immenses, pour signifier aux passants l'écrasement de l'hérésie hussite. On avait fiché auparavant les têtes tranchées des nobles apostats sur des hampes, où se dresseraient ensuite les sculptures. Quant aux juifs qui franchissaient la rivière pour descendre du château au ghetto, ils avaient pour habitude de cracher au passage sur le Calvaire où Jésus est crucifié entre le Baptiste et la Madeleine.

Pour conjurer le mauvais sort et l'emportement des flots, les astrologues et les numérologues du roi Charles avaient conjecturé que la première pierre serait posée par le souverain en personne en l'an 1357, le 9 juillet, jour de la conjonction du Soleil et de Saturne, et à 5 h 31, car le nombre qui en résultait, 135797531, formait une suite palindromique parfaite de chiffres impairs croissants puis décroissants qui n'avait jamais existé auparavant dans le calendrier chrétien et n'adviendrait plus, garantissant la pérennité de la construction pour l'éternité. Ce chiffre talismanique, gravé sur la tour qui garde le pont, dit la magie dont est empreint l'esprit tchèque, tentant en vain de surmonter la mélancolie qui nous mine.

Nul ne l'avait poussée au paroxysme plus que Rodolphe II, notre ancêtre éponyme, souverain Habsbourg ayant transféré la capitale de Vienne à Prague et financé au risque de ruiner l'Empire les plus fameux alchimistes du temps qui cherchèrent vainement la pierre philosophale dans la ruelle d'or, en contrebas du château. Si, à Nadějkov, le prénom de ton père ne se plaçait que sous les auspices débonnaires de son parrain le brasseur, à Prague il s'inscrivait dans la filiation du monarque neurasthénique. L'empereur Rodolphe commandita également notre génial paronyme l'astronome Kepler, qui passa une décennie à observer les astres pour découvrir qu'ils tournaient autour du soleil en suivant des trajectoires elliptiques, comme ton père et toi-même autour des femmes.

« Ce siècle avait deux ans »

Dans la capitale, Rodolphe est hébergé par une famille originaire de la région de Tabor. Le frère juré des sangliers, fils putatif de la comtesse Caroline et admirateur des adamites ne tarde pas à séduire l'une des filles de ses hôtes, Filča — Philomène — qui étudie comme lui à l'Université. Avec cette jeune femme il vivra une relation complexe sous l'égide des amours d'Horace et Lydie : *Et toi, poète, ton désir / Est plus léger que l'hirondelle, / Plus inconstant que le zéphyr...*

Quelle que fût leur situation sentimentale, les étudiants provinciaux, à peine parvenus en ville, couraient se faire déniaiser par les filles de Sion dans le ghetto, situé à quelques pas de l'université Charles. Depuis un millénaire, les juifs avaient été parqués dans la boucle de la rivière sur la rive basse, face aux hauteurs de Letna, zone insalubre inondée à chaque crue. On avait surélevé les berges et viabilisé ce quartier où serait tracée l'artère la plus élégante, plantée de tilleuls et bordée de somptueuses façades Art nouveau — que la municipalité tchèque nommerait « avenue de Paris » pour narguer Vienne — joignant la place de la Vieille Ville au pont Svatopluk Čech, l'auteur de l'épopée des adamites. Mais il demeurerait jusqu'à la Grande Guerre des pâtés de maisons où l'on s'adonnait le jour à la brocante, la fripe et la ferraille, et la nuit à la prostitution, jusqu'à ce que cette décrépitude des matériaux et cette dépravation des corps fussent enjolivées par la rénovation urbaine. Sur les gracieux frontispices de l'avenue, des cariatides charnues se pâment au-dessus des portes, des atlantes vigoureux soutiennent l'encorbellement des balcons : les cuisses de pierre fuselées, les seins généreux et les fesses rebondies parées d'un délicat crépi pastel, les muscles de béton, les sourires de marbre figent en une mémoire magnifiée le commerce sordide qui se tenait autrefois en ces lieux, avec ses filles en peignoir et ses souteneurs à casquette.

Le 10 mars 1902, Rodolphe, qui enseignait alors le français au lycée de Vinohrady, un quartier élégant en surplomb de la gare centrale de Prague, remonta l'artère qui serpentait dans la juiverie telle une échine courbée sous les épreuves puis cambrée par le stupre. On l'appelle aujourd'hui après l'assainissement rue Maiselova, en mémoire de Mordechaï Maisel, banquier des lubies astrologiques de l'empereur, qui fit édifier l'hôtel de ville juif, surmonté de son horloge aux chiffres hébraïques dont les aiguilles vont à rebours. Un jeune étranger joufflu était plongé dans la contemplation du bâtiment, sur lequel, comme dans toute la cité, des affiches invitaient à fêter le centenaire de la naissance de Victor Hugo — en son hommage une cérémonie grandiose avait été donnée quelques jours auparavant à la mairie de Prague. Au moment où Rodolphe parvenait à sa hauteur l'inconnu s'adressa à lui dans un allemand passable, qui trahissait un accent français. À la fois piqué dans son patriotisme et fort heureux de pratiquer l'idiome hugolien dont il avait peu l'occasion d'user spontanément, ce dernier lui tint à peu près ce langage : « Parlez français, monsieur, nous détestons les Allemands bien plus que ne le font les Français. À Prague, on ne parle que le tchèque. Mais lorsque vous parlerez français, ceux qui sauront vous répondre le feront toujours avec joie. »

Il apprit que le jeune homme s'employait comme précepteur dans une famille aisée effectuant son Grand Tour en Europe, qu'il passait seul à Prague deux journées de congé, et qu'étant d'ascendance slave il nourrissait de la curiosité pour ce monde d'où sourdait une partie de ses origines, tandis que sa naissance à Rome l'avait fait nantir du prénom de Guglielmo et d'un tropisme méditerranéen. Rodolphe lui dit alors : « Je connais assez Prague et ses beautés pour vous inviter à m'accompagner à travers la ville. » Au plaisir de converser en français, il l'obligerait de déambuler en sa compagnie jusqu'au Hradschin par les quartiers vieux et modernes, en traversant le pont Charles dont il lui narrerait l'histoire étrange.

Au château, ils pénétrèrent dans la chapelle royale de la cathédrale Saint-Vit. Rodolphe fit remarquer les parois de gemmes : agates et améthystes, indiquant l'une d'elles : « Voyez, au centre, les veinures dessinent une face aux yeux flamboyants et fous. On prétend que c'est le masque de Napoléon.

— C'est mon visage, s'écria Guglielmo, avec mes yeux enfoncés, sombres et jaloux ! »

Puis ils retournèrent dans la ville juive où chaque maison, expliqua Rodolphe, « se transforme pour la nuit en lupanar », ce que Guglielmo nommait « putanerie ». De la fin de cette équipée ne restent que des bribes de souvenirs. Les deux camarades entrèrent dans une maison où ils burent du vin de Hongrie avec des femmes en peignoir, allemandes, hongroises ou bohémiennes. L'une, « tétonnière et fessue », fut entreprise pour « un quart d'heure » dont elle sortit « lasse » et « amoureuse ».

Cette même année 1902 se déroula à Prague l'événement fusionnel avec la capitale française : la rétrospective Rodin — Rodolphe n'eut de cesse depuis lors de préparer son départ. Quatre-vingt-huit sculptures et soixante-quinze dessins furent exposés — en présence du maître qui arriva le 30 mai de Londres en passant par Cologne et Dresde (comme Apollinaire deux mois plus tôt) : on lui réserva un accueil triomphal. De mai à juillet, plus de treize mille Pragois enthousiastes déambulèrent entre les cimaises du pavillon construit tout exprès par l'architecte Jan Kotěra, l'un des membres de la société des artistes d'avant-garde Manès qui avait organisé la manifestation, dans les jardins Kinsky, dont le nom remémorait à Rodolphe le comte escrimeur et francophile de Nadějkov. Ils se situent en contrebas de la colline de Petřin, alors en pleine floraison de ses lilas. Rodin était accompagné des Tchèques de Paris, notamment Alphonse Mucha, le plus fameux des enfants de la Bohême sur les rives de la Seine, dessinateur des réclames Art nouveau. Tous les murs de Prague s'ornaient quant à eux de l'affiche de Vladimir Zupansky représentant la statue de Balzac en plâtre blanc, par une vue *di sotto in sù* sur un fond bleu pastel, avec une annonce bilingue réalisée à la manière des lettrines de Mucha. Coulé en bronze vert, Balzac serait érigé au carrefour Vavin à Montparnasse, face à la brasserie du Dôme et au côté de La Rotonde, et retrouverait Rodolphe dans son lieu d'élection parisien.

Les murs étaient tendus de rouge, repoussoir sur lequel ressortaient les dessins préparatoires et qui donnait aux plâtres tout leur relief. Une toile de František Šimon : « À l'exposition Auguste Rodin », peinte sur le vif, en restitue l'atmosphère. L'hommage des artistes tchèques culmina dans un tableau de Max Švabinsky, à l'encre de Chine et gouache sur papier, intitulé « Rodin inspiré », dédicacé dans le bas du cadre d'une inscription en lettres majuscules de plomb dans l'élégante typographie de l'Art nouveau :

AU GRAND STATUAIRE A. RODIN. MANES /
SOCIÉTÉ DES ARTISTES TCHÈQUES À PRAGUE MCMII

Le maître est représenté de face, en buste, le regard dans le lointain, l'index de la dextre tarabustant les boucles de la longue barbe blanche, sourcils froncés dont la ligne est parallèle aux cheveux coupés en brosse, qui ceignent le front — rectangle finement ridé bordé sur les largeurs par les tempes neigeuses. Dans la partie supérieure du tableau, la muse, étendue nue sur le dos, minois à la fois ingénu et charnel, évoque Camille Claudel — l'élève et l'amante infortunée, dont le frère Paul sera nommé sept ans après consul général de France à Prague.

L'exaltation de ces jours de visite à l'exposition constitua pour Rodolphe un insupportable contraste avec l'existence quelconque d'un jeune enseignant du secondaire dans la Bohême austro-hongroise. Au sortir de l'Université, des soirées estudiantines, des grands discours pour refaire le monde et abattre la tutelle de Vienne, il n'a trouvé qu'un modeste emploi de maître auxiliaire dans le lycée du quartier de Vinohrady. Pour augmenter ses revenus, il s'exile en 1904 à Hradec Kralove, ville industrielle et carrefour routier vers la Silésie. Il y professe le français dans une école de commerce — l'idiome des frères Pereire est alors la *lingua franca* des affaires : le salaire est un peu plus élevé mais tant le contenu des cours que le médiocre niveau des élèves l'affligent. Pour améliorer sa situation, il lui faudrait réussir le fastidieux concours de recrutement des enseignants titulaires, dont la préparation le rebute. Et Hradec n'est pas Prague — pas même la Tabor de ses émois adolescents : dans la correspondance avec la confidente des bons et mauvais jours, Zdena, sa camarade de la romanistique qui épousera Viktor Dyk, il s'épanche en donnant libre cours à ce spleen slave qui reprend le dessus dans les moments d'abattement : « Je n'ai rien fait depuis mon retour de Prague. D'une part la préparation du concours m'a épuisé, et ensuite je suis revenu ici, où m'attendait du travail scolaire si pénible qu'il me répugnait de m'y consacrer : corriger des copies... »

Mais les épisodes de maussaderie chez ce jeune enseignant de vingt-huit ans alternent avec ceux du désir, de l'amour à la fois charnel et cérébral avec sa maîtresse qui l'a suivi à Hradec, distrait dans toutes ses pensées « en la compagnie d'une si charmante demoiselle qu'est Filča. En fait je lis et j'étudie avec elle... C'est beau de travailler à deux comme ça. Tout ce que nous avons de temps libre, nous le passons ensemble. Parfois on discute, parfois on travaille, parfois on va se promener. Quelquefois nous sommes heureux et joyeux, à d'autres moments des ombres s'abattent sur nos mots ». Pourtant en 1906, après deux ans d'exil provincial, il ne supporte plus cette existence, se demande ce qu'il fait là, a le sentiment de se dégrader, est insatisfait de lui-même. Il lui paraît que les gens auxquels il est attaché se désintéressent de lui. À leurs yeux, il serait devenu un être insignifiant. « La faute est sur moi et sur mon destin — mon départ de Prague m'a privé de tant de bonnes choses, de mes joies quotidiennes. J'ai cru remplacer ce que j'avais perdu, mais que c'était niais ! Je vis ici dans une flaque où je sentirais sans cesse l'eau sale. »

En toile de fond, son couple avec Filča bat de l'aile, un médecin a diagnostiqué chez lui une « maladie de nerfs », et il se plaint de fatigues chroniques. À l'été, il démissionne de Hradec. Malgré sa réussite au concours d'enseignant, il abandonne les ambitions professorales consignées dix ans plus tôt dans son livret scolaire. Découragé, il s'en retourne dans la maison forestière de

Kaliště, papillon noir qui s'est brûlé les ailes au soleil de la haute culture de Prague. Il s'y ressource dans les bois et les étangs, parcourt en solitaire les layons, arpente les chemins qui ne mènent nulle part, suit les brisées des bêtes sauvages, retrouve parmi les hardes de sangliers la compagnie qu'il avait perdue en se projetant dans le monde. Enfin des amis viennent lui rendre visite, charmés par la nature pittoresque — en premier lieu les artistes František Šimon, Otakar Španiel et Hugo Boettinger, qui lèvent des croquis, des esquisses, peignent même quelques tableaux durant leur séjour : le décor bucolique de Nadějkov servira d'écrin aux ébats de bien des nymphes dénudées pour les toiles réalisées les années suivantes sur le chevalet à Montparnasse. Grâce à eux Rodolphe égaie sa sombreur et reprend espoir.

Mais sa famille lui pèse. Il trouve son père, le capitaine des chasses pénétré des règles de la bonne gestion du gibier comtal, d'une lourdeur teutonne, et insensible à l'esprit français dont il est désormais imbu. Son géniteur passe ses journées à couper du bois... une occupation à laquelle tu m'assujettiras six décennies plus tard à La Sauvagère, n'obtenant de répit à tes angoisses le soir venu qu'après que j'aurai tronçonné, fendu et empilé pour toi toute la journée des stères de rondins et de bûches. Rodolphe confie à Dyk : « J'ai parlé à mes proches et ils m'ont gâché l'humeur, ces gens banals... Je ne pouvais me soustraire à leur compagnie et j'ai dû écouter leurs remarques maladroites, leur répondre, en me rendant compte que ces personnes ne m'intéressent pas et m'agacent. » Il se sent triste : « Ces derniers temps, le monde me manque beaucoup : il naît en moi le désir impérieux de vivre au grand large, dans l'incertitude d'une existence riche. »

Il a voyagé pourtant en excursion estivale avec Filča. En juin 1906 ils visitent les églises et les musées à Berlin, Breslau et Dresde. Il se rend compte alors que même la Prague dorée de ses années estudiantines n'est qu'une cité de province, et rêve de la grande vie qui repousse à l'infini les limites. À son retour, il assiste au mariage de František Šimon, qui part s'installer à Paris pour de bon avec sa jeune femme, dans un atelier proche de Montparnasse, rue Daguerre, au-dessus du marché où Rodolphe puis toi ferez vos emplettes jusqu'à la fin du XXe siècle. Il commence à entretenir avec lui une correspondance régulière. Une carte postale du 11 octobre 1906, affranchie de deux timbres de cinq centimes verts appartenant au type courant dit « Blanc », oblitérés par le bureau de l'avenue d'Orléans, situé à quelques pas du domicile du peintre, est adressée à « Mr. *Rudolf K.*, professeur, Nadějkov, par Tabor, *Bohême, Autriche* ». La photographie représente la Seine traversée par le pont au Change ainsi que le quai de l'Horloge où se déploie la façade médiévale de la Conciergerie — vue qui n'est pas sans évoquer le pont Charles sur la Vltava et la rive attenante. Šimon a rempli de sa fine écriture la partie destinée à la correspondance et a poursuivi dans le ciel qui surmonte le bâtiment, au verso. Il y détaille son projet de couverture pour un recueil de poèmes de Viktor Dyk, illustré de ses bois.

En 1907 il démissionne pour de bon du corps enseignant. Sa situation financière est précaire, il survit des subsides paternels, mais reste en contact avec le milieu artistique pragois. Sa dernière lettre écrite de cette ville, le 7 mai 1908, est adressée au collectionneur et historien d'art Vincenc Kramař, le principal acquéreur de peinture française en Bohême — il s'y fait le porte-parole de son ami qui avait réalisé le tableau mémoriel de l'exposition Rodin, afin que le destinataire écrive sur les œuvres picturales contemporaines dans la revue *Volne Směry* : « Švabinsky serait terriblement content de lire dans nos colonnes un article sur le Viennois Klimt où serait exposé comment son art peu vivant, malgré tous ses grands mérites, n'est autre qu'un formalisme extrêmement spirituel et de bon goût... »

« Je ne suis qu'un médiateur provisoire pour accélérer et arranger cette question », conclut Rodolphe, en lui annonçant qu'il franchit enfin le pas, demandant à son correspondant de lui envoyer un billet « dimanche ou au plus tard lundi à mon adresse d'ici (R. K., Prague III, Na Kampě, n° 4) : je ne pourrais plus ensuite y recevoir votre lettre car je pars à Paris ».

Le 16 mai ton père embarque dans le train de nuit qui le conduira jusqu'à la gare de l'Est.

II

BELLE ÉPOQUE

Lorsque Rodolphe descendit de son wagon de chemin de fer le lendemain, il fut accueilli par son ami František Šimon et ses camarades de la Beseda, l'association d'entraide des Tchèques de l'Empire austro-hongrois. Ils avaient établi sur les bords de la Seine un foyer patriotique sous l'égide de la culture et des arts dont Paris était désormais la capitale universelle, afin d'en remontrer à Vienne le temps venu. Cette échéance adviendrait en un lustre à peine, sans que personne imaginât alors l'imminence de la grande tuerie. Elle noierait la Belle Époque dans le sang de millions d'Européens, et remodèlerait le Vieux Continent avec la boue des tranchées dont serait pétrie la Tchécoslovaquie, fragile Golem d'argile du XXe siècle.

Ton père était précédé d'une réputation, modeste mais flatteuse, d'opposant au pouvoir des Habsbourg, si attentif fût-il à paraître comme homme de lettres. Ayant abandonné l'enseignement, il se voulait journaliste, traducteur puis essayiste par une passion inextinguible que son pèlerinage littéraire lui permettrait enfin d'étancher. Ses compatriotes l'attendaient aussi avec une impatience plus prosaïque car il était l'un des rares qui écrivît parfaitement le français, et pourrait ainsi traiter la paperasse d'expatriés toujours en délicatesse avec préfecture, fisc ou bureau des étrangers. Pourtant sa diction conserva jusqu'à son dernier souffle un accent slave, il roulait les *r* comme dans sa langue maternelle, et se targuait, lorsque quelque cuistre grasseyant bardé de sa morgue fricative et uvulaire lui en risquait la remarque, du prononcé classique de l'Opéra, fredonnant la version alvéolaire originelle de l'aria de *Carmen* pour solde de tout compte :

L'amou[r] est enfant de Bohêème
Il n'a jamais, jamais connu de loi !
Si tu ne m'aimes pas, je t'aime,
Et si je t'aime... p[r]ends ga[r]de à toi !

« *À Montparnasse !* »

On l'amena en fiacre à Montparnasse, où il s'attendait que l'esprit soufflât à chaque coin de rue, et il rêvait de La Closerie des Lilas tel un pieux musulman de la Pierre noire de La Mecque. La réalité s'avéra en deçà et au-delà de ses espérances : on lui avait aménagé provisoirement pour son arrivée un grabat dans une ancienne écurie du passage anonyme — que le cadastre parisien désigne du sigle B/14 — joignant les rues Campagne-Première et Boissonade. Celle-ci était alors composée de deux culs-de-sac séparés par le jardin des sœurs visitandines, le plus court issu du boulevard du Montparnasse, et le plus long du boulevard Raspail. Ce dernier avait autrefois porté l'appellation d'impasse Sainte-Elizabeth — qui remémorait les jours d'antan quand, fermée d'un portail, elle préservait au sein de sa copropriété la quiétude des villas faubouriennes. Quant aux religieuses dont l'édilité parisienne briserait les murs conventuels pour tracer une rue d'un seul tenant, elles vivent jusqu'à ce jour sous la règle d'une clôture que nul mâle n'est autorisé à franchir — à l'exception du vieux prêtre qui administre l'extrême-onction. Le passage B/14 abritait à l'époque l'École nationale d'équitation. Les hennissements de ses chevaux éveillaient de bonne heure la poignée d'artistes cubistes et littérateurs venus de l'est et du sud de l'Europe se tapir entre paille et fumier, qui humaient l'odeur du crottin en guise de collation après les beuveries et les saillies nocturnes.

Afin de compenser la modestie de pareil logement, les compatriotes de Rodolphe avaient fêté son arrivée par un banquet où l'on vida force bouteilles jusqu'à une heure avancée — selon les usages de la Bohème — à La Closerie des Lilas, le rendez-vous du Tout-Montparnasse en 1908 — avant que le centre de gravité du quartier ne se déplace vers La Rotonde et Le Dôme. Le fameux café-brasserie était alors le prolongement du bal Bullier, situé en face, où étudiants du Quartier latin tout proche et grisettes venaient danser, en lisière d'un faubourg champêtre, bordé de couvents dont les jardins embaumaient le tilleul. D'emblée, l'établissement devint le cœur de la vie parisienne de ton père : chaque semaine, Paul Fort, le Prince des Poètes, y tenait les mardis de sa revue *Vers et Prose* — elle-même sise au 18 rue Boissonade. On compte parfois jusqu'à deux cents « mardistes », pressés autour de ce jeune homme lyrique et passionné, portant cheveux longs, bacchantes, sombrero, veste et cravate noires. Il accueille versificateurs, écrivains, peintres et sculpteurs français et étrangers dans un joyeux tohu-bohu où cliquettent les verres parmi le sabir le plus cosmopolite de l'univers. Les apéritifs y sont servis à partir de 5 heures, et de 9 heures du soir à 2 heures du matin les rimailleurs qui le désirent déclament leurs strophes, grimpés sur les tables. On y boit sans modération, à la satisfaction de M. Combes, patron de l'établissement. Ton père y rencontra la plupart de ceux dont il idolâtrait les écrits, et qu'il commencerait à populariser à Prague par ses traductions. Beaucoup résidaient à proximité, dans le voisinage des ateliers des peintres et sculpteurs sur qui il rédigerait ses articles pour la presse tchèque.

L'un des mardis suivant son arrivée, il sentit qu'on le touchait au bras, tandis qu'une voix lui disait : « Tiens donc... c'est le passant de Prague ! Quelle bonne surprise ! Bienvenue à Montparnasse ! »

Il reconnut en celui qui l'accostait au milieu de la foule enjouée des mardistes le jeune homme rencontré devant l'hôtel de ville du quartier juif. Il était entouré d'une bande de camarades fort gais tenant des verres d'absinthe, de Mandarin-Picon ou d'anisette, auxquels il déclama : « Chers amis, je vous présente Monsieur...

— ... Rodolphe K. ! Messieurs, mes respects !

— Qui m'a fait découvrir les dessus... et les dessous de Prague ! reprit son interlocuteur. Eh bien, cher Monsieur, je vous invite à vous joindre à nous pour vous faire connaître à notre tour les dessous... de Paris ! Mais vous avez déjà identifié l'ombilic de notre cité, qui se trouve à La Closerie parmi les lilas mauves et blancs qui ceignent et embaument le front des poètes d'aujourd'hui comme le laurier celui de nos prédécesseurs ! Vous êtes à compter de ce jour notre hôte d'honneur et j'espère vous rendre au centuple l'hospitalité que vous m'avez si aimablement prodiguée il y a six ans, en ce moment de solitude pragoise où j'étais parti à la recherche de mes origines slaves... Vous ne pourriez imaginer combien ce séjour fut crucial pour moi, et quelle maïeutique fut vôtre ! Ici, Monsieur, vous vous trouvez au carrefour de la peinture et de la poésie de notre époque, nous la révolutionnons, jetons à bas les conventions anciennes et construisons l'esprit nouveau ! Souffrez que je vous présente mes amis qui seront désormais les vôtres : M. André Salmon, pétillant et méphistophélique, M. Max Jacob, qui va nous réciter tout à trac sa dernière pièce, MM. Guy-Charles Cros, fils de l'inventeur du phonographe, Louis Mandin et Alexandre Mercereau. À votre santé et bienvenue à Montparnasse, cher Monsieur Rodolphe K. ! »

Après avoir trinqué dans un cliquetis joyeux il reprit : « Nous mettons à profit, avec l'assentiment de l'aimable M. Paul Fort, ce grand rassemblement d'aficionados de la versification pour instiller en eux les formes nouvelles de l'art total — *propaganda fidei* auraient dit mes ancêtres les camériers du pape !

— Messieurs, l'honneur pour Votre Serviteur est immense de serrer la main à de si fameux parnassiens dont les lecteurs tchèques sont avides et enthousiastes !

— Ami, permettez-moi de vous présenter également à l'un d'entre nous qui outre sa vocation littéraire est aussi l'espoir de la diplomatie française, et s'intéresse passablement aux pays slaves qui nous sont si précieux à tous deux : M. Jean Giraudoux ! »

Ce dernier, un jeune homme à la mise distinguée qui venait de se joindre à la bande, entreprit Rodolphe à part : « Ah, cher Monsieur, combien je suis heureux de faire votre connaissance ! Si vous saviez l'importance de ce séjour pragois dans la genèse de l'œuvre de Guillaume — il a commencé d'écrire un récit très curieux à ce propos... qui paraîtra bientôt, ainsi que de fort beaux vers ! Mais voyez Max qui grimpe sur la table et s'apprête à déclamer quelques rimes... Nous reparlerons très vite des Tchèques et de leur conflit avec Vienne... J'ai suivi, savez-vous, les conférences du professeur Ernest Denis avec un intérêt sans pareil ! »

Le brouhaha s'atténua tandis que Max Jacob se hissait au-dessus de la foule et récitait, à grand renfort de mime et de gigue, un poème inspiré par les chevaux et les fiacres remisant au garage des petites voitures de la rue Campagne-Première voisine, et qui dut sa notoriété au nom, « Le cheval à Picasso », dont on le qualifia ultérieurement — mêlant titre et dédicace :

... Un cheval de fiacre était en arrêt devant le Grand Hôtel
Ce cheval !... peut-être songeait-il aux prés, five o'clocks éternels
Qu'on paît loin des égouts pestilentiels
Peut-être à ces campagnes premières
Peut-être à l'écurie rue Campagne-Première
Rêve des bêtes !... l'étincelle sous la paupière
Mystère...
Qui lira votre fond, ô bêtes familières ?

Sa prestation fut accompagnée d'un tonnerre d'applaudissements, de cris et de libations, tandis que la salle se déhanchait à l'imitation du poète. Rodolphe remarqua que même les garçons s'exprimaient en vers. Il se trouvait aux côtés de Jean Moréas, le symboliste d'ascendance grecque qui avait là ses quartiers, quand le chef de rang Isidore, impeccable en tablier blanc immaculé et costume noir, lui présenta cérémonieusement son moka sur un plateau d'argent en déclamant le distique :

Au maître Moréas,
J'apporte un café tasse !

Tandis que le vacarme se dissipait, Giraudoux revint vers lui pour réitérer son admiration à l'endroit d'Ernest Denis. Aux yeux de Rodolphe, La Closerie, par-delà la profusion poétique des mardis, qui l'avait précipité d'emblée dans le maelström de la Belle Époque, aurait désormais un autre attrait, propre à l'enfant de Bohême. Elle était située à un jet de pierre de la rue Michelet, trois pâtés de maisons vers le nord entre la rue d'Assas et l'avenue de l'Observatoire. Là trônait en son hôtel particulier Ernest Denis : le patriarche des études slaves, professeur à la Sorbonne et mentor des jeunes Tchèques de Paris qui se piquaient de lettres. Ton père le seconderait dès 1909 à la fondation de l'association universitaire franco-slave.

Cette fin de l'année 1908 le voit papillonner en tous sens à travers la capitale. En témoigne une carte postale de novembre : il y semble si heureux de vivre enfin cette

« vie riche » dont il rêvait au fond des bois de la Bohême qu'il n'a plus même le temps de correspondre avec ses amis : « Quand Paris desserrera un peu son étreinte, je t'écrirai plus longuement », signifie-t-il à son camarade Jelinek, demeuré à Prague.

Le triangle matriciel

La Closerie des Lilas marque l'angle droit d'un triangle rectangle délimitant le terreau fécond où notre marcotte slave a poussé ses radicelles jusqu'à faire souche. L'ancienne rue d'Enfer, résidence de Chateaubriand d'où il data les lettres parisiennes des *Mémoires d'outre-tombe*, en constitue le petit côté, les boulevards du Montparnasse le grand et Raspail l'hypoténuse. Cette géométrie sacrée est striée en autant de sécantes biscornues de trois rues dont le tracé fut inspiré par des Muses facétieuses souhaitant remémorer les raidillons au flanc du mont Parnasse originel de l'Attique qui était leur habitation. Le plus court de ces sentiers urbains, la rue Léopold-Robert, marque l'angle aigu du carrefour Vavin, tel l'accent hirondelle sur le *e* de Nadějkov. Les immeubles de rapport qui la bordent ont été édifiés sur les terrains boisés de l'ancien bal de la Grande Chaumière, où furent inventés le *cancan*, scandalisant la pudibonderie par cette monstration subite du sexe féminin, jailli sous les jupons relevés en lançant la jambe en l'air, et le *chahut*, sa version mêlant l'attentat à la pudeur et la contestation politique, comme on le rimailla en ces temps :

Dansez, buvez, prenez un pot de bière
Buvez un coup!
Le vent qui vient de la Grande Chaumière
Vous rendra fou!

Le bal ferma en 1855 — victime de la concurrence du Bullier voisin — mais peut-être les effluences des torrents de bière éclusés en ces lieux persistèrent-elles jusqu'aux débuts du XXe siècle pour y attirer celui qui deviendrait l'un des principaux hommes politiques du pays des brasseurs et des étangs. En effet au nº 7, dans une chambre de bonne, résiderait en 1915-16 Edvard Beneš, futur second président de la République tchécoslovaque, ancien élève de Rodolphe quand il était jeune enseignant de français au lycée de Vinohrady. Ce libre-penseur social-démocrate évincerait pourtant ton père de tout rôle dans la patrie que ce dernier avait contribué à accoucher. En conséquence se dénouera pour notre lignée le lien charnel avec la Bohême atavique. S'y substituera l'attache sensuelle avec la Bohème parnassienne issue de notre nouvelle matrice, ce triangle dont la forme épouse celle du sexe féminin exhibé ici même sous les froufrous du cancan dans sa culotte fendue, tandis que nous basculons du circonflexe à l'accent grave.

La bissectrice en est l'ancienne ruelle du Mont-Parnasse, magnifiée ensuite d'une appellation qui turlupina mes années de jeunesse — « Campagne-Première ». À mes oreilles de petit garçon, la voie portait un nom musical et champêtre qui m'enchantait comme si la combinaison mystérieuse du substantif et de son épithète augmentée d'un trait d'union célébrait la ruralité primitive du jardin d'Éden. Sans le savoir, tel le cheval de fiacre se rappelant le pré où il paissait poulain, j'y ressentais la réminiscence des vertes prairies de l'enfance disparues lorsque j'arrivai à Paris à l'âge de quatre ans pour rejoindre mes parents, arraché soudain au paradis méditerranéen. En dépit de ses connotations bucoliques, cette campagne-ci est à comprendre dans son acception guerrière : l'odonyme commémore la victoire remportée à Wissembourg en 1793 par Alexandre-Camille Taponier, qui avait mené le 14 juillet 1789 l'assaut de la Bastille comme sergent et fut promu, quatre ans plus tard, général de division. Il avait acquis et loti le terrain d'où furent expulsés les oratoriens lors de la vente des biens du clergé. Sur son champ de bataille, la Révolution française portée par les Lumières triomphait de la Prusse et de l'Autriche — symbole propre à enthousiasmer les patriotes tchèques exilés à Montparnasse, en lutte contre les autocraties et la *Kultur* germaniques, et qui y anticipaient leur succès futur.

C'est dans cette même rue, là où résidait le crève-la-faim Eugène Atget, photographe du Paris évanoui au tournant du siècle, qui en fixait en sépia les façades et scènes de genre avant que ne les arase la pioche des démolisseurs, que je devais t'apercevoir pour la première fois en noir et blanc, au début des années 1960. Tu apparus sur le poste que possédaient vos amis Anne Miracle et Pierre Chazanoff qui habitaient là dans un atelier d'artiste au coin du passage B/14, elle peintre et lui architecte, membres de la cellule Montparnasse du Parti communiste français dont tu fus l'implacable secrétaire. Nous étions trop pauvres pour acquérir une télévision ; en outre, dans une famille comme la nôtre durant cette décennie, on anathématisait le petit écran, instrument de propagande gaulliste. Mais il en allait différemment ce soir-là où nous célébrerions ton apothéose cathodique, et maman m'avait emmené chez nos seules connaissances qui fussent nanties d'une de ces étranges lucarnes — Pierre gagnait bien sa vie et sa profession « bourgeoise » l'autorisait à s'informer sur l'ennemi de classe. Un manteau enfilé sur mon pyjama et des chaussures aux pieds, fagoté ainsi pour aller dormir immédiatement après cette sortie, on m'avait fait transiter de la rue Boissonade où nous résidions jusqu'à la « rue Campagne », et à l'occasion exceptionnelle que serait l'instant de notoriété paternelle, on me permit de me coucher tard la veille d'un jour d'école. Tu jouais, dans un téléfilm oublié diffusé après les nouvelles de 20 heures, un second rôle, un matelot exhortant les passagers d'un bateau qui allait faire naufrage à s'entourer de couvertures, ou à passer leur ceinture de sauvetage, je ne me souviens plus, la réplique durait quelques secondes, mais ton irruption éclair, cheveux noirs ondulés coupés court, physique de jeune premier, vêtu d'un tricot rayé, m'a tant ébloui que je me la remémore distinctement un demi-siècle plus tard.

Outre le passage B/14 où Rodolphe vécut sa première nuit parisienne, il en existe un autre, coudé en équerre qui relie la rue Campagne au boulevard Raspail — ci-devant « d'Enfer ». C'est la seule voie ayant conservé cette appellation originelle des artères, barrière et place du quartier — comme une trace honteuse de ce nom vétuste qu'on aurait laissé subsister sur une sentine peu reluisante : jusqu'à mon enfance s'y serraient des logements ouvriers à la façade lépreuse, et l'on évitait de s'y aventurer. À l'arrivée de ton père à Paris, il débouchait sur l'immense garage de la Compagnie des petites voitures, où les cochers remisaient fiacres et chevaux, avant de s'entasser au coin dans un café mal famé où ils s'abreuvaient d'absinthe avec des filles, que venaient lever les bourgeois encanaillés. Cette appellation épouvantable de passage d'Enfer ne traduisait pas seulement l'habitat du prolétariat comme la sordidité des lieux aurait pu le faire accroire, ni le châtiment attendu du stupre qui s'y donnait libre cours. Elle pointait la présence du domaine d'Hadès qui s'étend à l'ouest du boulevard Raspail, hypoténuse de notre triangle, et jusqu'à la rue antinomique de la Gaîté (ou de la Joie) avec ses théâtres et ses hétaïres, par cette vaste cité de tombeaux qui accueille aujourd'hui la dépouille de tant des êtres de chair que fréquenta Rodolphe : le cimetière du Montparnasse. Ce monde des morts pénètre aussi en profondeur sous notre territoire dont il est le soubassement, par des catacombes. Les portes se situent à l'emplacement de l'ancienne barrière d'Enfer, où subsistent les pavillons de l'octroi de l'architecte Claude-Nicolas Ledoux, avec leurs façades « aux arcades soutenues sur des piles très prononcées, aux assises carrées et rondes, et les impostes avec bossages très saillants », telles que les décrit en 1787 *Le Guide des étrangers et amateurs à Paris.*

Après que la Révolution eut renommé les lieux « barrière de l'Égalité » en 1792, il revint finalement à la IIIe République de nationaliser cette abominable place en rusant avec l'homonymie pour la dédier au héros de la résistance à la Prusse, le colonel Denfert-Rochereau. À sa mort en 1878, elle fit ériger en son centre par Auguste Bartholdi, qui avait son atelier rue Vavin, à la bordure septentrionale du triangle, un monumental fauve qui figurait l'officier, le « lion de Belfort », défenseur de la citadelle restée française au milieu de la plaine germanisée d'Alsace-Lorraine après la défaite de 1871. Le sculpteur alsacien œuvrerait ensuite à la statue de *La Liberté* dont le prototype orne le pont Mirabeau d'Apollinaire. Les Tchèques exilés dans le quartier, au premier chef František Šimon installé dans la rue Daguerre voisine, voyaient dans le colossal félin surélevé sur son socle de pierre l'invincible divinité animale, magnifiant leur sanglier tutélaire, qui les protégerait eux aussi contre la germanisation — et ce fut l'un des ressorts de leur attrait pour Montparnasse et ses bordures.

Mais figurait là un second monument mémoriel — qu'on pouvait encore deviner en 1908, là où commence l'avenue Denfert-Rochereau qui borde notre triangle à l'est. Huit ans avant l'arrivée de ton père à Paris, on avait donné en français *La Vie de Bohème* qui se déroule, selon le livret, vers 1840, « dans le brouillard de février » à la barrière d'Enfer : « Au premier plan à gauche, *un cabaret,* avec portes et fenêtres praticables... de la fenêtre perce une lumière rougeâtre », précisent les didascalies. À l'acte III, Mimi y épie la conversation entre Marcello, l'artiste famélique, et Rodolfo, le poète dont elle est éprise. L'amant de l'infortunée cousette a découvert sa phtisie et annonce vouloir la quitter, trop démuni pour lui procurer le foyer qui l'empêcherait de mourir de consomption : « Ma chambre est un antre / Sordide / Le feu est éteint / Un vent glacial / Y pénètre et souffle partout... »

Ainsi Rodolphe bascula-t-il d'une figure éponyme à une autre, de Rudolf II à Rodolfo, de l'empereur hypocondre du Hradschin pragois au littérateur miséreux de Puccini, en parcourant en chemin de fer la distance entre Prague quittée un soir de mai 1908 et Montparnasse élu au matin suivant patrie idéale. Pourtant cette dernière s'avéra cruelle pour ton impécunieux géniteur. Jusqu'au printemps 1910, il loge dans une étroite soupente à l'« hôtel des Américains », alors établi au 133 boulevard Saint-Michel, un établissement au confort rudimentaire où ses compatriotes désargentés sont si nombreux qu'il suggère de le renommer « hôtel des Tchèques ». La colonie est avide de commérages, de mesquineries, et chacun se bat pour exister. Ceux qui percent sont jalousés et en retour méprisent leurs concitoyens demeurés obscurs. Passant l'été 1909 à Nadějkov, il revient à Paris le 1er octobre avec Filča, et même ses amis anciens commencent à le regarder de haut. Il souffre qu'ils le perçoivent comme un raté, ainsi qu'il l'écrit à Dyk : « Notre retour à Paris n'est pas bienvenu, ils nous voient avec mépris. Si nous étions mariés peut-être nous considéreraient-ils différemment. »

Les épouses de Šimon et Jelinek snobent sa concubine. Leur union libre interdit aux amants de cohabiter à l'hôtel, et Filča profite de l'hospitalité du sculpteur Otakar Španiel qui la loge dans son atelier, lui aussi rue Daguerre, en échange de séances de pose qui font jaser... Sa beauté lui vaut suffrages masculins et aigreurs féminines, tandis que son galant se morfond et mange de la vache enragée.

Mais l'année 1910 apporte plus d'enjouement. Une carte postale éditée à l'occasion de la mi-carême, le 6 mars, représente Filča en reine tchèque entourée de ses demoiselles d'honneur vêtues de la tenue nationale de Bohême, et d'un groupe de notables en redingote et chapeau haut de forme, lors d'une cérémonie en l'honneur de la belle sur le parvis de l'Hôtel de Ville. On découvre une jeune femme au visage avenant, svelte, modèle idéal pour un peintre. En arrière-plan se profile Rodolphe, moustache et faux col, qui écrit fièrement au verso à Dyk : « Chacun sait maintenant que nous sommes les compatriotes de cette aimable jeune fille qui a plu à Paris et a eu de loin davantage de succès que la Reine des Reines françaises ! »

La forfanterie de ton père se donne libre cours, d'autant qu'à compter de ce printemps il peut enfin cohabiter avec sa maîtresse dans un confortable appartement rue Leclerc, au coin du faubourg Saint-Jacques, que met à la disposition de celle-ci son locataire, l'astronome slovaque Milan Štefanik, en mission à Tahiti. Rodolphe décrit précisément les lieux à son correspondant, avec un croquis du logement, et loue la « vue magnifique » de son bureau — en écho, de ce point culminant de la rive gauche, aux propos que Balzac met dans la bouche de Rastignac du haut du cimetière de Ménilmontant quand y est inhumé le père Goriot : « À gauche l'Observatoire avec son grand jardin, à sa droite la coupole du Val-de-Grâce, puis le Panthéon, au fond, Notre-Dame et d'autres clochers, on voit jusqu'aux Buttes-Chaumont, il ne reste que les remblais des fortifications, puis au centre le Père-Lachaise dans lequel on arrive à distinguer à la jumelle certains monuments célèbres. Seul un bâtiment fait tache, l'immense prison de la Santé. En ce moment, où les arbres fleurissent, ils offrent une vision très rafraîchissante... »

Rodolphe y mentionne aussi l'école communale du boulevard Arago où les marronniers d'avril sont autant d'immenses candélabres blancs. Enfin il dispose d'une chambre à l'étage pour y dormir, précise-t-il — un scrupule envers son correspondant à moins qu'il ne s'agisse d'une discrétion convenue avec Filča. Par-delà les commérages sur leur couple, il parvient à se faire une réputation dans le milieu artistique, et commence à tenir la chronique de Montparnasse pour la presse tchèque.

À la mi-septembre, il jouit seul du grand et bel appartement de Štefanik, écrit-il à Jelinek, car Filča est repartie en Bohême au gré des aléas de leur liaison. Il vit pourtant à plein la délectation du lieu et du moment : « Au jardin du Luxembourg il y a actuellement les plus belles plates-bandes de fleurs, on s'y retrouve, on s'assoit sous les arbres au feuillage clairsemé jusqu'au soir. Les cafés s'emplissent, l'Odéon et les autres théâtres reprennent leur saison. Que c'est beau ce Paris automnal : je l'aime immensément, ses soirées, ses matinées et ses après-midi d'argent sur la Seine. »

Rodolphe trouvera son logement définitif, après avoir quitté la rue Leclerc et quelques ultimes tribulations locatives, rue Boissonade. Celle-ci doit son appellation à l'helléniste éminent qui se consacra à l'édition de textes grecs sous l'Empire, la Restauration, la monarchie de

Juillet puis la IIe République et le Second Empire, après avoir commencé sa carrière au service de la Révolution, dans un quartier tirant son nom d'une référence facétieuse au Parnasse de l'Attique. Elle venait d'étudiants de la Sorbonne sous le règne de Louis XIV qui avaient qualifié de ce sobriquet grandiose un monticule de gravats où ils allaient se divertir en troussant des jupons. Les Muses y éliraient effectivement domicile au tournant du XXe siècle, célébrant sur ce mont Parnasse parisien Apollinaire en successeur d'Apollon.

« L'aventure fâcheuse » d'Apollinaire

Ton père adressa une lettre à « Monsieur Guillaume Apollinaire, 37 rue Gros, Paris XVIe », au deuxième jour de l'automne 1911, après un été passé à se ressourcer au cœur des bois de l'enfance, ainsi qu'à traduire et publier en tchèque le poète. Elle est écrite à Sedlec, où le capitaine des chasses Joseph K. s'est installé pour sa retraite.

Monsieur,

Arrivé, après un voyage en Bohême où je passe cet été, à la maison de mon père qui est maintenant mon domicile temporaire, je trouve sur ma table un monceau de numéros de Paris-Journal *et je les feuillette avec impatience pour m'informer le plus vite possible de cette aventure fâcheuse que vous avez eu à éprouver et dont j'ai appris déjà quelques détails par nos journaux tchèques. C'est vraiment incroyable qu'une telle affaire puisse troubler la vie paisible d'un poète, la vie dévouée à tant de nobles intérêts qui sont des plus éloignés de ce que l'on cherche à avoir le droit de reprocher.*

En apprenant tout ce que vous avez eu à souffrir, je suis très reconnaissant au hasard qui m'avait offert l'occasion de faire votre connaissance et de serrer votre main, et je vous prie d'accepter l'assurance de ma grande estime et de mes sympathies les plus sincères.

C'est justement au temps où je m'occupe de votre livre que tombe votre affaire qui n'est pas si étrange à l'atmosphère de L'Hérésiarque & Cie. *J'ai publié, avec votre permission, la traduction de deux pièces dans les journaux tchèques et je serais très heureux de publier la traduction du livre entier.*

Je me réjouis d'avoir, dans un mois, le plaisir de vous voir à Paris et je vous prie, monsieur, d'agréer mes salutations bien distinguées.

Rodolphe K.

« L'aventure fâcheuse » à laquelle ce dernier fait allusion est l'incarcération du poète pour une semaine à la prison de la Santé, le 7 septembre 1911, à la suite du vol de *La Joconde* au Louvre : la police soupçonnait une de ses connaissances belges interlope. De fait, Guillaume avait toujours dû vivre d'expédients et il effectua de fréquents voyages à Bruxelles afin d'en convoyer vers Paris des filles d'Europe centrale pour le réseau de prostitution de sa mère entremetteuse et de son beau-père proxénète — Rodolphe se représente avec quelque naïveté, à moins qu'il ne s'agisse de délicatesse, « la vie paisible d'un poète » menée par l'auteur des *Onze Mille Verges* et de divers romans pornographiques alimentaires, hâtivement démarqués de l'Enfer de cette même Bibliothèque nationale où la lettre est conservée. Apollinaire fut affecté par sa détention, et les vers écrits à ce propos me hantent depuis que je les ai lus adolescent, avec leur rime en *u* lancinante et acide d'où émane le *tædium vitæ* slave — je ne pouvais imaginer découvrir un demi-siècle plus tard la commisération que lui témoigna mon aïeul :

Avant d'entrer dans ma cellule
Il a fallu me mettre nu
Et quelle voix sinistre ulule
Guillaume, qu'es-tu devenu

Lors des semaines précédant son courrier, Rodolphe avait publié dans le supplément littéraire de la revue pragoise *Samostatnost* (indépendance) la traduction de deux contes du recueil *L'Hérésiarque & Cie.* Sa version originale, sortie l'année antérieure, avait manqué le prix Goncourt remporté par Louis Pergaud, bien qu'Apollinaire fût parvenu en tête au premier tour. Ton père fit paraître « Le matelot d'Amsterdam » en août 1911 puis « La disparition d'Honoré Subrac » mi-septembre. Ces deux textes ont en commun un drame de la jalousie, qui s'achève avec le meurtre de la femme adultère dans le premier cas, de l'amant dans le second, par le mari trompé. Le narrateur mène l'enquête sur un crime qui est élucidé en prenant pour réels les codes du fantastique. Honoré Subrac, surpris au lit avec sa maîtresse, se transforme en passe-muraille pour fuir. Mais le mari tire au revolver sur la paroi où il se volatilise, le tuant sans laisser d'autres traces que l'impact des douilles au niveau du cœur et une tiédeur corporelle sur les briques.

Quant au matelot d'Amsterdam, contraint par un lord anglais d'abattre sa jeune épouse soupçonnée d'infidélité, puis liquidé par celui-ci, le meurtrier avait feint de lui acheter un singe et un perroquet rapportés de Java, deux animaux mimant l'homme, l'un par le geste, l'autre par la voix. La fiction des deux contes rattrapa leur auteur quand parut la traduction tchèque. « Au temps où je m'occupe de votre livre tombe votre affaire qui n'est pas si étrange à l'atmosphère de *L'Hérésiarque et Cie* », écrit Rodolphe dans son français à la fois châtié et obsolète, aux mots choisis autant pour leur consonance que leur sens. Ainsi procèdent les métèques, dans la foulée de Guglielmo de Kostrowitzky, pour chaparder le trésor de la langue française.

Un astronome et deux peintres

La colonie avait pour figures de proue au tournant du siècle un astrophysicien et deux peintres : le général Milan Štefanik, Alphonse Mucha et František Kupka. Le premier, slovaque, joua un rôle clef dans le rapprochement des deux peuples slaves qui permit d'unir pour le meilleur et pour le pire la « Tchéco-Slovaquie ». Štefanik fut l'âme damnée de notre lignée. Hôte de Rodolphe et Filča dans son appartement du 6 rue Leclerc, tandis qu'il se trouvait en mission à l'étranger, il réincarnait sur les bords de la Seine notre paronyme pragois Johannes Kepler, le protégé de l'empereur saturnien Rodolphe II, ayant troqué l'astrologie d'antan pour cette forme moderne de divination, la politique. Installé à Paris quatre ans avant ton père, il arpente le monde pour y observer les phénomènes du ciel, puis invente en 1908 un système de radiotélégraphie destiné à relier par TSF l'ensemble des colonies françaises, qu'il parcourt en tous sens. Il est naturalisé en 1912 et décoré de la Légion d'honneur — puis deviendra pendant la Grande Guerre aviateur, général et membre du triumvirat fondateur de la Tchécoslovaquie : « Ce que Masaryk pense, Beneš l'exprime et Štefanik le fait », disait l'adage. Mais en premier lieu, il joue un rôle capital dans l'onomastique familiale : c'est à sa mémoire que Rodolphe te prénomme Milan lorsque tu viens au monde neuf ans après sa mort. Et ton donjuanisme irrésistible se déploiera sous ce parrainage : le général est un séducteur compulsif. Les Parisiennes de la meilleure société en sont folles, et elles lui ouvrent tous les salons jusqu'aux plus aristocratiques, autrement inaccessibles à un rastaquouère. Il mettra son libertinage au service de la Tchécoslovaquie en gésine.

Rodolphe fut d'emblée épaté par ce personnage, dont il fit la connaissance dans une soirée chez František Šimon : « Štefanik était là, je l'ai rencontré pour la première fois avant-hier, et il était très aimable. Un ténor lyrique ! » écrit-il à Viktor Dyk. Laisser l'usage de son appartement à Filča représentait une faveur particulière. La reine de beauté tchèque de la mi-carême 1910 a-t-elle suscité sa concupiscence, a-t-elle succombé à son charme, et ton père s'est-il laissé entraîner dans un candaulisme déjà suggéré lorsque sa maîtresse logeait dans l'atelier de Španiel rue Daguerre tandis qu'il se serrait dans sa mansarde de l'hôtel des Américains ? La délectation qu'avait eue Rodolphe à lire l'épopée des adamites s'était-elle hybridée avec la liberté sexuelle des artistes de Montparnasse ?

Et l'appartement de la rue Leclerc, quelle que fût la transaction sentimentale qui permit son occupation, fournit au génie du lieu qui nous poursuit sans relâche de ses flèches une de ses facéties. Les fenêtres surplombent en effet la cour de récréation d'une école communale. Ton père, qui a gardé un mauvais souvenir de la discipline stricte à Tabor, intitule une « chronique parisienne » dans la revue *Samostatnost* : « À l'occasion de la fin de l'année scolaire ». Observant les enfants jouer, il évoque Breughel qui « aurait pris beaucoup de plaisir à peindre cette scène ». Il note la bienveillance dont est l'objet la surveillance des élèves par les enseignants. Il en fait l'éloge, par contraste avec sa propre expérience : « Le *gymnasium* fournissait une instruction tout à fait adaptée pour former de futurs serviteurs, fonctionnaires obéissants de l'Empire, flagorneurs, bureaucrates et pédants. Mais ce n'est pas l'éducation de citoyens libres et responsables de leurs actes et de leur vie. »

En 1959, on m'a inscrit sans le savoir dans cette même école du boulevard Arago que mon aïeul a décrite quarante-sept ans auparavant à ses lecteurs avec tant d'affabilité. Je me rappelle précisément la scène, c'est mon premier souvenir d'enfance parisien et à la soixantaine il me hante toujours tel un cauchemar récurrent après mon expulsion du paradis azuréen — j'y ressentis une cruauté et une violence désarmantes à mon encontre. Je viens de rejoindre mes parents dans la capitale. Ils ont emménagé rue Boissonade dans l'appartement de Rodolphe décédé quelques mois auparavant. Je suis arraché à Nice, où l'on m'avait confié à ma grand-mère dans l'attente d'un foyer familial décent, en ces années d'après-guerre où sévissait la crise du logement. Je me retrouve ainsi en moyenne section de l'école maternelle dans cette cour de récréation qui a fait songer mon aïeul à un tableau de Breughel. Mais les toiles du Vieux Maître flamand sont peuplées de petits monstres, incubes et succubes qui torturent leurs victimes avec délectation. Je m'exprime avec l'accent chantant du midi, riche en *o* ouverts, résonnant de consonnes voisées, et tous les garnements m'imitent en exagérant ma prononciation qu'ils ridiculisent, m'accablent de leur méchanceté. Je pleure sans discontinuer, vautré dans un coin. C'est le rite du bizutage de l'arrivée à Paris, pour un Rastignac niçard en culottes courtes. Dès la semaine suivante, je parle « pointu » comme un parigot, et n'aurai de cesse, pour laver cet affront originel et en remontrer à mes persécuteurs, de devenir premier de la classe. Je sauterai la grande section pour continuer au cours préparatoire de l'école primaire. À son insu le petit garçon a accompli le destin que filent nos Parques allogènes — je me suis assimilé — sous l'œil bienveillant du spectre de Rodolphe qui de la fenêtre de Milan Štefanik contemplait la cour où je sanglotais.

La deuxième figure tutélaire tchèque du tournant du siècle était le peintre et dessinateur Mucha. Ton père n'eut pas l'occasion de le rencontrer, car il partit pour les États-Unis quatre ans avant sa propre arrivée. Mais il avait porté au plus haut la fusion franco-bohémienne, en exemple pour les jeunes artistes ou littérateurs. Né en 1860 dans le modeste village d'Ivančice, comparable à notre Nadějkov, il était imprégné lui aussi par ses mœurs agrestes et traditions folkloriques. Survivant à Montparnasse grâce à un régime sévère de lentilles et de haricots, à l'instar du Marcello de *La Vie de Bohème,* il vendait quelques dessins à des magazines illustrés. Le miracle se produisit le jour de Noël 1894 : en effet Sarah Bernhardt, dont le nouveau spectacle, la *Gismonda* de Victorien Sardou, ne décollait pas, exigea de son imprimeur une affiche pour en relancer la publicité. Il s'adressa à ce Tchèque que son impécuniosité maintenait durant les fêtes dans son misérable atelier rue de la Grande-Chaumière, surmontant la crèmerie de Mme Charlotte où il se nourrissait à crédit et se réchauffait, collé au poêle. La *Prima Donna* s'en enticha impromptu : « Ah que c'est beau ! Désormais vous travaillerez pour moi, près de moi ! Je vous aime déjà ! » Elle lui fit un contrat fastueux.

Au jour de l'an 1895 les murs de la capitale se couvrirent d'un placard de presque deux mètres de haut où la Divine Sarah de papier aguiche les passants, baignée de couleurs sourdes, personnifiant une noble byzantine vêtue d'une robe splendide. Le succès est immédiat. L'Art nouveau est né de l'osmose entre la lionne illustre, fille d'une courtisane juive hollandaise, et un ornemaniste tchèque doublé d'un érotomane. Mucha retrouve la sensualité originelle des pastourelles de sa jeunesse, à la façon dont Carl Beck, amant de la comtesse Caroline à Nadějkov, dénudait les fraîches paysannes de son pinceau. Il submergea la planète d'ondines aux longues chevelures piquées de fleurs, à la sensualité capiteuse sous la mièvrerie publicitaire, dont les déshabillés agrestes étaient prêts à tomber à condition d'acquérir les produits industriels dont elles portaient le rêve.

Il déménagea dans le splendide atelier édifié pour Mansart à côté du Val-de-Grâce, de l'autre côté de La Closerie des Lilas. Près de la porte d'entrée, dans un tiroir plein de billets de banque, pouvait puiser quiconque se trouvait dans le besoin. Cette prodigalité, les fêtes somptueuses parmi ses modèles dévêtus le conduisirent à s'épuiser par la commercialisation à outrance et la facilité. L'Art nouveau passant de mode, il quitta Paris pour renouveler sa fortune aux États-Unis. Il reviendrait à l'aîné de tes petits-fils de m'ouvrir, cent ans plus tard, les portes de l'atelier où je cherchai en vain la trace du tiroir et le souvenir des troublantes académies. Nous vivions en ce tournant du siècle suivant dans le quartier du Val-de-Grâce, et ton descendant avait pour camarade au lycée voisin le fils du peintre qui avait racheté les locaux. C'est ainsi que j'y pénétrai, y aspirant l'esprit du lieu malgré la fuite du temps.

Le troisième côté de ce triangle tchèque à Paris était Kupka, qui fit évoluer son prénom, au fil des ans, de František en François. Ce peintre né en 1871 disposa dès sa vocation d'une grande facilité. Il arrive dans la Ville Lumière en 1895 après être passé par les Écoles des beaux-arts de Prague puis de Vienne. Il fut romantique, symboliste, expressionniste, figuratif puis abstrait avec une égale virtuosité. Il maîtrisait aussi la gravure et le dessin. Plus rapidement encore que Mucha, il fut remarqué. Collaborant aux gazettes, dont *L'Assiette au beurre,* il vivait sur un grand pied et se transféra de Montmartre à un vaste pavillon-atelier de Puteaux, sans résider à Montparnasse. Son premier envoi au très académique Salon de la Société nationale des beaux-arts, en 1899, intitulé *Le Bibliomane* représente un jeune homme assis en gilet et bras de chemise dans un bosquet clair-obscur, tout entier absorbé dans un livre, tandis que trois jouvencelles l'observent avec gourmandise à son insu. Cette toile de 95 sur 152 cm, empreinte du symbolisme pragois, exprime la tension entre l'appétence cérébrale de ce grand lecteur et la sensualité incarnée par les trois coquettes. Kupka y touche au plus profond du navrement slave qui constitue l'homme en objet malheureux du désir des femmes. Mon aïeul lassa à ce jeu trop subtil la belle Filča et quelques autres.

Du passant au passeur

Rodolphe chronique les Salons dès 1910, l'année où il commence à connaître la lumière et gagner sa vie. Il joue désormais le rôle de ce « passeur » entre Prague et Paris, inauguré autrefois avec Apollinaire rue Maiselova puis en visitant l'exposition Rodin, s'instituant l'ambassadeur des écoles les plus modernes de l'art français. En 1909, Bourdelle effectua un long séjour en Bohême et fit don de nombreuses œuvres aux associations et institutions pragoises. Dans la foulée, ton père organise pour la société Manès l'« exposition des Indépendants ». Elle présente à Prague de février à mars 1910 le meilleur des Fauves et les précurseurs du cubisme. Avec l'aide du critique Matějček et du peintre cubiste Kubišta, il a expédié soixante-dix-huit tableaux, quinze dessins, vingt-sept lithos et onze sculptures de dix-sept artistes prêtés par les galeristes les plus prestigieux — Bernheim Jeune, Druet, Hébrard, Kahnweiler et Vollard. Il s'est passionnément investi auprès de l'avant-garde parisienne dont il veut faire un adjuvant pour la scène tchèque, prenant parti dans un débat qui oppose anciens et modernes, locaux et universels. Il explique ainsi à ses correspondants que deux galeries signifient beaucoup pour le jeune art français : « Kahnweiler, petite et élégante dans la rue Vignon, dont le propriétaire sympathique ne craint pas de s'engager pour les artistes les plus radicaux comme Picasso et Braque... ensuite Vollard rue Laffitte, fort célèbre... »

Il s'avère au fait du marché et de ses tendances. Il rencontre Matisse dont la notoriété est déjà telle que les marchands avides de vendre ses toiles ne veulent pas les mettre à disposition : « À part deux huiles, des dessins et des bronzes il n'a rien à donner et ici on ne peut nullement prêter car il a sa propre exposition en février à Paris. C'est pourquoi je lui ai demandé les adresses des propriétaires de ses toiles en Allemagne et à Budapest... et je leur ai écrit. »

Rodolphe est conscient du caractère trop novateur de certaines œuvres pour le goût tchèque et recommande de traduire des articles de critique pour préparer le public. Il escompte que la plupart des exposants dont la cote n'a pas encore enchéri sont dans le besoin et arrache leur accord en leur faisant miroiter des achats pragois... mais finalement seul *Les Baigneuses* de Derain sera vendu, non sans difficultés — le peintre peine à se faire payer. Rodolphe est contraint de solliciter, à plusieurs reprises, son correspondant le collectionneur Vincenc Kramař car, plus d'un an après, l'achat du tableau n'a pas été réglé : « Je ne sais si je dois avoir honte ou me fâcher, mais pourquoi faire à ce bon monsieur de tels désagréments et l'humilier jusqu'à ce qu'il doive venir me raconter sa situation ? Tels sont les Tchèques et avec eux les relations sont toujours si peu réjouissantes. » L'œuvre est aujourd'hui l'un des joyaux du musée d'art moderne de Prague.

Il entremêle vie sentimentale et vocation d'entremetteur artistique, comme l'illustre une nouvelle lettre au même, en juillet 1911, annonçant que Štefanik est arrivé de Tahiti et en a rapporté des Gauguin : « Ça me bouleverse d'avoir cela sous les yeux, de pouvoir le prendre dans la main et regarder. Il s'agit de la composition *Soyez amoureuses vous serez heureuses*, de tout premier ordre dans ses bois. Il souhaite vendre au plus vite. J'ai pensé à vous pour l'acquérir... Lundi Mlle T. arrive ici. Je voulais rentrer hier déjà, mais à cause d'elle je serai là encore une semaine. » Deux mois plus tard, c'est du domicile paternel de Sedlec que Rodolphe écrira à Apollinaire.

Le 11 octobre 1912, ce dernier prononce une causerie dans le Salon de la Section d'Or, qui rassemble une trentaine de peintres et sculpteurs « modernes », avec quelque deux cents œuvres exposées. Il prend la parole devant deux toiles de Kupka, *Compliment* et *Complexe* et annonce l'« écartèlement du cubisme ». Rappelant l'idéal commun du mouvement, élaborer un art émancipé de l'imitation, il en loue la tendance « orphique » dont la création pure, à l'instar de la poésie et de la musique, se déploie par excellence dans la couleur au détriment de la forme. Y fait écho une lettre du peintre tchèque : « Faut-il donc que l'art représente quelque chose ? Ne suffit-il pas qu'un rythme soit maître de l'œuvre ? »

Rodolphe est aussi soucieux de présenter à ses lecteurs les multiples facettes d'une scène parisienne qui les fasse rêver. Le 15 juillet 1913, il publie en une du quotidien *Narodni Listy* un article intitulé « Nouveau Paris », chronique du développement urbain, éloge de « la symétrie des boulevards et des perspectives qu'elle offre, l'activité incessante, les bruits et les couleurs qui sont uniques », le confort des nouveaux immeubles dont certains sont même équipés de l'eau chaude et du chauffage, la beauté des façades, les allées plantées d'arbres d'alignement. C'est l'occasion pour le patriote tchèque de damer le pion à Vienne, la capitale austro-hongroise ne faisant que « répéter et copier » le modèle français. Parmi ces travaux d'édilité figure le percement du boulevard Raspail. Événement considérable pour Montparnasse, qui en basculera le centre de gravité de l'Observatoire à Vavin, de La Closerie des Lilas à La Rotonde, et de l'angle droit de notre triangle matriciel au plus aigu.

Cinq jours avant la parution, le président de la République Raymond Poincaré est venu inaugurer le boulevard dans sa nouvelle continuité, d'une longueur de 2,5 km entre carrefour du Bac et place Denfert-Rochereau depuis l'ouverture de la section entre la rue de Sèvres et Vavin : notre hypoténuse est désormais prolongée jusqu'au boulevard Saint-Germain, et relie Montparnasse vers le nord-ouest directement aux quartiers de l'argent et du pouvoir. Nous ne serons plus rattachés au monde par la seule médiation du Quartier latin avec ses potaches et ses professeurs.

Poincaré, accompagné de son épouse, parade en calèche-landau à la Daumont, l'attelage de gala à quatre chevaux sans volée dont deux montés par des postillons enrubannés, escorté d'une formation de gardes républicains crinière au vent. La France déploie sa pompe sous les yeux éberlués des métèques et autres apatrides juifs, slaves, nordiques et latins — congrégation improbable que l'Histoire nommera l'« École de Paris » — massés devant les cafés enfumés pour applaudir le cortège qui les adoube en miroir. Ils sont descendus des ateliers insalubres où ils barbouillent leurs toiles et bouleversent l'art mondial en baragouinant un sabir teinté de yiddish ou de russe, de néerlandais, d'espagnol ou d'italien. Est-ce parce que ce faste les subjugue et les rassure que l'immense majorité d'entre eux revêtiront l'année suivante comme volontaires l'uniforme français, versant le sang dans la boue des tranchées pour défendre ce drapeau dont les trois couleurs sont celles de leur palette, et devenir les enfants adoptifs de la patrie, fût-ce à titre posthume ?

Mais l'année 1913 est joyeuse et insouciante de ce compte à rebours du cataclysme mondial déjà déclenché dans les Balkans. La Rotonde est désormais le cœur battant de Montparnasse au détriment de La Closerie, et le pinceau universel du peintre y éclipsera la plume française du poète prisonnier d'un idiome que la Grande Guerre déclassera au profit de l'anglo-américain et de ses dollars. Les marchands commencent à faire leurs coups, raflent à bas prix la production des Soutine, Modigliani,

Chagall, du Douanier Rousseau, de Kisling, Zadkine et Pascin, pour les revendre des fortunes outre-Atlantique.

Ces derniers feux de la Belle Époque attisent l'activité de gazetier de ton père : il publie trente articles datés de 1913, tous appelés en une, dans le quotidien *Narodni Listy*. Cela lui permet enfin de gagner sa vie, et d'assurer le loyer de l'appartement qu'il a déniché au 23 rue Boissonade. Les deux tiers de sa production sont consacrés aux arts et aux lettres, rendent compte des expositions, des salons et des spectacles, ou encouragent la rencontre entre cultures tchèque et française dont il déplore la pusillanimité. Le 12 décembre de l'année précédente, il a organisé avec une Américaine slavophile de Paris, Miss Reynolds, un bal et concert de soutien aux Serbes en lutte durant la première guerre balkanique contre l'Empire ottoman et face aux appétits des Habsbourg, dans le « Club des dames anglaises et françaises » sous le haut patronage d'Anne de Rochechouart de Mortemart, duchesse d'Uzès. Deux cent cinquante invités, quelques artistes slaves se sont produits mais l'opération a été malaisée face au scepticisme de la colonie tchèque parisienne, motivée par ses seuls objectifs particuliers et immédiats. Sans parler de la circonspection des Français chez qui l'orientaliste académicien Pierre Loti porte les intérêts de la Sublime Porte, dont les possessions de Roumélie sont arrachées par le réveil de leurs sujets slaves. Rodolphe l'a vitupéré dans son premier papier politique le 11 novembre 1912, sous le titre « L'infatigable Pierre Loti » après que ce dernier a volé dans *Le Figaro* à la rescousse des Turcs en déroute. C'est de ce foyer infectieux que se déclencheront la Grande Guerre et l'effondrement de la civilisation européenne.

Il persiste à frayer cette voie ardue : quelques mois plus tard il organise un concert pour faire connaître Smetana et populariser son cher Dvořak, mais en dépit du soutien de Romain Rolland, slavophile et résident de Montparnasse, la réussite n'est guère au rendez-vous. Il a plus de succès avec les peintres et les sculpteurs, même si là non plus rien n'est aisé car il faut se faire une place dans la faune cosmopolite où ses compatriotes ne pèsent guère entre la masse des Juifs russes ou polonais et les Italiens, les Espagnols, les Scandinaves ou les Allemands, sans oublier l'arrivée d'Américains en nombre croissant, compte en banque bien garni. Dans une chronique de 1910 il rapporte cette conversation avec Matisse :

« Et qu'en est-il de vos artistes tchèques, lui demande le Maître, les verrai-je au Salon d'automne ?

— La réponse ne peut être que négative ! À part Kupka, František Šimon et Hugo Boettinger, aucun ne connaît la route de Paris : ils ne se rendent qu'à Munich ou à Venise pour faire de l'art autrichien ! »

Il se montre moins pessimiste trois ans plus tard. Aux Salons de 1912 Kupka a fait grande impression avec l'envoi de ses *Amorpha, Compliment* et *Complexe* devant lesquels Apollinaire proclame l'orphisme. En 1913, c'est au tour du sculpteur Bohumil Kafka d'attirer l'attention. Il élèvera à Prague dans les années 1930 la statue du connétable Žižka, ce général taborite promu héros tchécoslovaque — mais aussi massacreur des adamites... qui avaient tant perturbé Rodolphe dans sa jeunesse. Et en France celle de Milan Štefanik en tenue d'aviateur, longtemps disparue dans les réserves du Mobilier national avant de ressurgir anonyme après la fin de la Seconde Guerre mondiale sur la place d'un village de l'Aude.

L'enjeu n'est plus tant de se faire remarquer des Français que de se distinguer des autres étrangers. Dans sa chronique du 1er septembre, « Arts visuels », Rodolphe réagit au critique Georges Lecomte, qui observe que ces derniers sont pléthore au Salon d'automne, à tel point qu'en 1912 les pouvoirs publics ont sommé son président de les soustraire des jurys, où ils risquent d'éclipser l'art français. La réponse de ton père est marquée d'un antisémitisme récurrent parmi de nombreux Tchèques nationalistes, méfiants envers leurs compatriotes juifs germanisés par la proximité du yiddish avec la langue allemande, et plus loyaux à la monarchie des Habsbourg qui les protège dans son Empire cosmopolite qu'à des Slaves voyant en eux des allochtones : « Si la présence d'artistes anglais, espagnols, hongrois, russes ou nordiques n'a pas indigné les Français, ce sont les serfs russes de Montparnasse qui, avec leur agressivité sémite et leur capacité à s'acclimater, s'y sentaient comme chez eux et voulaient intervenir dans l'organisation du Salon. On se doit toutefois d'ajouter qu'il ne s'agissait nullement d'une campagne contre les étrangers dans la société conciliante et conviviale des artistes. »

L'ancien enseignant parie d'abord sur la jeunesse. Le 30 septembre, un éditorial intitulé « À Paris ? » incite les étudiants à venir s'y former. S'il les prévient contre les désillusions que peuvent susciter la saleté des rues autour de la gare de l'Est comme la xénophobie ordinaire, il y voit l'occasion unique pour les Tchèques d'affermir leur identité face au monde germanique qui les enserre de sa *Kultur* : « Pour nous pareille rencontre signifie un fertile examen de conscience et une remise à niveau de nos connaissances face aux influences néfastes de notre voisinage ! » « Si Prague, Belgrade, Moscou et Varsovie sont les capitales de chaque État, Paris est la métropole de tout le monde slave ! » Enfonçant le clou une semaine plus tard, Rodolphe poursuit des objectifs prosaïques : exercer un magistère tchèque sur l'Association franco-slave de Paris où prédominent d'autres populations plus nombreuses.

D'autres éditoriaux de cette année 1913 s'avèrent bien plus légers : « Tango » exalte cette danse sensuelle en vogue dans les bals parisiens, malgré les conservatismes qui n'y voient que vulgarité dans l'exhibition des cuisses des dames et les mouvements mimant le coït. Il appelle les Tchèques à s'y adonner en masse — et ironise sur les débats de l'Académie des arts pragoise qui hésite à trancher le genre, masculin ou féminin, de ce mot comme si l'érotisme endiablé de cette chorégraphie venue des bordels portègnes, où « les derrières s'amusent », transcendait la différence des sexes par la force de son étreinte. En juillet, il plonge dans l'ambiance frivole du bal Bullier face à La Closerie des Lilas, un samedi soir où il se laisse entraîner par « les jeunes filles toutes plus joyeuses et bavardes que n'importe quel autre jour », engage la conversation avec « les couturières libérées de leurs obligations qui cherchent un lieu bon marché pour dîner » et lui confient leur amour pour le roi d'Espagne en visite à Paris « car il est jeune ». Rodolphe est âgé de dix ans de plus qu'Alphonse XIII : semble-t-il déjà trop vieux aux cousettes, aux modistes et aux dactylographes — tandis que Filča lassée de son papillonnage sentimental s'est éloignée ? En octobre un article intitulé « Masques, grimaces et silhouettes » fait découvrir à ses lecteurs l'origine du mot « midinette » — de l'habitude qu'ont ouvrières et couturières d'une sommaire *dînette à midi*, veillant à leur taille de guêpe sous l'empire du corset. Bras dessus bras dessous, elles écument en espiègles les boulevards, Rodolphe sur leurs talons, de la sortie des ateliers aux soirées dansantes, avant qu'un sort contraire ne les transmue en ces « Gigolettes » et autres « Princesses du trottoir » dont Kupka envoya les toiles au Salon des Indépendants de 1911.

« Les Soirées de Paris »

Par-delà ses descriptions de la vie parisienne, Rodolphe s'immerge de 1912 à la déclaration de guerre d'août 1914 dans une aventure plus intense, dont il ne saurait rendre compte à ses lecteurs tchèques. Apollinaire fut le psychopompe de cette initiation, grâce au mensuel *Les Soirées de Paris*, fondé en février avec un groupe d'amis. Ton père, comme annoncé dans sa lettre de septembre 1911, avait revu son correspondant dès le retour de Bohême pour lui réitérer sa sympathie. Le poète accusait le coup après son incarcération à la Santé. René Dalize, son ami de lycée, connu sur les bancs de l'institution Saint-Charles à Monte-Carlo du temps où sa mère négociait ses charmes aux clients du casino, avait conçu la revue comme une échappatoire à la mélancolie slave submergeant Guillaume. Vivant de fluctuants équilibres sentimentaux et financiers, pris dans les invectives entre avant-garde et vieilles barbes, les querelles des jeunes artistes et littérateurs, le caractère infamant de son affaire l'avait affecté. La rumeur sapait le magistère moral au nom duquel un poète pouvait, selon les mots de ton père dans sa lettre, mener une « vie paisible [...] dévouée à tant de nobles intérêts ». Engagé corps et âme dans *Les Soirées de Paris*, il parvint à refaire figure honorable. Dans le onzième numéro, en décembre 1912, parut « Zone », ode cyclonique, à la prosodie révolutionnaire, transcendant le malheur dont il était accablé. Deux strophes en constituent l'épicentre. Après une évocation de l'enfance monégasque, combinant les origines méditerranéenne et slave du poète, elles reprennent la journée passée à Prague en compagnie de Rodolphe, à qui Apollinaire lut son texte, un jour de 1912, au café des « Vigourelles ». C'était son établissement favori, situé en lisière de notre triangle matriciel, 243 boulevard Raspail, au croisement avec la rue Campagne-Première.

Là précisément, quarante-huit ans plus tard, à la fin d'*À bout de souffle*, Jean-Luc Godard filme Michel Poiccard, son héros meurtrier incarné par Jean-Paul Belmondo dans la splendeur bestiale de sa primeur, abattu après une course-poursuite avec la police, par l'inspecteur Vital, joué par Daniel Boulanger. Il s'effondre au bout de la chaussée sur le petit pavé brun disposé en épi — l'asphalte le recouvrirait en 1999 pour solde de tous les comptes du XXe siècle. La scène culte se situe là où le café des « Vigourelles » avait autrefois disposé ses tables, et à cinquante mètres de la rue Boissonade, d'où je me rendrai au lycée Montaigne. Six ans plus tard j'y aurai pour condisciple l'un des sept enfants de Daniel Boulanger, un garçon très grand aux joues tomenteuses qui avait mué avant nous tous. Son père, académicien Goncourt durant un quart de siècle, avait publié en 1978 *L'Enfant de bohème.* J'ai fait exhumer ce recueil de nouvelles, dévolu à l'irrépressible pouvoir d'Éros, du fin fond du magasin des éditions Gallimard, encore entouré de son bandeau bleuâtre indiquant qu'il avait été lauréat du prix « Livre Inter ».

Aujourd'hui l'ancien café est occupé par un restaurant de poissons. Derrière ses vitres teintées et ses rideaux à mi-hauteur, François Mitterrand dissimulait ses amours sur un parcours foulé par son prédécesseur Raymond Poincaré en 1913, à l'inauguration solennelle du boulevard. Apollinaire, en pornographe d'occasion, avait d'emblée institué les lieux sous l'empire de Vénus : il avait donné au bistrot ce surnom en hommage aux deux filles du patron, M. Vigouroux, beautés peu farouches sachant susciter, dans son imagination tout au moins, la vigueur infaillible de leurs partenaires sexuels. Elles firent les modèles dans les ateliers voisins, à commencer par celui de Picasso, de l'autre côté du boulevard, au n° 242, dans la cité d'artistes style *Arts & Crafts* édifiée par le très chic Louis Süe, autre résident de la rue Boissonade. Le peintre, qui a repris avec passion le nu, se partage entre sa nouvelle compagne Eva et la baronne d'Oettingen, richissime Slave qui financera *Les Soirées de Paris.* Au n° 248, Michael et Sarah Stein achètent les œuvres et les expédieront outre-Atlantique. Ainsi les seins et cuisses, le triangle pubien, les fesses, les lèvres et la bouche des Vigourelles, morcelés par la touche cubiste, se déploient dans l'anonymat des plus grands musées de la planète.

Sous pareils auspices conversent le poète et son traducteur. « Bien cher ami, vous savez comme votre lettre de Bohême m'a bouleversé et conforté en cette période !

— Cher Maître, ne trouvez-vous point que la convergence entre cette malheureuse affaire et les contes de *L'Hérésiarque & Cie* dont j'avais tout juste fait paraître la version tchèque était stupéfiante ? Il me tardait de vous exprimer combien votre vie et sa fiction devenaient indiscernables... » Son interlocuteur lui confie que la fin de leur soirée pragoise avec les filles en peignoir lui a inspiré un autre récit, transcendant vers le bas les contes de *L'Hérésiarque & Cie* comme *Alcools* le fait « vers le haut, c'est-à-dire le spiritueux ! » déclare-t-il dans un éclat de rire. « Et qu'en est-il de ce récit ? Quand lui sera-t-il donné de voir le jour ? Soyez assuré que le public tchèque y ferait un aussi favorable accueil qu'aux pièces que j'ai eu le bonheur de traduire !

— Monsieur le Passant de Prague, vous que je me rappelle si vaillant avec certaine tétonnière et fessue... ce récit est paru voici cinq ans déjà, sous mes seules initiales, et je vous prie d'agréer en témoignage de ma gratitude un exemplaire de la seconde édition, qui vient tout juste de paraître, et que ne possèdent que ceux qui savent la lire ! Voyez plutôt ! »

Il lui tend un petit volume broché, de ces livres destinés au second rayon des bibliothèques que des réseaux spécialisés vendent sous le manteau, à la simple couverture blanche muette et aux caractères noirs et rouges.

Rodolphe lit : « "*Les Onze Mille Vierges* / par G... A... / Paris / En vente chez tous les libraires". Tiens donc, vous glosez le martyre de sainte Ursule ? Quel honneur, pour Votre Serviteur, catholique de spiritualité augustinienne, que d'imaginer traduire si prometteuse hagiographie !

— Haha, lisez-bien : *verges* — et non *vierges* !! Ami très cher, voici un récit orphique à travers les méandres du désir, où le jeune hospodar Mony Vibescu quitte sa Bucarest natale comme vous avez quitté Prague et moi Rome, pour venir jouir de l'amour dans sa plénitude à Paris... mais il n'accomplira son épectase qu'au terme d'un retour vers l'Orient où il connaîtra l'orgasme ultime du martyre : *Ex oriente lux !* aurait dit mon géniteur Apollinaris, camérier secret de Sa Sainteté Pie IX ! »

Feuilletant les premières pages, ton père l'interroge sur deux jeunes femmes que l'hospodar honora simultanément à son arrivée dans la Ville Lumière, Alexine Mangetout et Culculine d'Ancône. « Vous en avez sous les yeux les vivants modèles — lui est-il répondu — en la personne des filles de notre limonadier, M. Vigouroux... le nombre d'or, vous le savez... dans l'amour... c'est trois ! »

En novembre 1913, *Les Soirées de Paris* inaugurèrent leurs nouveaux locaux boulevard Raspail, dans un agréable rez-de-chaussée équipé du téléphone, luxe dû à la munificence de la baronne d'Oettingen. La façade de l'immeuble elle-même manifestait d'emblée que l'on entrait, en passant le porche, sur le territoire de la République des Lettres : elle dérogeait à l'alignement haussmannien pour s'incurver afin de respecter le tronc d'un acacia planté là par Victor Hugo. Le dernier numéro s'ornait de bois et de reproductions de tableaux choisis par Apollinaire. L'une représentait la *Construction au joueur de guitare* que Picasso venait d'achever et qui ornait le mur de son atelier à cent mètres des locaux de la rédaction. La revue recevait tous les mercredis soir, et Rodolphe fréquentait assidûment, en voisin. Désormais installé pour de bon, grâce aux émoluments de *Narodni Listy*, dans l'appartement de la rue Boissonade, il n'avait que quelques pas à faire.

*

Je foulerai ce trottoir à mon tour en passant devant le cèdre de Chateaubriand qui faisait alors comme un symétrique pérenne à l'acacia de Hugo disparu. Je me rendais en classe de 1959 à 1964, à l'école du boulevard Arago, le matin avec maman ou — exceptionnellement, car tu étais souvent en tournée théâtrale dans des villes de province — avec toi, bifurquant ensuite place Denfert derrière les gigantesques fesses de bronze du lion de Belfort.

Après les cours, je revenais avec la bonne qu'employait un couple de vos amis, membres de la cellule communiste de Montparnasse dont tu fus le secrétaire. Pierre Halbwachs, qui avait réchappé de Buchenwald grâce aux réseaux de solidarité du Parti, était un homme aux manières douces. Sa femme, Germaine, déployait au contraire sa sévérité avec les enfants. Ils avaient adopté une petite fille d'ascendance mauresque qui fut scolarisée avec moi, et nous revenions de conserve de l'école pour faire nos devoirs dans leur vaste appartement du boulevard Raspail, au sommet d'un immeuble au coin de la rue Schœlcher, d'où la vue s'étendait au loin par-dessus l'immensité grise du cimetière Montparnasse, frontière de notre triangle vers le couchant. Nous passions sans le savoir auprès des *Soirées de Paris,* en nous chamaillant : elle était « dissipée », disaient les institutrices, et le garçonnet sage et studieux l'horripilait sans doute. Elle n'avait de cesse de me griffer, pincer, tirer les cheveux, tandis que la bonne lui courait après, poussant les hauts cris. Quand nous arrivions à l'appartement, cette dernière faisait son rapport à Germaine, désignant mon visage balafré et ma coiffure en désordre.

S'ensuivait alors un rite qui parfois, au sortir d'une réunion de la cellule Montparnasse du PCF, se déroulait au vu de tous : sa mère se saisissait de ma persécutrice, la couchait sur ses genoux, la déculottait et la fessait. D'observer cette punition je retirais un plaisir qui n'était pas seulement causé par la juste sanction des violences subies — et que mitigeait la perspective de nouveaux pincements et griffures en vengeance, dans un cycle infini où la douleur et le désir s'entremêlaient sans que je sache faire la part de ces sentiments complexes, et encore moins comprendre que j'étais à mon tour frappé, dès l'âge tendre, de cette malédiction qui s'était abattue sur notre lignée avec l'initiation au culte des sangliers, depuis la comtesse Caroline jusqu'à tes innombrables conquêtes, et que tarauderait la langueur slave. Nous nous perdîmes de vue avec mon exquise tourmenteuse — elle avait quitté à sa prime adolescence le lycée et le domicile parental pour vivre avec un peintre auquel elle servit de modèle.

Nubile précocement, elle fut une Vénus brune pour qui se damnaient les hommes.

On s'est retrouvés un soir par hasard, une décennie après la troublante liturgie de la fessée. Démangée peut-être par son prurit d'enfance, elle entreprit d'agacer par ses espiègleries l'adolescent gauche pour le déniaiser d'un premier baiser — et je n'oublierai jusqu'à mon dernier soupir l'incandescence de sa bouche rose qui contrastait si fort avec sa peau sombre, le goût princeps de sa chair. Nous marchions boulevard Raspail comme autrefois, et nous nous arrêtâmes soudain, moi le souffle coupé tandis qu'elle m'avait pris la main, l'emprisonnant de ses doigts cuivrés contre sa paume brûlante. C'était un mercredi au crépuscule, elle m'avait plaqué avec sa fougue animale dans le renfoncement d'une façade incurvée où l'on distinguait encore la trace d'une souche d'arbre, elle fut ma Vigourelle et pendant que retentissaient en sourdine, donnant le tempo à l'ahan de nos corps, les accords furieux joués au piano par Alberto Savinio le 24 mai 1914 en ce même lieu, lors de la fête donnée pour le numéro 24 des *Soirées de Paris*, Rodolphe avait adoubé son petit-fils puis s'était fondu dans le mur tiède, rejouant la disparition d'Honoré Subrac.

ENTR'ACTE

« Le monde viendra s'offrir à toi pour que tu le démasques. »

Le 3 mars 2019 à 14 h 30, tandis que nous quittions la Belle Époque pour entrer dans la Grande Tuerie, tu es parti. Depuis la fin de l'automne tu avais lâché prise — le sommeil envahissait tes journées, l'aphasie te gagnait, des douleurs multiples te tourmentaient, matière à de fréquents transferts à l'hôpital. Nous passions des heures d'attente aux urgences, cour des miracles de l'Assistance publique, que tu vivais hébété. Pour te distraire, j'y faisais des photographies de toi avec mon téléphone portable. Jusqu'au bout tu as gardé un réflexe d'acteur prenant la pose en demandant les instructions à son metteur en scène — tu m'avais institué tel. Certaines te plaisaient. D'autres t'affligeaient : « C'est moi, ça ? C'est pas beau ! Je suis vieux ! » — mais tu oubliais instantanément cette déconvenue, tout à la joie de nouveaux clichés, index pointé, l'iris vert soudain pétillant comme autrefois, malgré la paupière tombante et les poches sous les yeux aux bords cernés de rouge. Puis l'installation d'une sonde par les internes de la Pitié, pour évacuer des calculs rénaux bombardés aux ultrasons, eut pour conséquence une septicémie fatale, et il me fallut arbitrer contre la prolongation de tes souffrances.

Deux jours avant ton Grand Voyage, je suis retourné sur tes traces jusqu'à Ullswater, dans le Cumberland, où tu avais passé la Seconde Guerre mondiale, au bâtiment qui abritait alors le lycée français de Londres, délocalisé au poétique district des lacs, dans le nord de l'Angleterre, pour échapper aux bombardements allemands. J'allais publier dans une collection que m'avaient confiée les éditions Gallimard la traduction française d'un récit de voyage, *Les Marches. Aux frontières de l'identité britannique.* L'auteur, Rory Stewart, était député de cette circonscription au parlement de Westminster. Il y narre ses déambulations le long du mur d'Hadrien, quelques miles au nord d'Ullswater, avec son propre père, jusqu'au décès de ce dernier. Nous étions convenus d'une petite cérémonie où nous dévoilerions une plaque en hommage aux élèves et à la solidarité entre les deux peuples contre le nazisme, en ces jours où le Brexit déboussolait le Royaume-Uni. L'ambassadeur de France avait dépêché sa conseillère culturelle, l'hebdomadaire *L'Express* le chef de son service étranger, et j'étais venu de Londres avec ta petite-fille qui y résidait alors, prolongeant par-delà les générations ton tropisme britannique de jeunesse. Alors que ton existence approchait de son terme — sans que je me doutasse de la brièveté extrême de l'échéance — j'avais fait en sorte, au motif de la promotion de ce livre, que la République indivisible et le Royaume-Uni saluent solennellement l'enfant de Bohême dans ces lieux où se joua ton destin d'homme et où naquit ta vocation de comédien.

Tu y fis part à Rodolphe en effet de ta prédisposition à l'art dramatique, par une lettre qu'il recopia dans son *Journal* de l'exil londonien durant la Seconde Guerre mondiale. Tu la rédigeas, en tchèque parfilé de gallicismes, dans ta chambre de pensionnaire au lycée, à l'occasion de son soixante-neuvième anniversaire le 21 février 1945 — tu venais de célébrer tes dix-sept ans le 8 janvier précédent.

L'édifice scolaire a mué, trois quarts de siècle plus tard, en un élégant hôtel, et à notre arrivée sur place, les nuages gris sur le lac en contrebas s'entrouvrirent comme les rideaux d'un théâtre à la française pour laisser poindre une lueur céleste. Nous avons compris que tu paraissais ainsi sur la scène cosmique de ta vie pour la dernière représentation, transcendant sénilité et amnésie, éblouissant jeune premier comme en ce jour fugace de la gloire de mon père où, gamin, je t'avais aperçu en noir et blanc rue Campagne-Première sur le petit écran. Tu nous faisais signe pour nous souhaiter l'arrivée à bon port.

Tandis que nous déjeunions sur les lieux mêmes où tu prenais jadis tes chiches repas de guerre à la cantine — j'avais commandé un *shepherd's pie,* ce parmentier de mouton pour approcher au plus près ton ordinaire de pommes de terre au lapin, le quadrupède rongeur, proliférant dans les hautes landes, fournissant la seule chair comestible que l'on y trouvât alors — un appel téléphonique de l'hôpital de la Pitié m'apprit que ton pronostic vital était engagé, sauf à prolonger tes douleurs par une dialyse à laquelle je mis mon veto. Je prononçai ainsi depuis le séjour enchanté de ton adolescence ta sentence de mort, adoucie par les soins palliatifs vers l'unité desquels on te transféra — jusqu'à l'arrêt inéluctable de ton cœur.

Sur ces entrefaites le député arriva. Devant un petit groupe de curieux nous avons inauguré en début d'après-midi sur la façade de l'hôtel la plaque mémorielle bilingue :

PENDANT LA SECONDE GUERRE MONDIALE
LES ENFANTS DES FRANÇAIS
ET FRANCOPHONES LIBRES
ONT ÉTUDIÉ AU LYCÉE DÉLOCALISÉ
EN CES LIEUX —
GRÂCE À LA SOLIDARITÉ BRITANNIQUE
ET EN VUE D'UNE EUROPE LIBÉRÉE DU NAZISME.
EN VIVANT TÉMOIGNAGE DE L'AMITIÉ
FRANCO-BRITANNIQUE
CETTE PLAQUE A ÉTÉ DÉVOILÉE PAR LE DÉPUTÉ
RORY STEWART OBE
ET LE PR. K. DONT LE PÈRE MILAN
ÉTAIT ÉLÈVE DU LYCÉE
— 1ER MARS 2019.

La télévision locale a filmé la scène et réalisé quelques interviews, puis nous avons rejoint Rory chez son ami Philip Duncan, héritier d'un château médiéval qui dresse impavide, depuis quarante et une générations de père en fils, ses tours mordorées et crénelées, ses mâchicoulis et son donjon — sur lequel Philip a fait flotter le drapeau européen — et constitue aussi l'une des étapes des *Marches.* Lors du dîner servi dans la salle des trophées cynégétiques, j'ai été placé sous la hure immense d'un sanglier empaillé dont le puissant boutoir veillait sur ton ultime naturalisation, toi né métèque qu'adoubèrent au seuil de ton passage vers l'autre monde les représentants du Quai d'Orsay et de la Chambre des communes. À l'instar du Lombard Droctulft, héros de la nouvelle de J. L. Borges « Histoire du guerrier et de la captive », séduit par l'urbanité de Ravenne qu'il avait assiégée mais qu'il décida de défendre contre les siens jusqu'à y perdre la vie.

« Il meurt — note l'écrivain argentin — et, sur sa tombe, on grave des mots qu'il n'aurait pas compris :

Contempsit caros, dum nos amat ille, parentes,
Hanc patriam reputans esse, Ravenna, suam. »

Ton père Rodolphe, le latiniste du *gymnasium* de Tabor, aurait traduit sans peine ce distique :

Il renia, en nous aimant, ses chers parents,
Et il élut Ravenne comme patrie sienne.

Nous n'avons pas proprement renié notre lignée quand vous avez élu Montparnasse comme patrie vôtre, même s'il m'a fallu voyager jusqu'à vos lycées respectifs de Tabor à Ullswater, de la Bohême au Cumberland, pour sacrifier à ce culte mobile des ancêtres. Et tu as parfaitement compris l'inscription bilingue de la plaque mémorielle — comme j'en eus la certitude de retour à Paris le lendemain.

À peine débarqué de l'Eurostar je me précipitai à ton chevet dans l'hôpital de soins palliatifs Charles-Foix d'Ivry-sur-Seine. Tu faisais retour ainsi pour tes dernières heures à cette ceinture rouge dans laquelle ton adaptation du *Brave Soldat Sveik* avait inauguré en 1965 sa tournée triomphale. L'ancienne banlieue communiste était désormais un quartier islamisé, avec ses femmes voilées aux arrêts d'autobus, ses kebabs *halal* à chaque coin de rue. L'hôpital émergeait de cet environnement telle la citadelle d'un passé révolu, qui disparaissait avec toi — c'était un ancien hospice des incurables aux allures de palais du Grand Siècle, édifié au milieu d'un grand parc en 1869.

Je t'y trouvai haletant et les yeux clos, aspirant l'air à grand bruit, tel le vieux *singularis*, le solitaire au fond de sa remise des bois de Kaliště dans le sursaut final de son énergie vitale. Le couloir tout entier retentissait de ton râle puissant qui faisait trembler les murs. Les infirmières me dirent que tu les avais « boxées » quand elles t'avaient nettoyé et changé, avant que la morphine ne fît sentir ses effets. Ton camarade de lycée à Ullswater, Christopher Thiery, interprète du président Mitterrand, et dont l'épouse Marie de Hennezel avait accompagné ce dernier dans son trépas, m'avait suggéré de te raconter la cérémonie — même si tu semblais inconscient, car la légende en parviendrait à ton cerveau que le voile funèbre n'avait pas encore recouvert. Je saisis ta main dont la chair était déjà partie, la peau si fine et tavelée par neuf décennies de combat tendue sur les os, que je serrai très fort dans la mienne, et te relatai fidèlement les moindres détails, de l'éclaircie céleste à la plaque commémorative, du *shepherd's pie* au sanglier naturalisé. Ton pouls battait à grands coups, tu avais décidé de vivre jusqu'au bout avec l'acharnement déployé à chaque instant de ton existence pour surmonter un destin si contraire. Puis, quand aucun son ne parvint plus à sortir de ma gorge amère, et comme je ne voulais pas que tu me sentisses pleurer, je partis, te laissant clore cette épopée de Bohême dont tu es le paladin.

Le lendemain, tandis que je dégustais avec toi en pensée des huîtres dont tu avais raffolé toute ton existence, survint le coup de fil de l'hôpital annonçant ton décès. Nous nous rendîmes à ton chevet avec ton petit-fils, arrivé tout exprès du Maroc : le trépas avait apaisé tes traits et je déposai sur ton front encore tiède mon ultime baiser filial — prêt à reprendre notre histoire en t'apostrophant toujours au présent.

Ce même 3 mars, l'an 1982, en cet hôpital de soins palliatifs Charles-Foix, t'avait précédé dans l'éternel sommeil Georges Perec, au terme du cancer qui l'emporta précocement à l'âge de quarante-cinq ans. Il fut l'un des rares auteurs qui rédigèrent durant le siècle écoulé un récit à la deuxième personne du singulier — on n'en publia guère qu'une vingtaine en français : *Un homme qui dort* parut en 1967, lorsque ton *Sveik* était à l'affiche sur les boulevards. En exergue figurent quelques lignes de Franz

Kafka, né comme toi à Prague et décédé en 1924, quatre années avant que tu ne voies le jour. Elles proviennent de ses *Méditations sur le péché, la souffrance, l'espoir et le vrai chemin* et comprennent ces mots : « Le monde viendra s'offrir à toi pour que tu le démasques. »

III

LA NATION TCHÈQUE

Madame MULLER (*Paulette Frantz, entrant précipitamment*) : Ça y est ! Monsieur Sveik, ça y est, ils nous ont tué Ferdinand !

SVEIK (*Paul Le Person, tranquillement*) : De quel Ferdinand s'agit-il, madame Muller ? Du vieux ramasseur de crottin ou du marchand de couleurs de la rue Havlicek ? C'est qu'ils s'appellent tous les deux Ferdinand.

Madame MULLER : Mais non, monsieur Sveik... le gros Ferdinand, le neveu de l'empereur François-Joseph ! Celui qui est archiduc !

SVEIK (*se remettant tranquillement à se frictionner*) : Allons, bon ! Et quand est-ce que ça lui est arrivé, à M. l'Archiduc ?

Madame MULLER : Hier à Sarajevo. Il y est allé avec son archiduchesse, pour voir une revue militaire et, à peine arrivé..., ils lui ont tiré dessus !

L'assassinat de l'archiduc Ferdinand — scène d'exposition de ton adaptation théâtrale du *Brave Soldat Sveik* — déclenche la Première Guerre mondiale et ses dix-huit millions de morts. Mais pour ton père, nationaliste inspiré par Thomas Garrigue Masaryk, son ancien professeur à l'université Charles, c'est l'occasion de précipiter l'effondrement de l'Empire austro-hongrois et l'indépendance du territoire composite qui deviendra la République tchécoslovaque.

La mobilisation générale signe l'acte de décès de la Belle Époque : à son explosion vitale se substitue l'industrie du massacre, qui fracassera le visage de l'Europe. C'est la sortie de l'innocence moderne. Montparnasse se vide de ses peintres et de ses littérateurs qui rejoindront le front, pris d'une irrésistible furia guerrière, fauchés dans la fleur de l'âge ou s'en retournant chez eux la gueule cassée. Et Rodolphe franchit à rebours la ligne qui sépare de la Bohême ancestrale la Bohême idéale où il s'est complu, abandonnant momentanément celle-ci qui s'estompe dans la tuerie pour retrouver celle-là qui s'en nourrira afin de s'y épanouir en patrie. Il délaisse *Les Soirées de Paris* du boulevard Raspail pour domicilier chez lui rue Boissonade, à un pâté de maisons, le bimensuel *La Nation tchèque.*

La colonie

Dans les mois qui suivirent son arrivée à la gare de l'Est en 1908, Rodolphe s'investit d'emblée dans l'activisme antiautrichien — mais il marqua le pas, captivé par la Ville Lumière. Il participe certes à la création de l'« association franco-slave de l'Université de Paris » le 6 mars 1909 sous les auspices d'Ernest Denis, s'y spécialisant dans la propagande sur la question tchèque. Puis, en juillet 1912, il est l'un des fondateurs de l'Union des associations tchèques de Paris : elle tente d'assembler autour de l'idéal d'indépendance les quelque trois mille compatriotes de l'Hexagone, dont les deux tiers dans la capitale et sa banlieue. La plupart sont artisans, tailleurs, fourreurs, coupeurs de cuir, établis dans des échoppes ou de petits ateliers entre les Grands Boulevards et le Palais-Royal, où quelques brasseries débitent les bières amères de Pilsen et celles plus douces de Budějovice. Les artistes, dont le nombre ne saurait concurrencer celui de leurs collègues russes ou espagnols — Rodolphe l'a déploré — tiennent leur rang : ils représentent le cinquième groupe professionnel, devant les cordonniers, les garçons de café et les jardiniers...

Plusieurs sensibilités les divisent. La plus ancienne association, branche parisienne des gymnastes patriotes ou Sokol (Faucons) a servi dès la fin du XIXe siècle de trait d'union avec les organisations athlétiques françaises liées à la droite germanophobe et revanchiste. Créée en 1907, la section locale du mouvement socialiste Rovnost (Égalité) s'adresse, elle, aux étudiants et aux artistes, ainsi qu'à quelques ouvriers. Elle a accueilli le jeune Edvard Beneš, venu préparer sa thèse entre 1905 et 1908 après qu'il a traduit en tchèque *L'Assommoir* de Zola. Il réside au Quartier latin en contrebas des facultés, 19 rue Tournefort, l'ancienne rue Neuve-Sainte-Geneviève de la pension Vauquer où Balzac avait logé en face, au n° 24, le potache Rastignac dans *Le Père Goriot,* cette venelle médiévale s'avérant propice aux étudiants ambitieux.

La déclaration de guerre le 28 juillet 1914 trouve les Tchèques de Paris aussi désemparés que préparés : à leur corps défendant ils sont désignés comme sujets austro-hongrois, donc ressortissants ennemis, et sommés de quitter le territoire sous vingt-quatre heures dès l'ordre de mobilisation, tandis que leurs biens seront séquestrés... pourtant ils ne demandent qu'à combattre au sein de l'armée française contre l'Empire bicéphale ! Leur premier objectif sera de s'identifier comme Nation tchèque, engagée aux côtés de Paris contre Vienne. Dans l'urgence, il leur faut se prémunir contre l'absurdité juridique qui voudrait les interner alors qu'ils voient dans la France victorieuse l'accoucheuse de leur future République sur les décombres de la double monarchie. Le dimanche 26 juillet, Sokol et Rovnost, qui viennent de déclarer que si l'assaut est donné, les volontaires tchèques s'enrôleront dans la Légion étrangère, organisent une manifestation depuis leur quartier général du Palais-Royal jusqu'à l'ambassade des Habsbourg, rue de Varenne.

En passant à la Concorde, Rodolphe fait arrêter le cortège devant la statue de Strasbourg où il harangue ses compatriotes : de même que la France retrouvera à l'issue des hostilités sa ville prisonnière de la Prusse, la Bohême recouvrera son indépendance. Puis ils se rendent à la chancellerie, et aux cris de « À bas l'Autriche ! » ils en brûlent la bannière. Quelques jours plus tard, une photographie de presse les montrera « acclamant la France place de la République » : pourtant l'urgence est pour eux d'éviter l'internement administratif ! Le 3 août, une Colonie tchèque de Paris instituée *ad hoc* imprime des formulaires de déclaration pour s'engager sous les drapeaux — ils seront en quantité insuffisante — 33 % des compatriotes résidant sur le territoire français s'engageront, selon ton père. Leur nombre doublera durant l'été et quelque mille six cents d'entre eux seront incorporés. Le 22 août, ils défilent du Palais-Royal à la gare d'Austerlitz d'où part le train qui les emmène à Bayonne — parmi eux Kupka, pourtant antimilitariste et âgé alors de quarante-trois ans, et son collègue le peintre et sculpteur cubiste Otto Gutfreund, élève de Bourdelle et habitant boulevard du Montparnasse. Ils y recevront leur instruction militaire jusqu'en octobre, acclamés par la population locale lorsqu'ils sortent en ville avec leur musique : les dames basques et gasconnes brodent leur fanion, orné du lion de Bohême. Ils sont regroupés au sein de la Légion étrangère dans la compagnie Na Zdar (Salut) — formule par laquelle s'apostrophent les gymnastes de Sokol.

Parmi les Tchèques demeurés dans la capitale, des conflits divisent les rangs. Le 9 août 1914, la « Colonie » devient l'instance représentative chargée de faire le lien avec les autorités françaises, un consulat *de facto.* Ton père en est élu vice-président. Il y a fort à faire, entre le soutien aux démunis, aux familles des volontaires, et la reconnaissance d'un statut officiel pour les Tchèques — ce qui suppose d'abord de déterminer les critères de cette identité, prélude à la définition de la future nation. On en retiendra la maîtrise de la langue, permettant d'éliminer les minorités exclusivement germanophones de Bohême.

Le 26 septembre, ton père obtient de publier une lettre en une de l'éminent et antique *Journal des débats,* signée de ses initiales. Intitulée « Les Slaves d'Autriche-Hongrie », elle alerte l'administration afin de ne pas « leur faire attendre l'aube de leur liberté dans un dépôt d'étrangers, avec la promiscuité des Allemands et Magyars qu'ils haïssent, et cela "sous une surveillance stricte jour et nuit" des soldats de la République. » Parmi les Slaves résidant en France, outre ceux qui gagnent paisiblement leur vie et les boursiers de l'Alliance française, on trouve aussi, écrit Rodolphe lyrique, « ceux qui viennent ici guidés par le désir éternel qui amène à Paris, de tous les points du globe, des rêveurs, des amateurs de beauté, des apôtres de nouvelles idées, des esprits curieux et inquiets. Ils viennent ici pour se former en vue de l'œuvre qui les attend dans leur pays, pour se remplir les yeux et l'âme de cette lumière bienfaisante que Paris répand avec profusion et générosité ». Il sera entendu. Une circulaire conseille aux préfets la bienveillance envers les étrangers d'origine tchèque professant des sentiments francophiles. À la mi-octobre 1914, se structure un nouveau Comité de la colonie et des volontaires, qui fait droit par son intitulé aux centaines d'engagés recevant leur formation militaire à Bayonne dans l'attente de verser le sang. Kupka dessine l'en-tête de son papier à lettres et Rodolphe en est élu l'un des deux secrétaires.

Il pose pour la postérité avec les quinze autres membres au Palais-Royal, le cœur battant du « Paris tchèque », à côté des locaux de la Colonie, au restaurant Chez Senne, sis 9 rue de Valois, devant les grilles de la galerie sur le jardin. Ils sont répartis sur deux rangs, les premiers assis, les seconds debout derrière. Il figure parmi ces derniers, troisième à partir de la gauche. Contrairement à la plupart de ses collègues qui font face à l'objectif, bien droits, comme intimidés, il se tient légèrement de trois quarts. C'est la deuxième photographie de lui que j'ai découverte, après celle du studio de Pisek en 1895, lorsqu'il allait monter à Prague à dix-neuf ans. Il a désormais exactement le double de cet âge. Les traits sont moins nets sur ce cliché de groupe que dans le portrait individuel artistique signé « V. Wietz », mais c'est bien le même homme, les joues et la moustache ont un peu épaissi, les cheveux ne sont plus brossés vers l'arrière mais peignés autour d'une raie à droite, comme je la portais également à mes propres trente-huit ans. Il existe deux versions de cette photographie. La plus connue, qui fut publiée en 1936 dans l'ouvrage *Les Précurseurs de l'indépendance tchèque et slovaque à Paris* de Mme Madeleine Levée, les représente tête nue. Une autre, éditée sous forme de carte postale, que Rodolphe fait passer à sa sœur en décembre 1914, de Genève où il s'est rendu pour une réunion fédérant les résistants à l'étranger, représente les mêmes personnages dans une pose identique, mais tous sont coiffés d'un chapeau melon.

*

Outre l'humiliation qui contraignit les Tchèques à faire collectivement acte d'allégeance à la République pour éviter l'internement comme sujets ennemis à l'été et l'automne 1914, épisode où Rodolphe agit en rédempteur pour ses compatriotes, le Palais-Royal serait la scène le 20 mars 1990 d'une seconde vexation de notre lignée. À cette date en effet, Vaclav Havel, élu président de la République après la chute du mur de Berlin, fut reçu par son homologue François Mitterrand.

Pour cette première visite à Paris d'un chef d'État tchécoslovaque depuis Masaryk en 1923, le dramaturge dissident, qualifié de « philosophe-roi » par un Occident qui voit en lui le tombeur moral du communisme, est fêté par Jack Lang sous les ors et les lambris du ministère de la Culture, rue de Valois, précisément au-dessus de l'emplacement où Rodolphe et ses camarades de Bohême ont été photographiés dans les jardins, trois quarts de siècle plus tôt. Havel n'a aucune idée de cette mémoire tchèque du lieu — personne ne lui a montré la plaque commémorative bilingue fixée sur une colonne, dont les lettres gravées dans un marbre grisonnant s'estompent par manque d'entretien, juste deux étages sous les salons fastueusement rénovés :

D'ICI, LE 22 AOÛT 1914
SONT PARTIS LES VOLONTAIRES
TCHÉCOSLOVAQUES
POUR DÉFENDRE AUX CÔTÉS DE LA FRANCE
LA LIBERTÉ DES NATIONS
ET RECOUVRER L'INDÉPENDANCE NATIONALE

CETTE PLAQUE A ÉTÉ APPOSÉE
LE 15 DÉCEMBRE 1934
PAR LA COLONIE TCHÉCOSLOVAQUE DE FRANCE

Jacques Rupnik, qui fut mon collègue à l'Université et un proche de Havel, avait aidé à programmer le séjour, et s'est remémoré pour moi l'improvisation de la visite par ce jeune gouvernement tout juste émergé de quatre décennies soviétiques et totalement désorganisé.

Je lui avais demandé de ménager une rencontre du nouveau président avec toi. Tu fus son premier traducteur en français — mais t'étais éloigné au fil des années car ses pièces de théâtre faisaient un four et nous auraient mis sur la paille. Soudain il devint le dissident le plus célèbre de la planète et d'autres plus roués prirent ton relais. Havel, à sa décharge, vivait dans un tourbillon incessant cette période extraordinaire durant laquelle il lui fallait ajuster sans cesse ses repères à une vitesse vertigineuse. Qu'on en juge : le soir, après la réception, il était parti à Montparnasse déguster des « bestioles de mer » comme l'expression tchèque désigne les crustacés et coquillages — auxquels ce Centre-Européen bloqué par le rideau de fer n'avait jamais goûté car il n'avait pas accès à la marée. Ils s'attablèrent avec Jacques Rupnik et Miloš Forman au « bar à huîtres » qui avait succédé carrefour Vavin au restaurant Baty de la Belle Époque — juste derrière la rue Léopold-Robert où résida en 1915 son prédécesseur Beneš (il n'avait aucune idée non plus de cette coïncidence). Il fut surtout fasciné par la carte de crédit avec laquelle le réalisateur tchèque, devenu en 1977 citoyen américain, régla le dîner : il n'avait jamais rien vu de semblable et ignorait tout de son fonctionnement. Il posa de nombreuses questions au cinéaste transfuge des studios Barrandov de Prague (dont la famille Havel avait été actionnaire majoritaire avant l'ère soviétique) vers Hollywood pour savoir si lui aussi pourrait avoir droit à une carte bancaire et comment se la procurer.

Précédemment, durant la réception, quand Jacques nous avait conduits jusqu'à lui, le nouveau chef d'État sollicité de toutes parts et passablement désemparé ne t'avait accordé que quelques secondes au prononcé de ton nom. Après avoir dit : « Ah oui... Milan... ça fait longtemps ! », il tourna les talons, happé par des myriades de flatteurs et d'importants... Vaille encore qu'il ne m'eût pas jeté un regard — il ignorait bien sûr que j'avais franchi dans les années 1970 la frontière austro-tchèque avec des francs français, suisses et belges dissimulés dans mes sous-vêtements d'adolescent, précoce contrebandier du Monde libre qui lui permettait de récupérer les devises provenant de ses (maigres) droits d'auteur pour tes traductions françaises de ses œuvres, que tu avais soustraits à la prédation de l'agence littéraire communiste Dilia. Il améliora ainsi son ordinaire en achetant en monnaies capitalistes dans les magasins pour étrangers des chaussures solides, du bon saucisson, et autres marchandises inaccessibles au vulgaire dans les temps de la dictature du prolétariat...

Mais tu subis, en cette soirée historique, la pire mortification de ton existence, faisant l'expérience amère de l'ingratitude d'État... Tu l'as ressassée tout le restant de ta vie jusqu'à ce que la maladie d'Alzheimer emporte cette cruelle anecdote avec tous tes autres souvenirs heureux et malheureux, et tu constituas un petit dossier broché intitulé *HAVEL*, contenant dans des pochettes plastifiées votre correspondance et tes interventions complexes pour recouvrer ses royalties. C'était une protestation muette établissant tes droits imprescriptibles pour services rendus. Tu le feuilletais à l'appui de chacune de tes récriminations contre son oublieux dédain. Il s'orne de ta carte de visite qui porte la mention *Mise en scène événementielle, opéra et théâtre* et s'ouvre sur un témoignage publié dans *Le Monde* daté de ce mardi 20 mars 1990, que tu as titré « Vaclav Havel ou la pérennité tchèque ». Tu t'y présentes comme « metteur en scène et dramaturge [qui] a traduit et adapté de nombreux textes tchèques, dont *Le Brave Soldat Sveik* et quelques pièces de Vaclav Havel ». Sur une demi-page, tu évoques le personnage que tu as connu : tu rappelles que sa famille contrôlait les studios Barrandov « qui immortalisaient le nom d'un modeste géologue français, M. Barrande » (il n'était pas si modeste que tu l'écrivis — il fut aussi le précepteur du duc de Bordeaux durant l'exil de Charles X en Bohême, Chateaubriand le narre dans les *Mémoires d'outre-tombe*). Ces studios étaient « l'un des centres cinématographiques les plus importants en Europe centrale avant la guerre ». Tu relates sa réduction, en tant que fils de bourgeois, à la condition de prolétaire après le coup d'État communiste de 1948, qui lui permettra d'entrer dans un théâtre comme machiniste, puis de devenir par la bande dramatiste.

> *Cela se passait en 1967,* précises-tu *: notre première rencontre eut lieu dans une de ces tavernes à bière où Apollinaire écoutait, le soir, chanter des chansons tchèques. Je vis apparaître un jeune homme décontracté, souriant, au physique de jeune premier, dont l'allure tranchait avec la prudente expectative et la gaieté artificielle affichées par les buveurs. À cette époque, ces endroits étaient les lieux de prédilection des indicateurs, qui devaient, sans nul doute, être payés à la commission et consommer à l'œil (que sont-ils devenus ?). Aussi, quand Havel commençait, à haute et intelligible voix, à exprimer son point de vue sur*

les contradictions de la société socialiste, la stupeur se peignait sur les visages des consommateurs voisins. Certains opéraient une retraite prudente ; d'autres, époustouflés, se rapprochaient...

Ton récit emprunte au comique de situation du tableau 2 de ton adaptation de *Sveik*, que tu fais jouer avec succès depuis 1965. Tu l'as intitulé « La taverne du Calice ». Le personnage-titre y est victime des manipulations du policier et agent provocateur Brettschneider (son nom aux connotations cocasses signifie en allemand « tailleur en pièces », « censeur en gros », et c'est toi qui en jouais le rôle lors des premières représentations). Sveik y énumère de manière graduée, devant les buveurs de bière, les catégories d'injures qu'un ivrogne pourrait asséner à l'empereur François-Joseph, depuis « vieux singe » jusqu'à « fossile incontinent » ou « cochon couronné », et il est conduit au commissariat sur-le-champ — ce qui marque le début de ses tribulations. Du reste, tu poses à la fin de ton témoignage la question de savoir si Havel qui « même emprisonné, ne perdra jamais cet humour caustique capable de détecter le grain de sable qui enraye le mécanisme (...) serait la réincarnation moderne, élégante et raffinée du Brave Soldat Sveik, figure emblématique qui incarne la pérennité du peuple tchèque ? ».

Tu as, à ta façon, souhaité solennellement la bienvenue au dramaturge-président en France — une demi-page dans les colonnes du quotidien qui faisait autorité à l'époque, ce n'est pas rien. Mais tu n'as pas été convié à l'hommage que les comédiens français lui ont rendu ce même jour au théâtre La Bruyère — tu n'étais plus inséré en 1990 dans les réseaux adéquats pour la réception du ministère de la Culture.

Le nouveau chef de l'État n'a-t-il pas été sensible à ton sens de la plaisanterie, a-t-il été froissé de se voir comparé au héros de Hašek, considérant à son tour cette sotie comme un crime de lèse-majesté ? Nombre d'intellectuels tchèques avaient exprimé leur malaise que le personnage allégorique de leur littérature et de leur peuple fût un crétin — comme l'écrivit ton parrain Viktor Dyk lui-même en 1928, l'année de ta naissance. Ou tout simplement ne fut-il pas plus informé de ton article que du reste des éléments de contexte de ce voyage à Paris passablement improvisé ?

Ton dossier comprend une lettre de Havel du 31 décembre 1971, accompagnée de sa traduction, toutes deux signées de sa main. Il t'accorde son « consentement à disposer désormais de [ses] pièces dans tous les pays parlant français », par-dessus l'agence communiste qui refuse d'en négocier les contrats. S'ensuit une correspondance en tchèque, courant jusqu'en 1973, où il discute du partage de ses royalties, de courriers que tu adresses au président de la Société des auteurs, pour que Dilia n'empoche plus les droits, à un chroniqueur radiophonique à qui tu as fait faire des « ménages » dans ton entreprise d'événementiel afin qu'il anime gracieusement la cérémonie où l'on décernera à Havel *in absentia* le titre de docteur *honoris causa* à l'université de Toulouse en 1984, etc.

Et tu achèves ce bordereau doux-amer par un montage ironique, sur une double page où se font face deux réponses que t'ont envoyées les éditions Gallimard. Tu as collé respectivement sur chacune un papillon portant en grosses lettres rouges au marqueur les apostilles « NON... » et « OUI ! ». La première, datée du 13 juillet 1967, au retour de ton voyage à Prague où tu as rencontré Havel à la taverne, refuse ta traduction de son *Rapport dont vous êtes l'objet*, car « M. Gallimard ne pense pas que la pièce puisse avoir du succès auprès d'un public français ». La seconde, postérieure de vingt-trois patientes années, le 14 juin 1990 — soit quelques mois après la visite à Paris de l'auteur, devenu entre-temps président tchécoslovaque — accompagne « ci-joint le contrat relatif à la publication de votre traduction... » dans la collection théâtrale « Le manteau d'Arlequin ». Tu y bénéficies de droits de 1 % sur le prix de vente de 95 F, et tu touches un à-valoir de 20 000 F de 1990 (4 500 €). Le tirage est de 2 500 exemplaires, la mise en place de 600, et il y a eu, trente ans plus tard, 1 480 ventes (le titre est toujours disponible). À tout le moins, malgré l'affront subi lors de la soirée de la rue de Valois, tu as fait ton entrée par la voie royale dans la République des Lettres !

Il me revenait donc de parachever notre rédemption après toutes ces avanies, sur les lieux mêmes où elles s'étaient concentrées, les jardins du Palais-Royal. Je suis revenu à la photographie collective d'octobre 1914 : ce que contemple ton père dans son champ de vision, par-delà l'appareil à soufflet juché sur son trépied, c'est, face à lui, la galerie Montpensier, avec la devanture antiquisante de la maison Bacqueville, sise au numéro 7. Ce « magasin de trophées, fabricant agréé depuis 1790, vend insignes, médailles militaires, décorations civiles et cocardes ». C'est là que ton rejeton alla acquérir, le 26 octobre 2015, la rosette que lui épinglerait le surlendemain le ministre de l'Économie et futur président de la République — improbable victoire remportée sur les lieux mêmes du combat aléatoire que Rodolphe mena pour unir les destins tchèque et français dans l'alliance entre les deux nations. Tel serait pour son petit-fils et ton fils l'aboutissement de l'itinéraire qui, au travers des tourments du XXe siècle, domicilierait à Paris votre progéniture slave dans la dignité retrouvée. Ainsi seraient lavés d'un même geste l'absurde humiliation séculaire de Rodolphe menacé d'internement comme sujet d'un Empire austro-hongrois dont il œuvrait à s'émanciper, et le camouflet infligé à Milan par Havel.

Au lendemain de l'acquisition de ma médaille vengeresse chez Bacqueville, dans ces jardins qui furent le Chemin des Dames de notre guerre de tranchées mémorielle, je t'ai raconté comment l'épisode m'avait rappelé la photographie collective où figurait ton père ainsi que l'anicroche avec le dramaturge-président, advenues l'une, puis l'autre, en ce lieu fatal. Nous musardions sous d'autres ramures, dans le parc de trois hectares attenant à l'ancien couvent qui héberge la maison de santé des sœurs augustines où tu vivais cloîtré : je revois sur l'album de l'ordinateur avec lequel je rédige ces lignes les images de ce jour ensoleillé, nous avons mangé des figues mûres cueillies sur l'arbre dans le verger, et composé un bouquet de dahlias, je t'avais fait enfiler un blouson de daim fauve que tu avais dû acquérir en dandy septuagénaire aux Galeries Lafayette (tu y possédais une carte de fidélité) — quand tu portais toujours beau et ravageais d'ultimes cœurs féminins. Il s'accordait aux tons du feuillage de l'automne, avec ton abondante crinière argentée et mon foulard lapis-lazuli que j'avais noué à ton cou pour te prémunir des premiers frimas ; tu avais fière allure, le vert de tes yeux resplendissait. Tu lutinas une religieuse hollandaise dodue à qui tu offris les fleurs. Nous avions aussi tenté une partie de Scrabble mais tu mélangeais les lettres pour former les mots inconnus d'une sorte de babil sénile où s'amalgamaient indistinctement le français et le tchèque avec quelques termes anglais, idiolecte inintelligible qui suscitait l'effarement apitoyé des accortes aides-soignantes arabes et africaines précipitées dans cette tour de Babel.

On t'avait autrefois décerné la médaille de la Jeunesse et des Sports pour ta participation à l'organisation du spectacle des jeux Olympiques de Grenoble en février 1968, quasiment à mi-parcours de ce siècle qui séparait notre belle journée radieuse d'octobre 2015 de celle où ton père avait posé à l'automne 1914 pour sa photographie de groupe. Cette modeste décoration te causa une immense fierté qui m'avait paru excessive — mais tu étais génétiquement plus métèque que moi — et le diplôme en trôna, encadré, au salon, jusqu'au départ de ton appartement pour l'EHPAD des sœurs augustines. Elle représentait à tes yeux le témoignage ultime dans le cursus de ton assimilation — l'État français t'avait distingué.

Ce jour d'automne, tu n'as rien compris à ce que je t'ai dit sur ton père, dont tu ne te rappelais plus l'existence, ni à la réminiscence de tes retrouvailles succinctes avec le dramaturge-président — le traumatisme s'était absorbé pour de bon dans ton amnésie — et moins encore à la cérémonie ministérielle. Cela n'avait plus aucune importance ni le moindre sens. Et même si quelques bribes pénétrèrent ton cerveau, tu les oublias dans l'instant.

Il reste de ce passage du 27 au 28 octobre 2015 sur mon album numérique qui a automatiquement classé les photos par dates la succession aléatoire du selfie où tu poses appuyé à mon bras en tendant vers l'objectif un bouquet de dahlias aux capitules chamarrés et du cliché flou où ton fils, dont les cheveux s'entremêlent désormais à leur tour de fils blancs, écoute derrière un pupitre inscrit à notre patronyme slave sa louange sous les ors de la République — fragile concaténation du monde virtuel face à l'érosion de la mémoire.

*

Au début de 1915 la colonie tchèque de Paris continue de se fragmenter : en janvier les intellectuels se regroupent au Palais-Royal dans une « Ligue franco-tchèque » où l'on retrouve le peintre Coubine — qui prendra secrètement ta future mère pour modèle onze ans plus tard. Rodolphe en est le secrétaire, Rodin membre du comité d'honneur. Un premier journal, *Na Zdar,* homonyme de la phalange des volontaires cantonnée à Bayonne, est créé en octobre 1914. Il ne connaîtra que quatre numéros, mais Ernest Denis y annonce en une « La Résurrection de la Bohême ». Cet article, traduit et diffusé clandestinement à des milliers d'exemplaires dans les pays tchèques, y fait grand bruit, ainsi que des épîtres, elles aussi largement reproduites, que ton père adresse par des étudiantes retournant à Prague via la

Suisse neutre à Viktor Dyk. Il y tire les leçons de la bataille de la Marne des 6 et 7 septembre — fameuse par le rôle des taxis parisiens qui y transportèrent les conscrits — coup d'arrêt à la déferlante de l'offensive prussienne. Il y rappelle qu'à la suite de son article paru dans *Le Journal des débats* sur la situation des Tchèques — sujets austro-hongrois — en France « nous avons reçu une réponse, et quelle réponse : le ministre de l'Intérieur a répondu qu'il tenait les Tchèques pour nation amie ! Dès à présent, l'administration nous considère de nationalité tchèque et non plus autrichienne. C'est une grande réussite pour nous, la confiance de la France officielle en notre avenir et notre volonté d'en finir avec les Allemands en vue de la victoire totale des Slaves ! En Europe une place à laquelle nous n'aurions jamais songé nous appartient désormais ».

Alors que les succès de la mobilisation de la Triple-Alliance et des premiers combats remportés par la Prusse à l'Ouest avaient démoralisé les nationalistes, ces « lettres de Rudolf K. de Paris » — ainsi qu'elles furent connues en Bohême — leur ouvrent un « nouveau monde » et leur redonnent courage. Elles constituent le premier texte qui préfigure un État indépendant, aux contours certes flous, mais dont le projet est soutenu par la France.

Sur ces entrefaites, la Ligue fusionne avec le Comité de la colonie, au prix de purges parmi les dirigeants, mais Rodolphe est une personnalité assez consensuelle pour faire partie de ces nouvelles instances. Il se rend à Genève au début de janvier 1915 pour y rencontrer Masaryk. Avec ses conjurés, ils mettent au point des objets pour faire passer à partir de la Suisse des messages vers la Bohême en trompant la vigilance des douaniers de la Cacanie :

cannes et parapluies évidés, fausses clefs creuses... et ils entérinent la « ligne Masaryk » appuyée sur Londres, Paris, et les États-Unis où réside la communauté émigrée la plus riche et nombreuse. Dans la capitale française Rodolphe se tient en réserve pour unifier les rangs sous la houlette de son ancien professeur à l'université Charles. Masaryk note dans ses souvenirs qu'il rencontra à Genève « M. K. qui aidait Denis dans son travail avec la colonie tchèque de Paris », où sur le plan des désaccords, récriminations, jalousies et escarmouches, « les difficultés furent les plus graves » à tel point que ce dernier « finit par en avoir assez et renoncer à travailler avec la colonie ».

Le carnage

Ces bisbilles paraissent d'autant plus dérisoires que ce premier semestre 1915 exacerbe la tuerie : c'est la descente en enfer pour les poilus — parmi eux les écrivains et les artistes, mais aussi les Tchèques. Le 8 avril, dans la plaine de Meuse, disparaît Louis Pergaud, qui avait remporté le prix Goncourt 1910 face à Apollinaire — le poète quant à lui sera blessé au crâne par un obus un an plus tard. Et le 25 avril 1915, ce fut au tour de Maurice Genevoix d'être mis hors de combat, touché aux Éparges par un tireur allemand et sauvé de justesse grâce à l'intervention de l'École normale supérieure qui permit de le diriger vers le meilleur hôpital parisien — l'horreur vécue au front lui inspirera le récit implacable de la monstruosité absurde de la Grande Guerre, prélude à l'effondrement de la civilisation européenne. Le

10 novembre 2020, à la veille du transfert de ses cendres au Panthéon, sa dépouille, veillée par deux gardes républicains sabre au clair, reposa en une chapelle ardente installée dans la salle des Actes du bâtiment de l'École où je donnais habituellement mon séminaire. Le jeune homme du Chastaing, ce beau quartier de la rive de Loire à Châteauneuf où je passerais des heures d'adolescence sur mon vélo à contempler le fleuve blond, le familier de la basilique de Saint-Benoît où je découvrirais l'art roman, suivit ses classes préparatoires comme je le fis au lycée Lakanal de Sceaux. En allant me recueillir entre les deux militaires qui veillaient sa dépouille, je saluai aussi pour ma piété personnelle et nos destins entrelacés l'auteur de *La Forêt perdue* et inventeur de « La Sauvagère » — ce toponyme que tu lui empruntas à ton insu.

Quatorze jours après la blessure que subit Genevoix, les volontaires tchèques connaissent un baptême du feu dramatique. Le 9 mai au matin, à La Targette, dans l'Artois, la phalange Na Zdar, envoyée avec des tabors marocains à l'assaut des tranchées allemandes par l'un de ces généraux qui se repaissaient du sang des recrues, voit tomber en quelques heures 80 % de ses effectifs — seuls survivent trente-neuf rescapés dont beaucoup de blessés, et le régiment anéanti sera dissous. On possède de ce combat acharné une représentation saisissante dans une esquisse de 48 x 58 cm au crayon de couleur que dessina Kupka pour un tableau jamais peint : « La mort du porte-étendard Bezdiček et du volontaire Sibal ». L'artiste, en dépit de son courage et de son endurance au front, avait été réformé en janvier car il était perclus de coliques et d'engelures à force de patauger dans la boue glaciale. Mais il avait conservé dans la compagnie des amitiés avec les survivants du carnage qui lui en firent un récit détaillé. Il a noté en tchèque dans le coin inférieur droit : « 9 mai 15 à 9:56 du matin près de Neuville St. Vaast, assaut sur *ouvrage blanc* » (en français). L'expression désigne la profonde tranchée creusée par les Prussiens dans la chaux crayeuse de l'Artois, dont le remblai, à la fois laiteux et sale, éclaire d'une lueur sinistre la scène de l'hécatombe qui commence. Au centre de la feuille, Bezdiček en uniforme bleu horizon où se détache le matricule garance du collet annonçant le sang qui va gicler, fanion de la compagnie roulé autour de la taille, est parvenu sur le bord du glacis. Il se précipite par un mouvement de bascule vers l'avant pour enfoncer sa baïonnette dans le Boche en contrebas, dont la forme à peine ébauchée, fantomatique, se confond avec la boue opale. Mais celui-ci, le prenant de vitesse, l'empale sur sa propre baïonnette dont il lui perce l'abdomen avant de faire feu. Kupka a restitué l'ultime instant vital du porte-étendard dans une œuvre figurative d'autant plus poignante qu'il a délaissé, pour exprimer l'acmé de la guerre et l'imminence de la mort, l'abstraction d'*Amorpha,* présenté au Salon d'Or trois ans auparavant. Il est revenu aux illustrations de presse qui avaient fait sa fortune à son arrivée en France, mais avec une telle force expressive que son dessin semble un croquis sur le vif. La Belle Époque et ses audaces ont agonisé dans la boucherie universelle. Le fanion roulé laisse paraître la couleur rouge du lion de Bohême brodé par les dames de Bayonne, qui va s'imprégner du sang et des boyaux du malheureux Bezdiček éventré. On ne retrouvera ni sa dépouille ni l'étendard, enterrés hâtivement le soir même dans la chaux qui ronge les corps et les tissus.

Cette double inhumation dans la terre d'Artois traverse l'Histoire tchèque en un retour fulgurant à son drame fondateur. En effet le lieu-dit La Targette, dans la commune de Neuville-Saint-Vaast, est voisin de Bucquoy, fief du comte Charles-Bonaventure de Longueval, natif d'Arras en 1571, chevalier de la Toison d'or, maréchal du Saint-Empire romain germanique, vainqueur le 8 novembre 1620 des armées hussites à la bataille de la Montagne-Blanche au nord de Prague, qui fit basculer la Bohême sous le joug catholique et impérial germain. Trois siècles plus tard une compagnie de Tchèques sur le sol et sous l'uniforme français, descendants spirituels des nobles battus par ce comte des Flandres à la solde tudesque, et dont les têtes tranchées avaient été plantées au bout de piques dressées sur les parapets du pont Charles, ravagea à son insu l'apanage ancestral des Bucquoy en revanche finale pour la défaite initiale. Elle préparait par cette vengeance militaire la renaissance de la Bohême indépendante sous les espèces de l'État tchécoslovaque qui serait proclamé le 30 juin 1918 sur le territoire français, dans la ville vosgienne de Darney.

Quant à la famille Bucquoy, elle loue en expiation fin 1918 son palais pragois à la France qui en fait son ambassade puis l'acquiert en 1930 avec ses meubles et ses tableaux. C'est dans sa grande salle à manger que François Mitterrand recevra le dissident Vaclav Havel pour le petit déjeuner du 9 décembre 1988 préfigurant les ultimes soubresauts du communisme — et prélude à la venue en France du même Havel élu chef de l'État, en mars 1990. Une modeste photographie en noir et blanc remémore l'événement (Havel avait pris sa brosse à dents et du linge de rechange, sûr d'être cueilli à la sortie de la résidence), fixée au mur sous une immense toile dépeignant Joseph II de Habsbourg chassant à courre le sanglier de Bohême. Ce frère de Marie-Antoinette s'offusqua de l'inertie sexuelle de Louis XVI lorsqu'il pénétrait la reine pourtant si coquette. L'empereur préconisait, dans sa correspondance rédigée en français tout droit sorti de l'*Encyclopédie* de Diderot, de faire fustiger pendant le coït la croupe du roi comme celle d'un baudet afin de le stimuler et d'en assouvir complètement la saillie dans les entrailles de sa sœur, telle la monte de la laie par notre verrat tutélaire. Peut-être le monarque habsbourgeois avait-il été influencé aussi, dans sa préconisation, par cette curieuse tradition tchèque de la *Pomlazka* qui veut que, le lundi de Pâques au matin, les jeunes hommes coupent en un faisceau les tiges gorgées de sève printanière des saules pour fouetter les fesses de toutes les femmes qui croisent leur chemin — rite auquel celles-ci se soumettent volontiers — jusqu'à ce qu'elles leur donnent un œuf qu'on collecte dans son panier, poursuivant ensuite toute autre, donzelle ou matrone fût-elle, jusqu'à ce que sonnent les cloches de la messe célébrant la résurrection du Christ — au terme de laquelle sont redistribués à la congrégation les œufs ainsi récoltés.

Une semaine après la tuerie héroïque de La Targette le 9 mai 1915, Masaryk se rend à Paris à l'invitation d'Ernest Denis : Rodolphe fait les présentations entre les deux universitaires. Le professeur à la Sorbonne organise un rendez-vous au cabinet des Affaires étrangères où ton père sert de truchement. Puis le 4 juin, en cette année du cinquième centenaire de la mort de Jan Hus sur le bûcher, Masaryk appelle de la cité de Calvin et de Rousseau au combat contre les Habsbourg et pour l'indépendance de la Bohême, sous son autorité. *Alea jacta est*, les dés sont jetés : « La vie commune des Tchèques avec l'Autriche-Hongrie n'est plus possible, nous espérons que cette guerre ouvrira pour *la nation tchèque* une route vers la liberté et que nous reprendrons place parmi les nations libres ! »

La Nation tchèque est le titre du bimensuel qui paraît dès le 1er mai 1915. Le premier périodique officiel revendiquant la lutte de libération qui mènera à la création de l'État tchécoslovaque est libellé en français. Il témoigne de l'importance des soutiens étrangers et aussi de la primauté qu'exerce encore pour quelques années la *lingua franca* de Diderot et de Victor Hugo. Rodolphe, traducteur d'Apollinaire, l'édite à son domicile de Montparnasse, y fusionnant pour quelques mois Bohême et Bohème :

> *Tous les envois concernant la rédaction doivent être adressés à M. Rodolphe K., secrétaire général.*
> *La* NATION TCHÈQUE *paraît le 1er et le 15 de chaque mois.*
> *Rédaction et administration : 23 rue Boissonade Paris (14e)*
> *Revue bimensuelle.*
> *Directeur : Ernest Denis, Professeur à la Sorbonne.*
> *Le numéro : 25 centimes.*

La revue est tirée à trois mille exemplaires et publiée chez Muller, à l'imprimerie des Beaux-Arts, rue Dareau, au coin de l'avenue du Parc Montsouris, où ton père se rend aux marbres en une dizaine de minutes de marche, longeant le boulevard Raspail puis traversant la place Denfert-Rochereau et contournant le lion de Belfort — laissant sur la gauche l'école du boulevard Arago.

La Nation tchèque ne rayonne pas exclusivement dans l'Hexagone. Si le cœur est à Paris, le centre matériel de la politique de Masaryk se trouve parmi les opulents émigrés du Nouveau Monde — d'où Dvořak a rapporté la symphonie qui porte ce nom et où Mucha a trouvé le mécène qui financera la fresque gigantesque parachevant sa vie et son œuvre, *L'Épopée slave.* « Grâce à nos informations et nos instructions, note le futur chef de l'État, nos colonies eurent enfin une orientation commune de sorte qu'au cours de l'été 1915 le travail d'organisation était en gros terminé. *La Nation tchèque,* sous la direction de Denis, commença à paraître le 1er mai... » En juillet 1915, l'Alliance nationale tchèque, dont le siège international se trouve à Chicago, fédère les diverses associations françaises et son bureau parisien est provisoirement installé lui aussi chez ton père rue Boissonade. Quant à *L'Indépendance tchèque,* elle est absorbée par la nouvelle revue en juillet, après six mois d'existence et onze numéros. La Colonie conserve sa seule fonction consulaire, tandis que le comité politique a en charge la propagande, et *La Nation tchèque* en est le vaisseau amiral. Pour le financement, un impôt de douze francs par an est levé auprès des Tchèques qui s'identifient comme tels — il aura du mal à rentrer... Kupka, qui comme ton père fera le choix de demeurer sur les bords de la Seine après la guerre, est le premier président de la section française de l'Alliance.

Un rapport des Renseignements généraux d'octobre 1915 portant sur cette association note que ce dernier « passe pour posséder une certaine fortune » (qu'il a acquise grâce à ses talentueux dessins dans les magazines illustrés), et « a toujours manifesté ses sympathies à notre pays ». Quant à Rodolphe, dont la plume policière fait un « publiciste », « il est l'un des hommes les plus écoutés au sein des organisations tchèques ».

L'éviction

C'est ici l'apogée de la carrière politique de ton père au service de sa patrie. Bien introduit dans la colonie, familier d'Ernest Denis, ancien étudiant de Masaryk et professeur de Beneš jeune, il a de nombreuses relations parisiennes et une aura à Prague où il a rendu l'espoir par ses épîtres d'octobre 1914. En témoignera son inscription sur *L'Album des traîtres* constitué par Vienne où il figure en bonne place, avec une notice fournie sur ses activités antiautrichiennes qui lui valent la condamnation à la peine capitale. Mais l'ambition immodérée de Beneš changera la donne et imprimera à sa vie comme à la nôtre une mutation décisive. Tout bascule à compter du retour en France de celui-ci, le 18 septembre 1915. Après une nuit passée à l'hôtel Lutetia, où est descendu également Masaryk en visite à Paris, il s'installe dans une chambre de bonne meublée pour 60 F (191 €) de loyer mensuel rue Léopold-Robert, derrière le restaurant Baty. Il est à 350 mètres de la rédaction et administration de *La Nation tchèque* dont le séparent, dans la continuité du boulevard

Raspail, les anciens locaux des *Soirées de Paris* fermés pour cause de guerre, l'appartement où Picasso prenait des « leçons particulières de russe » avec la baronne d'Oettingen, et le café des « Vigourelles » qu'Apollinaire, engagé volontaire, a déserté pour rejoindre les tranchées.

Beneš fait systématiquement obstacle à ton père, ne met pas les pieds rue Boissonade, et aura pour objectif d'évincer Rodolphe d'abord, puis Ernest Denis de la revue afin de la transformer en bulletin muselé d'un Conseil national des Pays tchèques, organe du futur État, et au service de l'ambition exclusive de ses chefs. Créé en novembre 1915, cet ultime Conseil a pour objet de défendre dans les nations alliées les intérêts politiques des Tchéco-Slovaques, en vue d'aboutir à l'indépendance complète. Organisme central de toutes les organisations et colonies, il dirige toutes actions, seul responsable et compétent. Présidé par Masaryk, il a pour secrétaire général Beneš et comme représentant des Slovaques Milan Štefanik. Ce dernier mourra dans un accident d'avion non élucidé en 1919 à Bratislava, les deux premiers seront les chefs d'État successifs de la République tchécoslovaque à partir de 1918. Il n'est pas question de laisser *La Nation tchèque* entre les mains d'un homme de lettres trop acclimaté à Montparnasse et d'un sorbonnard : Beneš veut en faire une machine propagandiste tout entière vouée à sa conquête du pouvoir.

Le pauvre Rodolphe fait ainsi l'objet, deux mois à peine après l'intrusion de ce dernier rue Léopold-Robert, au sein même de notre triangle matriciel, d'une opération raisonnée et systématique de dénigrement, au fil des missives du secrétaire général à Masaryk. Sa psyché devient affaire d'État... elle occupe la correspondance entre les deux futurs présidents de la République ! Ni ton père ni toi, auprès de lui comme de Havel, n'avez réussi à faire fructifier vos relations embryonnaires avec les plus hauts dirigeants tchécoslovaques — peut-être un gène récessif où la mélancolie et l'orgueil se mêlèrent ? Dans un courrier du 19 décembre 1915, Beneš dénonce les « emportements » de mon aïeul, en janvier suivant il précise qu'Ernest Denis « soutient résolument [Rodolphe] bien qu'il s'en plaigne sans cesse », mais que l'éminent universitaire n'a pas le loisir de veiller au quotidien sur la revue. Le 27 mars 1916 il incrimine les « bêtises » de ton père et ses différends avec l'une des associations tchèques en termes peu charitables : « Sottises, mesquineries, pour lesquelles ces personnes ont du temps. »

Mais ce climat de tension contraint Masaryk, qui apprécie Rodolphe et sait ce que la cause tchèque lui doit, à entreprendre une médiation. Sur les instances de mon aïeul qui lui écrit à Genève, il transmet à Beneš un sien courrier lui demandant de contacter ce dernier. Il en a résulté une surprenante missive manuscrite en réponse, rédigée dans un français correct, datée du 12 mars 1916 :

Monsieur,

Monsieur Masaryk vient de m'envoyer votre lettre en me priant de me mettre en relation avec vous et de vous donner tous les renseignements nécessaires relatifs à la question dont vous parlez [...] *Je suis très heureux de pouvoir vous être utile, d'autant plus que je suis l'un de vos anciens élèves dans votre « École moderne ». Du reste je ne crois pas que vous vous souviendrez de moi, puisque c'est bien longtemps que je n'ai pas eu l'honneur de me rencontrer* [sic] *avec vous personnellement.*

Après avoir répondu de manière embrouillée à la demande d'informations qui porte sur un sujet yougoslave, Beneš conclut en assurant qu'il « trouve difficilement même un seul moment pour écrire » mais qu'il tâchera de faire tout son possible.

Je ne sais comment interpréter ce bizarre message : pourquoi ce Tchèque qui réside à deux pâtés de maisons de son destinataire éprouve-t-il le besoin de lui adresser une lettre formelle en français sous les auspices de Masaryk, en réponse à une correspondance à lui transmise de Genève ? Le conflit est-il si grave entre eux que Beneš, afin de donner le change, lui rappelle en termes d'une modestie extrême au point de paraître feinte qu'il fut son discret et ancien élève oublié — dans une « école moderne », le lycée de Vinohrady où ton père enseigna de septembre 1899 à l'été 1904 ? Pourquoi prétendre qu'il n'a « pas eu l'honneur de [se] rencontrer avec [lui] personnellement » alors qu'il l'évite soigneusement malgré leur proche voisinage ? Et cela avant la salutation, qui s'achève par une formule de déférence excessive :

Veuillez agréer, Monsieur le professeur, l'expression de mes sentiments très distingués.

Edvard Beneš
Secrétaire Général du Comité Tchèque à l'Étranger — Paris [tampon]

Cette missive doucereuse est suivie d'un courrier à Masaryk le 13 avril où Beneš dévoile au président son plan machiavélien pour évincer Rodolphe : il déménage dans les jours suivants de sa chambre meublée exiguë rue Léopold-Robert pour les locaux plus spacieux de la rue Bonaparte où s'installe le Conseil national tchèque, grâce aux dollars de la diaspora d'outre-Atlantique, et où la revue l'accompagnera, quittant la rue Boissonade. Le n° 24 informe les lecteurs qu'« à partir du 1er mai 1916 les bureaux (rédaction et administration) sont transférés 18 rue Bonaparte », arrachant à Montparnasse et à ton père leur enfant de papier et l'emportant à Saint-Germain-des-Prés. Beneš incrimine le « désordre honteux » de *La Nation tchèque*, ses coûts trop élevés, et prône une réorganisation qui permettrait d'abord de diminuer de moitié les revenus de Rodolphe : « Il pourrait avoir à la place de 300 F (et 100 l'appartement) seulement 200 F. » Mais en le poussant dehors trop ostensiblement il redoute de s'aliéner Denis qui penserait ainsi que Beneš fait tout afin qu'il soit écarté pour des raisons personnelles et il demande à Masaryk lui-même d'intervenir en ce sens auprès du professeur à la Sorbonne, dont le prestige est nécessaire au rayonnement du titre en France.

L'élimination définitive de ton père est précipitée par une rumeur : dans une lettre du 1er juin, Beneš attire l'attention du président — aux mœurs notoirement austères — sur une employée de la revue, Mlle Horakova : « Cette jeune fille a un petit enfant. Il est à l'hôpital et j'ai proposé à Denis de payer encore ce mois-ci. Elle est dans une terrible situation, elle n'a personne. Je pense que vous accepterez? Ici il y a deux versions : l'une soutient que K. est le père, la deuxième qu'il n'est qu'un entremetteur. »

Cet enfant chétif de l'amour, survenant au comble de la campagne de détraction, est la métaphore charnelle de la revue engendrée par mon aïeul, désormais vilipendé comme fornicateur, amant complaisant — voire proxénète. C'est l'estocade finale : au 1er juillet, le nom de ton père disparaît définitivement de l'ours de *La Nation tchèque.*

Le 27 novembre 1918, après la fin de la guerre et le rétablissement des relations postales, Rodolphe narre à Viktor Dyk sa version des faits. « En septembre Beneš s'est trouvé ici et il s'est mis à l'œuvre. Dieu sait pourquoi, il s'efforçait de ne pas me remarquer et de m'éconduire, peut-être que je le gênais car on me connaissait ici, et en plus j'en ai fait des choses (...) Pendant la deuxième année de parution il a commencé à écarter Denis et comme celui-ci est excessivement débonnaire il s'est laissé marginaliser et Beneš a pris sa place. C'était un comportement misérable et nous l'avons payé cher car l'intérêt pour la revue a naturellement diminué et nous l'avons perdue pour la propagande. Ma fierté m'a préservé d'être le comparse de tout ce monde arriviste. »

Dans « l'état des individus d'origine tchèque ayant sollicité la carte d'identité », datant de 1915, qui recense par ordre alphabétique 781 noms soigneusement calligraphiés par les services de la préfecture de police, figure Rodolphe mais aussi une Joséphine Horakova, née le

18 juillet 1893 à Pierow (Autriche), qui se domicilie en effet rue Boissonade, dans l'appartement de ton père. A-t-il fourni une simple adresse à cette jeune femme de vingt-deux ans pour faciliter sa régularisation, ou vit-elle chez lui, avec lui ? S'est-il établi une relation complexe comme celle qui avait abouti à la rupture avec Filča et qui puisait jusqu'à l'intempérance de la comtesse Caroline et au dérèglement des adamites ? Ou serais-tu le puîné de ce petit enfant naturel hospitalisé aux débours de *La Nation tchèque* sur instruction des deux futurs chefs de l'État, et engendré quatorze ans avant ta naissance ? A-t-il survécu à sa maladie infantile et devint-il mon oncle adultérin inconnu ? Cette appétence pour les jeunes filles qui atteindra son paroxysme avec la séduction de ta future mère Milada durant les Années folles, et qu'on a vu poindre à la Belle Époque au gré des rubriques parisiennes de Rodolphe dans la presse tchèque tandis que sa belle fiancée prenait ses distances, s'est-elle concrétisée sur le mode répréhensible qu'insinue Beneš, fournissant ainsi motif ou prétexte à la disgrâce ?

Ton père ne dit mot de cette affaire dans sa longue missive-bilan des années de guerre adressée à Dyk. Ton futur parrain, demeuré en Bohême pendant la durée du conflit, lui avait dédié, après les fameuses « lettres de Rudolf K. » préfigurant l'indépendance tchèque, un poème paru en 1915 dans la revue *Lumir,* qui eut une grande renommée et dont le vers qui forme refrain (« Où vivez-vous ? Et vivez-vous ? ») fut souvent cité par la suite, entre les deux guerres mondiales :

Salutations vers une autre rive
[*Pozdrav na jiny breh*]

À Rudolf K.

Le long du sentier battu, nous avançons
Attirés par la lumière, glacés par la pénombre.
Où vivez-vous ? Et vivez-vous ?
[...]
Sous une autre rive une autre mer bruit
Et les sentiers également battus
Sous un double ciel — le séjour est aussi torture
Où vivez-vous ? Comment vivez-vous ?

Je vous souhaite, compagnon,
La foi en ces jours des tempêtes...

Le séjour de ton père sur la rive parisienne devient en effet une torture à partir de son élimination du mouvement national. Le critique littéraire Vaclav Černy, autre passeur entre Paris et Prague, zélateur de Beneš, et excellent francophone qui déprisait Rodolphe, relate sa vie sous un jour peu reluisant : « En 1914, ce contemporain, compagnon et condisciple à l'Université de Hanuš Jelinek et Viktor Dyk était un auditeur tchèque vieillissant, fréquentant sans fin la Sorbonne. » Il dit de ce Parisien « d'adoption », élève et admirateur de Denis, qu'il fut « un partisan fanatique d'un travail de résistance extérieure focalisé sur la France » et ajoute : « C'est ce qui, dès le début, l'a mal disposé envers Beneš qui orientait son action de libération vers l'obtention d'alliés de l'Entente au sens le plus large du terme. Il a certainement senti que les conceptions de Denis, ainsi que les siennes, étaient écartées et méconnues, il a boudé, il a quitté le Conseil et s'est engagé dans notre légion en France... »

En fait, au mois de décembre 1917, une armée tchécoslovaque autonome, mais commandée par le général français Maurice Janin, fut créée, donnant corps sur le sol de la République à l'idée de patrie que portait Masaryk. Dans son incarnation militaire, celle-ci naît ainsi de la France telle Ève d'une côte d'Adam. Signé par Clemenceau président du Conseil et ministre de la Guerre, le décret publié le 19 décembre au *Journal officiel* place ces troupes sous la direction du Conseil national tchécoslovaque et entérine la volonté de Paris de « reconnaître le droit à la constitution d'un État indépendant ». C'est aussi l'occasion pour les alliés de mobiliser sous la contrainte tous les hommes valides, fussent-ils âgés, afin de les envoyer sur le front ou dans les bureaux de l'arrière, alors que des classes entières ont été saignées par trois années d'hécatombe. On rassemble, pour constituer le contingent, les engagés survivants de la compagnie Na Zdar de 1914, les prisonniers tchèques sous l'uniforme austro-hongrois internés, on fait venir des volontaires des États-Unis et on bat le rappel partout, menaçant les « insoumis » qui cherchent à éviter la conscription...

Le 19 janvier 1918, le 21e régiment de chasseurs tchécoslovaques s'établit à Cognac, bénéficiant d'apports de soldats provenant des camps d'internement russes. Kupka en dessine l'étendard aux deux bandes blanche et rouge inspirées de la livrée du royaume historique de Bohême, au centre figurent les deux lettres Č et S (initiales de « Tchèque » et « Slovaque ») entrelacées en une broderie dorée, entourées de l'inscription « *21. PLUK VOJSKA* » (21e régiment de l'armée), et les armoiries des provinces constitutives du nouvel État dans les quatre coins. Le peintre y reprendra du service le 6 septembre, et y sera promu successivement lieutenant en décembre puis capitaine en avril suivant. L'armée tchécoslovaque est à la recherche d'officiers bilingues pouvant servir d'intermédiaires entre l'état-major et la troupe qui ne parle que son idiome maternel, afin de transmettre les ordres.

Rodolphe s'y enrôla à son tour en avril 1918, à quarante-deux ans, rejoignant Cognac le 1er août, ainsi qu'il l'écrirait à Viktor Dyk : « Ils m'ont mis l'habit de soldat et je fus le chasseur K. L'ensemble des camarades disait qu'il semblait que je n'avais porté que l'uniforme toute ma vie tant il était seyant. » Puis, il se rend à Bordeaux, affecté à la censure militaire. « J'y suis resté jusqu'au 10 octobre et ce furent d'heureux moments. J'ai eu huit jours de permission et parcouru tout le Midi vers Marseille. »

Le 29 juin, la France reconnaît le Conseil national comme base du premier gouvernement. Le lendemain, dans un champ entouré de forêts à Darney, dans les Vosges — déjà un paysage d'Europe centrale comparable aux bois et prés vallonnés des environs de Nadějkov — le président de la République Raymond Poincaré, qui avait inauguré cinq ans auparavant la percée du boulevard Raspail vers Montparnasse devant les artistes éberlués, y arrive en train spécial. Il remet au 21e régiment, cantonné au camp Kléber où se déroule l'entraînement, son fanion dessiné par Kupka et dédié à la ville de Paris, en présence d'Edvard Beneš. L'État tchécoslovaque est ainsi venu au monde en France un 30 juin : c'est ce même jour exactement que tu feras naître ton fils à Paris, trente-sept ans plus tard, fruit hybride des deux nations dont tu greffas ta destinée contrariée. Puis, en juin 1968, un demi-siècle exactement après la proclamation de cette République sur le sol français, tu en rejouais l'épisode à titre personnel en transplantant Nadějkov et la Bohême sur les rives de la Loire.

*

Je me suis rendu pour la première fois à Darney lors de mon soixante-quatrième anniversaire, en cette année 2019 où tu es décédé, y déposant une gerbe composée de fleurs pérennes — lavande, œillets rouges, statice — et de bois de charme au nom de ton père enrégimenté :

CHASSEUR RUDOLF K.
21E RÉGIMENT

Ce jour caniculaire, avec la pompe militaire, les cuivres et les fifres venus tout exprès de Prague qui entonnaient les hymnes nationaux, les hommages du sous-préfet et des ambassadeurs, les anciens combattants couverts de médailles... c'est pour ton père et toi qu'en réalité résonnaient les musiques et claquaient les drapeaux. Je posai mon bouquet le dernier au pied de l'édifice déjà abondamment fleuri, sur une butte dominant les environs qui m'a rappelé la situation panoptique du hameau ancestral de Kaliště. Un socle de pierre rouge surmonté d'une immense flèche d'acier, constituant le monument franco-tchécoslovaque, est orné d'une citation gravée dans le marbre : « À Darney j'ai pour la première fois senti la certitude de la victoire. » La seule place restante pour disposer mes fleurs se situait juste devant la signature « É. BENEŠ » qu'elles occultèrent. Et c'est ainsi que, cent trois ans après avoir été ignominieusement chassé de la rédaction de *La Nation tchèque* par ce dernier, Rodolphe était venu se rappeler à sa mémoire par un ultime défi que je portais en son nom, lavant ainsi pour de bon l'humiliation séculaire infligée à notre lignage par l'ingratitude politique.

Afin de compléter la cérémonie du recueillement, on inaugura dans le village une statue à la mémoire de Milan Štefanik pour le centenaire de son décès. De ce séducteur impénitent dont tu héritas le prénom et le donjuanisme, le petit musée local exhuma et révéla à cette occasion l'ultime lettre d'amour, rédigée en un français sensuel cinq heures avant son décès, et adressée à sa dernière conquête :

Dans un instant là-haut, au-dessus des cimes et des nuages, sous les baisers des rayons vierges, sous les caresses des ondes d'azur, mon âme va retrouver le calme et mes lèvres vont avec foi te murmurer : Au revoir Giuliana ! Au revoir ma femme unique et adorée !

Accomplissant le travail de ton deuil par ce pèlerinage sentimental qui me réintégrait dans la grande et la petite histoire en célébrant notre filiation, je repris des mains de mon aïeul le témoin que la mort venait de t'arracher.

*

Rodolphe, après les semaines passées à Bordeaux durant l'été 1918 à la censure militaire, fut réaffecté dans la capitale quand on eut besoin de lui à la rédaction de *Samostatnost*. En novembre, précise-t-il à Dyk, il y œuvre toujours mais serait content qu'il en fût fini « pour que cesse l'hégémonie de quelques ambitieux et que l'ordre soit rétabli ! » Il se lamente sur l'état de la revue où il a publié jadis ses articles consacrés à Montparnasse, à la future école de ton fils boulevard Arago, et ses traductions des deux nouvelles de *L'Hérésiarque & Cie* : « Le journal était édité avec négligence et les nôtres ne le lisaient pas. »

Englué dans les déconvenues que lui causent les affaires de Bohême, il a été frappé simultanément par un drame qui affecte au plus profond son lien à la Bohème : Apollinaire, trépané et le crâne enveloppé de bandages, est décédé de la grippe espagnole. Il meurt entouré des tableaux de ses amis les peintres orphiques dans son petit appartement mansardé au coin de la rue Saint-Guillaume — au-dessus du café où j'eus mes habitudes un siècle plus tard comme élève puis professeur à Sciences-Po. Accoudé au zinc, je vois ton père, col cassé et cravate noire, le bras crêpé, moustache en berne, en deuil de sa Belle Époque, dans le cortège funèbre qui s'ébranle du carrefour du boulevard Saint-Germain vers l'église Saint-Thomas-d'Aquin pour la messe des funérailles, puis en direction du Père-Lachaise à fin d'inhumation. Ce 13 novembre, tandis que le Kaiser vient d'abdiquer, la foule hurle à pleins poumons « À bas Guillaume ! » au passage du corbillard à travers Paris où l'on a, comme le versifia André Salmon,

> [...] *trouvé des drapeaux neufs*
> *Pour la Victoire, pour ta Victoire,*
> *Mon Frère Poète assassiné*
> *Par les boches, le labeur, l'amour, la liberté, le souffle de la ville et l'ivresse de croire.*

IV

LES ANNÉES FOLLES

[Porte de Clignancourt, marché aux puces.]

Il y avait sous mes yeux quelque chose qui me turlupinait : une énorme tête de cochon sauvage empaillée.

J'ai regardé cette hure qui était parfaitement préservée et bien travaillée. Mais lourde comme le tonnerre ! Et je l'ai donc marchandée, ma petite Milada, à 33 F [21 €], puis traînée par le groin. Les incisives m'entaillaient les doigts. Je l'ai accrochée dans le petit cabinet de toilette. Car on ne peut pas la placer ailleurs, cette gueule pleine de dents arrive jusqu'à la moitié de la chambre. C'est un superbe spécimen et magnifiquement naturalisé. À tout moment je vais la voir. Crois bien que beaucoup de gens ont une tête moins agréable et édifiante à regarder que celle de cette bête sauvage.

Lettre à Milada, 21 février 1927

La fin de la guerre en novembre 1918 a altéré les espérances de ton père, brisé ses ambitions. La Tchécoslovaquie naissante dont il fut un accoucheur n'a cure de lui. Et la France n'est plus que le souvenir d'elle-même.

Rodolphe, qui avait pénétré jusqu'au cœur du Paris de la Belle Époque puis œuvré en pionnier à l'indépendance de la Bohême, flottera à travers l'Europe sur le tourbillon des Années folles, ballotté de Paris à Prague et retour via Genève. Son amertume envers les « arrivistes » qui se sont approprié le pouvoir en Bohême, cristallisée dans sa détestation de Beneš, le dissuade de quitter Montparnasse. Notre souche transplantée y a poussé ses racines adventives, dans cet humus désormais inondé par le flux yankee. À quarante-deux ans, Rodolphe n'est plus au diapason de l'avant-garde comme le fut le trentenaire de 1910. Dans son cœur et son esprit, c'est un mutilé. La fulgurante comète d'hier s'est mise en orbite, et ne tourne plus qu'en satellite autour d'un carrefour Vavin devenant planète américaine.

Il détient la flatteuse réputation du Tchèque possédant le plus beau carnet d'adresses parisien — et pas un jeune ambitieux qui fasse le trajet des rives de la Vltava aux quais de la Seine ne se dispenserait de solliciter quelque introduction à Rudolf K. Tel le décrit dans ses Mémoires son camarade d'université Hanuš Jelinek, en 1919, époque où il portait l'uniforme de légionnaire tchécoslovaque : « Sa silhouette menue se déplaçait infatigablement entre le bureau rue Bonaparte et son appartement à Montparnasse. Personne ne connaissait mieux les battements du cœur de Paris que cet enthousiaste silencieux et fervent qui avait prêté son oreille à l'activité spirituelle, artistique, politique et sociale avec la passion d'un collectionneur et la douceur d'un gourmet. Il a saisi la vie des rues, des places, des quais, des boulevards et même des coins perdus en banlieue, des théâtres grands et petits, des salles de concert, des expositions, des restaurants, des cafés, des cabarets, des brasseries et des dancings. » Rodolphe était au courant de tout, présent aux vernissages, à tous les spectacles de danse, aux premières comme au marché aux puces ou à la Foire à la ferraille et au jambon. Il connaissait les spécialités des restaurants aussi bien à la Villette qu'à Montmartre, au Café de Madrid qu'au Pavillon d'Ermenonville dans le bois de Boulogne. « Que ce fût au Lapin Agile ou Salle Pleyel, il était chez lui. Bref, partout où battait le pouls de Paris. Personne ne sentait si passionnément l'âme des cathédrales gothiques : se retrouver avec K. à Chartres, à Reims ou à Beauvais était vraiment une aventure spirituelle. Et aucun artiste ou intellectuel tchèque n'aurait omis d'aller lui rendre visite pour être aidé ou conseillé... »

Pourtant Rodolphe reste insatisfait. La pusillanimité des dirigeants de la Tchécoslovaquie nouvelle, l'inculture de la plupart d'entre eux, affamés de prébendes à se partager dans l'État à peine conquis et encore sanguinolent — tout cela ne laisse guère d'espace au passeur entre Prague et Paris. Durant la conférence de paix, écrit-il à Viktor Dyk, il observe les délégués de son pays qui s'agglutinent à l'hôtel Lutetia dans des chambres qui coûtent 30, 60 et 80 F par jour, « se rencontrent quotidiennement dans leur salon comme s'ils avaient quoi que ce soit à se dire... et perdent leurs soirées assis là, alors que Paris a tant de belles choses à offrir. Je leur ai trouvé des billets pour un concert : pensez-vous que quelqu'un ait daigné s'aventurer en ville ? »

La bataille acharnée pour les titres et fonctions se déroule sur les rives de la Vltava, et la perspective même de s'y impliquer répugne à ton père. Le nouveau pouvoir aura néanmoins recours à lui, mais comme subalterne. Et il n'a guère le choix car il doit gagner sa vie : après tout, un salaire, assorti de responsabilités routinières, lui permettra de se griser des années 1920 rugissantes, dans la capitale décadente où l'Europe s'enivre avant de replonger vers l'abîme.

Charmeur et mélancolique

Rodolphe passe par un épisode cafardeux, décrit dans une lettre de mars 1919 à sa confidente Zdena, la compagne de Dyk : « Je suis un individu à la volonté faible et insuffisante. Une mauvaise personne. Et j'ai passablement vieilli. » Il rejette sur Filča, dont il a appris le mariage en 1914 puis le départ aux États-Unis, l'échec de son existence sentimentale : « C'est une femme passive qui se pend au bras d'un homme, et moi j'avais besoin d'une compagne qui aurait la capacité de faire vie commune à mes côtés. C'était un malentendu fondamental, une erreur que j'ai payée par le naufrage et la solitude pendant plusieurs années. »

Dans ce monde tout de sombreur, seul le souvenir des soldats tchèques qui ont commis le sacrifice suprême ou qu'il a secourus moralement par ses visites dans les hôpitaux militaires le réconcilie avec l'humanité. Il les dépeint en gars magnifiques dont le patriotisme, l'engouement ont fait les Tchèques qu'on aurait toujours rêvés : « Il y a quelque chose dans leurs paroles, leur regard, leur poignée de main, que je ne ressens pas dans mes liens avec mes autres concitoyens... ils sont le plus beau phénomène de toute la guerre ! » Il a levé des fonds en compagnie de Jelinek pour édifier le monument qui commémore la compagnie Na Zdar tombée le 9 mai 1915 à La Targette, dans l'Artois, et recherche les tombes anonymes dans les cimetières de l'Est qui pourraient être celles de légionnaires tchèques. « Je suis toujours à la guerre, confie-t-il à Dyk. Quelque chose de si beau que c'est inoubliable. Les hommes étaient grands et valeureux : de simples soldats. » Le contraste n'en est que plus cruel avec les dirigeants tchèques « parvenus » grâce au sacrifice de ces héros inconnus.

Ton père ne compte pas son temps et son énergie dès lors qu'il s'agit de promouvoir la culture de sa patrie et d'illustrer la nation naissante au panthéon de la civilisation européenne. Il sauve grâce à son entregent le concert donné par le Quatuor tchèque — où son condisciple du lycée de Tabor Oskar Nedbal avait été altiste — au printemps 1919, devant un parterre de dignitaires pragois, parisiens et étrangers. Il réserve la salle Gaveau, mobilise toutes ses connaissances du monde de la musique, rédige une description sommaire des œuvres pour les programmes, effectue des corrections, achète des stocks de cordes pour les instruments. « Ses yeux pétillaient », raconte Jelinek. Les machines à écrire des dactylographes de la légation cessent de taper des dossiers politiques, et rédigent les invitations. « À 9 heures et demie du soir, juste avant le début de la représentation, nous constatâmes que les pupitres n'étaient pas sur l'estrade. Entre-temps l'uniforme d'aspirant de K. avait disparu. Il réapparut dix minutes plus tard » : il en avait emprunté quatre à la Société de géographie toute proche. « Le Quatuor était sauvé. »

Rodolphe qui se démène partout pour promouvoir sa patrie quelque dépit qu'il en eût observe aussi se flétrir son pays d'adoption tant vénéré : « Paris est à présent étrange : la ville s'est retrouvée en paix, et n'est pas préparée. La France a improvisé la guerre, passe encore, mais la paix, c'est pire. Le monde a vu Marianne en déshabillé et n'en a pas gardé une bonne impression. » Il loue la présence des Américains, considère que c'est une formidable leçon, et incite les Tchèques à déployer des efforts afin qu'ils viennent en Bohême. Contrairement aux Français qui pensent que leur manière de faire est la meilleure et qu'ils peuvent continuer dans leur tradition conservatrice, « les Américains ont accompli de véritables miracles ici et tout est sorti de terre en un instant ! »

En dépit du soutien de Viktor Dyk, devenu une personnalité de premier plan à Prague, élu député puis sénateur, Rodolphe ne parvient pas à retrouver de poste de correspondant des journaux tchèques, sinon comme pigiste mal rémunéré, se refusant à jouer le serviteur de Beneš. Finalement, il est embauché le 15 septembre 1919 comme rédacteur au Bureau de Presse tchécoslovaque, pour un salaire « très correct » de 1 000 F (1 330 €) par mois. Mais son chef incompétent, nommé pour des raisons politiques et beaucoup mieux payé, ne connaît pas le français, et ton père doit faire tourner la boutique : il y passera une année. Ce revenu régulier lui permet de survivre dans son *cher* Montparnasse devenu désormais une attraction pittoresque internationale, où la ruée des Américains démobilisés, alors que le change avec le dollar a décuplé la valeur du billet vert, fait flamber les prix.

« Le carrefour du Montparnasse est le centre du monde ! » proclame fièrement le catalogue d'une exposition qui se tient en 1921 au café Le Parnasse, aujourd'hui disparu, dont la couverture s'illustre d'un globe terrestre axé sur cette place ornée de la statue de Balzac au premier plan, tandis que le reste de la planète s'estompe dans le flou... Les bars américains à hauts tabourets devant le zinc prolifèrent, on y mixe des cocktails comme à Manhattan, on y consomme du *welsh rarebit*, on s'y amuse, on y fornique avec les prostituées de la rue Bréa et de la gare, on couche avec les filles faciles ou les modèles qu'on lève à l'étage de La Rotonde, on s'y saoule jusqu'au petit matin loin des pruderies de la Prohibition qui s'abat alors sur les États-Unis. Les cabarets fleurissent, à grand renfort de publicité dans les journaux étrangers : Le Monocle, « *Das elegante Kabarett in Montparnasse* », qui s'adresse aux lesbiennes, le Jimmy's voisin, Le Tlemcen rue Sainte-Beuve pour des saveurs coloniales plus exotiques... Hemingway, correspondant de presse en 1922, ironise sur « la faune de Greenwich Village » qui a investi La Rotonde où elle croit se frotter à de « vrais artistes », et où la venue de Chaplin, de passage au printemps 1921, crée une émeute d'admirateurs qui manquent étouffer Charlot. Paris est une fête mais la Bohème est devenue le spectacle d'elle-même, et ton père qui traduisit Apollinaire amène désormais au dancing ses compatriotes en goguette.

Il était un cavalier fort prisé des dames, et pouvait valser sans faiblir jusqu'aux petites heures. À la Saint-Sylvestre, face aux Américains, il a été forcé, se targue-t-il, « de défendre l'honneur de nos Européens autochtones et du 21e régiment de chasseurs tchécoslovaques ». Peut-être les déhanchements du tango — qu'il célébrait déjà dans ses chroniques de 1913 — du charleston, du fox-trot, du one-step, du shimmy effacèrent-ils, sur les parquets cirés, sa morosité ? Ou chercha-t-il dans ces corps-à-corps infinis à ranimer la vigueur du sanglier de Bohême, seul à même de dissiper ce spleen de Paris qui le taraudait jusqu'à la rue Boissonade ?

L'année 1920 se présente sous de meilleurs auspices sentimentaux. Il s'est épris d'une femme mariée, Germaine Mandrino, une Tridentine qui réside dans la commune minière d'Agordo, au pied des Dolomites. L'idylle a d'abord eu le Paris d'après-guerre puis Venise pour cadre, et au mois de novembre, bénéficiant d'une semaine de congés, il la retrouve à la gare de Trente, au terme d'une nuit de train qui débouche au matin, après le tunnel du Brenner, sur les « étonnants et magnifiques paysages du Sud-Tyrol ». Pour Rodolphe, c'est aussi un voyage à rebours dans le passé récent : le Trentin, qui vient tout juste de revenir à l'Italie, appartenait avant la guerre, comme la Bohême, à la Cisleithanie, la partie occidentale de l'Empire austro-hongrois. On y parlait le ladin, un dialecte rhéto-roman — et la langue de Dante venue du Sud avec les nouvelles autorités s'y déploya face à la *Kultur* germanique septentrionale, un chamboulement culturel évoquant celui que vivait son pays natal. Germaine l'attend sur le quai avec son amie Lina, peintre issue d'une lignée patricienne de la cité des Doges, où cette femme émancipée est allée la chercher avec son automobile dans laquelle le trio prend la route des cimes, après une visite des vieux palais de la ville, écrit-il à Zdena : « Ainsi étais-je avec mes deux amies loin du monde et des gens et je me sentais bien dans cet univers à nous. »

Pourtant les qualités de Germaine restent inutilisées dans sa belle maison bien aménagée au milieu des montagnes. Son époux, un homme banal et malade, est présent sur place. De nouveau, l'amour que vit Rodolphe s'épanouit par la médiation de tiers : « Nous sommes chaleureux l'un avec l'autre. Je ne sais pas bien ce qu'il pense de moi, mais quoi qu'il imagine il se trompe. Dans notre cas, malgré toute la franchise et l'honnêteté de Germaine envers lui, il ne comprend sûrement pas la situation, qu'il ne peut de toute manière pas concevoir car il est si différent de nous... Comme vous pouvez le voir, il y a de la confusion. » Et Germaine a même introduit au cœur de ce mécanisme une complication, en invitant Lina. Dans ce curieux quadrille, cette dernière donne-t-elle simplement le change au mari valétudinaire ? Ou maintient-elle disponible l'espace que ton père laisse toujours ouvert pour séduire des femmes, inspiré par les adamites, par les amours plurielles d'Horace et Lydie, de Musset et George Sand ? Trente évoque-t-il à Rodolphe Tabor, et Agordo Nadějkov, raniment-ils l'atmosphère d'avant-guerre tout juste évanouie ? Les promenades avec les deux amies sur l'alpage lui remémorent-elles les layons parcourus dans l'enfance à Kaliště ? « Nous sommes allés à pied afin que je connaisse tous les chemins qu'emprunte Germaine, où elle ramasse des fraises, des myrtilles et des champignons. Elle fréquente les villageois simples pour piétiner, humilier les relations qu'elle a avec les gens banals de la ville. Les montagnes sont toute sa vie. » Comme Rodolphe, las de ses échecs mondains à Prague et submergé par son aboulie à Hradec Kralove en 1906, s'était ressourcé dans la demeure paternelle en lisière des bois avant de partir à Paris en mai 1908 ? Mais cette églogue où affleure la nostalgie nourrit, comme le balancement d'un pendule, une délectation morose dont la cité lagunaire présente le miroir. Au terme du séjour alpin, les amants raccompagnent Lina à Venise. Il est content de revenir dans cette ville, d'arpenter de nouveau les rues avec Germaine, poser le regard sur les charmants coins et recoins, se remémorer les impressions de leur première visite : « Venise est magnifique dans le gris de l'automne, sans soleil. Les formes et les couleurs en harmonie, les eaux sont mélancoliques. »

L'éloignement et la pusillanimité de cœur limiteront cet amour à des moments fusionnels sans lendemain. Germaine vient passer la fin de l'année suivante à Paris mais son astre y brille parmi une pléiade de demoiselles. Dans les lettres de Rodolphe à Zdena, on croise leur nom, la dactylo du Bureau de Presse, jeune femme aimable, ordonnée et sincère, une Tylda et une Anča « si seules, qui n'avaient personne d'autre que moi ». La première, chère et fausse, a perdu sa confiance. La seconde l'accompagne dans les alentours de Paris d'où ils envoient des cartes postales à l'amant tchèque de celle-ci, qui boude puis la reprend à ton père. « À présent je suis assis dans un café de Montparnasse, une certaine femme occupe mes pensées alors que je vous adresse ces lignes », écrit-il à sa confidente le 16 décembre 1921. Pourtant, Germaine se trouve à Paris depuis fin septembre, mais c'est une histoire embrouillée : « Alors qu'il y a chez cette femme tant de beauté, de richesse et un caractère admirable, tout se perd dans les caprices et la nervosité. Prague lui ferait sûrement du bien. Elle doit m'annoncer si elle vient ou non. »

Ils y passent ensemble Noël 1921 où elle rencontre Viktor Dyk et Zdena. Elle se lie à celle-ci en lui faisant suivre d'Agordo les numéros de la *Nouvelle Revue française* à laquelle elle est abonnée, une fois qu'elle en a achevé la lecture. Rodolphe l'emmène découvrir les beautés de la cité dorée, déambulant en sa compagnie dans les quartiers anciens et modernes, retrouvant ses itinéraires avec Guglielmo de Kostrowitsky. La vénération des monuments du passé, le pèlerinage architectural aux églises et aux cathédrales, la contemplation des tableaux lui fournissent une respiration sensorielle, nourrissant un plaisir qui lui procure son élan vital. L'amour a pour détour obligé le partage de cette délectation esthétique, et cette communion de jouissance se prolonge par l'extase dans la nature au cœur de laquelle revient l'initiation primitive dans le paradis de Kaliště.

La distance charpenta-t-elle une idylle épistolaire ? Le développement des services du courrier permit l'éclosion d'une sorte de civilisation de la correspondance échangée à un rythme soutenu, parfois quotidien, où les lettres se croisent, agrémentées des cartes postales avec leurs photographies sépia ou noir et blanc, accélérées soudain d'un télégramme ou d'un pneumatique. Cela fut propice à une exacerbation en léger décalage des sentiments, qu'araserait ultérieurement le téléphone, qu'aplatirait la toile numérique et que banaliseraient définitivement les réseaux sociaux.

De cette curieuse amitié amoureuse j'exhume inopinément en rédigeant ces lignes une trace ancienne : philatéliste de treize ans, je collectionnais en 1968 les « enveloppes premier jour », que je rangeais dans un album en skaï de mauvaise qualité de ces années du plastique, les fixant aux feuillets cartonnés par quatre coins transparents. Tu m'avais donné, pour enrichir mon assortiment, vingt-sept anciennes enveloppes et cartes postales adressées à ton père ou à Ernest Denis, à l'époque de *La Nation tchèque* ou dans l'immédiat après-guerre, toutes bariolées de timbres et d'oblitérations mystérieux, en provenance de Russie, du Brésil et des diverses colonies de compatriotes slaves à travers le monde, qui échappèrent ainsi à la corbeille à papier. Je n'avais prêté attention dans ma prime adolescence qu'aux affranchissements — me reviennent soudain à l'esprit, en rouvrant le classeur, ces moments où j'avais méticuleusement collé les petits coins sur les pages cartonnées. Je tombe en arrêt sur la deuxième enveloppe. C'est une fulguration : il s'agit d'un envoi recommandé en provenance d'Agordo et destiné à M. Rodolphe K., 23 rue Boissonade, le 4 septembre 1920 ! Sur le papier bleu, trois timbres à l'effigie de Victor-Emmanuel III, un rouge, un vert et un cyan, et d'une écriture élancée, et aisément déchiffrable, ces quelques mots tracés à l'encre violette — outre le nom de ton père et l'adresse : *Stampa Raccomandata, Spedice G. Mandrino, Agordo.* Cette graphie volontaire et séduisante nourrit la représentation que je me fais de Germaine, par-delà la nostalgie qu'exprime mon aïeul, d'une femme chaleureuse et passionnée... De la lettre il ne reste rien. Mais au verso de l'enveloppe, on peut lire, dans l'élégante typographie des années 1920 :

VENEZIA

≈

Serie di Venti Cartoline

IN ELIOTIPIA

LIBRERIA STAZIONE — VENEZIA

Germaine a sans doute adressé à ton père un dépliant de ces vingt cartes postales de Venise, éditées par la Librairie de la Gare, imprimées grâce à ce procédé photomécanique et solaire que l'on nommait héliotypie, le plus utilisé pour l'illustration à grand tirage jusqu'en 1930. C'est pour cela que le pli a été envoyé en courrier recommandé, afin que les photographies arrivent intactes. Et peut-être n'a-t-elle joint aucun mot de sa suave graphie, tant la puissance d'évocation habitait ces clichés, pourtant convenus, des lieux d'une passion estivale et fugace, que Rodolphe parcourra de nouveau avec elle à l'automne.

De retour à Montparnasse, où il est devenu à partir du 27 octobre 1920 attaché culturel contractuel à la Légation, poste qu'il conserve jusqu'au 1er juillet 1927, Rodolphe peut calmer son prurit de séduire dans les nombreux lieux de plaisir pour les Américains qui sont venus agrémenter notre triangle matriciel et ses lisières, brillant toute la nuit d'une lumière rougeâtre comme un bordel cosmique. Le bourbon — même si son appellation rend hommage à la dynastie qui envoya La Fayette outre-Atlantique — a supplanté le Mandarin-Picon gaulois qui trônait à La Closerie en 1908. Et ce café désormais embourgeoisé, dont la clientèle d'artistes a migré vers La Rotonde, en attendant l'inauguration en 1924 du Select ouvert toute la nuit, puis en 1928 de La Coupole, doit à son tour créer un bar américain pour attirer les dollars. « On s'amuse partout, on dîne, on sort, on fait l'amour, note le sulfureux Maurice Sachs dans son *Sabbat*, le jazz secoue les corps les plus fous et les plus modérés. » Même le voluptueux Bulgare Jules Pascin, né Julius Mordecai Pincas, qui a exploré avant-guerre sur ses toiles, jusqu'à épuisement, les contorsions les plus intimes du corps féminin, qualifie dans les années 1920 le carrefour Vavin envahi de touristes américains de « pubis vérolé de l'univers ». Non loin de l'ancien bal de la Grande Chaumière où fut inventé le french cancan, le génie du lieu a transplanté en 1923 Le Jockey, boîte de nuit la plus fameuse de la planète, à l'angle de la rue Campagne-Première et du boulevard du Montparnasse, face à la Crémerie dont Rosalie a vendu le fonds à l'épouse d'un barbouilleur du nouveau monde, et symétrique au café des « Vigourelles » dont le patron a pris sa retraite, à l'autre bout de la voie. La façade noir de fumée s'orne de représentations de cow-boys et de Peaux-Rouges, on y danse dans les caves jusqu'à l'aube sur la piste minuscule devant laquelle Kiki entonne des chansons égrillardes sous l'objectif de Man Ray. La reine de Montparnasse goualе *Les Filles de Camaret* en levant la jambe, dans la continuité du bal cancan d'autrefois, mais sans culotte désormais, mettant les New-Yorkais ivres morts dans un état proche de l'épectase. Les peintres qui ont fait fortune, les ratés, les fauchés s'y frottent aux jolies filles dans ce « bar américano-nègre égaré en plein Far West » où l'on pratique « le communisme du cul ». Rodolphe y tient son rang, silhouette discrète que raccompagne parfois rue Boissonade voisine une amazone nocturne dont il ignore le prénom ou une jeune Tchèque, venue jeter sa gourme à Paris, que l'attaché culturel contractuel est allé accueillir à la gare de l'Est, et dont il assure, lorsqu'elle a le teint frais et le mollet bien galbé, l'éducation parisienne complète.

Le Jockey disparaîtra en 1927 — l'année même où Rodolphe enterre sa vie de garçon, te conçoit, puis épouse ta mère enceinte. Helena Rubinstein, l'« impératrice de la cosmétique » — selon le mot de Cocteau — a en effet racheté la bicoque d'angle dont un tableau d'Utrillo donne un aperçu peu reluisant et fera édifier sur les décombres de ce temple du stupre l'un des plus beaux immeubles Art déco de Montparnasse. Elle y habitera elle-même un appartement dont les baies incurvées et les hublots évoquent les paquebots sur lesquels elle sillonna les océans après avoir fui le ghetto de Cracovie jusqu'en Australie pour l'amour d'un Gentil — fixant les critères de la beauté au XXe siècle et consacrant ce culte vénérien universel comme il se devait sur l'autel unique et exclusif de Montparnasse. La légende du quartier veut qu'elle ait fait raser Le Jockey en rétorsion contre son époux volage qui s'y dépravait pour compenser sa sujétion — et le tint de la sorte sous sa férule dans leur domicile conjugal quelques étages au-dessus du séjour souterrain des mânes qui portaient témoignage de sa turpitude passée.

La révélation de l'Algérie

En janvier 1924, Rodolphe, lassé de ces débauches, entreprend un voyage initiatique en Algérie et Tunisie. Je le relie à un second souvenir d'enfance, plus ancien que l'album philatélique, resté incroyablement vivace dans ma mémoire : des objets fabuleux aux formes mystérieuses — je ne comprendrai que bien plus tard qu'il s'agit de poteries kabyles rapportées par lui à Paris. C'est la première impression que je conserve de mon arrivée à l'âge de quatre ans rue Boissonade, quelques mois après le décès de mon aïeul, quand maman et toi avez repris son appartement vétuste bénéficiant d'un loyer règlementé, selon la loi de 1948. Vous y emménagez et récupérez enfin votre gosse né en hâte en 1955. Ma survenue précipitée t'avait permis d'échapper à la mort sous l'uniforme français dans le djebel : naturalisé en 1954, incorporé dès le 10 septembre, tu aurais été expédié à la guerre — sauf à te prévaloir du statut de soutien de famille que t'accorda le 28 octobre le préfet de la Seine, motif pour lequel ton futur fils avait été conçu. Ainsi tu servis sous les drapeaux en planqué au mess d'une caserne de la région parisienne, un acteur sachant par profession préparer des cocktails pour les officiers de l'arrière. À ta manière, mais sans t'en rendre compte, tu rejouais le rôle du soldat Sveik, tampon du lieutenant Lucas, quarante ans plus tôt.

Vous avez dû dégager l'espace vital nécessaire à un jeune ménage : vider les meubles encombrés, jeter des monceaux de documents, de papiers, de lettres, de journaux empilés, de faire-part, de bristols, de notes de teinturier, de billets doux, de quittances, dont j'aurais fait mon miel — humbles monuments de notre lignée engloutis par la poubelle. Tu as vendu tout ce qui était monnayable à des brocanteurs ou des antiquaires et vous avez ainsi pu acheter de quoi badigeonner les murs qui avaient disparu sous la crasse accumulée dans ce capharnaüm, équiper une salle de bains, monter une chasse d'eau, installer les commodités de la fin des années 1950. Dans ce logement exigu, on m'a bricolé une chambrette derrière la cuisine. Elle donnait sur une cour ombragée d'un arbre immense aux aiguilles bleutées planté dans le parc mitoyen, dont je découvrirais deux décennies plus tard qu'il s'agissait du cèdre rapporté du Liban par Chateaubriand — frondaison exubérante sous laquelle crût peut-être ma vocation d'orientaliste.

Mais j'avais avant cela été fasciné par les poteries étranges et vivement colorées, disposées dans l'écrin mal seyant de la bibliothèque en formica flambant neuve qui faisait ton orgueil d'homme moderne. Je ne me lassais pas de les contempler, de leur adresser quelque supplique muette — sans en comprendre la nature ni l'usage : tu avais répondu à mes interrogations en m'informant simplement que ton père les avait rapportées d'Afrique du Nord. Sans doute n'en savais-tu guère plus. Pour l'enfant, elles revêtaient un caractère fascinant et magique — sans que mes parents s'en doutassent — et je n'osais pas même toucher ces fétiches, de peur de commettre un sacrilège, de les briser et d'attirer le malheur sur ma tête. Mais dans mon déracinement et ma transplantation, arraché au paradis azuréen, j'avais élu ces poteries en divinités tutélaires. Leur présence, devenue familière au fil des jours, rassurait l'enfant dépaysé — par une contemplation silencieuse et complice.

La guerre à laquelle je t'avais permis à mon corps défendant d'échapper battait encore son plein, la métropole vivait au rythme des attentats de l'OAS et du FLN dont j'entendais parler à la maison, et je déchiffrais des slogans « Algérie française ! » ou « Paix en Algérie ! » peints sur les murs de mon trajet pour l'école du boulevard Arago. Je n'avais aucune idée — et toi non plus sans doute — de la relation obvie entre ces terres cuites et le djebel où tu aurais pu périr d'une balle dans le front ou abattre les fils fellaghas des potières, pas plus que je ne pourrais échapper au destin qui me conduisit à apprendre l'arabe et en étudier la civilisation... Rédigeant ces lignes, je m'empare du chandelier et des vases géminés aux formes étranges que j'ai, à mon tour, installés au faîte de ma bibliothèque après ton déménagement à la maison de santé des augustines. Je les descends sur la table où j'écris, devant la grande photographie de ta mère Milada, et pour la première fois de ma vie, je les observe de près. Je me suis documenté sur cette céramique, modelée sans tour, nommée *ideqqi,* à base de colombin, une pâte argileuse abondante dans les villages du djebel, sur l'engobe — l'enduit ocre dans lequel on fige les dessins. Pourquoi ton père rapporta-t-il ces objets ? Pourquoi ne t'en débarrassas-tu point à sa mort, ne les vendis-tu pas pour t'acheter une paire de chaussures à la mode, et les as-tu conservés pieusement ? Et à mon tour, après qu'ils m'eurent fasciné dans ma jeunesse sans que j'en sache la raison, je les ai tout naturellement récupérés parmi tes affaires pour les consacrer en lares que j'idolâtre en silence. Ce n'est qu'en composant ces mots que j'ose les toucher vraiment pour la première fois, m'en emparant pour les descendre de leur piédestal. Je déchiffre ainsi quand s'achève l'été de ma vie le message ésotérique des signes géométriques qui les ornent. Je comprends enfin qu'ils constituent le tesson manquant à notre culte masculin du sanglier ithyphallique.

Ces objets sont exclusivement l'œuvre de potières initiées qui, reproduisant dans l'isolement montagneux du Djurdjura un cri ancestral inchangé depuis la préhistoire de l'humanité, expriment le désir qu'éprouvent les femmes. La plus altière des cinq terres cuites que ton père puis toi m'avez transmises montre, sous les anses en forme de cuisses ouvertes et levées, ocre comme la peau décorée de tatouages, un rectangle beige délimité d'une épaisse bande noire : le tabernacle du sexe féminin. Un trigone orienté vers le bas figure le pelvis. Il est surmonté d'un deuxième, dressé vers le haut, représentant la toison pubienne, et interrompu d'un troisième qui dessine la vulve, ses grandes lèvres s'écartant sur la faille obscure où se love l'origine du monde. Transmis par le métier des femmes, ce secret que vous n'avez pas su comprendre vous a hantés tous deux, vous contraignant à poursuivre en vain des séductions interminables dont vous preniez la société pour témoin.

Rodolphe en a-t-il eu le pressentiment ? Il écrit à sa confidente, au retour de ce séjour au Maghreb : « Il faisait bon là-bas. Tout ce voyage c'était comme un concert, une pièce de théâtre, un sourire. Je n'ai pas perdu une minute, j'ai tout vu et bien que le temps me fût compté pour me déplacer je n'ai ressenti aucune fatigue. Le plus beau c'était en bas dans le désert. Là où l'Europe n'existe plus. Je m'y sentais bien. J'y étais comme parmi les miens. » Il décrit un printemps très ensoleillé, des fleurs, des papillons, le paysage majestueux dans lequel se fondent remarquablement les villages de maisons blanches sans toit, et les gens qui vivent selon leurs cérémonials philosophiques : « Tout cela demeure en moi aujourd'hui et je marche ici au milieu des individus vides et banals en souriant de joie à propos de ma propre richesse. J'ai saisi que c'était ma patrie et je m'y suis envolé dans les étendues infinies. J'en ai parlé à peu de personnes ici. De toute manière ils ne me comprendraient pas. » Il dépeint les Arabes comme « une race magnifique ». Ceux du Sahara marchant en burnous avec leur fusil dans le dos offrent un spectacle éminent. « Tout ce que j'ai vu de beau en ces gens est ineffable. »

Cette incursion de ton père « là où l'Europe n'existe plus », ce lieu dont il a conçu en 1924 que « c'était [sa] patrie », où il s'est « envolé dans les étendues infinies », constitue le point de bascule, au mitan de sa vie, qui va le déterminer désormais à prendre femme et tenter de mettre un terme à son vagabondage sentimental. Aurait-il pu élucider les signes figurant sur la collection de poteries qu'il a soigneusement emballées et rapportées dans ses malles de voyage par le navire des Messageries maritimes vers Marseille, puis fait transiter par chemin de fer jusqu'à Montparnasse — ces symboles que j'ai déchiffrés près d'un siècle plus tard ? S'en est-il imprégné par des canaux sensoriels, sans prendre conscience du charme magique de ces humbles objets qui l'ont envoûté ? Il se lie à cette époque d'une amitié pérenne avec le peintre Lucien Mainssieux, également violoniste hors pair, qu'il avait embauché pour participer aux représentations parisiennes du Quatuor tchèque. Ce dernier a aussi parcouru en tous sens l'Afrique du Nord, en a rapporté une moisson de toiles — et ramené son modèle la Tunisienne Zohra. Un indice sur le basculement sentimental de Rodolphe à cette occasion nous est fourni par la fin de cette correspondance africaine avec Zdena, qui sonne comme un aveu. À peine débarqué dans la cité phocéenne, le lundi 28 janvier 1924, et y consignant ses bagages, il effectue un ultime détour qui n'est intelligible que dans cette hypothèse. Il se rend sur la Riviera et rencontre à Nice la famille russe qu'il n'avait pas vue depuis 1913. « Je l'ai cherchée, je n'avais jamais cessé de vivre avec le souvenir de ces personnes qui me sont chères. Je savais qu'une partie d'entre elles habitaient à Nice, et je les y ai dépistées. » Il y retrouve la jeune fille dont il était épris, « sûrement la seule femme que j'aurais pu avoir comme épouse. Mariée et mère de deux garçons. Mais quelle merveilleuse rencontre... et mon amour d'antan s'éloigne de nouveau. C'était l'un des buts les plus beaux, et la raison ultime de ce voyage ».

De cette parentèle de Russes émigrés sur la Côte d'Azur comme tant d'autres après la révolution bolchevique je n'ai trouvé trace dans la correspondance de Rodolphe, non plus que la mention de « la jeune fille que j'aimais » dans les lettres de 1913. Mais c'est à toi que notre destinée ironique ferait prendre femme niçoise — maman — et je serai confié nourrisson à la cité azuréenne. Je me rends compte qu'en arrangeant la traduction du tchèque j'ai rédigé fortuitement un alexandrin blanc à la manière de la *Chanson du mal-aimé* :

Et mon amour d'antan s'éloigne de nouveau

La passion d'Avignon

L'année 1926 trace la ligne de partage de notre destin — car sans la rencontre qui advient alors à Paris entre Rodolphe et Milada, il n'y aurait pas eu d'histoire. Le 26 janvier, ton père est fait chevalier de la Légion d'honneur avec treize autres « citoyens tchécos-slovaques » — selon l'orthographe du décret — sur la proposition d'Aristide Briand, président du Conseil et ministre des Affaires étrangères — en qualité d'*homme de lettres.* Les relations entre les deux pays sont au zénith : un traité d'alliance a été signé l'année précédente, et la galerie nationale de Prague a acheté une importante collection d'œuvres françaises, opération pour laquelle il a joué un rôle de conseiller. Mais cette décoration célèbre surtout son action passée, son entregent datant d'une Belle Époque désormais révolue. Le 21 février suivant, il fête son demi-siècle, bilan en demi-teinte sur la vie qui est passée, l'âge qui vient, la sensation d'inachèvement, la procrastination. L'échec social et les déconvenues sentimentales attisent les bouffées récurrentes de psychasthénie qui le suffoquent depuis ses dernières années pragoises

— malgré les tentations nocturnes de Montparnasse qui offre à sa pulsion séductrice de vaines réitérations.

La passion entre le quinquagénaire et la jeunesse de vingt ans s'est nouée en septembre-octobre 1926. Ta future mère habite une chambre de bonne rue Monsieur-le-Prince, dans le VIe arrondissement, à proximité de l'Alliance française, boulevard Raspail, qu'elle gagne à l'ombre des frondaisons roussies par l'automne des marronniers, tilleuls et platanes au jardin du Luxembourg. Elle contourne le Sénat, regardant jouer autour du bassin des gamins avec leurs voiliers de louage — comment aurait-elle pu imaginer que ses propres rejetons, mais aussi son petit-fils et même ses arrière-petits-enfants s'y relaieraient tout au long du siècle suivant en un éternel retour vers ce jet d'eau ombilical... Puis elle longe le carrousel que décrit, sans qu'elle le sût non plus, Rainer Maria Rilke, cet autre Pragois amoureux de Paris et de sa maîtresse Lou qu'il conduira là faire des tours de manège. Enfin elle sort par la grille de la rue de Fleurus pour gagner la salle de cours où elle bûche vocabulaire, grammaire et prononciation.

Son apprentissage de la langue de Molière est ardu et l'amène à se rapprocher de Rodolphe afin qu'il l'aide à repasser ses leçons et faire ses devoirs. Elle vient travailler le soir chez lui, remontant le boulevard Raspail, tel Raymond Poincaré en 1913 ou Edvard Beneš en 1915, à travers le carrefour Vavin, parmi les académies de peinture, les modèles et les filles qui traînent à La Rotonde ainsi que la faune interlope des trottoirs et des dancings. Elle se confie à lui, et ils échangent après les mots hésitants du lexique français des baisers et des caresses plus résolus. Pour le tombeur mélancolique de la rue Boissonade, ce qui commence et aurait dû se poursuivre comme une bluette à l'instar de tant d'autres se transmue soudain en démon de midi. Est-ce la fraîcheur de la demoiselle, l'ingénuité dont elle sait jouer à merveille, et pour elle l'accès qu'il lui ouvre aux séductions fascinantes de Montparnasse ? Ou la volonté de croire avant qu'il ne soit définitivement trop tard en l'amour qui s'offre enfin après les désillusions d'un demi-siècle, cette urgence de prendre femme dont il avait exprimé l'impérieuse pression après son retour du voyage initiatique en Afrique du Nord deux ans plus tôt ? Ce Pygmalion pusillanime de la Bohème parisienne retrouve-t-il dans une Galatée slave les enthousiasmes de sa propre jeunesse qui le fuit ? Ne peut-il s'empêcher de la façonner trop brutalement ? Minaude-t-elle à l'excès afin de résister à la mutilation qu'il lui inflige pour la conformer à l'objet fantasmatique de son désir ?

Son joli minois plaît aux peintres que Rodolphe lui présente, notamment aux artistes plasticiens tchèques exilés auxquels son français approximatif limite le cercle relationnel. Elle pose dès octobre pour Věra Jičinska, de sept ans son aînée, formée dans le cubisme et cherchant alors une voie propre que lui facilitera la sûreté de son trait. Celle-ci achève ainsi en quelques séances un dessin charmant, signé et daté de 1926, que j'ai toujours vu exposé par toi dans un cadre vitré, sans que tu ne m'en dises jamais l'origine ni l'histoire — mais la connaissais-tu ? Je l'ai accroché au-dessus de mon bureau et l'observe tandis que j'écris. Son visage est éclairé par des yeux légèrement étirés et bridés — legs d'une horde ancestrale dont la chevauchée éperdue à travers les steppes d'Asie puis d'Europe centrale s'arrêta aux premiers contreforts des monts de Bohême ? Les cheveux sont coupés court, une mèche rebelle rebique derrière l'oreille droite. Cette esquisse préparatoire se mue prestement dans un tableau en buste, empreint de la touche cubiste qu'expriment les carreaux de la robe (qui n'apparaissaient pas sur le dessin) portée par Milada. Il est exposé au 38e Salon des Indépendants qui se tient au Grand Palais du 21 janvier au 27 février 1927 : sa mention figure page 178 du catalogue sous le n° 1885 comme « Portrait de Mlle R...ova » — mis à prix pour 4 000 F (2 554 €). Il a gardé la mèche rebelle et le regard presque eurasien du crayon. C'est une toile typique de l'esprit des peintres pionnières des années 1920, avec l'irrépressible désir de modernité et d'émancipation que manifeste une jeune femme fraîchement débarquée à Montparnasse de son faubourg résidentiel pragois, mais dont le front un peu penché hésite entre scrupule et détermination au moment où elle s'apprête à sauter le pas.

Fut-ce là le début du malentendu ? Craignit-elle que le vieux garçon ne la moule dans ses manies, la contraigne à voguer dans son sillage tandis qu'elle aspire au grand large ? Le portrait, fort prisé, lui a donné quelque assurance — et des admirateurs. Elle coquette, et ces agaceries déplaisent à Rodolphe qui réplique par vanité en séduisant des tendrons sous ses yeux.

C'est alors qu'entre en scène dans ce jeu de l'amour et du hasard un autre peintre tchèque, Otakar Kubin. Né en 1883, cadet de Rodolphe de sept ans, ce quadragénaire passé des audaces abstraites de la Belle Époque à une figuration inspirée de Cézanne s'est déjà bâti une notoriété. Il a francisé son nom en Othon Coubine, épousé Berthe, une Provençale du pays d'Apt, et part en février 1927 installer son chevalet dans les parages, au village de Simiane, pour y réaliser dessins, gravures et tableaux d'après nature dans un paysage évoquant ceux du maître. Au motif — ou au prétexte — qu'il souhaite une cuisinière tchèque et une dame de compagnie pour sa femme, ce qui peut améliorer le français laborieux de Milada, il lui propose de les accompagner. La demoiselle accepte tout de go, plantant là son soupirant. Fut-elle attirée par la gloriole de Coubine, désireuse d'explorer sa vocation de modèle auprès d'un peintre plus coté que Věra Jičinska, de susciter la jalousie de Rodolphe voire de rompre avec ce barbon ? De pimenter d'un marivaudage son année folle française ? Le départ s'effectue dans des conditions précipitées, qui prennent Rodolphe au dépourvu et le piquent au vif. Le séjour dure sept semaines et porte au paroxysme les malentendus qui aboutiront à ta venue au monde.

Le 16 février 1927, Milada et le couple Coubine débarquent à la gare d'Avignon, et jettent à la boîte aux lettres une carte postale pour Rodolphe, représentant les ruines du château de Pétrarque. C'est le peintre qui a rédigé l'adresse et le bref message d'arrivée pour l'amant délaissé. La fugueuse conclut par des banalités sur le temps qu'il fait. Ensuite, l'autorail jusqu'à Cavaillon, puis un tortillard pour Apt, enfin l'autocar les conduisent d'affilée à Simiane. L'artiste y a acquis à peu de frais une vaste résidence qui lui sert aussi d'atelier, l'ostau Montjallard, hôtel particulier du XVIIe siècle où vécurent les maîtres verriers qui firent la fortune fugace de ce village réduit à cinq cents âmes après la saignée de la Grande Guerre. Coubine y possède aussi une autre demeure ancienne pour y loger ses hôtes, la maison Ponson, où passa sa jeunesse dans les années 1830 le fantasque et prolifique auteur de *Rocambole*, Ponson du Terrail. De cette bourgade dépeuplée que Milada compare à un château hanté, dominée par une mystérieuse rotonde fortifiée aux hautes ogives romanes, se noue avec Rodolphe une passion épistolaire torrentueuse — dont le caractère passablement rocambolesque fut peut-être ainsi redevable pour partie au génie du lieu. Après les frasques épuisantes de Montparnasse, la jeune Tchèque et fausse ingénue slave a mis à distance un galant accaparant qui a plus du double de son âge, afin de retrouver ses esprits, un peu d'équilibre et quelque liberté, saisissant le prétexte de jouer la dame de compagnie du couple. En contrepartie de la confection en cuisine des mets qui ravivent dans le palais de son hôte les saveurs ataviques de la Bohême, elle aura en Berthe une répétitrice de français plus adaptée à ses capacités et ses besoins que les intellectuels et les snobs parmi lesquels évolue Rodolphe, et elle s'initiera à une activité — la gravure. Cela lui ouvrira l'accès, à son rythme et sous les auspices de la rotonde de Simiane, à l'univers artistique des rapins de La Rotonde parisienne qui ne voient en elle qu'un joli modèle, sinon une proie sexuelle. Elle découvre aussi, dans les promenades en compagnie de Berthe au long des vallées et escarpements remarquables de la Haute-Provence, le paysage à partir duquel Cézanne a créé la rupture féconde de l'art moderne. Coubine lui-même a abandonné l'abstraction qui lui avait conféré quelque notoriété avant-guerre, pour revenir, au plus près, au geste fondateur du maître d'Aix. Si Simiane s'enorgueillit d'une église Renaissance de la Sainte-Victoire, au nom d'une ermite réfugiée dans les hauteurs voisines qui mourut là, épuisée par les macérations et les jeûnes, les vues d'altitude en sont plus escarpées et rudes que celles du mont analogue de Cézanne. Elles apparaissent déjà alpines, à travers les bois d'yeuses, les avens, les miroirs de faille : on se trouve ici à la limite ancienne de la culture de l'olivier et de la vigne. Mais ceps et treilles ont disparu, et il n'en reste le souvenir que dans les celliers réaffectés et la toponymie, sur le coteau « du bout des vignes ». La garance tinctoriale, qui servit aux uniformes de 1914, a été remplacée par les amandiers, dont le fruit fournit les confiseurs d'Aix pour les calissons et la frangipane. Les arbres en fleur ont aussi donné matière à plusieurs toiles de Coubine, que Milada l'observa peindre sur le vif, dès leur arrivée, lors de cette aube provençale annonciatrice du printemps, qui point mi-février. Plantant son chevalet sur la terrasse de l'ostau, il représentait ces immensités blanches aux reflets rosés qui nappaient la campagne, avant que n'éclosent à l'été les champs de lavande pour couvrir les hauteurs d'une gamme bleutée, bigarrée des tons mauves et pastel de la sauge sclarée. Cette découverte sensorielle du Midi représente pour la jeune femme une expérience personnelle, qu'elle peine à traduire en mots mais qui l'émancipe car elle n'en est pas redevable au magistère de Rodolphe. Elle se contente de lui en faire part dans une lettre succincte, au lendemain de son arrivée : « J'espère que je vais me plaire ici, et que j'aurai des moments pour étudier si je m'ennuie. Mme Coubine est très aimable avec moi et fait des efforts pour me comprendre quand je parle et lorsque je ne saisis pas elle m'explique... C'est bon pour ma santé, vous savez, d'écouter et de parler seulement le français. »

Rodolphe, par retour de courrier, réagit rageusement à l'escapade : « Par cette infamie que vous m'avez causée et par vos duperies, vous avez perdu beaucoup trop de mon amitié et je pense que plus jamais je ne pourrai vous aimer comme je vous aimais, voir en vous ma petite camarade, quelqu'un qui, avec moi, fait peut-être seulement un bout du chemin de la vie dans une confiance entière et avec foi mutuelle. Cette mauvaise action m'a blessé et s'est gravée dans mon cerveau comme une funeste cicatrice de mon attachement pour vous. »

N'en demeure que le désarroi du manque, dont témoignent même les inanimés : « J'ai été seul, ici, chez moi. Vous savez très bien à quoi cela ressemble, vous connaissez chaque objet, et chaque objet vous connaît. Je me suis réveillé cinquante fois. Le train filait avec vous dans la nuit française et moi je voulais le rattraper pour être ensemble au moins en pensée. Et le matin, j'ai su où vous étiez, il était 5 heures et je ne pouvais plus dormir, ensuite il fut 7 heures et vous arriviez en Avignon. »

Deux jours plus tard, dans une lettre datée de son cinquante et unième anniversaire, le 21 février, il s'efforce de combler ce soudain vide sentimental en restituant l'atmosphère de Montparnasse, tout en esquissant un examen de conscience : « J'aime Paris et elle me procure toujours de douces délices lorsqu'il me semble que la vie est vaine et creuse. Je sais que tous les instants avec moi n'étaient pas jolis : lorsque j'ai senti que mon château de cartes s'écroulait, j'étais peut-être méchant et injuste plus qu'à mon tour : pardonne-moi cela, Milečka ! »

Enfin il se ressaisit en évoquant sa vie sociale piquetée de succès féminins : « Nous irons cet après-midi au restaurant chez Vatel, ensuite dîner chez le peintre Lucien Mainssieux et demain soir, peut-être à un bal. J'ai écrit à Germaine Mandrino pour lui demander si elle voulait venir. Je ne sais pas encore ce qu'il en est. Je ne suis pas doué avec mes "filles" : j'en ai beaucoup et je n'en ai aucune. »

Pareille provocation fait sortir sa correspondante de ses gonds. Sa réponse, qu'elle a mis une semaine à ciseler, démontre assez qu'elle ne s'en laisse pas conter — usant du voussoiement et du patronyme, alors que Rodolphe vient de la tutoyer et de s'adresser à elle par le diminutif de son prénom : « Cher Monsieur K., j'arrive enfin à vous écrire comment je vais depuis le début. » Le paysage lui semble magnifique, Simiane un vieux château à demi en ruine presque ensorcelé, les ruelles étroites bien closes où l'on voit rarement âme qui vive. Cela a sur elle un effet tranquillisant. Après ces descriptions, elle retourne ironiquement l'argumentaire psychique de Rodolphe : « Oui vous êtes trop gentil envers moi tandis que je suis très vilaine envers vous. Mais je ne peux pas m'en empêcher, des pensées fort abominables me poursuivent. Voyez, je ne savais pas que mon cas était si grave... Je croyais que c'était seulement la passion qui me liait à vous... Pourquoi, mais pourquoi n'ai-je pas eu la force de me détacher plus tôt, maintenant je vis de bien beaux supplices : peut-être serait-il préférable que vous ne m'écriviez plus, et ainsi vous oublierais-je. »

Au prétexte de narrer sa vie en Provence, elle instille en Rodolphe une jalousie qui rééquilibre leur relation : « Le dentiste à Apt est un fort bon stomatologue et il est aussi très joli garçon. Les Coubine affirment que je suis amoureuse de lui parce que j'ai dit qu'il incarnait vraiment l'idéal de beauté masculine. » À ce propos Coubine parle « du succès que vous aviez apparemment auprès des jeunes filles. J'ai répondu que j'étais étonnée de ce qu'elles vous trouvaient car vous ne me plaisiez pas du tout. Mais il a rétorqué que je ne devais pas nier que vous me plaisiez aussi. J'ai donc avoué que vous ne me plaisiez pas mais que je vous aimais ».

Elle prolonge ce paradoxe d'une exigence de loyauté si Rodolphe souhaite persister dans ses amours plurielles : « Je vous aime en fait beaucoup plus maintenant que je suis loin de vous, mais j'arrive aussi à comprendre que vous voulez arracher encore à la vie ce que vous pouvez, pourquoi êtes-vous si peu sincère, écrivez-moi vraiment tout : avez-vous déjà trouvé mieux à Paris, peut-être celle qui maintenant déjà vous rend heureux ? Vous savez que je suis terriblement curieuse. » Et elle fait porter sur lui, et non sur elle, sa propre décision de le fuir : « Vous écrivez que Coubine m'a prise à vous, mais vous étiez content, voyez-vous. Je l'ai bien senti que vous aviez peur, qu'au dernier moment, je demeure, mais moi-même je savais que je ne pouvais plus rester. Habituellement je suis celle qui part avant d'être un obstacle pour l'autre, et je ne reviens plus. » Par une habileté ultime, elle feint de se dévaloriser dans le regard de Rodolphe pour lui renvoyer la culpabilité, tout en manifestant son propre détachement — le prenant au piège de son intempérance : « Vous êtes trop habitué à l'existence que vous menez depuis des années, vous aimez tant voir varier les visages féminins qui vous entourent. Et à cause de moi vous n'alliez pas abandonner votre mode de vie précédent ! Pourquoi tout changer pour une stupide gamine qui ne vous comprend pas assez bien et qui n'a pas le même goût raffiné que vous pour les choses et les gens ? »

Rodolphe accuse le coup, dans sa riposte datée du mercredi des Cendres, le 2 mars. Pour parer le choc, il a recours à une mise en scène de sa vie parisienne dont la star n'est autre que le tableau de Milada peint par Věra Jičinska, qui trône au Salon des Indépendants. Il y va l'admirer, lui donnant un statut stellaire parmi la pléiade des peintres tchèques de la Bohème parisienne. Il convoque, pour communier dans ce culte de l'image de sa dulcinée, la sœur de celle-ci qui étudie également le français dans la capitale. L'adoration de ce simulacre pallie momentanément l'absence de l'original. Ensemble ils se rendent au Grand Palais « pour y pleurer devant le tableau de notre inoubliable et irremplaçable Milečka ». Rodolphe revit à nouveau tout leur automne : « J'ai vu ta robe marron à carreaux, tes cheveux avec leur raie indisciplinée, tes yeux qui étaient parfois si infiniment bons, pleins d'amour, de confiance et de dévouement que tout ton être, comme quand tu es la plus belle, était en eux et parlait par eux — et qui étaient parfois mauvais quand, au-dessus d'eux, les paupières se contractaient en angle droit. J'ai tant pensé à toi ce jour-là, avec toi et pour toi j'étais si parfaitement heureux, ça me faisait si chaud au cœur de t'aimer ainsi ! »

À cette occasion, défile comme en hommage à la jeune femme la colonie des artistes tchécoslovaques, « littéralement de A à Z », car l'accrochage suit leur ordre alphabétique : d'Émile Filla à Maxime Kopf, de Kupka à Josef Syrovy, tous ont accompli ce pèlerinage pictural comme pour vénérer son icône lors de la clôture du Salon. Mais l'invocation de la belle évanescente a tôt fait, passé l'exaltation du récit, de rappeler l'absence de celle-ci et sa réduction actuelle à l'état ancillaire dans l'office de Simiane, par contraste avec le beau modèle du tableau accroché au Grand Palais. Le dépit est si vif que Rodolphe brûle ce qu'il vient d'encenser : « Vous n'allez jamais à Apt ? Et que fais-tu, quelle impression te fait la région ? Et lis-tu le livre que je t'ai prêté pour que tu saches ce que dans ce pays tu peux voir et découvrir, pour que tu connaisses la Provence ? Milečka, tu ne dois pas faire de toi une cuisinière ! » Ce reproche du présent est souligné par la remémoration du passé dont l'exil méridional constitue la déviance : « Je ne pouvais jamais tant t'aimer, ma chère amie, que l'automne où tu fréquentais l'Alliance française et faisais chez moi tes devoirs. J'adore m'en souvenir et ne sais ce que je donnerais pour revivre nos heureuses journées. Ça me fait mal et je regrette simplement que tu fusses assise dans l'inconfort et le froid au fond de la chambre... Ce que je donnerais pour la demi-heure ou l'heure durant laquelle, lorsque je pouvais rentrer plus tôt, je vivais le bonheur de tes yeux doux et joyeux et de nos discussions amicales ! » Mais la dissonance entre souvenir et peine est telle qu'elle fait perdre à Rodolphe équilibre et contenance : « Je ne t'ai écrit ni samedi ni dimanche. Ce furent deux jours épouvantables, j'étais franchement torturé et dans une telle dévastation nerveuse, dans une telle crise mentale, que j'ai pensé qu'il m'était impossible de survivre à quelque chose de similaire. Pourquoi ne m'as-tu pas envoyé, Milečka, ta lettre un jour plus tôt ? Tu ne sais pas ce que tu m'aurais épargné. Je suis lié à toi par chacune de mes pensées et par toute ma vie : une telle confusion s'empare de moi qu'il me faut te haïr car je dois admettre l'idée de te perdre, et m'y résigner. » En dépit de ses efforts pour rationaliser l'enchaînement désastreux des faits, Rodolphe, afin d'accabler sa correspondante, charge Coubine, érigé en mauvais démon : « Tu as vu ton bénéfice à t'en aller. Vois-tu, moi j'étais si content pour toi que tu partes que j'en ai pleuré de joie. Non, je n'avais pas peur que tu restes dans les derniers moments, tu te trompes, j'espère que tu ne penses pas sérieusement cette indélicatesse. Mais j'ai senti comme il t'était indifférent d'être avec moi et comme il t'était aisé de me quitter : et du coup Coubine t'a prise à moi parce qu'il avait besoin de remettre son estomac en ordre grâce à la cuisine tchèque et tu as, sans hésiter, participé à cette combine ! » Il achève sa lettre en exprimant sa cénesthésie avec une complaisance qui mettra en rage la jeune femme : « Certes je suis trop habitué à ma manière de me comporter, peut-être pas si mauvaise quand même. J'ai eu un mode d'existence excessivement solitaire et sans doute n'était-ce pas parfait. Mais j'étais si jaloux de ma vie que j'y ai rarement laissé entrer quiconque et jamais je ne l'ai partagée comme avec toi... Moi j'ai tant vécu, et toi c'est ta première excursion ! »

Milada rétorque avec un hurlement de jalousie, dirigé contre deux des « filles » tchèques dont Rodolphe lui a imposé la compagnie. Elle commence par une mise à distance qui se traduit de nouveau par le voussoiement initial, et que souligne le délai de latence de dix jours avant sa réponse : « Je signe de mon patronyme intentionnellement, car je pense d'avance à épargner, à une quelconque jeunesse qui un jour classera les lettres, la vaine colère d'attendre que vous vous souveniez qui en fut l'auteur... » Cette ironie amère, qui projette son correspondant sous les traits d'un birbe acariâtre, prépare l'évocation crue d'une scène de rosserie : « Je me suis rappelé exprès les moments désagréables car je cherchais à me dégoûter de vous. Je vous ai revu quand votre Pepita était assise sur le canapé : vous regardiez avidement ses jambes qu'elle avait découvertes jusqu'au-dessus du genou, sur lesquelles elle avait de très brillants bas de soie. Vous les avez louangés et m'avez déclaré que j'étais vêtue de guenilles alors que je portais, ce jour-là, des bas en laine et soie que je tiens de maman, qui valent 65 couronnes tchécoslovaques. Et je me disais sans cesse, pour me convaincre que c'était la vérité : un tel homme mériterait que tu ne penses qu'à lui ?... Un homme à qui convient n'importe quel jupon ? » À preuve, une autre rivale dont Rodolphe lui a infligé la présence, Maňa, qu'elle a détestée au premier regard. Sans s'en rendre compte, elle revient au tutoiement, tout entière à sa rage : « Ne crois pas que je sois jalouse d'elles deux, non, vraiment pas ! Mais j'avais l'impression qu'elles me rabaissaient, la première par sa bêtise, la seconde par sa grande malignité, et plus tard par des sous-entendus sans tact. » Enfin elle atteint l'acmé de sa fureur : « Ce fut une épouvantable journée quand elle avait dormi chez toi, je veux croire qu'il ne s'est rien passé ? Et tes flatteries envers elle au Salon des Indépendants étaient si insupportables que quand tu t'es enfin tu, je fus très heureuse et pus au moins marcher à tes côtés et être avec toi. Pourtant en pensée, je te faisais déjà mes adieux pour de bon. » Mais ce cri du cœur ouvre la voie à une ouverture travestie en d'ultimes coquetteries : « Pour les fêtes de Pâques, tu pourrais venir en Avignon, pour aller sur le pont où *les jeunes dames font comme ci...* [en français] : mais ne gâche pas ton voyage à cause de moi, écris si tu passes par ici. Et moi je viendrai te voir, je te laisserai seulement un peu me caresser, et ensuite je rentrerai. Je t'embrasse et peux à peine attendre. M. »

Trois jours plus tard, après que des lettres se sont croisées et que les malentendus s'en sont aggravés, Rodolphe s'empare de la perche qui lui a été tendue, par un télégramme daté du mardi 15 mars : « ARRIVERAI AVIGNON SAMEDI MATIN ATTENDRAI GARE VOTRE ARRIVEE REPONDEZ IMMEDIATEMENT PAR DEPECHE SI ACCEPTEZ SUIS DIX JOURS SANS VOS NOUVELLES AMITIES K. » Il fait suivre celui-ci d'un courrier dont le décalage et les retards fourniront motif à une confusion supplémentaire des sentiments : « Tu peux tout me dire mais tu ne dois pas te taire. Le mutisme est une chose épouvantable, l'arme la plus terrible. Tu le sais car moi aussi je me taisais et je ne parlais pas, particulièrement la fois où le peintre Maxime Kopf te parlait comme à une fille de La Rotonde, et te plaisantait comme une servante... J'attends ton télégramme, à cet instant tu as certainement déjà eu le mien. » Il la prie d'apporter toutes ses épîtres, excepté la première qui l'a beaucoup agacée, afin de les relire ensemble. Sans réponse, il fait le lendemain un nouvel envoi qui témoigne du paroxysme auquel sont portés sa nervosité et son trouble tandis qu'approche l'échéance des retrouvailles sans que celles-ci n'aient été confirmées par Milada : « Il y a d'épouvantables jours d'attente, tu ne peux pas avoir idée de ce que c'est... ni à la maison ni au bureau je n'arrive à quoi que ce soit, je ne pense qu'à toi et rien qu'à toi... ma chère amie, je t'ai écrit d'horribles mots dans les dernières lettres, ne t'énerve pas et pardonne-moi, ne lis que les bonnes lignes et si tu lis les mauvaises, lis-les assise à mes côtés en caressant ma tête désespérée de ta chère main dévouée. »

À réception du câble, Milada réplique en exprimant d'abord sa sensibilité à fleur de peau, puis une mise en abyme des malentendus de leur passion : « Eh bien d'abord, je suis très en colère. Cet après-midi, 2 lettres et ce soir un télégramme. Nous sommes aujourd'hui mardi et j'estime que si quelqu'un veut arriver samedi à Avignon, il n'envoie pas un télégramme le mardi. Mais je vois ce qui t'a poussé à cela, tu veux provoquer Coubine et tu n'as aucun égard pour moi. » Après cette entrée en matière passablement agressive, une première concession est suivie d'une deuxième salve : « Oui, je viendrai pour parler avec toi, rien de plus. Tu n'as d'égard pour personne, tu écris seulement pour que je reste près de toi, en fait, tu ne m'aimes pas, tu es égoïste, tu ne penses qu'à toi. » Puis, pour la première fois, après avoir déstabilisé son correspondant, elle fait entrer en scène sa famille, son honorabilité et autres considérations bourgeoises dont n'ont cure les artistes de Montparnasse : « À la maison, ils savent maintenant que je suis ici, que je n'ai pas du tout d'argent et comment pourrais-je vivre à Paris, qui me paierait tout? Toi tu ne prends pas en considération qu'il y a aussi ma famille, connue et respectée, et que je ne puis compromettre mes parents. Et je veux donc parler avec toi, je dois tout régler car il est nécessaire d'aplanir de quelque manière que ce soit notre relation ou bien de se séparer complètement. » Cette revendication matrimoniale est à la fois condition *sine qua non* et enjeu de dignité : en témoigne le soupçon prêté à Rodolphe qu'elle se fût donnée à Coubine aussi facilement qu'elle s'était offerte à lui — alors même que le peintre est marié. Quoique l'inviolabilité invoquée de ce sacrement fût apparue plus crédible dans le propos de Milada si elle n'avait pas précisé qu'elle n'éprouvait en outre nulle attirance pour ce dernier : « Je pense que ce que tu ressens actuellement, ce n'est pas de l'amour mais de la jalousie, tu es convaincu que Coubine m'a invitée ici avec des intentions équivoques et tu ne me crois jamais, tu t'imagines, parce que je me suis sentie chez toi rapidement comme chez moi, que je fais pareil avec lui. Selon toi cela ne représente aucune différence qu'il soit marié et tu ne m'as sans doute jamais cru lorsque je t'ai dit qu'il ne m'intéressait pas. »

Ces considérations sur l'amour et la jalousie sont étayées par la révélation d'une déconvenue sentimentale tout juste antérieure à son voyage en France, par laquelle Milada signifie qu'elle ne saurait être prise pour une oie blanche : « J'ai connu quelqu'un d'autre qui m'aimait trop — mais il ne s'agissait de sa part que de passion. Par jalousie, simplement parce qu'il m'avait vue marcher avec un homme qui, avais-je dit, me plaisait, il m'a déchiré le manteau en pleine rue et fait une scène si horrible que les gens se sont arrêtés : chacun pensait que j'étais sa femme et lui avais été infidèle. À partir de cet instant il m'a perdue à jamais et je suis partie à Paris pour ne plus avoir à le fréquenter. » En miroir de ces aventures passées, fussent-elles réelles ou imaginaires, ressurgit le libertinage ostensible de Rodolphe toujours entouré de jeunes filles : « Ne t'étonne pas que je me sois imaginé que moi seule étais un obstacle et t'importunais. Et tu ne sais absolument pas combien j'ai tant de fois souffert lorsque tu me parlais autant d'elles, ou bien quand tu leur tournais autour et n'étais que joie et bonheur, tandis que pour moi tu n'avais qu'un visage contrarié et maussade. » C'est ce dévergondage qu'elle lui offre de dépasser par la perspective mutuelle de leur amour total : « Depuis que je sais comme tu m'aimes, rien ne me plaît ici — vois-tu, je me suis enfermée dans un monastère et dans un amour malheureux — mais si cet amour malheureux se change en amour heureux, que ferais-je encore ici ? » La lettre s'achève par le don absolu de soi : « Et ne me crois pas lorsque je dis que je veux t'oublier, c'est à moi que je faisais croire cela, mais je suis toujours restée la même et dès que tu arriveras, tu verras que ta Milečka n'est qu'à toi, qu'elle n'appartient à personne et que nul n'a encore embrassé ses lèvres ni caressé ses cheveux depuis que tu l'as fait. » Le lendemain, elle conclut cette promesse d'un télégramme où les mots de la passion saisis par le préposé des PTT en des lettres à l'encre mauve sur un ruban blanc, collé au formulaire bleu, sont exacerbés par le français gauche, décalqué du tchèque :

J'ACCEPTE TOUT QUE TU VEUX = MILADA

Du samedi 19 au lundi 21 mars 1927, Rodolphe et Milada passent trois jours et deux nuits en Avignon : ils y descendent à l'Hôtel d'Europe, et prolongent leur excursion à Orange et Nîmes où ils visitent les monuments romains. Ce dimanche, on célèbre la mi-carême, l'atmosphère est festive parmi les serpentins et les confettis lancés par les enfants, dans les églises les ornements sacerdotaux roses portés par les prêtres mêlent le rouge de la Passion avec le blanc de la Résurrection. C'est l'occasion de marquer une pause dans les privations pour les chrétiens qui, à mi-chemin de leur parcours de purification, aperçoivent à l'horizon la lumière pascale du salut. Le passage de l'*Épître aux Éphésiens* de saint Paul que fixe la liturgie de l'année exhorte le croyant à vivre dans l'amour et donc à fuir la débauche et ses ténèbres. Rodolphe a choisi le meilleur établissement de la ville, installé dans un palais prestigieux, édifié en 1580 par l'illustre marquis de Graveson, issu d'une lignée de la noblesse comtadine qui tomba en quenouille. Cette vicissitude et celle de la Révolution française convertirent dès 1799 cet hôtel particulier en un hôtel pour les voyageurs, dont les guides vantent « le cadre élégant et raffiné tant apprécié par une clientèle nationale et internationale ». Pour célébrer l'arrivée du couple d'amants de Bohême telles les prémices de ce printemps 1927, le climat est exceptionnellement doux, à l'unisson de ces trois brèves journées de bonheur : l'été suivant sera pourri par des pluies incessantes, et l'hiver particulièrement glacial.

Une semaine plus tard, Rodolphe se remémorera le détail de cet épisode délectable. Il l'extrait de la confusion des pensées qui l'agitent, la hantise de son âge face à la jeunesse de Milada, la déstabilisation de son existence qu'induirait le mariage qu'elle met désormais comme condition à la poursuite de leur relation, la nature véritable de ses sentiments pour lui, sans parler de l'intrusion de Coubine dans leur histoire. La séquence commence, comme leur rencontre inaugurale, par l'attente sur un quai de gare : « Le train, *ton* train est arrivé, et moi, de loin déjà, j'avais vu ta tête et tu as sauté et, à nouveau, j'ai eu tes lèvres que personne n'a baisées ni n'embrassera jusqu'à notre prochaine rencontre. Et nous avons marché, tu as pris ma main et tu l'as serrée sur ton cœur et il y avait tant de choses que nous devions nous raconter dont nous n'avons pas réussi à parler tout de suite. La ville était pleine de printemps et de soleil pour rire et se réjouir avec nous. » La splendeur d'Avignon est l'écrin de leurs retrouvailles, la passion leur unique moteur : « Puis on s'est rendus à l'hôtel, nous avons parlé, nous sommes câlinés et tout devint plus beau qu'avant. Notre grande et lumineuse chambre t'a beaucoup plu. Et après le déjeuner nous sommes allés au petit bonheur la chance et nous avons marché à travers les lieux, les gens et le printemps. Nous étions infiniment heureux, tout en nous rayonnait de joie et de sourires. » La ville s'estompe et se referme sur eux : « Ensuite arriva la nuit et nous n'en finissions pas de discuter, nous avions tant à nous dire, nous nous connaissions si peu et ce moment était si propice aux confessions intimes. Et te souviens-tu que nous nous sommes réveillés dans le noir, effrayée tu m'as attrapé en criant qu'ils t'arrachaient à moi. » Rodolphe lui fait découvrir les sites remarquables de la Provence — peut-être s'enfouit alors dans les gènes de Milada la vision scénique du monde où éclorait la vocation d'acteur de leur futur fils : « Dimanche, la promenade dans le parc, le palais des Papes et, après le déjeuner, Orange : l'arc de triomphe, le théâtre. Ce fut une visite inoubliable, cette pérégrination dans le théâtre. » Mais bientôt l'approche de la séparation se fait sentir avec la froideur d'un couperet : « Lundi je ne voulais pas faire d'excursion, j'aurais été si heureux de simplement rester avec toi et nous sommes pourtant allés à Nîmes. Nous avons vu beaucoup de choses, et je me reprochais de t'imposer tant de fatigue mais toi tu continuais encore et encore à marcher et tu sautais comme un cabri sur les cailloux pour tout voir. Le soir est tombé, il a fait un froid désagréable, et nous sommes rentrés chez nous. » Le charme est rompu, et la gare de chemin de fer qui fut le lieu de leur rencontre devient celui de leur séparation : « La fatigue et la nervosité du départ ont mis un peu de désordre dans notre bonheur et nous avons oublié que, dans ces instants, nous n'avions qu'à penser et à nous taire, à laisser calmement se finir ces précieux moments trop fuyants. Et ce fut la fin, encore quelques baisers et le train m'a emporté. Combien fut brève cette félicité ! »

À peine de retour rue Boissonade, au matin du mardi, Rodolphe est plongé dans un grand trouble, qu'exprime le tourment du manque, exacerbé par la fugacité des moments partagés : « Je pense à toi et je me remémore tout ce que nous avons vécu et dit, et j'ai besoin de parler avec toi encore et encore et de convenir de mille choses car plus nous parlions, plus il restait de choses à régler. Je suis arrivé et je t'ai à nouveau quittée. Le train m'a happé. » Et l'absence est aggravée avec une nouvelle acuité par le retour de Milada auprès de Coubine : « Je t'attends ici et, maintenant, déjà j'y vis avec toi. Mais tu seras à nouveau à Simiane et recommenceront les vilains jours où je désirerai tant que tu sois là et où je ne t'aurai pas. »

Déstabilisé par l'absence de courrier de sa dulcinée, il lui écrit dès le jour suivant : « Jusqu'à présent, je suis sans nouvelles de toi, ce qui signifie que tu ne m'as envoyé aucun mot d'Avignon avant ton départ, que tu n'as pas pensé à moi à Cavaillon où, je crois, tu as attendu la correspondance, et que tu n'as pas eu un moment pour m'écrire une carte à Apt. » Ce silence est matière à ruminer des idées noires : « J'ai l'impression d'avoir été humilié, mis au rebut comme une chose. » Cela ouvre la voie d'un accès mélancolique, à la perspective de devoir assurer les charges et obligations d'un mariage, qui paraît exorcisé par la dépréciation de soi : « Peut-être que demain je serai dans la misère, ou la gêne... Et je n'ai pas le droit de te demander des sacrifices, moi, homme vieillissant qui bientôt plongera dans les affres du vieillard, et je ne serai capable que de te gâcher la vie jour après jour... Et toi, jeune fille insensée, tu veux vraiment jouer une carte aussi misérable et sans valeur que moi, toi qui peux être la plus heureuse femme d'un bel homme riche ? Miša, pense à tout cela, avant de te décider à écrire chez toi et que je ne corresponde avec ta famille. »

Ce navrement slave de Rodolphe se cristallise promptement sur la figure de Coubine, qui s'insinue dans leur couple d'abord en voyeur, puis en persuadant Milada d'exhiber sa nudité pour un tableau. En effet, celle-ci, dans sa première lettre après l'épisode d'Avignon, datée du mercredi, introduit le peintre dans le récit de leur intimité, et lui permet par cette faille d'accroître son emprise sur elle, à la fureur prévisible de son correspondant. « Je suis arrivée hier et j'étais si fatiguée que je ne pouvais absolument pas écrire et puis je me suis assise dans la salle à manger avec Coubine et j'étais si contente de pouvoir parler de tous les lieux où nous étions ensemble et de tout ce que nous avons vu. Et il écoutait sans se lasser le moins du monde... Puis il a dit qu'il voulait faire une marche dans les Alpes, via le chemin qu'Hannibal a emprunté... Aussi cela m'attire-t-il de rester chez eux et d'aller en Italie, de la parcourir entièrement. » Dans la foulée, elle se targue, impavide, de ses succès masculins : « Dans le train un jeune homme était assis en face de moi. Il engageait sans cesse la conversation et voulait me prêter son journal mais je ne l'écoutais pas. Puis vers Apt, deux autres hommes ont voyagé avec moi, ils avaient peut-être trente ans, ils me souriaient sans cesse et s'efforçaient de se montrer prévenants pour que je sois obligée de parler. » Cette maîtrise de soi vaut également pour les choix concernant sa vie future : « Si tu ne veux ni ne peux m'avoir toujours chez toi, ne m'écris donc plus jamais et laisse-moi vivre ici. J'y resterai, ne voudrai plus jamais te revoir et chercherai à t'oublier. »

Pareils propos atterrent Rodolphe, dont la confusion s'accroît avec le croisement des lettres : « Mon Dieu, ce n'est pas possible, Milča, que tu sois capable de ces trahisons et de ces perfidies, qu'au contact de la raclure humaine tu sois allée jusqu'à renier et profaner aujourd'hui tout ce que tu promettais il y a quelques jours, à revenir, par caprice et sans raison, sur tes propos et sur les promesses que tu m'as faites. Il n'est pas croyable que tout ce que nous avons ensemble vécu au cours de nos journées à Avignon fût mensonge et comédie. »

En réponse, Milada demeure dans l'indécision et s'avoue désorientée : « Je n'avais jamais pensé que je désirerais que l'on eût une liaison et maintenant je ne sais comment trouver le pont par lequel enjamber le gouffre qui nous sépare... Si je t'épouse, ce sera bien au début, mais plus tard moi je voudrai vivre plus et toujours davantage, et toi tu souhaiteras le contraire : je devrai faire de grands sacrifices pour m'adapter à toi et j'ignore si j'en suis capable. Je sais seulement qu'aujourd'hui il y a en moi un grand amour pour toi et que maintenant que tu n'es pas avec moi, il ne me vient pas à l'esprit de penser à quelqu'un d'autre. » Mais à peine cet aveu formulé, il est renié dans la foulée : « Bon, mais alors je ne veux rien, ni ton amitié ni même te connaître, je n'irai pas à Paris, je resterai ici et t'oublierai, assurément avec le temps tout se guérit... Et je ne veux plus jamais aimer personne ni m'accoutumer à quiconque, je désire être heureuse, varier mes amours les unes après les autres, vivre, et vivre, et me noyer dans les plaisirs vains, cela devrait maintenant me suffire. »

Tandis qu'elle est prise dans le tourbillon de ces pulsions contradictoires, Milada se voit proposer par son hôte de la prendre pour modèle, et de la dénuder à cet effet. Elle est tiraillée entre le rêve de devenir l'objet d'une œuvre d'art, de figer par-delà l'écoulement du temps sa jeunesse et sa beauté, et la crainte du scandale. Elle prend aussi précaution, au moment où sa vie risque de basculer dans un mariage qu'elle appréhende tout en y aspirant. « Coubine va se mettre à mon portrait, il veut peindre une toile, or moi je désire une gravure : il commencera donc par celle-ci, ensuite il me peindra. » Elle l'imprimera et enverra à Rodolphe l'un des premiers tirages. « Néanmoins pour la peinture, il y a un souci : il veut que je pose — juste un peu — dénudée, c'est-à-dire seulement la poitrine. Moi je ne le puis, je ne supporterais pas qu'il me regarde sans cesse. Je ne sais que faire, ce serait à vrai dire une belle peinture, mais imagine qu'ensuite tout le monde me lorgnera et j'aurai honte de ce tableau. Il me dit qu'il me mettra sur les épaules un léger châle transparent, pourtant c'est pareil. » Ce réflexe de pudeur, vraie ou fausse, s'inscrit au cœur d'un subtil marchandage : « En outre, je n'ai vraiment pas du tout un beau corps et ne puis le montrer. Il pense sans doute que je me laisserai persuader et moi je suis convaincue au contraire qu'à la fin un portrait me suffira. Mais il veut me peindre avec un bras entre les seins dans une sorte d'extase mystique... » Pour arriver à ses fins, Coubine mobilise même les paysannes de Simiane : « Hier, dès que nous sommes arrivés, il a dit à Mme Estelle, avec laquelle nous faisons toujours le voyage depuis Apt, qu'il souhaitait me peindre nue quoique je ne voulusse pas : sa femme n'ayant pas de poitrine, “elle est comme un garçon”, expliquait-il. Et Mme Estelle lui a répondu qu'il n'avait qu'à la peindre elle, qu'il en serait certainement content. C'est qu'elle est terriblement grosse, plus large que haute ! Finalement nous fûmes tous convenus que cela n'avait pas de sens que j'éprouve de la vergogne. »

Le dimanche suivant, Milada informe son correspondant de l'évolution du projet de tableau, qu'elle entremêle de considérations sur la prolongation de son séjour à Simiane ou son retour à Paris, autant de variations sur l'éventualité de leur mariage : « Maintenant, Coubine va graver mon portrait. Je l'imprimerai moi-même et t'en enverrai une des premières estampes. Il m'appelle *la graveuse* [en français] ! Mais ne te tracasse pas... Il parle toujours en bien de toi et me dit que le mieux serait de t'épouser. Moi je dois encore réfléchir parce que je commence à me plaire ici : je ne sais pas quand j'irai à Paris, peut-être plus tard que je t'ai dit, à l'automne. Je me sens si bien à Simiane et toi tu ne seras peut-être pas toujours aussi gentil que durant ces quelques jours en Avignon. Tu trouveras facilement en peu de temps à Paris un autre divertissement, et tu pourras m'oublier aisément. » Un affreux songe prémonitoire, dans lequel Rodolphe se montre « grandement contrarié et mal-aimable », vient conforter ce basculement : « Tu étais si vilain, j'avais très peur de toi et je me disais continûment que peut-être je pouvais encore changer mes désirs et que je ne te voulais pas. Ensuite j'ai décidé de fuir en Amérique et mon cousin Karel, qui est ingénieur là-bas, est arrivé pour me convaincre de ne pas y aller. Et moi je me fâchais contre lui et lui reprochais que maintenant qu'il est marié, je ne l'intéresse plus... — ce sont des phantasmes idiots, n'est-ce pas ! »

Rodolphe est offusqué par cette « épouvantable lettre ». Mais, parant au plus pressé, il l'exhorte à refuser de poser pour son hôte, avant toute autre considération sur leur avenir, tant il redoute que cela n'éloigne définitivement Milada de lui — par-delà les sentiments où s'embrouillent rage jalouse et hantise du qu'en-dira-t-on. « Je tiens *illico* à te dire avant qu'il ne soit trop tard : pour l'amour de Dieu n'accepte *à aucun prix* la proposition de Coubine de te peindre nue ou déshabillée. Je ne veux aucunement qu'il puisse te palper de ses doigts et regards obscènes, réajuster la draperie sur ta nudité et te peindre. Qui plus est, ici tous les nombreux visiteurs des expositions savent qui tu es et ils te connaîtront encore davantage : ça te plairait qu'ils te mentionnent dans leurs propos malveillants ? Cela me remplit de dégoût qu'il se permette d'estimer tes kilos et de parler de ton corps en public... Tu t'abaisserais ainsi vraiment au niveau d'un modèle de La Rotonde. Milečka, préserve, mon enfant, ta belle pudeur et ta gentille fierté. Ne te fais pas enjôler ! »

Dans sa réponse, Milada, sans relever les considérations de Rodolphe sur une décision de poser qui ne dépend que d'elle, poursuit avec insistance ses réflexions sur la manière dont il la considère : « J'ai l'impression que tu désires que je vienne à Paris seulement pour ton plaisir et pour finir agréablement les deux derniers mois avant l'été, et ensuite tu iras de nouveau où tu voudras, n'est-ce pas ? Mais à ce tarif-là, moi je ne marche pas. Tu ne sais pas combien je souhaiterais être chez toi et tout de suite, mais tu ne m'attraperas pas avec ces entourloupes : deux mois, fussent-ils plaisants, ne sauraient compenser des déceptions ultérieures. » Pour l'heure, elle se consacre avec l'enthousiasme du néophyte à sa carrière de *graveuse* : « Cet après-midi j'ai tiré vingt-deux gravures superbes. Il paraît que ni Coubine ni l'imprimeur n'en ont jamais réalisé de meilleures. J'ai gagné 300 F [200 €] pour cela et une impression à 700 F pour moi, sur le plus cher et le meilleur papier, dont la seule feuille coûte 5 F. Je suis assez ressemblante en chemisier et jupe avec la veste que je porte ici. Résultat : j'ai les mains toutes noires et ça ne s'en ira pas dans l'immédiat ! »

L'estampe de 21×26 cm est gravée sur une feuille de 33×50, d'un beau papier beige, tirant par endroits sur le brun-rouge, car il a été partiellement insolé du fait des aléas d'exposition ou de rangement pendant le siècle qu'a traversé cette image de Milada. Oubliée, elle a survécu à son modèle jusqu'à ce que je l'exhume, ensevelie dans un portfolio, après ton décès. Installée à une table sur laquelle repose sa dextre, au bout d'un bras légèrement tendu, elle est dessinée de trois quarts face à partir de la droite. Sa main gauche, qui porte à l'annulaire une bague oblongue Art déco, repose sur la hanche. Le dos de la main est potelé, les doigts très fins. Elle est assise à l'avant d'un fauteuil recouvert de cuir, clouté sur une structure de chêne aux bras chantournés. La veste que ferment quatre boutons est échancrée jusqu'à la naissance de la poitrine. En émerge un cou puissant sur lequel se détachent l'ovale parfait du visage, des lèvres gourmandes et un nez droit. Ressortent surtout les yeux et la coiffure, dont le trait accuse la densité, donnant à la physionomie une sensualité sourde, accentuée par des joues plus charnelles que sur le dessin de Věra Jičinska, réalisé à Paris six mois auparavant. Elle fixe le spectateur qui la contemple, l'aguiche en silence et interroge son désir. L'amande des yeux est soulignée par la ligne tombante des paupières, typique des traits slaves, avec les hautes pommettes. Les cheveux coupés à la garçonne, dont le noir de jais est renforcé par l'épaisseur du trait, confèrent, avec leur mèche qui retombe sur le sourcil gauche, la force de séduction troublante de l'androgyne.

Le mardi 29 mars, Rodolphe lui adresse un nouveau télégramme : « NE ACCEPTE AUCUN PRIX POSER (EXPLIQUÉ PAR LETTRE) AMITIÉS K ». Il est suivi en effet d'une longue missive argumentative pour la convaincre de ne pas offrir son corps aux regards du peintre : « Quand même, tu ne vas pas accepter ce que te demande Coubine ? Tu es une créature si bonne et innocente qui penses que tous les gens sont ainsi, et tu ne remarques pas la rouerie. Lorsqu'il t'a attirée en Provence, c'était aussi pour que tu sois son modèle. » Il lui explique que Coubine a là-bas assez de filles à son goût qui se prêteraient à cela pour lui, comme celles qu'il lui a montrées à Apt, en lui racontant avec lesquelles et combien de fois il avait couché. « Comment peut-il se permettre de te demander quelque chose de semblable ? À cela il n'y a qu'une réponse : cracher sur sa figure sournoise et toute parcheminée... » En s'exprimant avec cet excès, Rodolphe s'efforce de créer un point de non-retour, mais il est conscient sans doute de ne pas emporter de la sorte la conviction de sa correspondante : il remet donc sa démonstration sur le métier, avant de la prendre à témoin du dommage dont lui-même pâtirait : « Toutes ces ruses n'étaient qu'un moyen pour qu'en quelques jours tu doives t'allonger nue devant lui. Il ne s'agit de rien d'autre que de divertir Coubine, de le délecter de ta nudité. Pour l'amour de Dieu, ne te prête pas à quelque chose de si intime. Et que c'en soit fini avec Simiane qui pèse sur mon amitié pour toi comme une honte, avec ce cauchemar qui taraude ma vie depuis de si longues semaines. » Il revient sur les séductions passées de la jeune femme, que leur vie commune devrait sublimer : « Miša, dans ta dernière lettre, tu m'as écrit au sujet de tes aventures, tu étais terriblement minaudière et tu as fait tourner la tête à beaucoup d'autres. Mais je te vois dans ta vie et cela m'est agréable car c'est aussi aujourd'hui *ma* vie : tu y es entrée ainsi, et arrivée à moi. » Il lui offre de transcender cette coquetterie en l'accompagnant dans son élan vers le grand monde intellectuel, où elle sera « belle comme une fleur au-dessus de laquelle tu te penches et comme le soleil qui te salue le matin ». Telle sera sa nouvelle existence, d'une grâce démesurée : « Tu porteras en elle la suavité de tes yeux et la bonté de ton cœur, tout le printemps de ta jeunesse, avec ta langueur de vivre et de vivre. »

Pareil lyrisme ne semble guère émouvoir sa correspondante. Le 31 mars, comme Milada n'a pas répondu à sa dernière lettre, Rodolphe, après l'avoir prise à témoin que « ces six semaines sans toi m'ont complètement bouleversé et brisé » et que « cette vaine attente ne peut plus durer », lui fixe une nouvelle échéance pour des retrouvailles, sur le modèle du rendez-vous en Avignon, mais qui se dérouleraient à Paris et rompraient pour de bon le séjour à Simiane. « Miša, te serait-il possible de venir la semaine prochaine pour le dimanche des Rameaux ? Et ensuite pour les jours fériés nous irions en Bretagne ou en Normandie. Je désire tant être avec toi au moment où tu verras la mer pour la première fois. » La découverte de l'océan représente pour les Tchèques l'aboutissement de tout pèlerinage français, une quête du Saint-Graal projetant à l'infini les étangs de Bohême, désormais sans rivage. Cette perspective exaltante est contrastée par la ratiocination sur la mise à nu concoctée par Coubine : « Miša, viens et laisse tout, ne te laisse attirer en rien par ces abominables personnes avec lesquelles, dans ta naïveté, tu te ligues contre moi. Ces gens me dégoûtent tant, lorsque je pense à ce à quoi ils veulent te pousser. Que ses belles-sœurs se déshabillent pour lui, mais vouloir de toi que tu te prostitues de la sorte pour son plaisir est répugnant... Il est impossible que tu aies livré ta poitrine qui n'est qu'à moi et que j'ai mille fois recouverte de baisers à la merci des regards et des doigts de Coubine. » Ultime argument, il propose que le peintre Lucien Mainssieux qui « ne voudra pas ton déshonneur » réalise le portrait d'elle auquel elle tient tant.

Cette perspective a-t-elle permis à Milada de trancher le nœud gordien de son attachement à Simiane ? Ou son nouage avec Rodolphe et Coubine était-il de type borroméen, entrelacs de trois anneaux qui ne peuvent être détachés qu'en brisant l'un, ce qui dissocie les deux restants ? Toujours est-il qu'elle accepte la proposition de prendre le train de nuit en gare d'Avignon le samedi 9 avril, pour faire son entrée à Paris le lendemain matin dimanche des Rameaux, tel le Christ pénétrant à Jérusalem. Il ne lui reste ainsi que neuf jours à passer à Simiane, tandis que pend sur Rodolphe l'épée de Damoclès du nu. Le vendredi 1er avril, elle lui fait reproche de lui avoir demandé de refuser ce qu'il offrait, c'est-à-dire de montrer l'amour qu'elle avait pour lui en ne partant pas à Simiane alors qu'il ne s'y opposait pas explicitement. « Mainssieux t'a demandé pourquoi tu m'avais laissée partir : je me suis interrogée aussi car tu sais que j'ai hésité. Tu aurais dû dire que tu ne pouvais pas demeurer sans moi, et immédiatement me demander si je voulais t'épouser — à la fin je n'aurais pas pu dire non. Mais tu ne sais pas parler, tu ne peux qu'écrire et c'était peut-être mieux que nous nous soyons éloignés l'un de l'autre, ce qui nous a en fait rapprochés. Sans cette distance, je n'aurais jamais été sûre de mon amour pour toi ni du tien pour moi. » Mais pareille certitude n'établit pas pour autant de frontière bien claire entre objet et sujet du désir : « Et tu sais, quand nous nous sommes caressés, tu me laissais toujours t'embrasser et jamais tu n'as eu l'instinct de me montrer, au moment opportun, que tu m'aimais. Ainsi est née mon incompréhension si bien que j'en ai pleuré : je regrettais de t'avoir tant donné et de me sentir comme une fille qui veut t'attraper et t'obtenir, et non comme une femme qui désire être conquise. En cela il y a l'affreuse passion que je ressens et ne puis étouffer quand elle surgit — comme je regrette d'être ainsi. »

Pour se faire comprendre, elle met en scène un nouvel épisode sentimental vécu en Bohême entre deux soupirants, dans lequel elle a suscité à son corps défendant une jalousie indue, comme celle de Rodolphe envers Coubine — à la croire : « Il y a un autre garçon avec lequel j'ai de terribles soucis. Il m'aime à la folie et pense que moi aussi car un jour il m'a raccompagnée à la maison, à Krč, dans notre faubourg pragois. C'était le soir et il ne voulait pas me laisser partir avant que je lui donne un baiser. J'ai donc accepté de lui en faire seulement un, mais il m'en a volé bien davantage ! » Un passant arrivant, elle s'enfuit chez elle. Et le lendemain, elle « le laisse poireauter » sous la pluie. « Il était extrêmement jaloux du frère d'une amie, Vlad, et ensuite il a commencé à dire que c'était du joli le soir près de chez nous. Il a cru que Vlad de même m'avait raccompagnée et pensé que j'avais dû lui aussi le bécoter. »

Le jeudi 7 avril, Milada met à la boîte la dernière lettre de Simiane. « Je me suis levée à 6 heures pour pouvoir t'écrire aujourd'hui. Demain et les jours suivants, je n'aurai pas le temps. Cet après-midi je dois aller me laver les cheveux et préparer des affaires, demain je vais fabriquer des eaux-fortes et deux gravures. Hier, Coubine peignait, je pense qu'il veut me donner une de ses toiles, je suis contente, j'aurai un souvenir. » L'ultime courrier est une carte postale du surlendemain. L'image représente la porte de l'ancien collège du Roure, XVe siècle. Au verso, elle a écrit : « Salutations tardives d'Avignon, nous n'avons pas vu cette porte ensemble — je l'ai découverte et j'ai même trouvé une photo. Je t'embrasse et serai demain à Paris. »

Le 14 juin 1927 à 11 h 10 ont comparu, à la mairie du XIVe arrondissement de Paris, Rodolphe Joseph K., journaliste, chevalier de la Légion d'honneur, cinquante et un ans, fils de Joseph K. et de Julie K., époux décédés, et Milada Hélène R...ova, sans profession, vingt et un ans, fille de François R., secrétaire de banque, et de Hélène V., sans profession. Ils déclarent l'un après l'autre vouloir se prendre pour époux, en présence de Lucien Mainssieux, artiste peintre, et de Georges Bouche, artiste peintre, témoins majeurs.

De la passion dont tu seras issu le 8 janvier suivant, l'ostension advint entre les deux toiles ayant ta mère pour modèle, le *Portrait* de Věra Jičinska et le *Nu* d'Otakar Coubine. En attestent deux peintres, fidèles amis français de ton père dont il partage la sensibilité. Mainssieux, qui parcourt l'Afrique du Nord comme Rodolphe lors du voyage de 1924 quand il rapporte les poteries berbères, a décidé d'y prendre femme. Il a ramené de Tunisie à Paris Zohra Boumedine, après qu'elle a posé pour lui nue sous son voile bleu entrouvert en 1925, et l'épousera deux ans après les noces de tes parents — union qui ne s'avérera pas plus heureuse. Bouche vécut avec Émilie Charmy, une pionnière des Années folles, peintre féministe dont la gloire fugace culminerait durant la « drôle de guerre ». Quant à Milada, elle a emporté son secret dans la tombe. Le *Nu assis* du musée de Prague n'est autre qu'une variation sur *La Grande Baigneuse,* dite *Valpinçon,* qu'Ingres réalisa à Rome en 1808. La pose de trois quarts dos, les teintes de la peau, la source de la lumière sont semblables mais Coubine a substitué aux rideaux verts verticaux et au lit blanc horizontal peints par le pensionnaire de la Villa Médicis, pour encadrer la froide volupté de l'odalisque, l'arête du mur gris de la maison de Simiane et un tabouret sommé d'un coussin. On distingue sur le profil fuyant de la *Baigneuse* du maître de l'érotisme académique une joue et des cils dans la pénombre. Le rapin tchécoslovaque, lui, n'a pas voulu compromettre sa compatriote au visage invisible, seule sa toison courte et bouclée, bouffante — elle s'est « lavé les cheveux » deux jours avant son départ, précise-t-elle à Rodolphe dans sa dernière lettre —, s'offre par-derrière aux regards du spectateur. Dans les deux tableaux, c'est la naissance des fesses au bas de la courbure des reins, composée à l'identique, qui porte la charge sexuelle. La jeune femme s'est-elle finalement dénudée pour le peintre comme il en avait exprimé le désir, sous condition de l'occultation de sa figure, avant qu'elle se donnât à ton père afin qu'il t'engendre, ou Coubine a-t-il représenté Milada d'imagination ? Cette énigme préside à ta venue au monde neuf mois plus tard exactement, frêle Cupidon slave enfanté par cette Vénus bohême.

V

LA GRANDE DÉPRESSION

Début mai 1927, Milada enterre sa vie de jeune fille par une lettre à son cousin d'Amérique et confident Karel. Elle y appréhende d'une fulgurance sa destinée — en moins d'une décennie elle sombrera dans la folie puis basculera dans la mort. Lorsqu'elle rédige sa missive, elle te porte déjà — sans le savoir — en son sein. Et cinq jours avant ton neuvième anniversaire elle sera arrachée à ton amour filial.

J'ignore si ce courrier prémonitoire et inachevé a atteint son destinataire outre-Atlantique. S'agit-il d'un brouillon qui fut recopié puis complété, ou est-il resté à l'état d'esquisse, bouteille à la mer d'une jeune femme désorientée, flottant sur une mémoire prescrite qu'il m'appartiendrait de ressusciter, puis de faire traduire près d'un siècle après sa composition? Tu n'as jamais, que je sache, eu connaissance de ce texte — je l'ai retrouvé dans les archives collectées par ta jeune sœur Jarmila, après sa disparition en Écosse le 25 mars 2014 où elle s'éteint elle aussi, à l'aube de sa quatre-vingtième année, dans un établissement de soins spécialisé, frappée par la même démence que votre mère, avant qu'un accident vasculaire cérébral ne mît un terme à l'infortune de ses jours. Ta cadette voua une vie d'éréthisme à recueillir tous les documents et témoignages sur cette génitrice inconnue au trépas précipité par sa propre venue au monde, malédiction dont elle œuvra en vain à se disculper devant Dieu et les hommes, devant toi et elle-même en renvoyant la faute sur les tourments infligés par Rodolphe à Milada.

Cette lettre au statut incertain prolonge le rêve de celle-ci où apparaissait son cousin, et dont elle avait fait le récit de Simiane. Elle s'y dit confrontée à un problème difficile : complètement changer de vie et se plier aux volontés d'un homme « que j'aime peut-être trop mais avec qui je ne pourrai en réalité jamais m'entendre. Je ressens maintenant de plus en plus la grande différence d'âge entre nous et quand il me raconte avec délectation les aventures qu'il a vécues, il me semble se repaître de mes souffrances ». Sa famille est acquise au projet de mariage, mais elle hésite à sauter le pas, redoutant de se jeter les yeux fermés dans un gouffre. « Je reviens de chez les Coubine à Simiane, j'y étais si nostalgique et triste, en réalité mon plus grand bonheur consistait à graver des eaux-fortes. Mais je me languissais de Paris et j'ai succombé aux lettres capricieuses écrites de là-bas. » Elle y réitère l'aspiration à prendre le large et à s'émanciper de la vieille Europe, dont son barbon de promis est l'incarnation, avec ses références culturelles qui lui paraissent obsolètes, et auxquelles elle ne peut s'identifier : « Peut-être après une si longue séparation de mon pays, je désirais quelques caresses et câlins. Mais je ne me suis jamais sentie aussi mal. Je préfère être malheureuse un instant plutôt que toute ma vie, et tu n'imagines pas à quel point je désire la terre promise d'Amérique. Je veux seulement que mon cœur soit à nouveau libre et indépendant... »

Le 31 octobre 1931, ta mère adressera de nouveau à Karel une lettre, où elle dépeint en miroir de la première le naufrage annoncé de son union après quatre ans et demi de vie conjugale : « J'ai épousé un homme qui a été trop longtemps célibataire et habitué seulement à donner des ordres. Je me suis effacée en espérant que ça changerait, que je ne serais plus considérée comme une chose dont on peut disposer mais qui est gênante en même temps. J'avais vu dans mon mari un sauvage mal élevé, mais c'est un méchant qu'il ne faut pas épargner. » Entre les deux missives tu es né, bouleversant les équilibres dans le couple, désormais transformé en famille. Tu en deviens d'emblée, à ton corps défendant, l'otage : « Il me sera difficile de le séparer de Milanek [diminutif affectueux de Milan] que je veux naturellement emmener avec moi car je ne puis vivre sans lui, peut-être l'existence sera plus dure ainsi, mais j'aurai davantage de force et de courage pour tout surmonter. » Même si elle devait supporter la séparation d'avec son fils, elle ne souffrirait pas qu'une autre personne l'élève et l'en prive. Son père ne pourrait pas s'occuper de lui puisqu'il passe toute la journée au bureau et il ne serait éduqué que par une domestique. Elle invoque une dernière fois l'obsession américaine qui autorise les Tchèques à repartir de zéro et à brûler leurs vaisseaux, au lieu de s'imprégner de la culture française pour conforter l'ancrage européen de leur nation. Mais cette aspiration à larguer les amarres, à tirer un trait, revêt déjà un caractère chimérique : « Tu m'avais proposé ton aide pour me rendre en Amérique : par quel moyen pourrais-je y aller ? Cela presse, je veux en finir avec tout ça au plus vite, le divorce est une affaire très facile si les deux parties sont d'accord, je suis prête à tout laisser sauf l'enfant — je souhaite que l'on défasse le fil qui nous lie pour que je puisse à nouveau m'enivrer de liberté. »

De fait, Karel ne proposera aucune aide pour le rejoindre. Son pays d'immigration, frappé par la crise de 1929, s'enfonce dans la Dépression. En dépit des révoltes sporadiques de ta mère, mitigées par d'incessantes demandes d'argent, elle s'accommode d'une situation matrimoniale sans alternative en reportant sur toi l'amour qu'elle ne ressent plus pour ton père. Et l'adoration que tous deux te vouent, les qualités et vertus dont ils te parent, l'éducation soignée que Rodolphe te procure composent les tores embrouillés du fil rouge de ce couple. Sur tes épaules d'Atlante fluet repose la planète nuptiale de tes parents désassortis.

La destruction sentimentale

À peine marié, le contractuel K. a dû quitter Montparnasse et gagner Prague pour y obtenir ensuite une mutation à l'étranger, conditionnée à une affectation préalable à l'administration centrale du ministère des Affaires étrangères. Bien que cette perspective répugnât aux conjoints, il n'a guère eu le choix : ta survenue hâtive, sept mois après les épousailles, instaure un principe de réalité avec lequel il ne convient pas de transiger, au risque du scandale. Le nouveau paterfamilias quinquagénaire doit renoncer tout d'un coup à ses aises de vieux jeune homme verdoyant dans la Bohème parisienne pour la routine d'un bureaucrate tchécoslovaque dans la Bohême kafkaïenne. Ses émoluments ne lui permettent pas de louer un logement à la hauteur de ses aspirations, et le ménage se serre avec le bébé au grenier de la villa du faubourg résidentiel de Krč où avait grandi Milada. La dévotion unanime dont tu es l'objet n'en console pas pour autant ton père du déclassement que lui inflige l'hospitalité quémandée dans l'urgence à sa famille par alliance. Il s'est retrouvé papa à l'étourdie comme un jouvenceau frivole, et son impécuniosité lui interdit d'en payer la rançon sociale. Il refoule son orgueil en snobant la parentèle prosaïque de sa jeune femme qui lui assure pourtant gîte et couvert, et il moque les horizons étroits de ces bourgeois slaves.

Passé l'hiver tchèque qui couvre le pays d'une chape blanche glacée, il se hâte d'installer femme et enfant dans la maison de campagne héritée de son propre père à Jetřichovice, d'où il avait écrit à Apollinaire en septembre 1911. L'une de ses nièces vient aider ta mère à prendre soin de toi, tandis qu'il accomplit sa besogne bureaucratique dans la capitale et rejoint les siens en fin de semaine par l'ex-voie ferrée François-Joseph désormais rebaptisée « Wilson » en hommage au président américain dont l'idéalisme permit d'accoucher la Tchécoslovaquie en 1918 — enfant difforme des traités de paix consécutifs à la grande tuerie. C'est ce même trajet qu'avait emprunté à l'ère austro-hongroise le soldat Sveik jusqu'à Tabor — Rodolphe descendant du train à l'arrêt précédent, en gare de Sedlec. Il a conservé comme une pierre d'attente l'appartement parisien de la rue Boissonade où il n'a plus l'opportunité de se rendre mais qui fige idéalement sa vie suspendue d'homme de lettres. Il a fait graver d'élégantes cartes de visite à son adresse sylvestre et en a envoyé une au début de 1930 à Lucien Mainssieux, précisant de sa fine écriture qu'il y réside jusqu'au 15 mars. Et il te confère dans cette attente improbable du retour à Montparnasse le baptême slave en t'acclimatant aux lieux mêmes de sa propre enfance, t'enracine tout bébé au pays des forêts et des étangs, t'initie à la compagnie future de nos sangliers tutélaires. Tels sont les ondins qui se penchent sur ton berceau pendant tes deux premiers étés, ainsi qu'il en fait le récit à ton parrain Viktor Dyk, le 28 juin 1928. Depuis tant d'années il souhaitait voir cette région en juin dans toute la force des fleurs et des chants d'oiseaux. Il revit sa jeunesse et inscrit son fils dans ce lignage, pour mieux le soustraire à l'influence délétère de sa belle-famille à Krč : « Milanek a fait bon voyage. Lorsque nous sommes arrivés il s'est mis à avoir une faim de loup. Le garçon ne fait qu'engraisser et il est vaillant. Il prononce divers sons qui n'ont pas vraiment de signification mais dont il est tout de même possible d'interpréter qu'il est heureux lorsque je le porte dans la forêt et qu'il voit le ciel bleu à travers les arbres. Et ses petits yeux bleus, de grands yeux bleus ronds, sont encore plus bleus et magnifiques ! »

Rodolphe solde ce séjour pragois dans la première lettre qu'il adresse à Dyk de Genève, où il a obtenu son affectation en avril 1930 : « Qu'est-ce que j'étais content quand le train s'est mis en mouvement, cela signifiait ma délivrance. “Partir, juste m’en aller !” me disais-je... Je me sentais un homme libre, ces deux années inutiles et laides à Prague désormais derrière moi. N’importe où, seulement fuir quelque part. Je ne voulais même pas penser à ces longs mois vides. » Mais la cité des berges du lac Léman vaut surtout comme un pis-aller, un village triste, la combinaison de ce qu’il y a de pire en France et de plus commun en Allemagne.

Il a pu s’évader quelques jours à Paris. Il y revit enfin la félicité dont son exil au pays natal l’a frustré : « Tu n’as pas idée de l’allégresse à se retrouver ici. C’est une nation différente, on s’y sent bien. Il y eut Athènes, puis Rome et maintenant il y a Paris. J’ai parcouru le boulevard du Montparnasse, les Grands Boulevards : tout cela m’appartient. C’est comme lorsque j’arpente mon jardin à la maison de campagne ! Je me suis rendu à mon petit restaurant de l’avenue des Ternes, j’ai commandé une douzaine de claires avec du chablis... j’ai marché et marché, et j’ai pu discuter avec moi-même et avec cette grande ville. »

Malgré sa piètre considération pour Genève et la diplomatie tchécoslovaque, Rodolphe, grâce à son statut et sa rémunération d’expatrié, passe sept années où la famille vit sur un assez grand pied, de quoi laver l’humiliation subie dans la soupente de Krč et en remontrer à ses beaux-parents — jusqu’à ce que les contrecoups de la crise de 1929 en Europe se traduisent par des baisses de salaire, la dévaluation de la monnaie, et que le malheur anéantisse finalement son couple. Pour toi, ce furent, dans les débuts, des années de ravissement : tu les évoquais volontiers, quand j’avais moi-même ton âge d’alors, comme le paradis perdu. Outre l’adoration de chaque instant que te vouait ta mère, tu en as conservé la coquetterie de quelques helvétismes que tu justifiais au nom de la logique : « C'est bien plus conforme au génie de la langue française de dire “septante” et “nonante” que “soixante-dix” et “quatre-vingt-dix”, non ? » Ainsi qu'une vision suisse passablement exaltée de l'hygiène : tu comparais défavorablement et en termes crus les commodités rudimentaires et puantes de la rue Boissonade et de la France en général avec les W.-C. et les bidets rutilants dont était équipé votre chalet alpin sis au 18 avenue Wendt. Quand je me suis rendu à cette adresse — lue sur tant d'enveloppes et de cartes — vers la fin de la décennie 2010, à l'occasion d'une conférence à Genève, j'ai constaté que la maison avait été rasée : ton quartier au nom bucolique des Charmilles était devenu une cité de barres d'immeubles bétonnées. J'ai accompli le pèlerinage à ton école primaire de Servette, dont les institutrices ne tarissaient pas de compliments à ton endroit sur les carnets scolaires et la correspondance aux parents que Rodolphe reproduisait fièrement *en français dans le texte* lorsqu'il écrivait à sa confidente Zdena. Des clichés de l'année 1930 donnent à voir un élégant édifice Art déco orné d'une horloge, ainsi qu'une bibliothèque munie de vitraux. En ce début du XXIe siècle, il n'en restait plus trace et les seuls noms slaves que je parvins à identifier parmi les listes d'élèves affichées sur les baies transparentes d'un bâtiment scolaire d'acier et de verre étaient bosniaques — reconnaissables à leur racine musulmane et au suffixe *-ovic*. Le toponyme des Charmilles m'a évoqué les proches Charmettes savoyardes du citoyen de Genève, et ces lignes où Jean-Jacques évoque, des *Rêveries* aux *Confessions*, les jours heureux coulés avec Mme de Warens — comme si elles avaient été écrites pour toi :

J'engageai Maman à vivre à la campagne... c'est là que dans l'espace de quatre ou cinq ans j'ai joui d'un siècle de vie et d'un bonheur pur et plein. Ici viennent les paisibles mais rapides moments qui m'ont donné le droit de dire que j'ai vécu...

Tu avais acquis dès lors le goût des exercices physiques auxquels Milada, influencée par les gymnastes du mouvement Sokol, t'entraînait jusque sur les pistes de ski de La Clusaz en souvenance des hivers poudreux de Bohême. Ton père en revanche, aimais-tu à rappeler ironiquement, n'était guère sportif, imbu des livres et tableaux du monde ancien qui incarnaient les songes élaborés depuis le lycée de Tabor. Il s'avéra même incapable de conduire la Ford Berline qu'il avait achetée aux anciens locataires de la villa — elle ne servait que de décor pour le photographier au volant, ou accoudé à la portière, chaussure vernie sur le marchepied.

De Genève, la proximité avec Paris rend les séjours à Montparnasse aisés et réguliers. La famille y va de conserve ou séparément, car ton paternel est tenu de revenir au Bureau de Presse où on le convoque en urgence lorsque est annoncée une délégation officielle, et il lui arrive de te laisser avec ta mère rue Boissonade. Elle n'aime guère se trouver seule dans la métropole parisienne dont elle s'avère incapable de posséder parfaitement la langue, et ne sort qu'avec la peintre Věra Jičinska, des relations tchèques de l'ambassade, et parfois la Tunisienne Zohra, modèle puis épouse de Lucien Mainssieux. Elle n'ose pas s'aventurer le soir dehors « à cause du harcèlement permanent des hommes » et reste cloîtrée dans le petit appartement où elle broie du noir, taraudée par le souvenir des humiliations qu'elle impute à Rodolphe, ainsi qu'elle l'écrit le 3 juin 1930 : « Je repense à ces temps où je me promenais avec toi ici, ces temps meilleurs qu'après le mariage, lorsque tu commenças à être grossier avec moi. Et aussi combien ça avait été agréable de se trouver attablés un dimanche à Montmartre ou dans un restaurant populaire sur les boulevards avec le jeune homme qui m'avait prise sous son aile et, bien qu'il ne me plût pas, me tenait une agréable compagnie... »

Ces moments heureux et évanouis ont été suivis d'une désillusion, déjà à l'œuvre dans les échanges de correspondance de Simiane : « À présent comme je suis triste ! Pourquoi ne puis-je revenir à ces années d'insouciance, me détacher de cette alliance qui depuis le début ne me rapporte que des avanies et des reproches ? Et ensuite j'ai cru à ce que tu m'écrivais, j'avais pitié de toi et j'étais sincère. Mais tu ne rédigeais que le roman qui t'intéressait, une fiction de ta vie que tu narrais avant tout pour toi, et comme détail piquant tu y ajoutas ton amour pour moi... or tu as eu tant de vies et d'amours auparavant que cela ne pouvait constituer au mieux qu'un désir médiocre. » Revient la jalousie que cristallise la nuit passée rue Boissonade par la maligne Maňa : « Et je ne peux me faire à l'idée qui m'a obsédée en regardant le canapé d'angle : avant de m'épouser et alors que tu vivais déjà avec moi, tu y laissas dormir Maňa — dont tu m'as en outre raconté qu'elle t'avait montré sa cicatrice sur le ventre !

Puis je me suis remémoré la nuit où tu m'as chassée du lit : tu as bien maudit le moment où je me suis installée ici — mais tu aurais dû plutôt abominer celui où je suis revenue après le séjour chez les Coubine ! »

Pareils épisodes d'acrimonie alternent avec des échanges banals sur des exigences financières, et avec l'énoncé récurrent de tes qualités supranaturelles, comme si elles contraignaient tes géniteurs à s'accommoder en transcendant les afflictions du couple. Parmi ces dernières, la moins étrange n'est pas l'intrusion de Germaine Mandrino, l'ancien amour des Années folles de Rodolphe, dont il impose à Milada la présence rue Boissonade, alors même qu'il n'est pas sur place. Ta mère s'en inquiète : « Que ferons-nous quand elle sera là ? Vais-je contenir mon rejet naturel ? » Pourtant, les premières appréhensions passées, se mêle à la rivalité originelle une compersion dans laquelle semble basculer la jeune femme qui brûle ainsi les étapes de son éducation sentimentale déjà initiée à la diable avec Coubine.

Le 7 juin elle écrit ainsi de Montparnasse à ton père : « Hier Mme Mandrino est venue vers 22 heures, afin que nous allions à La Coupole. Mais Milan n'arrivait pas à dormir et donc j'ai dû rester à la maison. J'étais en colère contre elle pour être arrivée si tard, alors je t'ai écrit une lettre immonde — heureusement je ne te l'ai pas envoyée. Aujourd'hui elle est passée nous chercher tous les deux et on est allés au Luxembourg, nous nous sommes laissé photographier. » L'ambivalence de la relation évolue vers une complicité étudiée, qui permet à Milada de conquérir une position dominante, en recourant à des stéréotypes : « Hier soir elle me paraissait splendide mais aujourd'hui on pouvait observer que toutes ces années l'ont marquée, en particulier quand elle a enlevé son chapeau. Malgré cela elle est jolie, bien qu'elle ne puisse pas nier ses origines juives, surtout ses yeux, et son nez aussi. Quoiqu'on le remarque à peine et elle est vraiment ravissante. » Faute de parvenir à contraindre Rodolphe à la monogamie, elle prend l'initiative : « Je serais très heureuse qu'elle habite ici... Elle tient beaucoup à toi et cela me réjouit, cette fois tu as eu du goût et de l'intelligence, elle me plaît vraiment... j'ai hâte que tu nous rejoignes et que tu la retrouves, tu ne sais pas à quel point je suis ravie qu'elle t'apprécie ! »

Dans le coffret de bois où ta sœur rangea la correspondance de vos parents figurait un petit carré de papier quadrillé plié en deux, visiblement détaché d'un carnet, comme égaré entre les lettres classées par années, auquel je n'avais pas prêté attention lorsque je passai en revue les liasses découvertes en 2014 — j'ignorais alors l'existence de Germaine. En l'ouvrant, j'ai lu un billet en français, rédigé au crayon noir, et j'ai tout de suite reconnu la belle écriture, élégante et vigoureuse, qui figurait sur l'enveloppe de 1920 contenant les photographies en héliotypie de Venise — ce qu'a confirmé la signature. Il n'est pas daté, et adressé indubitablement à Milada, certainement en ce printemps 1930 où les deux femmes développent leur relation particulière :

Chère Madame et amie

J'ai été désolée à la pensée qu'hier vous m'avez attendue en vain.

J'étais à la campagne chez mes amis [illisible], *il y a eu jeudi soir de l'orage et ils ne m'ont pas laissée partir. Je viendrai vous trouver lundi aussitôt après déjeuner. Mes amitiés et un baiser à Milan*

Votre

Germaine Mandrino

L'entente ainsi affichée entre ses deux femmes perturbe Rodolphe, qui botte en touche : il écrit à Miša avoir signifié à Germaine — qualifiée de « complètement folle » — que toi seul constitues l'objet de son amour... Ce qui suscite la double réplique de son épouse, s'indignant à la fois que les deux amants correspondent à son insu et que vieille maîtresse comme jeune conjointe soient logées à la même enseigne. Progressant dans ces liaisons dangereuses à la manière d'une Cécile de Volanges tchèque, ayant contraint Rodolphe à mentir pour charger sa rivale, ta mère se met en situation de régenter leur trio, et le 10 juin écrit : « Mme Mandrino s'inquiète de l'impression qu'elle ferait sur toi, elle craint d'avoir beaucoup grossi depuis votre dernière rencontre... Elle m'a dit qu'elle voulait passer par Genève, mais redoutait que je ne sois jalouse. Je lui ai répondu que cela m'était égal qu'elle se retrouve chez nous avec toi en mon absence. Elle est convaincue, et je le lui ai assuré, que je n'ai pas lu vos lettres. Elle doit donc penser que tu me caches cela, ou que tu ne m'as pas tout dit, et elle reste prudente. Ça m'amuse de voir comme elle ment gentiment... Je l'apprécie beaucoup ! » La perfidie qui suit prélude à une reprise de contrôle grâce au statut maternel : « Toutefois je suis satisfaite qu'aucune beauté ne soit parfaite : elle a une affreuse démarche et des jambes laides, trop fines, avec des mollets atrophiés. Cela m'a rassurée qu'après tout elle ne soit pas si belle, à son âge — si tu voyais combien de poudre elle s'applique sur le visage !... Rudolf, s'il te plaît, envoie-moi le courrier où elle te déclarait sa flamme, j'adorerais le lire, ne crains pas, je ne dévoilerai rien — je ne peux pas être jalouse puisque je sais que ni moi ni aucune femme ne peut t'intéresser : seul Milanek est l'objet de ton adoration. » Milada en arrive à justifier son caractère agressif par l'expression de la frustration amoureuse, et la volonté de raviver leur désir mutuel : « Tu as de la chance : deux femmes t'aiment et tu n'en veux aucune. Elle est sûrement plus intelligente que moi, mais moi je t'aime vraiment, même si je suis parfois méchante : c'est quand tu me manques le plus. »

Tu es ainsi à ton insu otage de la passion contradictoire de chacun de tes parents. Ta mère te voue un amour charnel qui te donnera le goût de la performance physique tout au long de ta vie, notamment avec les femmes et cela jusqu'à ton dernier souffle lorsque tu « boxas » les infirmières qui te mirent sous morphine pour adoucir ton trépas — selon leur récit. La profession de comédien que tu pratiquas jusqu'à la fin de la trentaine te permit de jouer en virtuose de ton corps rompu aux exercices — tandis que ton répertoire, le choix des textes que tu interprétais, des personnages que tu incarnais provenaient du legs spirituel que te transmit systématiquement Rodolphe depuis les premières missives qu'il t'adressa, rédigeant une méticuleuse encyclopédie épistolaire à ton usage exclusif. À peine as-tu atteint trois ans, il t'expédie du courrier, que tu es non seulement incapable de déchiffrer mais de comprendre, quand bien même ta mère te l'aurait lu. Hanté par le demi-siècle qui vous sépare, taraudé par l'éventualité de sa disparition prématurée tandis que tu te trouverais encore dans l'enfance, il transcrit au verso d'innombrables cartes postales et dans quelques lettres, pour ton édification future, sa vision du monde. Le cœur en consiste à exalter en langue tchèque la France à travers ses paysages, ses monuments et ses événements, comme réalisation sublime du destin de l'humanité. Rodolphe en parcourt le territoire à la découverte de sites remarquables dont il glane ces cartes illustrées mises à la mode lors des Expositions universelles de Paris en 1889 et 1900 — depuis les falaises d'Étretat jusqu'aux cathédrales gothiques. Il déborde la partie vouée à la correspondance de son écriture serrée qui mêle la description précise du lieu et les leçons à en tirer, pièces du puzzle infini d'une civilisation universelle dont il t'instaure, tout juste babillant, l'héritier et le continuateur. De Genève, le 28 août 1931, il prie ainsi ta mère qui t'a emmené avec elle en Tchécoslovaquie dans sa famille de cacher et rapporter toutes ses cartes et lettres à toi destinées, lui enjoint de ne les perdre ni laisser traîner dans la cuisine : « Milan ne peut pas les lire mais quand il sera grand et que je ne serai plus là, il gardera ainsi le souvenir de mon amour pour lui et le partage de toutes mes joies. Mets-les de côté, il aura une compensation au fait que je vais lui manquer dans la vie quand il sera adulte et ainsi il pourra au moins savoir qui j'étais. »

La première lettre de Paris datée du 15 mars 1931, et envoyée à Genève — tu es âgé de trois ans et deux mois — combine anecdotes de la vie quotidienne, allusions aux dysfonctionnements du couple parental dont tu es instauré le témoin sinon l'arbitre, itinéraire de chineur compulsif et considérations sur le sculpteur Bourdelle — dont ton père avait fait la connaissance à Montparnasse dès la Belle Époque : « Ce matin j'ai dormi longtemps et après avoir fait du rangement je suis allé au marché aux puces. Je me sentais bien, que personne ne me presse, je pouvais déambuler à mon gré. J'ai acquis des choses inutiles, de belles choses, mais rien de particulier. C'est juste comme ça, pour que maman ait une raison de me rouspéter car j'effectue des achats... Je suis rentré à 13 h 30 pour déjeuner d'une escalope avec des petits pois, arrosée de vin blanc. » Après le partage des anecdotes de la vie quotidienne vient l'initiation aux émotions artistiques, un échange devenu impossible avec Milada, face à laquelle Rodolphe instaure une complicité imaginaire avec toi : « Puis je me suis habillé et ai pris le métro vers la Concorde pour visiter l'exposition de Bourdelle. Elle est belle, mais je connais bien son œuvre et à travers cette rétrospective il ne prend pas toute sa mesure, enveloppé qu'il est dans sa légende. Il y a beaucoup de monde aux Tuileries, c'est une journée fraîche et ensoleillée... »

J'ignore si tu as jamais pris connaissance de cette épître inaugurale et initiatique, ainsi que des dizaines qui ont suivi ? Je t'en ai montré quelques-unes à la fin de tes jours, avant que tu ne rejoignes l'EHPAD des sœurs augustines : tu fus incapable d'en décrypter la graphie serrée, moins encore de comprendre leur signification, la langue tchèque s'était effondrée par pans entiers de ta mémoire ravagée. Je ne sais où elles ont été rangées après votre départ de Genève — si elles furent stockées rue Boissonade ou à Jetřichovice, comment elles traversèrent les décennies d'errance et d'exil, le second conflit mondial et le nazisme, la chape de plomb communiste sur la Tchécoslovaquie d'après-guerre, jusqu'à ce que je les retrouve en Écosse. Je les rapportai à Paris par l'avion d'Édimbourg sans avoir idée de leur contenu — je ne le découvrirais qu'à l'occasion de leur traduction un lustre plus tard. Comme toi lorsque tu recevais petit enfant ces envois de ton père sans pouvoir les déchiffrer, j'étais incapable de comprendre ce qu'il t'écrivait au verso, me contentant des seules images en noir et blanc ou en sépia du recto, de leur descriptif, et du timbre à date des PTT.

Une carte suivante, adressée de Paris, le 10 mai 1931, n'est pas illustrée, ménageant ainsi un grand espace pour la correspondance. Elle est préaffranchie d'une Semeuse bleue de quarante centimes, à laquelle ton père a accolé pour la Suisse un timbre-poste rouge de cinquante centimes célébrant dans une graphie Art déco l'Exposition coloniale internationale de Paris 1931. Il représente une femme fachi de profil à la chevelure tressée que prolongent des feuilles de palmier en arrière-plan. Elle est adressée à M. Milan K., 18, av. Wendt, *Genève* : « Milanek, mon cher fiston ! Nous sommes dimanche, je ne suis pas allé au marché aux puces, j'ai travaillé à la maison ce matin, puis je suis parti voir des expositions. Mais dans la rue de Rivoli il y avait une procession, nous fêtons Jeanne d'Arc aujourd'hui. » Voyant des petits garçons défiler, ton père pense à toi, les yeux emplis de larmes : « Toi aussi tu paraderas un jour, mon Milanek chéri, puis ensuite comme étudiant. Je suis allé à l'Exposition coloniale, qu'elle est grande et magnifique, la France a toujours été le cœur et la conscience du monde et l'homme n'en devient que plus noble. »

À la fin du mois de juillet, tu te trouves à Paris avec ta mère, et Rodolphe est à Genève. Il veut vous envoyer passer le mois d'août au bord de l'océan à Saint-Malo où il vous rejoindra, mais Milada ne se sent pas la force de s'y rendre seule avec toi. Elle se plaint de maux de tête et de migraines incessantes, aggravées par les tremblements de l'appartement de la rue Boissonade sous lequel passe le métro — je l'entendrai faire vibrer les vitres de ma chambrette toute mon enfance jusqu'à l'âge de douze ans, lorsqu'il fut monté sur pneus. Ce sont les premières mentions de la maladie qui finira par l'emporter six ans plus tard : « Mon Dieu que j'étais mal hier dans la nuit, je sentais chaque nerf tendu et je m'attendais à ce que tout explose d'un moment à l'autre... Rudolf, je t'en prie, s'il m'arrivait quelque chose ne me mets pas à l'asile de fous, pour l'amour de Dieu, je t'en prie, tue-moi plutôt, j'en ai tellement peur. » Face à cette terrible prescience, c'est toi qui rattaches Milada à la vie par le lien d'un frêle bonheur maternel : « Milanek est extrêmement gentil, il m'aide pour tout et il est raisonnable, et il m'a dit : "Mamičko [maman], viens avec moi chez le coiffeur et il t'enlèvera ton mal de tête !" Il a peur du docteur, en revanche il fait confiance au coiffeur... Je dois aller chez le médecin à Prague, ce n'est plus possible de supporter ces douleurs dans mon petit cerveau et tout le crâne, cela ne présage rien de bon. » À la nouvelle de ce changement de programme estival, ton père, sans prêter attention aux symptômes de sa femme, réagit avec une exaspération blasée. La répulsion qu'il exprime de nouveau pour le « terrain vague » de Krč et son dédain pour sa belle-famille sont aggravés par la hantise que celle-ci ne te corrompe en te faisant dévier du plan éducatif qu'il t'a concocté.

L'agacement de ton père quant au repli de sa femme sur le cocon familial tchèque se cristallise sur les trois consonnes sans voyelles composant le nom de la banlieue pragoise de Krč pour se prononcer dans une sorte d'éternuement, figurant la répugnance que lui inspira son séjour là-bas avant le départ pour Genève en avril 1930. Il s'exprime sans détour dans la correspondance qu'il entretient avec Zdena alors qu'il passe l'été 1931 avenue Wendt. Pour égayer sa solitude, il boit les vieilles réserves de la cave, en remontant bouteille après bouteille son meilleur vin vers sa cuisine où il festoie. Sa femme, écrit-il à sa confidente, est incapable de partager son amour pour la France, terre salutaire dont il transporte les monuments, églises, trésors et tableaux dans le musée de sa vie intellectuelle : « Si seulement je vivais suffisamment longtemps afin de faire de Milan le continuateur de cette existence heureuse et le protecteur de ce que j'ai accumulé pour mon bonheur. Lui au moins comprendrait tandis que Miša est indifférente ou méprisante. Ce sont ces pensées qui me traversent l'esprit : comment m'arranger pour que, après ma mort, on n'abandonne pas tout ce que j'ai accumulé avec passion. » Tu es intronisé à cet âge tendre en héritier et gardien d'une vocation qui s'avérera bien trop lourde pour tes épaules : « Elle est très opposée au fait que je conserve l'appartement à Paris

— qui m'est si cher car mon érudition et mes réflexions m'y ramènent, toutes ces choses auxquelles je m'identifie se trouvent là-bas et m'entourent quand je m'y rends. Elle n'éprouve d'intérêt ni pour la vie, ni pour la richesse culturelle qu'offre cette ville... si seulement je pouvais transmettre cela à mon garçon ! »

En réponse à une lettre écrite de Prague d'où sa femme lui réclame de l'argent, il réitère son mécontentement, principalement par rapport à ton éducation : « Je voulais l'océan pour Milanek à tout prix. » Pourtant, en dépit des craintes de ton père, la transmission de sa passion pour les vastes étendues maritimes aura bien lieu. Tout en vouant un culte atavique aux étangs, consacré en acquérant ta longère flanquée d'une mare de la forêt d'Orléans, tu n'as eu de cesse tout au long de ta vie de t'immerger dans les flots salés dès que s'en présentait la possibilité. Tu nous emmenais, maman et moi, sur des littoraux sauvages, des rochers, des criques et des grèves, où tu nous abandonnais de longues heures, lesté d'une ceinture de plomb et muni d'un fusil-harpon, plongeant avec ton masque et tes palmes pour te mêler à la vie sous-marine à l'instar d'un ondin slave qui aurait muté en prédateur parmi les poulpes des profondeurs. Tu aimas la Méditerranée à laquelle ton union à une Niçoise te favorisa l'accès. Mais ta passion véritable allait à l'océan, expansion infinie des plans d'eau du pays d'origine, qui fascina également les peintres tchèques d'avant-guerre, depuis Mucha et Kupka jusqu'à František Šimon et Věra Jičinska, accomplissant chevalet sur l'épaule leurs dévotions à Gauguin entre Quimper et Pont-Aven.

La contrariété que cause à Rodolphe l'obstacle mis par Milada à ses plans estivaux a-t-elle pour effet une alerte de santé qui affole d'autant plus la jeune femme et la convainc de renoncer à ses inconstances qu'elle apprend l'incident de nul autre qu'Edvard Beneš, rencontré à l'improviste place Venceslas au cœur de Prague ? Celui qui avait chassé ton père de *La Nation tchèque* en 1916 en propageant sur son compte des rumeurs malveillantes est désormais ministre des Affaires étrangères, le contentieux est mis sous le boisseau — et l'affectation à Genève n'aurait pu se faire sans son *nihil obstat.* « Je l'ai questionné à propos de toi et il a dit qu'il te serait arrivé un malheur, que tu te sentais mal mais que c'était passé. J'ai eu horriblement peur. » De nouveau, s'articulent la frustration amoureuse et l'infliction de la douleur — soudain mises à l'épreuve de la séparation momentanée du couple : « Que t'est-il arrivé ? — car ça a glissé de sa bouche et juste après il a commencé à minimiser, comme quoi ce n'était rien de grave et ça m'a paru d'autant plus suspect à cause de cela... Tu me manques terriblement, j'ai un horrible caractère, mais je n'arrive pas du tout à vivre sans toi... j'aimerais te prendre dans mes bras et te caresser, comme mon petit garçon, que fais-tu, j'espère que tu n'es plus malade ? »

L'incident s'est produit au cours d'une nuit à Chambéry où ton père a séjourné en solitaire le dimanche 2 août. Il a visité dans les environs la villa Charmettes où les pièces sont restées telles quelles depuis que Rousseau et Mme de Warens les ont quittées : « Un spectacle sublime et un témoignage inestimable de ce grand passé littéraire. » Après une soirée au théâtre municipal, il rentre à l'auberge et « soudain mon cœur s'est mis à battre la chamade... une angoisse terrible s'est emparée de moi et je pensais que c'était la fin. J'étais horrifié à l'idée de mourir ici dans un hôtel et le pire était que je ne reverrais plus mon Milanek ». De cet épisode j'avais trouvé d'emblée la mention mystérieuse dans les liasses de correspondance : parmi ces centaines de pages inintelligibles en tchèque, je dépliai une feuille du papier à lettres du Grand Hôtel Moderne de Chambéry (J. Armando, Propriétaire), à l'en-tête composé en une élégante police de caractères Art déco bleu outremer, signé par la maison Schwob et Richard à Paris. De sa fine écriture ton père y a rédigé en français ces six lignes dramatiques destinées à qui trouverait son cadavre :

Je me sens très mal.
Dans le cas d'une catastrophe,
Prière de téléphoner à Genève
Au Bureau de Presse Tchécoslovaque
Genève, 14 rue Jean-Jaquet
Tél : 25.254

Le 14 août, Rodolphe a repris ses esprits et pour renouer avec la vie qu'il a cru perdre, il s'empresse de t'écrire de Paris — à toi dont il a eu si peur d'être privé. Sa lettre est à lire comme une sorte de testament spirituel : tu es âgé de trois ans et demi. « C'est à Paris que se trouve notre vie commune — là étaient les derniers instants où nous étions réunis. C'est à la gare de Lyon que je t'ai vu pour la dernière fois, tu me saluais en agitant ton chapeau. Les gens vont me demander de tes nouvelles, je serai ravi de parler de toi. » Il mentionne de nouveau l'Exposition coloniale, qui symbolise toute sa vie, animée par la curiosité et le désir de s'entourer de « ces univers exotiques auxquels toi, contrairement à moi, tu accéderas. À tout le moins, j'ouvre la voie pour que tu te sentes partout chez toi, pour que tu croisses et mûrisses dans l'amour de ces pays étrangers, afin de t'y rendre habité par l'appétit de tout connaître des mondes lointains. Quand tu seras grand, tu voyageras et tu te sentiras bien en tout lieu. Et tu vivras cela à ma mémoire, mon cher fiston... ». C'est la projection de Rodolphe en toi qui compense ses déboires conjugaux, une carrière de pis-aller et gagne-pain, loin de ses ambitions d'homme de lettres, Genève si terne par rapport à la Ville Lumière perpétuellement éblouissante. Trois jours plus tard, il récidive : il est allé à l'Exposition dès le matin, bondée à cause des fêtes de l'Assomption. Il s'est promené dans ses « pavillons adorés », est resté particulièrement longtemps en Afrique-Équatoriale française, où il y a des vitrines d'art nègre « et c'est une très belle collection ». Ton père fait emplette de produits artisanaux pour parcourir par procuration le vaste monde, t'expose d'ores et déjà à cet univers, en même temps qu'il ravive les sensations primordiales de son voyage en Afrique du Nord de 1924. « Et puis je me suis rendu au Laos et j'ai acheté un bracelet pour maman... et quelque chose pour toi que tu trouveras à ton retour... ensuite des babouches marocaines pour 40 F mais je ne sais pas encore marcher avec, ou alors elles sont trop grandes, elles me tombent des pieds... je suis allé boire un café noir dans ton café marocain préféré, puis je suis rentré à la maison pour me reposer. »

L'été 1932 tu as droit à tes vacances sur l'océan, que tu passes à La Baule avec ta mère jusqu'à la mi-septembre, après que Rodolphe a dû rentrer à Genève. Le ministre plénipotentiaire de Tchécoslovaquie en France, Štefan Osusky, y séjourne également quelque temps en famille, et Milada sert de dame de compagnie à son épouse Pavla Osuska — Pauline pour les Français — ex-diva de l'Opéra national de Prague qui multiplie les mondanités, tandis que tu joues avec leur fils. Osusky se rend en outre fréquemment à Genève où il suit à la SDN la question des traités, et il y a commerce avec ton père — lequel tente de se faire bien voir de ce hiérarque influent afin de revaloriser son salaire et sa chiche retraite à venir. L'antagonisme entre l'ambassadeur et son ministre Beneš — lequel le maintient à Paris pendant toute la durée de l'entre-deux-guerres pour éviter qu'il ne lui fasse de l'ombre à Prague — renforce l'allégeance de Rodolphe au diplomate. D'autant que tous deux se situent à droite sur l'échiquier politique tchécoslovaque, à l'opposé du « socialiste-démocrate », qui succédera trois ans plus tard à Masaryk comme président de la République et cherchera en vain auprès de Staline une protection contre Hitler. L'amitié entre les femmes et les enfants des deux couples doit aider à ce plan de carrière paternel, et tandis que Milada, selon les instructions de son époux, flatte les caprices et les extravagances de l'ancienne cantatrice, il te faut subir les brimades du marmot Stepanek, enfant gâté qui prend plaisir un jour à La Baule à te fracasser sur le crâne son petit bateau de bois en s'esclaffant...

Cet incident a peut-être affûté précocement ta conscience sociale — comme en témoigne cette remarque à ta mère qu'elle transmet par courrier à son mari : « Milanek m'a demandé pourquoi Stepanek avait une voiture et un chauffeur et pas nous — et où l'on pouvait acheter un chauffeur, parce qu'il trouve que nous devrions aussi en acquérir un. »

Entre-temps, au miroir du couple délabré de tes parents, celui que formait leur témoin de mariage, Lucien Mainssieux, avec Zohra s'est brisé. Rodolphe en fait un récit neutre, mais Milada prendra le parti de l'épouse délaissée et ancien modèle tunisien, anticipant la perspective de son propre divorce. Tandis qu'il attendait à la gare de Genève son ami seul, il le voit arriver en compagnie de deux dames, gros, étincelant, en séducteur. Il les lui présente, elles habitent au Maroc mais sont syriennes, fille et mère. « J'ai compris que la plus jeune était une nouvelle compagne. Et il est amoureux d'elle, il a dû la dessiner et la peindre au moins quatre-vingts fois ! » Il apprend que le peintre veut se débarrasser de Zohra, dont il a des nouvelles défavorables, elle lui aurait confisqué et loué son atelier où elle l'empêche d'entrer, dont les Renoir et les Jongkind auraient disparu. Toutefois la curiosité toujours renouvelée pour les Arabes et la séduction de leurs bijoux et autres objets d'art — le père de la jeune femme est journaliste et poète arabe — l'emportent sur la compassion pour l'épouse délaissée. Il les a invités tous trois à déjeuner au restaurant puis ils sont venus à la maison pour prendre le thé et se reposer. « Ces dames t'ont laissé une belle broche en argent en souvenir et ont regretté que tu ne fusses pas là. Mainssieux était content, il reste très attaché à notre amitié. Quand nous irons au Maroc, nous sommes invités chez lui et aurons tout à disposition. »

Le lendemain, Milada élabore diverses réflexions sur le couple — inspirées, outre ces informations, par les confidences de Pavla Osuska, dont le mari ne souhaite pas qu'elle l'accompagne à Genève : « C'est si étrange, on pose son regard là où l'on pensait tout parfait et harmonieux et l'on voit certaines fissures... De même, ce que tu écris sur Mainssieux est terrible. J'ai été tellement surprise et consternée ! Ça commençait à se voir, qu'il n'emmène pas Zohra au Maroc et qu'il y reste si longtemps. » Les conclusions qu'elle en tire peuvent être lues au miroir de ses propres soucis conjugaux : « La pauvre, elle ne mérite vraiment pas ça, qui qu'elle soit. J'espère qu'elle va décrocher autant d'argent qu'elle pourra. Pour ça, elle doit être assez maline, et vu son tempérament et son caractère, prenant tout à la légère, il se peut que ça ne l'ait pas affectée ? » Elle pense que celle-ci va rapidement trouver une consolation auprès d'un nouveau soupirant, et sa description des relations entre un mari âgé et une jeune conjointe, la menace du divorce, les démarches pour l'obtention d'une prestation compensatoire sonnent comme une admonition. Mais elle a été abasourdie : « Je ne l'aurais pas cru capable, ce misérable vieux boiteux, d'avoir du succès avec les femmes ! Enfin Zohra était quand même son épouse et si elle arrivait à prouver qu'il vivait avec une autre, il la payerait durant toute sa vie. C'est étrange comme tout bascule dans une existence... »

Le printemps 1933 t'a donné l'occasion de découvrir la Méditerranée. Dès le début d'avril, Rodolphe installe sa famille à l'hôtel de la Poste, au Trayas, puis retourne travailler à Genève en passant par Arles, où il admire la boucle de Saint-Césaire. Tu es âgé de cinq ans, tu gambades sur les chemins de terre rouge des forêts de l'Estérel aux côtés de ta mère, parmi « les roches de porphyre tombant dans la mer céruléenne, sommées des bois d'émeraude de pins et de mimosas » comme le dépeint ton père lyrique à l'ami Jelinek. Là, tu es initié à la pêche — dont la passion t'habitera toute ta vie. Milada écrit à son mari que vous êtes allés à la plage où il y avait des pêcheurs, et tu étais très intéressé par les poissons, alors ils t'en ont montré de magnifiques de toutes les couleurs. Un jeune garçon a monté une ligne avec un hameçon pour toi, il avait aussi nombre de vers qu'il vous a laissés avec le chiffon où ils étaient emballés. C'est l'occasion d'un récit sur le vif nourri d'amour maternel : « Alors nous sommes allés pêcher mais nous n'avons rien attrapé car je ne sais pas appâter : tant de fois on a eu l'impression que le poisson mordait mais il mangeait le ver et c'est tout... Naturellement Milan était tout joyeux et il n'arrêtait pas de répéter qu'il en attraperait un, qu'il te l'enverrait et que papa allait être impressionné... »

Je visualise d'autant ces moments de bonheur pur que tu les rejoueras avec moi une trentaine d'années plus tard, au début de la décennie 1960 : tu m'emmèneras acheter des vers de vase dans un magasin d'articles de pêche situé derrière l'église du port à Nice, et m'apprendras à les fixer sur les hameçons. Je sens monter l'odeur un peu âcre de la vase, je revois les vers qui se tortillent avant leur supplice par empalement, je me rappelle les piqûres de la pointe que je me plante maladroitement dans le doigt, la douleur qui me lance, les gouttes de sang qui coulent et que je lave dans la mer. Puis tu montes l'appât pour moi, je lance la palangrotte, laisse filer le plomb jusqu'à ce qu'il repose sur le fond, je tends le fil, je sens sur mon index quelques coups dans la ligne et j'observe impuissant le poisson qui dévore habilement sa proie sans se faire prendre puis s'enfuit en frétillant, bombance faite... Tandis que je pêche, la guerre d'Algérie touche à sa fin ; mais pendant que vous séjournez au Trayas, c'est la Seconde Guerre mondiale qui se prépare à bas bruit. Ton père écrit à Milada depuis Genève qu'il subit un surcroît de travail à la Société des Nations car les Allemands pratiquent l'obstruction, ils veulent imposer leurs intérêts mais tout le monde y est opposé. « Ainsi personne ne sait quelle sera la suite. Je ne peux naturellement pas prendre de congés ! » Et le 18 mai, il note au détour d'une phrase qu'il ne peut attendre le facteur, doit arriver tôt au bureau car Hitler a prononcé un discours la veille et cela lui donne du travail. L'après-midi même, il t'adresse une carte postale pour ton édification future depuis Annemasse, du côté français de la frontière helvétique, d'où il vous expédie les colis afin qu'ils ne soient pas ouverts à la douane — célébrant une civilisation dont il ne pressent pas le proche effondrement : « Ici il fait bon vivre. C'est la France, notre maison, notre patrie, la mienne et la tienne. À deux pas de Genève mais tout est différent, les gens, la manière de se comporter. Il y a plus de désordre, mais le fait que le système soit désordonné, c'est un art de vivre. » Ces considérations générales sont illustrées par la représentation d'une scène emblématique : après le déjeuner, il s'est assis dans un bistro, a bu un café noir et du marc. « Je n'aurais pas commandé ça à Genève mais ici ça fait du bien. La radio est allumée. Là-bas ça aurait dérangé, ici ça se combine avec la vie alentour, les gens sont souriants, l'existence a un autre tempo et un sens différent. Je n'avais aucune idée qu'à deux pas de la maison je pouvais me sentir aussi heureux — il suffit de m'y rendre afin de me rapprocher de vous en France. »

À pareils sentiments, Milada reste indifférente, comme ton père s'en ouvre à Zdena, sans aucunement interroger ses propres certitudes et convictions : « Je ne veux pas faire naufrage pour de bon dans ce mariage. Nous pourrions être tellement heureux, ce si bel enfant à nos côtés. Si seulement elle pouvait se contenir, si elle parvenait à maîtriser son caractère méchant dans ses indélicatesses envers moi et tout ce qui compose la beauté et la noblesse de mon existence ! »

Ta mère s'ennuie dans son Éden méditerranéen. Elle devait retourner à Simiane chez Coubine — avec lequel Rodolphe, dont les détestations sont fugaces, s'est réconcilié. Il fréquente son atelier, situé rue d'Assas, à un jet de pierre de la rue Boissonade, lors des passages à Paris. Mais le peintre est occupé à y achever un portrait de Mme Osuska, la cantatrice devenue ambassadrice. La versatilité de son modèle, qui veut poser sans puis avec bijoux, change sans cesse de robe, le retarde indéfiniment, et il ne sied point de mécontenter son puissant époux le ministre plénipotentiaire de Tchécoslovaquie, pourvoyeur éventuel de commandes publiques... d'autant que Coubine peine à vendre ses toiles, se plaignant à ton père de tirer le diable par la queue. Pavla Osuska, immortalisée en « Joconde tchèque » en 1926 par un autre peintre pragois, Jan Zrzavy, ne se satisfait plus de ce tableau extravagant des Années folles. Il lui faut un portrait plus cérémonieux, accordé au mobilier surdoré de l'ancien hôtel des princes de Ligne qui abrite la légation, au moment où cet État menacé a besoin d'afficher sa respectabilité. Une photographie officielle de 1939 montrera le couple dans un salon de la résidence, de part et d'autre de l'œuvre de Coubine accrochée au-dessus d'eux, où l'ambassadrice figure en robe de scène sur fond de rideau d'opéra.

Ainsi le second séjour à Simiane sera reporté à l'année suivante. Ta mère décide donc de rentrer directement du Trayas en Suisse, en dépit des mises en garde de Rodolphe, lui rappelant que ta scolarisation prochaine ne permettra plus pareils séjours de longue durée au bord de la mer. Il prépare méticuleusement votre voyage, note les horaires, mobilise le consul tchèque pour vous accueillir durant la correspondance à Marseille et vous faire visiter le Vieux-Port, conseille la circonspection envers certains trains constamment bondés, « et il s'agit parfois de personnes très désagréables, des Arabes, des Chinois, et autres. Que ferais-tu de Milanek s'il ne peut pas s'asseoir, souvent les passagers sont debout dans le couloir, en particulier quand un bateau est arrivé ». Sur la carte du réseau PLM [Paris-Lyon-Méditerranée], avec ses réclames pour les cures thermales, les assurances et les agences de voyages, qu'il lui a envoyée, il a souligné d'un trait de crayon rouge Le Trayas et les principales stations sur l'itinéraire jusqu'à Genève.

Je me suis rendu, début août 2021, dans cet ancien village de pêcheurs avec ton dernier petit-fils, quelques jours avant qu'il ne devînt majeur. La plage où tu avais vu les poissons enchanteurs et tenté de pêcher est envahie de vacanciers et défigurée par des guinguettes puant la friture, un parking, des immeubles hideux au béton sans âme. Nous sommes partis à ta recherche tous les deux, pagayant sur notre kayak de mer pour explorer les criques voisines, inaccessibles à pied sec : elles ont conservé le charme intemporel qui fut celui que tu vécus en 1933, avec leurs surgeons de palmiers d'Hyères croissant en liberté parmi les galets rouges et les griffes-de-sorcière tombant sur la mer. Puis nous sommes montés vers l'ancienne station estivale établie sur les hauteurs, près de la gare de chemin de fer qui en constituait alors le principal accès. Aujourd'hui, celle-ci n'est plus guère desservie par les trains qui filent vers Nice ou Marseille, les automobilistes empruntant massivement la corniche côtière percée à l'initiative du Touring-Club en 1903. J'y ai cherché l'hôtel de la Poste. Aucun établissement ne porte plus cette appellation. Mais une bâtisse abandonnée aux façades Art déco, qu'un écriteau branlant nomme Grand Hôtel, au-dessous d'un panonceau « À vendre », se dresse sur un escarpement panoramique parmi une palmeraie d'alignement morte aux stipes étêtés, dressant vers les cieux ces troncs lugubres comme des pleureuses échevelées. Je me suis dit que c'était là. Tu ne m'as jamais parlé de ton séjour au Trayas : peut-être n'en conservais-tu plus de souvenir distinct, tu n'étais âgé que de cinq ans, et tu n'avais jamais lu la correspondance de tes parents jalousement conservée par ta sœur. Mais tu organisas dans les années 1990 un séminaire événementiel pour des experts-comptables ou des agents d'assurances, je ne me souviens plus exactement, au château voisin de La Napoule, où tu emmenas s'ébattre dans les flots celle de tes maîtresses tardives qui sut le mieux te dépouiller. Tel le saumon remontant vers la source où il naquit pour y déposer son frai, y fus-tu porté sur le tard par une semblable pulsion anadrome ?

Ton existence vouée à cet *otium* enfantin te ramène vers les flots en août, en Normandie cette fois, afin de bien te pénétrer des beautés diverses de la France : pendant que tu séjournes avec ta mère, accompagnée de ta tante maternelle, dans un hôtel de Saint-Pair-sur-Mer et te livres au plaisir innocent des pâtés de sable, Rodolphe fuit sa femme flanquée de sa belle-sœur et parcourt seul les sites caractéristiques des côtes normande et bretonne. Il t'en bombarde de cartes postales complétant livraison après livraison l'encyclopédie par correspondance qui doit déterminer ton devenir : « L'hydravion que je t'ai envoyé à Saint-Pair est revenu et m'a dit que j'y avais un gentil petit garçon, il joue joyeusement sur la plage et aime se baigner dans la mer — et quand il sera grand il va sûrement lui aussi voler en hydravion. En chemin, j'ai raconté à la mer, aux rochers, aux îles, que Milanek viendra un jour les voir et qu'il les appréciera tout autant que moi. »

Les étapes rue Boissonade entre deux villégiatures cristallisent le malentendu entre tes parents. À peine arrivée à l'appartement, Miša commence à exprimer son aversion pour celui-ci, se plaindre qu'il est malodorant et sale. Ton père se tait, caresse en pensée sa maison, afin que ce qui est censé l'offenser ne puisse l'atteindre. Et puis Paris incarne les expositions des peintres et sculpteurs, ainsi que le marché aux puces pour lequel ta mère n'éprouve que dégoût, gourmandant son mari sur ses dépenses indues de l'argent du ménage en chinant. Heureusement, il y a quelques mondanités dont elle se délecte, raconte-t-il à Zdena en l'informant à son tour des déboires de Mainssieux dont le divorce ne se déroule pas comme il le souhaiterait « car Zohra est intelligente et se venge de son égoïsme... Nous nous sommes mis d'accord qu'il viendrait souper à la maison avec sa Marocaine... On s'est remémoré le bon vieux temps ! » De nouveau, la compagnie des Arabes fournit l'occasion pour découvrir les plaisirs de la chair et la chère, jusqu'à la délectation pour les objets qui rappellent les vases berbères rapportés d'Algérie. Ils sont ensuite invités à déjeuner dans la famille de la jeune femme, dont les parents et les deux sœurs sont installés à Paris. Ceux-ci ont préparé des plats arabes et Milanek s'est régalé avec le couscous... Quelques jours plus tard ils vont dîner à la mosquée de Paris, « qui est non seulement une église, mais aussi un restaurant et un café, ainsi qu'un bain maure et un magasin d'objets arabo-tuniso-marocains... ».

Les neiges de cet automne puis de l'hiver te trouvent à La Clusaz où tu enfourches ta première luge tandis que ta sportive maman s'adonne aux joies du ski avec les relations tchèques du couple — ton père étant pour sa part incapable de tenir debout sur des planches. Edvard

Beneš et son épouse sont de la partie : le ministre des Affaires étrangères passe beaucoup de temps à la Société des Nations dont il présidera l'Assemblée générale en 1935-36, s'efforce en vain de s'y assurer du suivi des traités qui protégeraient son fragile État, de la Petite Entente à la conférence de Locarno, entre les appétits de l'Italie fasciste et de l'Allemagne nazie. Il oublie sur les pentes pour quelques heures les nuages qui s'amoncellent dans le ciel de l'Europe — comme ta mère s'efforce là de dissiper ceux qui s'accumulent sur son couple.

Le retour à Simiane advient, finalement, à la fin mars 1934. Tu as six ans. Milada t'amène sur les lieux d'où elle a échangé avec Rodolphe en 1927 la correspondance passionnelle au terme de laquelle tu as été conçu — enfant d'encre et de papier autant que de chair et de sang. « Milan a donné ses dessins à Coubine et celui-ci en a immédiatement encadré un qu'il a accroché dans la salle à manger où il va très bien avec la tapisserie », écrit-elle depuis la maison même où elle a gravé des eaux-fortes et où a été peint le *Nu assis* trônant aujourd'hui au musée de Prague. Tu as manifesté ton étonnement à l'artiste qu'il puisse exécuter un tableau en extérieur tout en observant ce qu'il peignait — du coup il a promis de croquer ton portrait, comme il avait dessiné celui de ta maman. Et il t'a donné de la glaise afin que tu t'inities à la sculpture. Dans une lettre à tes parents après ton départ, Coubine exalte ton talent de peintre en herbe d'une anecdote révélatrice : « Et comment va Milan ? Il peint ? Il travaille assidûment ? Son tableau est toujours encadré dans le salon depuis qu'il a séjourné chez nous. Une dame très sérieuse a cru que c'était moi qui l'avais barbouillé et elle en a fait l'éloge.

Mais je n'ai pas voulu usurper ces compliments immérités et ai révélé que c'était l'œuvre d'un de mes jeunes amis. J'ai donc conservé sa gloire intacte ! »

Profitant de ton inclination précoce pour les beaux-arts, ton père te met illico en relation épistolaire avec les peintres qu'il fréquente : alors que tu séjournes en juillet en Savoie avec Milada, il t'envoie de Paris ta première carte postale en langue française, co-signée par Lucien Mainssieux et illustrée d'une vue du bassin des Tuileries vers le Louvre : « Mon cher Milanek, c'est dimanche aujourd'hui. Nous avons déjeuné avec M. Mainssieux chez nous et nous irons voir encore quelques expositions... Meilleures salutations et bons baisers à toi et à maman. *Tatinek* [papa]. » « À tous deux », ajoute son commensal, suivi de la griffe qui figure sur ses tableaux. Le lendemain, dans une carte de Rouen illustrée de la façade de la cathédrale, il mentionne son vieil ami le peintre tchèque František Šimon, qu'il y a rejoint, et leurs méditations sur Claude Monet représentant ce frontispice. Te voici donc, à l'âge tendre, précipité au cœur de l'art moderne.

Quant à Mainssieux, Rodolphe décrit à ta mère leurs agapes rue Boissonade à son retour de Rouen comme aux beaux jours d'antan. Il était ravi de consommer du salami et du thon, puis des côtelettes de porc avec d'excellents flageolets, ensuite des fruits au sirop et enfin du melon. Ce festin de célibataires console le peintre de ses déboires sentimentaux avec les femmes arabes : « Il est malheureux, il s'est séparé des Syriennes — enfin... ce sont elles qui sont parties. Et il souffre tellement le pauvre, il est contrarié — il a passé ses journées à errer dans Paris. En partant il m'a étreint, comme s'il était content de pouvoir au moins se raccrocher à quelqu'un. Je lui ai dit que je pourrais emporter quelques tableaux à Genève, si jamais j'arrivais à en vendre, alors il m'en a remis cinq. Mais je pense qu'il en veut trop d'argent. »

Au printemps 2021, neuf décennies après cette estimation de mon aïeul, galeriste d'occasion, j'ai acquis aux enchères, pour une bagatelle, mon premier Mainssieux... dont la cote n'a toujours pas décollé. Il s'agit d'un tableautin représentant une jeune Arabe à l'énigmatique sourire, coiffée d'une chéchia, marquée au front par un tatouage berbère.

Histoire de la folie

Dans l'un des coffrets trouvés parmi les affaires de Jarmila figure le prospectus de la clinique genevoise Bois-Gentil, élégante bâtisse édifiée dans un parc arboré, non loin de l'avenue Wendt, sur l'autre rive du Rhône : de construction nouvelle, elle possède tout le confort moderne, ne reçoit que des dames, dispose d'un service spécial d'accouchement et d'une pouponnière pour nourrissons jusqu'à un an. Ta petite sœur y est venue au monde le 19 mars 1935. Une feuille séparée spécifiant la composition du trousseau pour le bébé et pour Madame précise que les étrangères comme ta mère doivent présenter passeport et acte de mariage.

Rien ne permet de comprendre pourquoi le couple chancelant de tes parents a donné le jour à un second enfant — précipitant ainsi la survenue du drame qui emportera ta mère. S'agit-il d'une négligence, volontaire ou non ? Ont-ils imaginé pouvoir sauver ainsi leur ménage de la perdition dont chacun avait fait part à ses confidents — ou bien Milada aurait-elle noué en secret une liaison avec un homme plus jeune que son vieux mari, amours dont ta sœur serait résultée ? Ses traits fort semblables à ceux de sa mère ne rappellent en revanche en rien le visage de Rodolphe — mais aucun indice probant ne conforte pareille hypothèse. Toutefois, comme toi en 1927, ta petite sœur a été conçue dans la foulée d'un séjour de Miša chez Coubine à Simiane — vous quittez ce village des Basses-Alpes pour Genève à la mi-avril 1934. L'artiste et ta mère ont-ils revécu dans cette circonstance leur intrigante cohabitation des Années folles, entrelaçant à nouveau œuvre peint et œuvre de chair — par l'entremise de ton propre tableau désormais, accroché au mur du salon et dont la paternité a même été attribuée au peintre selon ses dires ? Leur passion onirique et adultère suscita-t-elle chez Miša un nouveau et irrépressible désir d'enfant, malgré la débâcle conjugale ? Ce secret-là, aussi, est enfoui dans sa tombe.

Ton père, dans son journal d'exil à Londres durant la Seconde Guerre mondiale, évoquera le 19 mars 1941, à l'occasion du sixième anniversaire de sa fille, les circonstances de sa naissance : Milada lui avait dit à 6 heures du matin qu'elle sentait les douleurs, à 7 heures, tout était préparé pour le départ au sanatorium, puis arriva le taxi. Le personnel appela le docteur Guertehikov, l'obstétricien. À 9 heures le téléphone sonna, et le médecin annonça que la délivrance s'était bien passée, qu'une petite fille — *un superbe enfant* [en français dans le texte] — était née. Rodolphe se rend au bloc opératoire, la maman est ébranlée, absente. Puis il voit le bébé, et lui fait un signe de croix : son prénom de *Jarmila* signifie dans les langues slaves « grâce du printemps » — et la naissance de ta sœur est l'annonciatrice de cette saison en 1935, la précédant d'une journée. De retour à la maison, il te dit : « Ta petite sœur est née. » Tu lui sautes au cou et l'étreins de joie.

Une lettre de ton père à Zdena, datée de début décembre 1934, émise de Lyon où il a fui momentanément Genève et la grossesse de sa femme pour y déguster huîtres et escargots, ne présentait pourtant guère sous un jour optimiste l'heureux événement qui s'annonçait. Il évoque des dépenses importantes à cause de l'arrivée de l'enfant au printemps, alors qu'il ne peut pas économiser davantage, ne s'achète plus rien, ses vêtements sont usagés, il ne sort plus. « Miša n'arrive pas à comprendre qu'à mon âge j'ai droit à un certain confort, et pour qu'elle épargne de l'argent dans mon dos afin de se payer un beau manteau dans les magasins des bords de Seine, je dois me priver de tel ou tel bonheur dans ma vie... »

En parallèle à l'amertume que lui inspire sa vie conjugale, son accablement est nourri par les mauvaises nouvelles qui lui parviennent de Germaine Mandrino, mêlant revers de fortune et bouffées délirantes. Il reçoit d'elle une lettre loufoque de quatre pages : « C'est la misère. Elle réside de nouveau à Agordo où ils vivaient aux temps prospères. Son homme a obtenu un poste d'enseignant dans une école de mineurs, donc ils ont au moins quelque chose. Mais il est déplorable que cette vie et une telle intelligence sombrent finalement dans pareille déchéance », note-t-il pour Zdena le 4 février.

Quant à la santé de Milada, elle a suscité des inquiétudes sérieuses dès les derniers mois de la grossesse, écrit-il à sa confidente quelques jours plus tard : « Elle ressent désormais l'avancée de son état, fait des folies, et il ne sert à rien de lui dire quoi que ce soit. Elle aidait la femme de charge à faire la lessive — et une telle épreuve physique peut aggraver son état. Mais toute remarque est vaine... Elle est nonchalante et désordonnée pour décider d'une clinique d'accouchement, or je ne puis mener toutes les démarches, j'ai mes propres soucis, ça ne peut plus durer. » La perspective de la venue au monde de ta sœur ne se déroule guère sous les meilleurs auspices, et l'éventualité d'une prochaine mutation à l'administration centrale ne fait qu'aggraver la sombreur de ton père : « Toute mon existence j'ai souhaité un autre destin : je réfléchis à la suite et je préférerais m'enfuir à Paris, dans ma solitude et mon unique bonheur. Le ministère va me renvoyer à Prague où je n'ai rien à faire, et je déteste tout là-bas, les gens et la vie ! »

L'atrabilaire a été brocardé par l'un de ses collègues d'alors, Vaclav Černy, qui avait déjà vilipendé ton père à l'occasion de sa mise à l'écart de *La Nation tchèque* par Beneš en 1916. Il livre de nouveau un témoignage peu charitable : « À la Société des Nations, K. dirigeait le Bureau de Presse tchécoslovaque d'une main à la fois autoritaire et négligente... Il était resté parisien "de vieille souche" et dès qu'il pouvait, il époussetait de ses souliers la poussière de Genève et courait à Paris où il aimait passionnément bouquiner sur les quais et cultiver sa gourmandise culinaire. Il entretenait des relations personnelles dans la littérature et l'art, plus qu'il n'en avait une réelle connaissance. » Considérant qu'il négligeait tout nouvel effort, il le qualifie de « toujours morose, maussade, vieux garçon (quoique nouvellement marié) et grincheux, torturé par l'impression d'être méconnu, d'humeur incroyablement inconstante... Un vieux bohème parisien, amer de la fin de la *Belle Époque* ».

Pareil éreintement de ton père exsude dans le contexte de conflits politiques — Černy, proche de Beneš et d'orientation socialiste-démocrate, considérant Rodolphe comme un adversaire « dont la sympathie penchait probablement vers la droite conservatrice ». Mais cette charge n'est pas si éloignée des plaintes de Milada qui sourdent dans les lettres à son cousin...

Trois semaines avant l'accouchement, ta mère choit dans l'escalier du chalet, ce qui l'empêchera de s'asseoir et lui fait subir le martyre. La parturition est pénible, la délivrance particulièrement douloureuse. Par la suite, un abcès apparaît dans son sein droit, qui lui inflige de terribles souffrances — il prend vite une telle ampleur qu'elle doit retourner à la clinique de Bois-Gentil pour en subir l'ablation en étant « endormie » au chloroforme. S'est-il produit un syndrome postopératoire, consécutif à une anesthésie générale dont la technique est balbutiante dans les années 1930 ? Toujours est-il que la santé psychique de Milada se dégrade rapidement, alternant de brèves rémissions et des rechutes qui empirent, suscitant l'inquiétude de ses parents, qu'affole la correspondance de plus en plus incohérente de leur fille parvenant à Krč, à tel point que sa mère vient passer quelques mois à Genève pour se tenir à ses côtés durant ses relevailles de couches.

Le 27 octobre 1935, Rodolphe fait parvenir à Zdena une longue missive. Il lui apprend la mort de Germaine, annoncée par un faire-part de décès provenant d'Italie. S'il en ignore la cause, il se rend compte que s'effondre sous ses yeux une partie de sa vie, de lui-même : « C'était une belle amitié entre nous deux, dès le premier contact au printemps juste après la guerre à Paris, puis des années de vie commune, par la suite une sorte de séparation, et après cette amitié traduite dans un autre registre et toujours la même confiance et le même besoin l'un de l'autre... C'était une dame si belle, *ma* seule femme, de toutes celles que j'ai rencontrées. Dommage que le destin nous ait séparés... » Le trio sentimental dont Milada s'était efforcée de prendre le contrôle s'est dissous dans le décès de sa rivale, mais au prix du basculement de ta mère dans la folie. La déclaration d'amour posthume de Rodolphe pour Germaine sonne comme une incongruité tragique au moment où sombre sa femme. Elle est soulignée par la froideur clinique et le détachement presque désabusé par lesquels est décrite la situation de celle-ci : « Chez nous la situation est dramatique. Miša a perdu la raison, et elle se trouve au sanatorium pour les maladies nerveuses. Le docteur lui avait prescrit du Bellergal, ce qui l'a un peu soulagée, mais elle ne sortait plus du lit, et racontait ses divagations à quiconque lui rendait visite... » Rodolphe acte alors la fin matérielle de sa vie de couple, avec l'internement final de Milada, dont elle ne ressortira que pour quelques brefs épisodes suivis de rechutes : « Finalement nous l'avons amenée au sanatorium à Prangins. C'est très beau là-bas. Elle a une chambre dont elle ne peut pas sortir. Un Allemand la soigne, le docteur Kronfeld. C'est à la fois un établissement scientifique remarquable, et elle y est installée comme dans un bon hôtel. C'est cher... Le diagnostic est de la paranoïa à caractère génétique, et la faiblesse de son corps après l'accouchement a précipité la maladie. Naturellement, tout est de ma faute. Ils ont commencé à la soigner mais vous connaissez son caractère : elle s'insurge contre tout. »

Le sanatorium psychiatrique des Rives de Prangins, situé dans un domaine bucolique de quarante hectares au bord du lac Léman, vient d'être fondé, en 1930, par le docteur Oscar Forel, l'un des praticiens suisses les plus fameux et originaux de ce temps. Auteur d'une *Psychologie des névroses,* en contact avec Freud à Vienne au milieu de la décennie précédente, il dirige un établissement qui jouit d'une aura mondiale pour ses méthodes d'avant-garde — dont les électrochocs — et attire grâce à sa discrétion une patientèle internationale de richissimes et célèbres malades, parmi lesquels on comptera Zelda Fitzgerald. « L'établissement est une pension de famille pour clientèle cosmopolite, installée dans un cadre princier et tenue par des hôtes qu'une vocation médico-pédagogique a mystiquement associés », écrit dans la revue *L'Aliéniste français* un psychiatre qui visite les lieux l'année précédant l'internement de Milada. Grand bourgeois progressiste, Forel porte secours dès le milieu des années 1930, à l'encontre de la prudence officielle helvétique, aux israélites persécutés par les nazis. C'est ainsi qu'il accueille le médecin qui diagnostique la maladie de ta mère, Arthur Kronfeld, lui aussi psychiatre de réputation mondiale, socialiste, et professeur à l'université de Berlin depuis 1931. Il en est chassé, interdit d'enseignement par les lois antijuives du IIIe Reich, le mois même où naît Jarmila. Il ne pourra pourtant pas poursuivre lui-même le traitement de Milada : la Confédération rejette sa demande d'asile politique en 1936, et il part à Moscou, où il prendra la nationalité soviétique.

Dans la dernière lettre de Miša à ton père, datée du 24 octobre 1935, de Prangins, elle mêle insanité et lucidité : « Cher Rudolf, je pense que je ne vais jamais me remettre de cette maladie — c'est-à-dire la folie : c'est idiot mais peut-être es-tu beaucoup plus heureux à la maison sans moi. Tu as raison, je te faisais honte, tu me le disais toujours, et tant mieux que tu te sois débarrassé de moi de cette manière. Je crains seulement que ma petite fille soit comme moi, mais en général les petites filles ressemblent à leur père alors ça ira peut-être mieux. Je sais que vous ne viendrez pas et que vous me laisserez enfermée ici. J'ai ce que je mérite. A-t-il fallu huit années pour que je finisse à l'asile de fous ? Pourquoi ne m'y as-tu pas enfermée immédiatement ? » Les considérations sur la vie quotidienne dans le sanatorium constituent son adieu à la vie : « Hier ils m'ont mise pour tout l'après-midi dans un bain. J'ai encore été grossière avec eux. Tu vois que je ne réfléchis pas du tout, quelque chose sort de ma bouche et voilà. Tu sais, une oie reste une oie et on peut difficilement en faire un dromadaire. Les oies ont certes sauvé le Capitole, mais il y en avait plusieurs, une oie seule ne peut plus rien. C'est calme à la maison, il n'y a personne pour te faire souffrir ou t'énerver. Vous êtes comme au paradis... Je préférerais y être puisqu'il n'y a plus d'espoir pour moi et qu'il est impossible de soigner ça. Ils me répètent sans cesse que c'est de ma faute si je suis ainsi. Je sais : alors, qu'ils me laissent rentrer. Ou bien c'est toi qui refuses que je rentre ? Mais je ne te ferai pas souffrir, juste un peu, afin que ta vie ne soit pas monotone. Cela fait longtemps que je n'ai pas vu Milanek. Je n'écris que des bêtises... »

Le 1er octobre 1936, Rodolphe informe Zdena que Milada, après une rémission qui permit à la famille de passer de conserve des vacances d'été « magnifiques » en Suisse alémanique, a fait une rechute dramatique. Et ton père, dont le salaire est constamment réduit par l'État tchécoslovaque à l'économie vacillante, n'a plus les moyens de payer le séjour aux Rives de Prangins : « Nous sommes allés à un sanatorium différent nommé La Métairie, meilleur marché, mais très beau et plus familial que l'autre palais... » Le diagnostic de la doctoresse russe qui prend en charge la malade est « très mauvais », écrit-il dans la lettre suivante, « c'est véritablement de la démence et non plus de la confusion mentale ». Elle était devenue « tellement maigre et misérable que cela faisait pitié à regarder », mais la thérapie est parvenue à lui faire surmonter la crise en deux semaines. « Elle est calme et elle ne pense même plus à ce qu'ils ont voulu lui faire croire à Prangins, où ils interprétaient sa maladie comme sexuelle, ce qui l'a troublée et amenée sur une mauvaise voie... Encore récemment elle écrivait aux siens qu'elle allait divorcer, trouver du travail et gagner sa vie. Il est évident qu'elle en est incapable. » Quant à toi, tu es « très atteint par la maladie » de ta mère : « Milanek ne dit rien, mais le supporte mal. Quand nous sommes allés la voir la dernière fois, il m'a demandé : "Papa, Maman ne raconte plus de bêtises ? Elle peut parler intelligemment ?" C'est un garçon très gentil et ordonné. »

Les deux orphelins

Le 15 décembre, Rodolphe écrit à sa femme : sur l'enveloppe, il a noté « Dernière lettre que j'ai envoyée à Maman au sanatorium. Papa ». Vous en êtes donc, Jarmila et toi, les destinataires finals, les héritiers orphelins. Dix-neuf jours séparent sa rédaction de la mort de Milada. Pourtant rien n'en transparaît dans cette ultime correspondance entre les époux, comme s'ils se trouvaient déjà, par-delà les murs de l'asile de fous qui isole ta mère de sa famille et de la société, irrémédiablement séparés, vous sur la terre et elle un pied dans l'autre monde. Ton père en a-t-il pris son parti, ou est-il inconscient de l'imminence fatale ? Les deux pages en sont anecdotiques, peut-être pour faire participer sa correspondante à la vie de famille dont le récit fourmille de détails qui, en rétrospective, semblent déplacés au regard de la catastrophe proche. Ou bien est-ce une manière de se rassurer en faisant le récit d'une banalité heureuse, d'une routine qu'aucun accident ne saurait troubler ? Il se félicite du temps hivernal clément, mentionne la nouvelle poussette de ta sœur, se réjouit de te retrouver pour t'offrir ton goûter au grand café-glacier Remor des Eaux-Vives, fondé en 1919 par une fratrie italienne chassée d'Allemagne, où tu consommes un café blanc et deux tartes : « Cela me fait plaisir de voir combien il mange ! » Vous allez ensuite faire des courses en préparation du réveillon : du saindoux pour la cuisine, un filet de sole (tu raffoles du poisson), de l'épaule de chevreuil, des noix et des figues pour Noël. Pendant que tu apprends une poésie française, il prépare des foies de veau, dont tu te régales, puis tu questionnes ton père sur des actrices célèbres dont un petit camarade suisse t'a parlé à l'école... Cette image d'une famille heureuse et insouciante n'est qu'à peine brouillée par les quelques lignes finales qui se soucient de la santé mentale de sa femme : « Comment vas-tu, toi ? Tu ne dois pas être injuste avec les gens du sanatorium. Personne ne se moque de toi, ni te fuit, tu n'as rien fait de méchant, de grave. C'est un piège de ta tête. Quand les soignantes dans le couloir rigolent, elles rient de ce qu'elles se racontent, les médecins non plus n'ont rien contre toi. Ainsi sors-toi ces idées du cerveau, laisse de côté les chimères qui t'assaillent ! Porte-toi bien, et pense à des choses positives afin que tu guérisses. Nous t'embrassons tous. Ton Rudolf. »

La veille, soit le 14 décembre, les parents de Milada lui ont écrit. C'est également leur dernier courrier. Sa mère, qui est venue lui tenir compagnie à Genève après l'accouchement et a partagé avec elle ses souvenirs de grossesses difficiles, lui rappelle que « la vie est un long combat et chacun souffre de différentes manières », mais évoque leurs parties de cartes où « elle perdait tout le temps : tu ne m'as pas laissée gagner une seule fois », un signe de volonté autorisant à prédire sa proche guérison. « Écris-nous souvent — achève-t-elle — je suis tellement heureuse quand je lis quelques phrases de toi ! »

Ta mère ne prendra plus jamais la plume. Il y a un blanc d'un mois dans la correspondance. La cause exacte de son décès, le 3 janvier 1937, me demeure inconnue.

L'urne est inhumée au cimetière de Pankrac, situé à proximité de la villa familiale de Krč, le 8 février — jour de la fête de la trépassée — à 15 heures. Une inscription funéraire précise que l'incinération a eu lieu le 7 janvier à Genève. Ni toi, ni ton père, ni ta sœur n'avez accompli le voyage de Prague à cette occasion. Mais les archives de Jarmila comportent des dizaines de photographies de la cérémonie des obsèques : on y voit des masses de fleurs, quatre-vingts roses rouges, autant d'œillets blancs, des gerbes de mimosa, violettes et des branches de sureau blanc. Le sol est enneigé, les participants à la cérémonie, engoncés dans d'épais manteaux noirs, coiffés de chapeaux et de toques, sont difficiles à identifier, à l'exception du lieutenant Mirek, ton oncle, sanglé dans son uniforme d'hiver : c'est une recommandation de Rodolphe auprès du général Eliaš, commandant l'école militaire et futur héros de la résistance au nazisme, qui lui a permis d'y être admis.

Le 7 octobre, avant le retour en Tchécoslovaquie, ton père t'écrit à Genève du Café des Beaux-Arts sur la place des Terreaux, à Lyon : « Tu es déjà venu ici, tu donnais à manger aux pigeons : t'en souviens-tu, Milanek ? Nous étions encore avec maman ce jour-là. Cela fait longtemps maintenant et nous allons commencer une nouvelle existence. Que va-t-elle nous apporter ? Mais je voudrais que tu grandisses et que tu te bâtisses ici en France pour que tu deviennes un homme meilleur que les gens de chez nous. »

Rodolphe et ses enfants se sont rendus une dernière fois durant l'été en Bretagne, à Camaret-sur-Mer. Puis le déménagement de la cité de Rousseau à Prague a lieu le 1er novembre. Il écrit à Zdena : « Je suis content de partir d'ici. C'est une ville nulle. Je ne me suis jamais bien entendu avec elle. Et je ne souhaite pas m'entendre avec des nuls. Pauvre Jean-Jacques ! Je sais qu'il doit se retourner dans sa tombe du fait que cette cité est liée à lui !! »

Il a prévu de s'installer à Jetřichovice jusqu'au 1er janvier, date de sa retraite, afin que les enfants profitent de l'hiver à la campagne — et ensuite de partir rue Boissonade pour ton éducation. Il t'a consulté — et tu as considéré que ce serait la meilleure solution, tu vas fêter ton dixième anniversaire, tu es orphelin depuis un an déjà. Mais le délai du départ pour la France s'allongera plus que prévu et vous ne prendrez le train pour la gare de l'Est qu'au tout début de mai 1938. Rodolphe songe à s'occuper d'un musée tchèque en projet qui serait implanté à Paris... mais celui-ci ne verra jamais le jour. Il lui faut accomplir mille démarches administratives, dans l'espoir vain d'augmenter sa modique pension.

Vous passez, entre l'année du décès de ta mère et la suivante, six mois dans la maison de campagne qui constitua le fief imaginaire de la lignée des K. Une photo vous représente debout, deux orphelins, au côté du tombeau de vos grands-parents paternels au cimetière de Nadějkov, comme pour approfondir et élargir encore votre deuil. Tu as dix ans, Jarmila trois. Elle tient déjà sa tête ronde si semblable à celle de sa mère un peu en avant de son corps, comme interloquée par le spectacle d'un monde funeste — une attitude qu'elle conservera sa vie durant. Tu la domines de ta stature protectrice, tu as l'air grave. Durant ce semestre où vous n'allez pas à l'école, il te revient de prendre pour la première fois de ta vie ton destin en main. « Je suis heureux pour Milanek que nous soyons ici ! écrit ton père à Zdena. Il travaille à présent dans le jardin, il a toutes sortes d'occupations, et des copines ! Je suis content de lui car il est chaque jour plus habile et plus raisonnable et ainsi vit intensément... il a choisi le métier de bûcheron ! » Quant à Rodolphe il a aussi « besogné en ce courtil afin de lui redonner forme, un *travail de Romain* [en français dans le texte], comme on dit pour désigner un dur labeur ».

Rodolphe à l'identique avait passé ses journées à couper du bois, lorsqu'il s'était réfugié dans la maison forestière paternelle après avoir renoncé à une carrière sans gloire d'enseignant d'école commerciale et avant de prendre le train pour Paris en 1908.

VI

EXILS ET EXODE

Le 6 mai 1938, à 12 h 40, la locomotive pénètre sous la grande verrière de la gare de l'Est, crachant son nuage de fumée et gémissant de tous ses freins, pour la troisième et dernière scansion de notre histoire. Aujourd'hui, ta petite sœur et toi, sous la houlette de votre père veuf, accomplissez à votre tour ce rite, fruits de la passion funeste de ces deux parents qui vous ont précédés sur le quai. Vous allez chercher refuge au havre de la rue Boissonade — mais vingt-cinq mois après, il vous faudra le fuir en toute hâte, de peur d'être emportés par la déferlante nazie. Votre exode vous conduira sur l'océan mieux auspicieux, vous appareillerez de Pauillac à Tanger, puis de Gibraltar à Londres, et — en ce qui te concerne — jusqu'à la pension d'Ullswater, où se blottit le lycée français délocalisé dans les monts lacustres et sylvestres du Cumberland.

La trahison de la France

Trois jours après l'arrivée, Rodolphe adresse une longue lettre à Zdena dans laquelle il décrit le voyage dans un luxe de détails, consignant chaque étape de cette odyssée ferroviaire avec un soin maniaque. Il ne s'agit nullement d'un énième déplacement pour villégiaturer, comme les sept années genevoises en ont tant compté, vers La Baule, Le Trayas ou Camaret, mais de l'émigration familiale sans retour. « Je vous en prie, conservez les lettres et les cartes que je vous envoie : elles constituent notre journal », conclut-il. A-t-il le pressentiment de la catastrophe durant ce voyage et note-t-il avec un tel scrupule les moindres faits qui adviennent dans cette ultime traversée de l'Europe car ils constituent son mémorial personnel du monde aimé qui va mourir ?

Rodolphe se réjouissait de quitter Prague et d'aller là où la vie a plus d'élan, dans la ville qui offre les plus beaux spectacles au monde : « Bien sûr je suis étranger à Paris et quand j'arrive, je me demande ce qui me motive car je ne compte aux yeux de personne. Mais je me sens bien ici et je trouve tout ce que je désire, qui me porte vers une vie meilleure, lui donne sa noblesse. Je la croque à pleines dents. J'y possède tant de choses, mes livres, et ces deux enfants à qui je voudrais apprendre à vivre heureux ! » Cette représentation utopique de la France et de sa capitale dans laquelle cet homme vieillissant imagine vous élever, ta sœur et toi, comme si le temps s'était figé et que ton père pouvait ressusciter en vous sa jeunesse qui l'a fui, dans le mouvement d'un éternel retour, se déchirera en l'espace de quelques mois à peine. Mais pour l'heure, elle est l'Ithaque vers laquelle le conduit cette pérégrination à travers l'Allemagne nazie, tu es le Télémaque innocent dont l'œil contemple le défilement du calme paysage avant la tempête. « Il faisait beau temps, Milanek était assis à côté de moi, et ainsi son œil captait les images fuyantes de sa patrie natale... À Cheb [ou Egra, ville-frontière], les Tchèques nous ont laissés passer, sans nous demander combien de couronnes nous avions, ni regarder nos papiers... l'Allemand a seulement compté notre argent, il a dit qu'un passeport suffisait pour tout le monde, il n'a pas posé de questions. » Vous parvenez en Bavière, et à Nuremberg faites provision de bière pour le dîner... Quand tu te réveilles à 5 heures, le lendemain matin, vous êtes « dans le magnifique environnement de la Forêt-Noire... » Ce sentiment diffus du danger tapi derrière les frondaisons à l'instar des bêtes sauvages de la Bohême matricielle se dissipe enfin à l'arrivée sur les rives du Rhin, comme en une délivrance que manifeste la bienveillance du garde-frontière alsacien : « À 5 h 25 nous avons marqué l'arrêt à Kehl pour la douane : le Fridolin m'a fait recompter les 7000 francs pour vérifier que je les avais toujours, puis un jeune Français joyeux a pris mes passeports, aperçu Jarmilka assoupie et dit : "Ah, elle dort encore ! Elle est mignonne comme tout !" [en français dans le texte]... Je vivais une hallucination : ainsi nous avions traversé le Rhin et nous étions parvenus en France ! »

L'arrêt à Strasbourg dure une heure et demie : ton père, déclinant sur le vif sa pédagogie tous azimuts, t'emmène visiter dare-dare la vieille ville et la cathédrale. Cinq heures plus tard, vous arriverez fourbus à la gare de l'Est. Il faudra héler deux porteurs tant les bagages sont nombreux et encombrants, déposer les plus volumineux à la consigne car ils n'entrent pas tous dans le taxi. Tu y retourneras en métro l'après-midi avec Rodolphe pour récupérer puis porter ensemble la plus grande et lourde valise. Cette transhumance a exténué le jeune garçon de dix ans que tu es : le soir, tu éclates en sanglots, déclares que la Bohême te manque, pleures l'absence de ta maman. Mais le sommeil dissipera tes soucis et le lendemain tu es content d'aller faire les courses au marché en plein air qui se tient le samedi boulevard Edgar-Quinet — enfant, j'y accompagnerai ma mère un quart de siècle plus tard pour l'aider à trimballer les cabas à provisions pendant que tu parcours la province pour les tournées théâtrales où les actrices te tombent dans les bras.

Le soir, pour te changer les idées, ton père t'emmène aux Batignolles, chez Jouanne aîné, à la barrière de Clichy, où tu te délectes d'un filet de sole. Quant à lui, il commande des tripes — spécialité de la maison depuis le Second Empire. Pourtant le quartier s'est transformé par rapport à la Belle Époque quand ses ateliers d'artistes parmi les frondaisons, ses rapins, ses ouvriers et ses bourgeois en goguette renvoyaient un écho agreste de Montparnasse depuis la rive droite. On n'y exalte plus les thèmes libérateurs de l'avant-garde d'autrefois, mais les passions mauvaises de la France en décomposition, dans des banquets qui rassemblent adeptes des Ligues ou sectateurs de Staline. Ton père t'éduque dans le culte d'une nation qui a sombré sans qu'il veuille encore le voir, t'emmène avec lui pour une dernière virée dans ces monuments de jadis afin que tu revives *in extremis* sa propre découverte de la Ville Lumière. Il t'initie à sa gastronomie pour laquelle il nourrit une passion insatiable — tu me la transmettras à ton tour. Le lendemain, dimanche 8 mai, vous vous rendez ensemble au Père-Lachaise où la colonie tchèque a déposé une gerbe en l'honneur de soldats tombés au combat d'Arras le 9 mai 1915 : « Milanek a ainsi vu comment je retrouvais mes vieilles connaissances et il a pris part à cette cérémonie qui l'a introduit dans notre épopée guerrière. »

*

Afin de revivre ce que Rodolphe avait voulu te faire ressentir en ce jour anniversaire du drame sacrificiel fondateur de la Tchécoslovaquie, j'ai participé à la cent sixième commémoration de celui-ci, prolongeant en moi-même ce moment mémoriel. Je suis allé sur ce champ de bataille, à La Targette, commune de Neuville-Saint-Vaast, avec la délégation de l'ambassade tchèque. Malgré le soleil printanier soufflait en bourrasques un vent glacial qui coupait les jambes et couchait les tiges des jeunes céréales poussant leurs racines depuis plus d'un siècle sur l'immense charnier du front de l'Artois, avant d'être fauchées chaque année à leur tour. Le carré militaire des volontaires tchèques de la légion Nazdar serre ses croix gravées de noms slaves en bordure d'une route, ceint d'une haie de tilleuls funéraires esseulés dans l'immensité plate des marnes crayeuses. Les intempéries ont rendu illisible le texte des hommages bilingues rendus aux malheureux, envoyés par l'état-major avec une section de tabors marocains se faire massacrer dans la première vague d'assaut sur les tranchées prussiennes désormais arasées sous l'océan vert des épis ondoyants, soldats sans famille, sans appuis, sans État, chair à canon. J'ai partagé le dépôt de la gerbe des Sokols au nom de mon aïeul, légionnaire sur le tard. Le porte-drapeau m'a fait songer à l'enseigne Bezdiček, qu'un dessin de Kupka représente au moment fatal de l'attaque, quelque part au profond de cette glèbe désormais si lisse à l'entour, mais creusée il y a cent six ans de boyaux où les hommes avaient été réduits par la guerre à l'état bestial. Il ne restait plus de la furie belliqueuse de jadis que la copie de ce même fanion dont l'original fut brodé par les dames de Bayonne où les volontaires étaient encasernés — la trace en demeure dans un odonyme de la cité basque : « avenue de la Légion-Tchèque ». Selon un cérémonial précisément codifié, la hampe du drapeau, placée dans le baudrier et inclinée à 15° pour le « garde-à-vous », salue ensuite l'exécution des hymnes nationaux à 45° et enfin la sonnerie aux morts à 60°. Un sous-officier français avait apporté une petite enceinte télécommandée qui exécutait la musique militaire des deux pays.

Le diplomate qui m'avait accueilli dans sa voiture et moi sommes allés découvrir Bucquoy, à quelques kilomètres. C'était le fief du connétable Charles-Bonaventure de Longueval, vainqueur en 1620 de la bataille de la Montagne-Blanche, dont le palais portant le toponyme du village est aujourd'hui le siège de l'ambassade de France à Prague. Cette bourgade dévastée par la guerre en 1915 fut reconstruite dans l'urgence. Traversée par des tracteurs rutilants aux roues énormes maculées de l'humus gras du gigantesque champ des morts d'antan, elle n'est remarquable que par une église à l'étrange clocher mêlant le néogothique à l'Art déco, dont le béton au fer corrodé se délite. Il se dresse sur une monumentale inscription latine incongrue en pareil lieu : « PAX HOMINIBUS BONAE VOLUNTATIS ». À moins que cette « Paix aux hommes de bonne volonté » n'invoque par prétérition l'Histoire oubliée qui, partant de ces lieux et y revenant, boucla trois siècles de guerres où se mêlèrent les sangs français et tchèque. Et le descendant de Rodolphe K. ne put s'abstenir de conclure ce pèlerinage imaginaire en visitant sur le chemin du retour vers Paris — comme si le fantôme de ton père m'avait à mon tour pris par la main depuis l'au-delà pour me faire découvrir les *sites remarquables* de la France — la place de l'hôtel de ville d'Arras aux fameuses façades hispano-flamandes, qui orne l'une des cartes postales que mon aïeul t'envoya.

*

En juillet et en août 1938, il vous emmena en vacances à Saint-Efflam. Cette immense plage bretonne « offre aux enfants, derrière son Grand Rocher protecteur, une mer chaude et tranquille à marée haute », clament les prospectus locaux. Pour vous trois, sans que vous vous en doutiez encore, ces eaux si hospitalières et propices à la baignade seront bientôt celles, autrement houleuses, du grand large atlantique où vous précipitera l'Exode. Rodolphe vous a fait visiter la chapelle d'Efflam : ce prince mythique d'Irlande vint à la voile en Armorique au Ve siècle se consacrer ici à la chasteté. Il y défit le dragon du Grand Rocher, qui menaçait le roi Arthur de la Table ronde, en l'envoyant périr dans les flots. Ton père a-t-il vainement cru en se recueillant sur son sépulcre susciter par l'opération du Saint-Esprit un peu de bravoure dans l'âme poltronne de Daladier ou Chamberlain, qu'aurait transmués la grâce divine pour se risquer à affronter l'hydre hitlérienne ?

À tout le moins, au début de juillet 1938, tu as passé l'examen pour la septième classe au lycée Montaigne, « qui se trouve près du jardin du Luxembourg, dans une parallèle à la rue Michelet » — siège de l'Institut d'études slaves et ci-devant l'hôtel particulier d'Ernest Denis — écrit Rodolphe à Zdena en lui fournissant des repères familiers aux Tchèques. Puis en août il l'informe, soulagé, que tu as réussi ces épreuves et commences les cours en octobre, annonçant le proche retour de vacances de la famille dans le petit appartement de la rue Boissonade où il a déménagé beaucoup d'affaires de Genève : « On se croirait dans l'entrepôt d'un magasin, mais nous devrions parvenir à tout y caser. » Le 21 septembre, une semaine avant les accords de Munich, il adresse une lettre prémonitoire à sa confidente. La veille en effet, celle-ci, en compagnie des anciens étudiants de la faculté de romanistique française de l'université Charles au tournant du siècle, avait célébré l'anniversaire de leur camarade Hanuš Jelinek à Harrachov, dans la région des Sudètes revendiquée par Hitler. « Jamais, prédit ton père depuis son exil, vous ne retournerez là-haut dans ces montagnes, dans quelques semaines cela ne nous appartiendra plus... Cette horreur s'abat sur nous : la disparition totale de la Tchécoslovaquie se prépare. Je me suis procuré aujourd'hui la dernière édition du journal *Narodni Politika* [Politique nationale] et il n'y avait pas même mention que la situation est des plus mauvaises. » Il en conclut qu'une censure a sans doute été imposée, se refuse à croire que la presse tchèque bouche les yeux et les oreilles de ses concitoyens pour qu'ils ne puissent deviner que les jours de la patrie sont comptés. Face à ce désastre annoncé, il n'y aura rien à attendre de la France pitoyable, désorganisée, où éclatent des grèves, dont Allemagne et Italie font leurs choux gras. Les finances et le moral y sont au plus bas. « Pas âme qui vive pour relever et guider cette nation. Ils ne se rendent pas compte qu'ils signent leur arrêt de mort à cause de leur couardise présente. » Tu es devenu le réceptacle de ce malheur universel, au lieu d'incarner l'espoir que ton père avait placé en toi depuis ta naissance. Tu n'as pas bonne mine, aucun ami, et les soucis qui vous accablent te taraudent aussi. « Je ne reçois plus ma pension de retraite à Paris et nous sommes dans la dèche... j'ignore ce qu'il adviendra de nous et je me fais des cheveux blancs ! » Tu dois étudier au lycée et ce sera une année difficile, tu as manqué beaucoup de cours et ne parviens nullement à apprendre comme il faut. Cela inquiète ton père, mais, se réjouit-il, tu auras des camarades et ce sera bien pour toi.

Tu m'as raconté un rare souvenir d'enfance, datant de tes premiers jours à Montaigne — futur athénée de ta descendance, où ton fils puis ton dernier petit-fils t'emboîteront le pas jusqu'au baccalauréat, peau d'âne dont les infortunes de la guerre te priveront pour ta part, rendant vains tes efforts. Ton arrivée dans l'établissement fut si traumatique sans doute qu'elle te revint à l'esprit en fulgurance quatre-vingts ans plus tard — tu m'en fis part un de ces soirs où ta mémoire ancienne en décuplait l'impact, remontant à la surface de ta conscience avec une force irrépressible. À la rentrée des classes, trois jours après que Daladier était revenu de Munich, applaudi par la foule à l'aéroport du Bourget comme « le sauveur de la paix », votre premier devoir à la maison fut de composer des phrases à partir de mots qu'on vous dictait, pour tester votre vocabulaire. Parmi ceux-ci, le professeur vous avait assigné l'adjectif : « inévitable ». Tu es allé demander de l'aide à ton père, tu n'étais pas encore très à l'aise en français. Il t'a suggéré la phrase : « On dit que la guerre est inévitable. » En classe, tu as levé le doigt et, tout fier, l'a prononcée à haute voix — c'était ta première prise de parole en public au lycée : « Tout de suite ça a fait une bronca : "Espèce de sale Tchèque ! C'est à cause de vous qu'on va avoir la guerre" ! À la récré des gamins sont venus me casser la figure — mais j'ai réussi à en amocher quelques-uns — avec tout le bois que j'avais coupé à la hache en Bohême l'année passée je m'étais fait des sacrés biscotos ! » Tu as été collé et ton père convoqué au bureau des surveillants.

Avec les accords de Munich, Daladier renie l'engagement fondateur pris à Darney le 30 juin 1918 par Poincaré, mettant à disposition des généraux pour commander le régiment de chasseurs où avait servi Rodolphe, et qui forma l'embryon de l'armée tchécoslovaque puis la colonne vertébrale de la République de Masaryk. Celle-ci, portée sur les fonts baptismaux par la France, en fut la sœur cadette, éperdue d'admiration pour son aînée. Ton père poussa ce sentiment à son paroxysme et t'éduqua dans cet idéal. Par-delà le reniement, cette trahison de votre patrie d'adoption qui livre notre terre d'origine au bourreau nazi a créé chez mon aïeul, puis toi, une commotion personnelle. Si elle n'a pas remis en cause ton choix ultérieur de devenir français, elle a nourri une immense défiance envers les élites dirigeantes de cet État.

La France de la drôle de guerre accueille néanmoins toute une colonie d'artistes tchèques. Philippe Soupault, visiteur enthousiaste de la cité dorée et magique, voyait en Prague, où il s'était rendu en 1927, « une de ces villes où la vie tonne et brille avec la plus grande ardeur ». Les artistes d'avant-garde du groupe Devětsil — du nom d'une fleur annonciatrice du printemps — incarnent celle-ci. En 1924, le manifeste du groupe proclamait : « Nous ne lisons pas la Bible, nous lisons Apollinaire ! » S'y associent le dessinateur Adolf Hoffmeister, dont les caricatures sont exposées à Paris dès 1928 avec le soutien de Soupault, et Marie Čerminova, plus connue sous son pseudonyme d'artiste de Toyen — aphérèse de « citoyen », qu'elle choisit en hommage aux « citoyens libres et égaux de la Révolution française » et à son désir de créer une « cité de poètes ». Cette artiste absolue, fascinée par l'érotisme dans lequel elle transcenda la différence sexuée, en un aller-retour constant entre la Seine et la Vltava — ou Moldau —, aux dessins crus et aux huiles androgynes, devint par la suite « l'amie entre toutes les femmes » de Breton et une adhérente au mouvement surréaliste. Elle se réfugiera en France en 1947. Sa dépouille repose dans la nécropole des Batignolles, non loin du tombeau de ce dernier qui avait écrit : « Tandis que les mouettes en tous sens barattaient la Moldau pour en faire jaillir les étoiles, que nous reste-t-il ? Il nous reste Toyen. »

Rien n'indique que Rodolphe l'eût approchée. Son œuvre qui hululait la sexualité des femmes, entre délicatesse et férocité, comme en écho à ce que clamaient les poteries rapportées d'Algérie en 1924, effraya-t-elle mon aïeul ? En revanche, il connaissait l'autre artiste tchèque le plus parisien de cette époque, Joseph Šima. Tu avais souvent prononcé son nom quand j'étais enfant : fréquentait-il la rue Boissonade durant la drôle de guerre, l'y rencontrais-tu en rentrant de Montaigne, ou bien fut-ce plus tard, après votre retour de Londres à Paris en septembre 1945, lorsque le peintre officierait brièvement comme attaché culturel à la légation ? Ton père, devenu plus conservateur dans ses goûts esthétiques durant la décennie genevoise où il blanchit sous le harnais de la diplomatie tchécoslovaque, était-il encore en état de vibrer aux insolences magnétiques du Grand Jeu dont Šima était l'illustrateur aux côtés du poète René Daumal et du romancier Roger Vailland ? Rodolphe, ci-devant passeur de Derain en Bohême en 1910, interlocuteur de Matisse et de Rodin, s'était délecté de ses excursions à l'Exposition coloniale de 1931 alors que le 1er mai de cette année, les surréalistes avaient diffusé un tract-manifeste signé notamment par Breton, Éluard et Aragon exhortant à ne pas visiter celle-ci. Il n'en tenait plus, cinq lustres après la Belle Époque, que pour Lucien Mainssieux, pas véritablement révolutionnaire dans le style ni l'inspiration. J'ai pourtant découvert dans ta bibliothèque une édition brochée du *Mont Analogue* de Daumal, mais ce texte initiatique et inspiré, rédigé à partir de 1939, ne parut qu'en 1952 — j'ignore qui, de Rodolphe ou de toi, l'acquit ? Dans *Podivné lásky* (« Drôles d'amours »), le roman autobiographique de Jiři Mucha, le fils de l'inventeur de l'Art nouveau, qui traîna ses guêtres à Paris durant la drôle de guerre et y narre les potins et coucheries de la diaspora tchèque bohème entre Montparnasse et Saint-Germain-des-Prés, il n'y a pas mention de ton père. Se maintint-il à l'écart d'une génération d'artistes beaucoup plus jeunes que lui parce qu'il ne les comprenait plus, à moins qu'il n'eût voué à sa tâche éducative de père veuf son occupation exclusive ?

*

À la mémoire du nom de Šima prononcé par tes lèvres, et pour suivre l'indice donné par le roman singulier de Daumal avec sa couverture grise déniché dans tes rayonnages, que j'avais feuilleté perplexe à l'adolescence, je me rendis, un jour d'orage de juillet 2021, au cimetière de Thiais pour lui rendre hommage. Je caressais l'espoir d'exhumer ainsi quelques fils pour ravauder le tissu râpé de notre souvenance. En effet, la restauration de sa sépulture y fut solennellement inaugurée par l'ambassadeur tchèque en France Michal Fleischmann, l'un des deux fils du seul ami de ton âge mûr, le diplomate et écrivain de langues tchèque et française Ivo Fleischmann. À l'occasion du cinquantenaire de la mort du peintre fut dévoilée sur sa tombe une œuvre du sculpteur tchèque de Paris Vladimir Škoda. La Tchécoslovaquie socialiste l'avait réduit à la condition de tourneur-fraiseur — il mit à profit le Printemps de Prague pour fuir sur les bords de la Seine en 1969, et y suivit les cours de César. De son ciseau il a créé en épitaphe à Šima une bille d'acier dont une gousse s'est détachée et posée à terre, continuation de certaines formes fétiches de la peinture du disparu.

Il pleuvait des cordes, et le ciel était noir bien qu'on se trouvât au cœur de l'été, l'air frisquet — comme si les éléments s'étaient mis à l'unisson, par leur incongruité, de la solennité de ces funérailles tardives, et avaient partagé la commémoration en recréant le climat humide des forêts de Bohême. Du reste, aucun des Tchèques présents — ils formaient la majorité de notre petite vingtaine de participants endeuillés — ne s'étonna ni ne s'offusqua de ces trombes d'eau estivales qui avaient pour eux un caractère familier : ils s'étaient tous vêtus de circonstance — alors que je fus rapidement trempé. Je n'avais jamais mis les pieds au cimetière parisien de Thiais — où Kiki de Montparnasse avait été elle aussi inhumée en 1953 — et j'ai été stupéfié par la beauté du lieu, que l'on pénètre à travers un portique d'Auguste Perret dont le béton dorique introduit à ce domaine d'Hadès, réincarnation banlieusarde des champs Élyséens, parc de cent hectares planté de soixante-cinq essences en 1929, un an après ta naissance, parsemé de sépultures et de carrés militaires, où poussent l'orchidée sauvage et le bolet, parmi écureuils, renards, pics-verts et hiboux moyens ducs, telle la forêt ancestrale de Nadějkov — il s'y aventure parfois un sanglier — entre la nationale 7 et l'autoroute du Sud, les cités HLM et le proche aéroport d'Orly.

L'autre fils d'Ivo Fleischmann, Petr, réside à « Butschirad » — comme l'orthographie Chateaubriand — également carrefour mémoriel sur la voie qui nous lie à la Bohême. C'est dans cette « villa à six lieues de Prague sur la route de Carlsbad » où « l'on arrive par une triple allée de pommiers », que se rendit en septembre 1833 l'auteur des *Mémoires d'outre-tombe*, à la rencontre de Charles X exilé. Il y constata la décrépitude des derniers Bourbons, logés dans une sorte de corps de ferme à l'italienne aux pièces sans cheminées où l'on grelottait de froid. À son arrivée, le monarque déchu y dormait en ronflant, fébrile, enfoui sous des couvertures : « Ô mon vieux roi ! votre sommeil était pénible ; le temps et l'adversité, lourds cauchemars, étaient assis sur votre poitrine [...] Je vous adressais intérieurement ces paroles que je n'aurais pu prononcer tout haut sans fondre en larmes : “Le ciel vous garde de tout mal à venir ! Dormez en paix ces nuits avoisinant votre dernier sommeil.” »

En copiant ces lignes, c'est ton râle que j'ouïs dans l'hospice des incurables Charles-Foix à la veille de ton trépas, écho discontinu de ces répons entre Prague et Paris qu'a étouffés le fracas de l'histoire, et qui ressurgit en sourdine de deuils en commémorations...

En 2021, Ivo Fleischmann, le père de Petr et Michal, n'était plus de ce monde. En 1997, tu t'étais rendu avec ses fils et sa veuve à son incinération au crématorium du Père-Lachaise. Il fut l'un des artisans du « Printemps de Prague » de 1968 depuis Paris, en tant que conseiller culturel dissident à l'ambassade tchécoslovaque, puis lorsqu'il refusa de regagner son pays après la « normalisation » suivant l'invasion des chars soviétiques le 21 août. Pendant les quelques mois avant que la frontière ne fût définitivement close, il se démena pour obtenir bourses et missions pour les intellectuels et artistes sur lesquels se refermerait le couvercle totalitaire, tel Vladimir Škoda. Réfugiés politiques en France, Ivo, son épouse, et ses fils scolarisés dans les lycées parisiens comme tu l'avais été trois décennies auparavant, devinrent des hôtes récurrents de La Sauvagère, ta bauge de vieux *singularis* slave acquise ce même printemps 1968. Ce havre prémunissait contre tous les socialismes, celui qui avait corseté votre Bohême comme cet autre, déferlant sur notre Quartier latin en dépavant le boulevard Saint-Michel à l'inspiration d'une *Liberté guidant le peuple* grimpée sur les barricades qui aurait mêlé au drapeau rouge le soutien-gorge dont s'étaient affranchies les jeunes poitrines des féministes révolutionnaires. Tu avais celé ta remise à l'instar de celle du « sanglier plein de rage » de La Fontaine, qui devait occire Adonis :

Tâcher de le surprendre est tenter l'impossible
Il habite en un fort épais, inaccessible...

Notre fabuliste national s'entendait à la vénerie : il fut capitaine des chasses du duché de Château-Thierry, ton aïeul Joseph K. s'inscrivit dans sa foulée sur un registre plus modeste au comté de Nadějkov... Et nul doute que tes invités cultivèrent dans ton repaire — comme toi et avec plus d'acuité encore — la nostalgie de la glèbe natale dont ils s'étaient brutalement et volontairement déracinés. Je garde d'Ivo le souvenir d'un géant doux, qui s'exprimait avec une diction au tempo lent quand il s'adressait à moi dans un français méticuleux et assez accentué. Il fumait sans discontinuer en discourant interminablement, même lorsqu'il t'accompagnait dans les longues déambulations sous la canopée d'où tu revenais avec des paniers chargés de coulemelles et de pieds-bleus. Pénétrant dans la longère à l'automne ou l'hiver, empreint de l'air humide et glacial des bois détrempés du Loiret, charriant sur mes épaules pour la cheminée vorace des bûches et des rondins secs que j'avais abattus et rangés en stères sur ton instruction les années précédentes, la pièce chauffée était à tel point emplie de volutes de tabac qu'on en distinguait à peine les murs. Ivo réincarna pour l'adolescent que j'étais, sans que j'en eusse conscience, *l'homme de lettres* disparu, mon aïeul Rodolphe. Son épouse Staša, liée à Milena Jesenska, traductrice tchèque et confidente de Kafka, fut une photographe de renom qui conserva par l'image les visages de ce monde volatilisé. Auteure de clichés fameux d'André Breton comme de Louis Aragon en 1937, de Šima ou de Hoffmeister, elle était une familière des grands auteurs de cette culture européenne engloutie. Ivo était intarissable pour narrer mille anecdotes sur cet univers évanoui que son soliloque ranimait. Je buvais ses paroles, fasciné, perdu dans l'abondance des détails car me manquait tout fil conducteur à son grand récit passablement décousu. Il prit sous son égide son auditeur si attentif, et me mit tant en confiance que je lui fis lire quelques méchantes rimes — il eut la gentillesse de ne pas totalement me décourager et même de me considérer comme un interlocuteur en la matière avec lequel échanger des lectures et rivaliser de citations.

Je me substituais ainsi à toi : tu prêtais une oreille distraite à la logorrhée de ton ami car tu étais devenu

« entrepreneur d'événementiel » à plein temps durant la semaine et, les week-ends d'automne, tandis que sonnaient faiblement au lointain les cloches de la basilique de Saint-Benoît-sur-Loire, si chère à Maurice Genevoix, pour appeler les fidèles à la messe dominicale, tu te relaxais en pratiquant la mycologie, ce rite savant de notre religion sylvestre ancestrale. Tu relisais tel un bréviaire les deux tomes des *Champignons de France* d'André Maublanc, volumes bleu-gris superbement illustrés, parus en 1927, lorsque Rodolphe et Milada échangeaient leur correspondance torrentueuse entre Simiane et Paris. Cet engouement atavique pour les fonges — ou mycètes — qui forment un étrange règne hybride entre le végétal et l'animal, auquel remontait peut-être notre lignée forestière à l'ère antédiluvienne, avait repris le pas sur le goût des lettres et des arts.

Pourtant tu fis paraître en 1976 un volume resté confidentiel de *Nouvelle poésie tchèque,* florilège que tu rassemblas et traduisis. La Librairie Saint-Germain-des-Prés, qui l'édita, insérait des pages de publicité entre deux sonnets afin de mettre la versification « à la portée de tous » les lecteurs de ces temps du plastique (le livre coûtait *un* franc, et la collection s'intitulait, pour cette raison, *Poésie 1*). Mais dès que tu faisais retour chaque week-end à ton apanage des bois, les agarics, les lépiotes, les psalliotes, les lactaires, les thallophytes, les vesses-de-loup, les cortinaires, les cèpes, les girolles et autres golmottes t'intoxiquaient tant que tu délaissais la métrique et la prosodie. Ainsi Ivo se trouvait contraint à m'élire comme son auditeur de prédilection. Il effectua de la sorte à mon insu la transition avec l'univers paléolithique de Rodolphe dont je ne connaissais que le profil de plâtre signé Otakar Španiel, le haut-de-forme siglé de ses initiales R. K., dans son étui de cuir bouilli, ainsi que son écritoire portable. Tu les avais remisés au fond d'un placard de ma chambre avec des livres en une langue qui m'était inintelligible, de la plume d'un certain Viktor Dyk.

D'Ivo Fleischmann, ce poème figure dans ta chrestomathie :

Le gel, vieux jardinier, m'offrit au lever
Un bouquet de fleurs givrées
Plaquées, fougères blanchies,
Sur ma vitre de mansarde transie.

Où cueillit-il ces fleurs antiques
Dessin de glace
Que vite efface
Le souffle humain calorifique ?

Peut-être un buisson inouï
Qui voulait porter leur fruit
Ou bien des baisers refusés
Déclaration d'amours égarées.

L'Exode

Durant l'infinie débandade qui vous mena jusqu'à Bordeaux en juin 1940, parmi des millions de civils tentant d'échapper dans le chaos à l'offensive allemande, le courrier ne circulait plus. Tu ne m'avais raconté que deux brèves anecdotes à propos de cet épisode dramatique. J'essayai de t'en faire dire davantage, dans une course contre la mort, pour récupérer quelques miettes de ta mémoire : tu ne comprenais plus mes questions, me fixant en silence, l'air hagard, la vacuité emplissant tes yeux verts. Je finis par établir que ton père, ta petite sœur et toi faisiez partie d'un cortège organisé par l'ambassadeur Osusky pour transférer le personnel de la légation tchécoslovaque au Royaume-Uni, dès que fut avérée la défaite de la France et signée sa capitulation.

Le 8 février 1940, ton père envoie à Mainssieux une carte-lettre à en-tête de La Coupole — 102, Boul. du Montparnasse, Paris — le sigle en est le nu féminin du *Déjeuner sur l'herbe* de Manet, posant auprès d'une palette et d'un pinceau. Adressée au domicile parisien du peintre à Montmartre, on l'a fait suivre à sa résidence lyonnaise. « Nous voilà à la seconde guerre depuis quelques mois. Je n'ai pas bougé de Paris et j'ai vécu ici, dans un calme relatif, ces semaines incertaines et vides. L'autre guerre, c'était beau. Maintenant on ne sait où l'on va », écrit-il à son ami. Cet étrange constat, que souligne le contraste avec le surprenant « l'autre guerre, c'était beau », témoigne sans doute aussi qu'il se sent désormais rejeté aux marges d'un monde au grand branle duquel il contribua jadis, depuis les traductions d'Apollinaire et l'exposition pragoise des Indépendants parisiens à la Belle Époque jusqu'au secrétariat de rédaction de *La Nation tchèque.*

Il lui communique ses horaires de travail à la légation, où il est venu prêter main-forte à l'ambassadeur

Osusky — ils évoquent davantage le dilettantisme d'un retraité que l'acharnement à la besogne, et ne figurent pas dans ses états de service. On apprend aussi que tu as fait un bref séjour à Châtellerault dans une famille qui t'a pris en pension pour y étudier, avant de retourner au lycée Montaigne. Rodolphe est allé visiter l'exposition de Mme Charmy, peintre pionnière des Années folles et compagne de Georges Bouche, son second témoin de mariage. Elle atteint alors le summum de sa notoriété. « Autrement, il y a si peu d'attractions où on peut se réfugier pour fuir la monotonie de la guerre », déplore-t-il.

Avec le temps qui passe — ton père fête son soixante-quatrième anniversaire le mois où il rédige ce courrier —, il semble de plus en plus désabusé. Le premier conflit mondial avait pour objet, vu de Bohême, l'accouchement de la Tchécoslovaquie aux forceps des traités; le second commence par son démembrement et sa mise sous tutelle nazie.

Pourtant Osusky a pris depuis Paris la résistance en main — d'autant que les accords de Munich sonnent le glas de son rival Beneš qui l'avait maintenu en France pour un exil doré, loin des centres pragois du pouvoir de la nouvelle république. Rodolphe s'est remémoré à cette occasion les avanies que lui avait infligées ce dernier en 1915 : « Il réunissait tous les arguments possibles contre moi. Et une fois, à l'automne, il m'avait reproché je ne sais quoi et dit hypocritement : "Chacun vous casse du sucre sur le dos, vraiment tout un chacun !" Les membres de la colonie venaient le voir pour me dénigrer, c'était pitoyable. Une fois, il est allé lui-même se plaindre de moi à Ernest Denis : ce dernier lui a rétorqué quelques mots bien sentis et il n'a plus recommencé. » Il ironise en comparant le sucre que Beneš lui avait cassé sur le dos à l'époque et celui que l'on casse désormais sur le sien, notant que « la vie est juste et redresse les torts tôt ou tard — malheureusement trop tardivement parfois... ».

Comme ton père, l'ambassadeur avait des comptes à régler avec son ministre, puis président. Et en conséquence des accords de Munich — auxquels tu résistas à ta manière en septième classe au lycée Montaigne en amochant des gamins gaulois capitulards grâce à tes biceps de bûcheron — le chef de l'État tchécoslovaque abdique et part en exil aux États-Unis le 5 octobre. Six mois plus tard, reniant sa signature sur le pacte, Hitler envahit ce qui reste de notre patrie originelle, la démantèle entre protectorat de Bohême-Moravie et république slovaque clérico-nazie. Rodolphe fera le récit de ce jour tragique dans son *Journal* londonien cinq ans plus tard. Rentrant à la maison en ta compagnie, il achète au métro Raspail *Paris-Midi* « qui contenait la terrible nouvelle que les Allemands nous avaient envahis. Je lui ai dit : "Milanek, les Boches t'ont pris ta patrie, nous n'avons plus d'État, nous ne sommes plus rien !" Le jeune garçon *[tu as dix ans]* a fondu en larmes. La France y était indifférente, comme s'il s'agissait de Dieu sait quelle banalité. Voilà ce qui s'est passé ce jour-là — un mercredi comme aujourd'hui ».

C'est à ce même métro au fronton Art nouveau, et également un mercredi, que tu achèteras le 21 août 1968 le journal annonçant que les Russes ont, à leur tour, envahi Prague, et mettras la une sous les yeux de cet autre *jeune garçon,* ton fils, âgé de treize ans. La scène advient deux mois après la signature de l'acte notarié d'acquisition de La Sauvagère dans l'étude de Saint-Benoît-sur-Loire : l'invasion soviétique avait mis fin à cet autre printemps 1968 — de Prague celui-ci — et renfoncé le pays de nos origines dans une hibernation qui durerait deux décennies. Je me souviens précisément du coup de tonnerre de ce jour de fin d'été dans notre petit appartement de Montparnasse au bail légué par Rodolphe, décédé dix ans plus tôt. Tu étais rentré en début d'après-midi, brandissant sans mot dire un exemplaire de *France-Soir*. On ne lisait jamais à la maison ce quotidien aux unes criardes — j'ai l'image, les soirs que tu passais au domicile familial, d'une enfance où ma mère et toi vous partagiez pieusement les pages du *Monde* — jusqu'à ce que ta haine des soixante-huitards te fasse basculer vers *Le Figaro*... tu étais désormais propriétaire terrien. Mais *France-Soir* sortait plus tôt dans l'après-midi que votre quotidien favori, et c'était la première occurrence imprimée de l'information fatale de ce 21 août, tu t'en étais emparé immédiatement au kiosque du métro Raspail et l'avais rapporté à l'appartement où l'on ne te voyait jamais revenir de si bonne heure. D'un geste dramatique (telle était la profession mentionnée sur tes pièces d'identité : « artiste dramatique ») tu avais lancé le journal sans un mot sur le guéridon du salon, et j'avais lu, yeux écarquillés par l'incompréhension, la titraille aux caractères énormes, luisants d'une encre grasse : « Les chars russes à Prague ».

Dans la foulée de l'invasion nazie, le Reich exige que lui soient dévolues les représentations tchécoslovaques à l'étranger. Osusky, Slovaque davantage proactif que les

Tchèques pleurards, proclame solennellement le 16 mars 1939, depuis l'avenue Charles-Floquet et en présence de toute sa chancellerie et ses conseillers dont ton père : « Je ne livrerai pas la légation aux Allemands. » En mai, il se rend à Neuville-Saint-Vaast, en visite au monument des volontaires de la légion Nazdar, puis à la mairie d'Arras où, devant les vétérans aux cheveux blancs de la Première Guerre mondiale, fanion au pied et poitrine couverte de médailles, il prononce un discours de combat sous les ors de l'hôtel de ville.

Pendant ce temps arrivent à Paris les Tchécoslovaques fuyant les rafles des nazis, parmi lesquels les artistes d'avant-garde qui ont flirté avec le communisme, à l'instar du caricaturiste Adolf Hoffmeister. Ils se réunissent à un jet de pierre de la rue Boissonade, dans un bâtiment à l'angle des rues Notre-Dame-des-Champs et de la Grande-Chaumière. Il abrite une « maison de la culture tchécoslovaque » très ancrée à gauche qu'Osusky (et ton père) voient d'un mauvais œil. En conséquence du pacte germano-soviétique, que signent le 23 août 1939 à Moscou von Ribbentrop et Molotov pour se partager la Pologne, les étrangers identifiés comme communistes sont arrêtés par la police de Daladier et incarcérés pour soupçon d'intelligence avec l'ennemi, à la suite de la déclaration de guerre de la France à l'Allemagne le 3 septembre. Le 26, le PCF est dissous.

Deux jours avant, Hoffmeister a été pour ces motifs emprisonné à la Santé. Il y croupit sept mois et y rédige un journal, que Gallimard publiera sous le titre *La Prison* en 1969, après l'invasion — soviétique cette fois — de son pays en août 1968 et la « normalisation » qui s'ensuit.

Rodolphe ne fait pas allusion à cette affaire : son animosité envers le communisme et tous ceux qui y adhéraient de près ou de loin l'a-t-elle obnubilée ? Par-delà les sympathies marxistes du proscrit promis à la mort s'il était demeuré dans son pays, l'absurdité de la situation n'est pas sans évoquer celle contre laquelle ton père s'était, par un éditorial du *Journal des débats*, élevé avec succès en 1914 pour empêcher l'internement des sujets tchèques de l'Empire austro-hongrois par suite de la déclaration de guerre de cette année-là. Quant à la détention du dessinateur et écrivain Hoffmeister, elle aurait pu lui évoquer le souvenir d'Apollinaire écroué dans cette même maison d'arrêt... Mais les temps ont changé, et les soucis d'un veuf chargé de famille, en situation précaire, l'ont replié sur lui-même en allégeance aux conservateurs tchécoslovaques qu'incarne Osusky. Rodolphe ne peut imaginer qu'il retrouvera Hoffmeister après la guerre comme son chef de poste, lorsque ce dernier sera nommé ambassadeur à Paris de 1948 à 1951... J'ai fait extraire en septembre 2021 des caves du magasin de l'éditeur un exemplaire de *La Prison* — sans doute ce volume n'avait-il pas vu l'air libre depuis un demi-siècle, la couverture un peu jaunie, les feuillets compressés que personne n'avait jamais ouverts exhalèrent quand je commençai à lire une odeur surette de renfermé. J'y ai retrouvé un écho du poème d'Ivo Fleischmann : « Les franges de verre des glaçons miroitaient dans une lumière matinale hardie. Les grilles étaient ourlées de givre, et sur les toits se tassait une neige fraîche et brillante. Les ailes lugubres de la prison, dans cette clarté soudaine, faisaient s'ouvrir grand les regards... »

Le 2 octobre 1939, Osusky signe, au nom du gouvernement provisoire et en qualité de ministre de Tchécoslovaquie à Paris, avec Édouard Daladier, président du Conseil et ministre des Affaires étrangères, le « Traité sur la reconstitution de l'armée tchécoslovaque en France ». Ce document diplomatique inhabituel fut paraphé par l'ambassadeur autoproclamé d'un État tchécoslovaque qui n'existait plus et par le chef d'un gouvernement français qui était la cause du désastre. Ce dernier disparaîtrait à son tour quelques mois plus tard avec la capitulation pétainiste le 22 juin 1940 à Rethondes dans le wagon de l'armistice du 11 novembre 1918 — fabriqué à l'ère austro-hongroise dans le faubourg pragois de Smichov... ironique retour de manivelle pour la trahison française à Munich.

Le 17 novembre 1939, le Comité national tchécoslovaque — instance de la résistance basée à Paris, en écho de celle qui s'y était constituée en 1915 — émit un ordre de mobilisation visant tous les citoyens aptes au combat. Ceux-ci étaient sommés de rejoindre la 1re Division formée à cet effet par deux régiments d'infanterie, à laquelle les autorités françaises affectèrent pour s'entraîner le camp d'Agde, sur le littoral méditerranéen. Sur cette « armée d'Osusky » comme on surnomma pareil amas de pauvres hères à l'armement, aux uniformes et aux brodequins hétéroclites, Jiři Mucha a livré un témoignage de première main. Rejoignant le casernement le 3 mars 1940, il reçut un pantalon bleu décoloré qui devait se fermer avec trois boutons, « mais ceux-ci avaient disparu depuis longtemps. Le manteau bleu foncé était un peu étroit et au-dessus de la poche gauche, un trou témoignait encore du passage de la balle qui, lors de la Première Guerre, avait tué son propriétaire d'origine… Il ne restait des molletières que des lambeaux étroits et effrangés… sur la tête on portait n'importe quoi, depuis le képi jusqu'au calot plus moderne ».

Ces pitoyables troupes furent engagées sur le front franco-allemand les 11 et 12 juin, au bord de la Loire, dérisoire barrière fluviale au blitzkrieg nazi accompagné des vols en piqué de stukas hurlants qui terrorisaient militaires comme civils au sol. Il en demeure une plaque mémorielle bilingue à la gare d'Agde qui rappelle que : « LES SOLDATS DE LA 1RE DIVISION TCHÉCOSLOVAQUE SONT REPARTIS LE 6 JUIN 1940 DE CETTE GARE AFIN DE COMBATTRE AUX CÔTÉS DE L'ARMÉE FRANÇAISE POUR LA LIBERTÉ DE LEURS PATRIES. »

On comptait 11405 hommes provenant, outre de France, de Pologne, de Hongrie, et même d'Égypte et du Levant — 1635 disparurent, dont 400 furent tués. Les survivants seraient embarqués dans les ports méditerranéens pour transfert en Angleterre d'où ils continueraient le combat contre le nazisme : vous les y rejoindriez en prenant part à l'Exode en mai et juin 1940 sur les routes du Sud.

À cet épisode tragique tu ne fis jamais que deux allusions. La première situait à Pauillac votre point d'embarquement — ce toponyme n'évoquait pour moi, quand tu le mentionnas, que son grand cru. J'ignorais que ce fût alors le port de Bordeaux, ultime mouillage en eaux profondes de l'estuaire de la Gironde, d'où partaient les paquebots pour l'Afrique coloniale. Je parvins trois quarts de siècle plus tard à m'imprégner de cette atmosphère, à la faveur d'un séjour chez un viticulteur auquel je m'étais lié d'amitié. À mon arrivée sur son domaine, il me gratifia de deux présents. En premier lieu, il avait rassemblé toutes les illustrations disponibles du môle en 1940 et fait reproduire celles-ci en grand format : on y voyait les voyageurs s'embarquer sur les navires prêts à appareiller pour fuir la France envahie. Je cherchai sans succès à y distinguer la silhouette fugace d'un enfant qui te ressemblât. Ensuite mon amphitryon ouvrit, selon la coutume bordelaise, des bouteilles extraordinaires, dont il fallait deviner le millésime — chacun datait de l'année de naissance d'un convive.

Il fit apporter un flacon de verre bleuté, caractéristique des pénuries de silice durant la Seconde Guerre mondiale. Son contenu s'était rétracté. Le bouchon ôté avec d'infinies précautions, fut servi un liquide de couleur café, que nous fûmes instruits de laisser décanter longuement dans notre calice. Puis il fallut absorber de l'eau claire, comme une lustration avant de consommer le sang du Christ, et *ultimo* nous bûmes : le miracle s'accomplirait à la condition de laisser reposer le vin quelque temps dans notre palais. J'avais le sentiment, lorsqu'il pénétra, insipide, inodore, dans ma bouche, qu'il était mort. Puis lentement, les effluves de sa résurrection commencèrent à imprégner mes papilles, se déployant en une allonge qui me parut un avant-goût de l'infini. Au signe de mon hôte, je déglutis. Il me questionna : « Avez-vous identifié ce millésime ? La persistance aromatique est d'une trentaine de caudalies. C'est exceptionnel. » À mon silence interrogatif, il répondit : « Votre père en a vu les vignes en fleur — lorsqu'il a embarqué ici au mois de juin 1940. »

Ta seconde allusion à l'Exode concerne votre arrivée au Maroc, où le bateau nolisé par l'ambassadeur fit escale. En effet, celui-ci avait obtenu du gouvernement français ou de ce qu'il en restait l'évacuation de son personnel, mais sur deux vaisseaux différents. Avec Mme Osuska et la plupart des membres de la légation, vous avez pris place à bord du *Condé*, un croiseur cuirassé vétuste du début du siècle, qui avait connu son heure de gloire lorsqu'il transporta le président Raymond Poincaré pour un voyage officiel à Saint-Pétersbourg à la fin juillet 1914, juste avant la déclaration de guerre, pour conforter l'alliance de la France avec le tsar Nicolas II. Il ne servait plus que de navire d'exercice. On entassa sur ce rafiot de secours ceux qui devaient quitter la France le 19 juin 1940, au lendemain de l'appel du général de Gaulle depuis Londres. Le capitaine, pétainiste, refusa en conséquence de voguer vers l'Angleterre, et mit le cap sur Casablanca. Ton père avait conservé de son séjour en Algérie et Tunisie en 1924 une impression marquante, renforcée par sa visite de l'exposition coloniale de 1931, où il fit l'acquisition de babouches marocaines et où il s'accoutuma à boire le caoua. Il voulut que ses enfants « foulent la terre d'Afrique » à leur tour. Peut-être souhaitait-il prolonger ainsi la pédagogie encyclopédique qui te permettrait, comme il te l'écrivit dans sa carte de mai 1931, que « tu te sentes partout chez toi, pour que tu croisses et mûrisses dans l'amour de ces pays étrangers, afin de t'y rendre habité par l'appétit de tout connaître des mondes lointains ». Ou son commerce avec Mainssieux, qui l'avait invité jadis dans sa maison au Maroc, lui donna-t-il l'appétence de tenter ce débarquement, curieux des femmes et des paysages figurés sur les tableaux de son ami ?

La police pétainiste du protectorat fut indifférente à ces arguments imaginaires — et à tous autres. Il vous fut signifié que le débarquement vous était interdit, car vous aviez désormais le statut infamant d'apatrides — vous dont les concitoyens enrégimentés au camp d'Agde venaient de verser le sang pour cette France parjure, ingrate, avilie. L'anéantissement de votre nation initié par le reniement de Daladier aboutissait, devant la passerelle débouchant sur cette terre d'Afrique, à la dénégation de votre identité, à votre réduction à rien — oblitérant d'un coup de tampon le demi-siècle de francophilie passionnée qui agença l'existence de Rodolphe. Il vous fallut faire route pour Gibraltar. Là un convoi britannique arrivant des Indes, escorté par des vaisseaux de guerre, vous accueillit à son bord et rejoignit le Royaume-Uni par la mer d'Irlande — où les sous-marins allemands ne s'aventuraient pas encore. Quant à l'ambassadeur Osusky, il avait pris place le 21 juin sur le torpilleur *Forbin*, un navire moderne dont le capitaine gaulliste gagna le Royaume-Uni directement.

« Journal du Blitz »

Le lustre vécu en Angleterre entre les étés 1940 et 1945 représente pour la famille, contrainte à s'y disperser, une épreuve décisive. Rodolphe, réfugié à Londres sous les bombardements aériens incessants des nazis, tient irrégulièrement un journal de noirceur extrême entre les descentes nocturnes aux abris dès que retentissent les sirènes et une activité diurne de chineur compulsif entrecoupée par des bouffées d'intense piété. Il ne manque ni la messe dominicale ni celle des fêtes du calendrier catholique à *Oratory*, temple du Cœur-Immaculé-de-Marie auprès de laquelle il va chercher consolation à ses déboires personnels et protection divine contre la mort qui s'abat quotidiennement depuis les cieux étoilés. L'église se situe non loin de chez lui : il réside à Bramham Gardens, dans un petit appartement donnant sur un jardin planté de platanes du quartier de South Kensington, prisé des Français. Il souffre d'une vie sociale fort réduite, scandée par quelques passages au bureau du Conseil national tchèque, où Beneš reprend la main sur Osusky qu'il en expulse en 1942, grâce au soutien des communistes et de Staline. Quant à toi, inscrit au lycée français dès la rentrée de 1940, tu en deviens pensionnaire dans le district des lacs où celui-ci est délocalisé, non loin du mur d'Hadrien qui marque la frontière entre Angleterre et Écosse, pour échapper tant aux déluges de feu hitlériens qu'à l'autorité paternelle. Ta rébellion s'exprime au travers de lettres superficielles dont mon aïeul déplore la brièveté comme la rareté, et tes quelques visites dans la capitale alternent entre la joie des retrouvailles et une acrimonie mutuelle qui s'accroît avec ton entrée dans l'adolescence — tu fêtes tes treize ans en janvier 1941 : il te juge grossier, négligé, lamente le passé où tu déployais tant de qualités dont il t'avait transmis le legs. En revanche ta sœur cadette Jarmila, qu'il est contraint de placer en mars dans un couvent catholique du Hertfordshire, à une trentaine de miles au nord de Londres, trouve grâce à ses yeux : les visites dominicales à cette petite fille qui célébrera son dixième anniversaire en 1945 sont le principal rayon d'espoir qui éclaire cinq années hantées par le sentiment de la déchéance et de l'abandon.

Ainsi s'égrènent lentement des jours sans autre perspective que la survie aléatoire jusqu'au lendemain — Rodolphe tue le temps à défaut que le temps lui-même ne le tue. Le samedi 15 février 1941, tandis que ta sœur se trouve encore auprès de lui à Londres, il se rend à un concert de son cher Antonin Dvořak, puis à 22 h 45, alors qu'il commence à se dévêtir afin de dormir, la sirène retentit. Il se rhabille pour le bombardement, laisse la lumière seulement dans la salle de bains. « J'avais chaud et j'étais tellement somnolent, que je ne savais pas si le *all clear* avait été annoncé ou pas. Enfin je l'ai entendu à 3 h 45. Je me suis déshabillé de nouveau et couché, mais je me sentais mal. Mon cœur battait la chamade et ma respiration était difficile, je souffrais de migraine et j'ignorais ce que cela pouvait signifier. Comme si je ressentais la fin de ma vie. Cela m'a effrayé, j'étais très angoissé à l'idée que ce pût annoncer l'arrivée de ma mort. » C'est cette scène, évoquant la nuit d'effroi subie en 1931 à Chambéry, qui décidera ton père à la fin du mois suivant à confier sa fille à une institution religieuse, pour la prémunir des bombardements et également afin d'anticiper le pire au cas où lui-même viendrait à trépasser : « J'ai voulu me lever pour écrire à Milanek afin de dire adieu aux enfants. Et la plus grande épouvante s'est emparée de moi quand j'ai aperçu Jarmila qui dormait paisiblement.

Qu'en sera-t-il d'elle, que se passera-t-il quand elle se réveillera et qu'elle me retrouvera de glace ? Quelles horreurs devra subir cette enfant et quelle sera la suite ? J'ai posé une compresse sur mon cœur et ça m'a un peu soulagé... »

Entre-temps, adviennent l'anniversaire de Rodolphe le 21 février, celui de Jarmila le 19 mars et, ce même jour, la Saint-Joseph, la fête de son défunt père. Ces trois commémorations sont l'occasion de se raccrocher à ce que fut une vie normale avant la catastrophe quotidienne de la guerre, voire de magnifier en rétrospective le passé et de déplorer de n'avoir pas su profiter à plein de la vie d'antan. Il note qu'il est né le même jour que le grand poète Svatopluk Čech, matière à évoquer sa propre vocation inaboutie : « Je sentais autrefois que j'étais de même destiné à être poète. J'écrivais des vers dans ma jeunesse, ils sont dans des cahiers quelque part, et même si je n'en rédigeai plus par la suite je suis demeuré tel toute ma vie et celle-ci est une sorte de poème. J'étais un homme heureux. » Cette félicité a pris fin et des enjeux bien plus prosaïques ont submergé son existence : « Aujourd'hui j'ai soixante-cinq ans, un âge où tout prend fin — mais j'ai obligation de vivre comme si j'en avais trente-cinq, puisque j'ai des enfants. Vais-je tenir jusqu'au prochain anniversaire ? Il m'est affreux de penser que Milanek et Jarmila seraient seuls ici, que des mains étrangères les mèneraient sur d'autres chemins que ceux sur lesquels je les conduis. » Dans ces circonstances particulières, il s'irrite que tu oublies de lui souhaiter cette fête, t'écrit que tu as été très mal attentionné envers lui durant l'été, qu'il y a eu d'horribles scènes avec toi, et que tu ne l'as pas épargné.

La nuit du 18 au 19 mars, à la veille de l'anniversaire de Jarmila, Londres subit le plus violent bombardement depuis l'entrée en guerre, le 3 septembre 1939. « Avec l'obscurité se sont déchaînées sur nous de bien plus grandes calamités que d'habitude. Des centaines d'avions volaient incessamment et les canons de la DCA s'affairaient contre eux de toute leur force... c'était atroce à entendre, il y avait un immense incendie et on pouvait sentir l'odeur de brûlé jusque chez nous. » Ils descendent au rez-de-chaussée se mettre à l'abri, tandis que les déflagrations font trembler les immeubles à l'entour. Par contraste, en bas, les discussions sont insouciantes comme s'il n'y avait aucun danger. Jarmila parle, rit, chante en anglais, français et tchèque, danse, s'amuse comme elle peut. « Je suis sorti à plusieurs reprises pour voir les dégâts. Le *all clear* a dû arriver vers 2 h 30 du matin. »

À ce récit du présent insupportable, ton père juxtapose l'évocation du passé lors des 19 mars de son enfance à Nadějkov, « fête de papa et jour mémorable » célébré avec la famille, les domestiques et les gardes-chasse qui venaient présenter leurs félicitations à leur capitaine... « Quand j'étais étudiant j'envoyais mes vœux en vers, ordinairement un sonnet », se remémore-t-il en évoquant cette « frairie printanière dont je revis des variantes depuis un demi-siècle, mais jamais plus avec ce charme de mon enfance dans notre merveilleuse demeure ». Il se rappelle comment il se tenait dans le chœur à l'église du village lorsque l'on y chantait, tandis que l'abbé Ployhar disait la messe : « Ma chère maison forestière ! J'aimerais tant y retourner, y finir mes jours ! »

Ainsi livré à sa solitude, ton père — qui garde ses distances avec le milieu des exilés tchèques d'autant plus décevant que Beneš reprend graduellement son emprise — s'engage frénétiquement dans la fréquentation des nombreuses salles de vente qui écoulent pour des sommes dérisoires vêtements, mobilier, argenterie, œuvres d'art et autres objets retrouvés dans les ruines des bâtiments bombardés ou liquidés par leurs propriétaires impécunieux afin de survivre. Le chineur passionné des puces de Saint-Ouen ou des bouquinistes des quais de Seine s'est mué en une sorte d'organisme saprophyte dont la nourriture quotidienne provient de la décomposition des patrimoines ruinés lors des bombardements. Il y consacre l'essentiel d'un pécule, versé par le Conseil national tchèque en exil, modeste mais dont la régularité lui permet de végéter tout en se projetant dans un avenir imaginaire d'après-guerre où il revendrait avec profit ce qu'il a acquis à bas coût. Pour un objet qui l'intéresse, il lui faut d'ordinaire acquérir un lot entier de bimbeloterie et de camelote qu'il rapportera à Paris dans d'immenses malles de toile et d'osier à l'été 1945. Tu mettras des dizaines d'années à liquider ce bric-à-brac, dérisoire butin de guerre, après son décès — les dernières valises finiront dans les combles de La Sauvagère jusqu'à ce que, envahies par les souris, il nous faille les brûler en plein air pour parer à la prolifération des rongeurs, purifiant par les flammes cet épisode accablant de notre destinée. Il se rend un jour à des enchères à Gloucester Road, où il voit un paysage de Rouen qui l'attire beaucoup. Les prix sont bas et pour aller plus vite est joint à celui-ci le suivant de liste, *Bétail* de Paulus Potter : « Ça commençait à 5 shillings, un prix ridicule, et idiot que je suis, j'ai arrêté à 24 : le bonhomme qui enchérissait contre moi l'a eu pour 26. Lorsque j'ai de nouveau examiné la toile ainsi que celle de Potter, j'étais désespéré. J'aurais pu monter à 3 £. Elle était d'une beauté magique, merveilleusement peinte, j'en aurais obtenu 2000 F au musée à Rouen — et quelle satisfaction cela eût été ! Je tournais en rond comme si on m'avait frappé la tête à coups de gourdin : quelle immense niaiserie ! »

J'ignore quelle représentation de la capitale normande a nourri puis contrarié ce désir chimérique — en 1934 ton père t'avait envoyé une de ses cartes postales édifiantes depuis cette ville où il méditait avec son ami de jeunesse le peintre František Šimon devant le frontispice de la cathédrale magnifiée par Claude Monet. Cela lui est-il revenu en mémoire dans Londres dévastée, souvenir heureux du temps jadis, rêve improbable de retraverser la Manche, mât où s'arrimer au cœur de la tempête ? Quant au maître animalier et baroque flamand Paulus Potter, qu'il considère avec un peu de dédain, tout empreint qu'il est du paysage français comme incarnation par excellence du sublime, mais qu'Eugène Fromentin avait louangé dans ses *Maîtres d'autrefois,* parus l'année de la naissance de Rodolphe, il est exposé dans les plus grands musées d'Europe...

Il suit l'activité panslave, comme il l'avait fait avant la Première Guerre mondiale, lorsqu'il consacra en 1913 ses chroniques politiques parisiennes dans la presse tchèque à la question des Balkans. Le 27 mars il se réjouit que le régent philo-nazi de Yougoslavie, le prince Paul, ait été renversé par un coup d'État : « C'est une grande joie, un tournant majeur dans la guerre » — sans anticiper que, quelques jours plus tard, la conséquence en sera le déferlement de la Wehrmacht sur ce pays et la Grèce. Il déplore que le Conseil national tchèque soit incapable de faire de la politique extérieure : « Nous avons créé ici une édition de poche de la République. C'est misérable ! » Et d'en conclure : « Dans ces moments-là, il semble que tout est prêt à s'effondrer. Il serait mieux que je ne lise pas les journaux. C'est désespérant. » Pourtant dès le lendemain, il change d'avis : il trouve excellent le quotidien en langue allemande publié par les opposants au nazisme installés à Londres, *Die Zeitung*, tout juste paru dans le même format que *France* — journal de l'Association des Français de Grande-Bretagne et coûtant un penny — dont ton père est lecteur assidu, ce qui lui permet de maintenir le lien avec l'Hexagone. Et ce même jour, prenant le métro à la station Earl's Court, il y achète l'*Evening Standard*, qui relate le dernier discours de Churchill, remerciant l'Amérique pour la loi du prêt-bail autorisant le président des États-Unis à fournir du matériel de guerre aux ennemis de l'axe. « C'était un très beau speech ! » se réjouit-il.

Le 9 avril 1941, vous êtes tous les trois réunis à Londres pour les vacances de Pâques. Rodolphe est allé t'acheter un uniforme scout pour te permettre de t'adonner à cette activité dans les monts du Cumberland. Ton camarade de lycée Christopher Thiery, qui m'incitera à te raconter à l'article de ta mort mon ultime pèlerinage à Ullswater, m'écrivit en effet que le scoutisme jouait un grand rôle dans vos vies, et que le censeur avait eu la bonne idée de former une troupe laïque unifiée, les Éclaireurs de France : « Tous les garçons faisaient chaque jour quatre fois la route à pied de leur internat à Waterfoot jusqu'aux salles de cours à Rampstead, avec la pluie et le vent dans le nez... L'atmosphère était bonne : l'intendant nous faisait chanter les hymnes nationaux de tous les pays alliés ! » L'album édité pour le centenaire de l'établissement, *Le Lycée français Charles de Gaulle à Londres, 1915-2015*, consacre plusieurs pages à l'« évacuation dans le Cumberland ». Sur 176 élèves, on comptait deux Tchèques — j'ignore qui était l'autre. Des photos représentent les éclaireurs en randonnée, elles sont trop imprécises pour que je puisse t'y identifier...

En hiver 2013, nous étions partis avec ta petite-fille à la découverte de Waterfoot. L'ancienne maison de maître autrefois louée pour accueillir les élèves servait désormais de *service center* à un camp de *mobile homes* dont les unités verdâtres étaient disposées alentour, chancre moderne défigurant le paysage féerique du district des lacs. Mais tout était déserté, car les vacanciers ne l'occupent qu'à la saison estivale. Nous avons pu visiter les locaux, la salle à manger où tu devais prendre ton *breakfast* de ces années de disette à base de porridge au lait dilué dans 50 % d'eau, accompagné de compote de pommes et poires, et pour le dîner une soupe de légumes avec deux tranches de pain. Nous avons traversé le salon de whist et de Scrabble où tu faisais tes devoirs pendant les deux heures d'étude interrompues par le repas du soir avant de lire les pièces du théâtre français qui te consolaient de ton exil de pensionnaire, monté l'escalier que tu gravissais pour te rendre à ta chambre. Je me suis demandé quelle était la tienne, de ces pièces aux volets clos où s'entassaient les meubles de jardin qui seraient disposés dehors à la belle saison pour les estivants ? Nous sommes sortis du bâtiment et je t'ai téléphoné depuis le parc à l'anglaise envahi d'herbes folles.

Ta maladie avait atteint ce stade de bascule déconcertant et paradoxal où la mémoire récente s'efface alors que les souvenirs les plus anciennement enfouis remontent à la surface et y émergent avec une acuité extraordinaire avant que toute réminiscence ne disparaisse — telle une ampoule électrique qui brille d'un éclat éblouissant avant de griller. Tu avais oublié que je t'avais annoncé deux jours auparavant quitter Paris pour le Royaume-Uni, dont nous avions ensemble regardé les cartes détaillées, tu prononçais ces noms de lieux autrefois familiers avec ravissement... Tu me demandas si nous dînions ensemble le soir, mais ne t'étonnas point outre mesure d'apprendre que je t'appelais depuis ton internat des années de la guerre. À ma question sur la localisation de ta chambrée, tu répondis dans l'instant qu'il s'agissait de la deuxième fenêtre à droite et, trois quarts de siècle après ce séjour d'adolescent, tu décrivis précisément le lieu où je me trouvais, et qui n'avait guère changé : les arbres avaient poussé, et l'herbe était moins régulièrement tondue qu'autrefois. Je t'informai que j'avais découvert à cet instant l'origine de ta phobie alimentaire pour le lapin — qui avait constitué *ad nauseam* ton apport principal en protéines durant tes cinq années passées ici —, sans doute la seule nourriture que, pourtant rejeton d'une lignée de sangliers omnivores, tu tins en une aversion absolue tout le reste de ta vie. Je n'eus pas besoin de te signaler que ce rongeur avait surgi de tous côtés, bondissant durant notre conversation à un rythme irrépressible comme dans un cauchemar. Tu me rétorquas d'un ton enjoué : « N'est-ce pas ! Tu vois ? C'est incroyable, il en sort de partout, des garennes qui gambadent et qui sautillent — ah ça on peut dire que j'en ai soupé ! » — avant de me réitérer l'invitation à partager ton repas du soir.

Telle était ta résidence principale des cinq années de guerre passées en Angleterre, d'où ton père vint te chercher sur le quai de la gare pour les vacances pascales. Le train arriva après douze heures de voyage harassant, multipliant les retards pour laisser passer les convois militaires : « J'ai soudain vu mon garçon courir dans son vieux pardessus qui lui est trop petit et avec un béret tellement penché qu'il lui tenait à peine sur la tête. Je l'ai attrapé et l'eus de nouveau pour moi !... Arrivés à la maison, Milan montait rapidement les marches pour rejoindre Jarmilka qui l'a saisi par la tête et l'a étreint, elle s'est tout de suite mise à lui narrer mille anecdotes ! » Rodolphe lui fait un thé, il dévore les beignets, puis raconte aussi toute sa vie... L'alarme retentit, suivie peu après du *all clear*, la nuit est relativement calme et la famille réunie s'endort paisiblement.

Le 17 avril, ton père se réfère à une nouvelle célébration qui contraste avec le présent : sa propre fête, la Saint-Rudolf. Mais ni ta sœur ni toi n'avez eu idée de la lui souhaiter — tant le bombardement de la nuit fut traumatique, un nombre incalculable de bombes éclatant de toutes parts. Des incendies illuminaient la ville, il n'y avait encore jamais eu tant d'avions qui, par vagues, revenaient sans cesse. C'était une nuit claire, étoilée, et au matin la lune s'est ajoutée à cela pour faciliter le saccage allemand de Londres, note ton père qui te voit observer et écouter, terrifié, et se reproche de t'avoir invité à venir. Vous êtes restés toute la nuit dans sa chambre, prêts à vous en remettre au destin : « Nous étions convaincus que le Bon Dieu nous protégerait, mais ce furent des moments difficiles où la destruction était si proche, au-dessus et autour de nous. Cette présence du danger nous a soudés comme les moments de joie, mais là c'était par peur et la possibilité d'une fin imminente. »

Une douzaine de jours plus tard, ton père t'amène à un portemanteau au siège de la Croix-Rouge tchécoslovaque pour te rhabiller, car des vêtements de récupération y ont été livrés. Tu y as reçu deux pull-overs, trois collants, deux chemises sport — il y avait aussi une pèlerine pour ta sœur qui n'avait plus rien à se mettre sur le dos. En sortant, chargés de ces pauvres baluchons, vous tombez inopinément sur Mme Beneš, l'épouse du président de la République en exil, qui vient exercer là sa mission caritative : « Elle nous a immédiatement arrêtés, elle était très aimable et avenante. Elle n'en est pas revenue que Milan ait autant grandi, et elle lui a demandé s'il se souvenait de ces jours où ils avaient fait du ski ensemble à La Clusaz... »

Le contraste n'aurait pu être plus poignant entre la station alpine huppée où tu avais accompagné sur les pistes ta jeune mère si sportive à l'hiver 1933 lorsque vous viviez dans l'aisance à Genève et le décrochez-moi-ça londonien tapi dans un *basement* d'où tu émerges huit ans plus tard avec ton vieux père, nippé de fripes pour affronter les frimas des Marches écossaises.

Le 22 mai suivant, la Sainte-Julie permet d'oublier l'atrocité du présent en se replongeant au temps jadis : « Aujourd'hui, c'est la fête de maman. J'en revois tant de tableaux. Je me la rappelle se rendant ce matin-là à l'église, les oiseaux chantent, c'est le printemps. Elle va prier pour moi aussi. Où sont-elles, ces magnifiques et insouciantes années ? Et maintenant, Jarmilka [Juliette] en est la continuatrice. Quelle période ! Presque un siècle sépare l'enfance de ma mère de celle de ma fille ! » Rodolphe sort, il fait beau temps, et se rend à Oratory, « afin d'y implorer le Bon Dieu pour toutes deux ». Il y a une grand-messe chantée, car c'est également cette année l'Ascension. Heureux, il s'assied à son banc, reste jusqu'à la fin de l'office, puis se recueille et allume un cierge sur l'autel de la Vierge.

Prolongeant cette célébration du passé, Londres fête dans la liesse populaire, cinq jours plus tard, la première bonne nouvelle de la guerre : le *Bismarck*, principal vaisseau allemand, navire le plus moderne de son époque, a été coulé au large des côtes françaises sur ordre express de Churchill. Ce cuirassé lourd de 42 000 tonnes, terreur des convois de ravitaillement se risquant d'Amérique en Angleterre, avait envoyé par le fond le *Hood*, orgueil de l'Amirauté britannique.

Sans que Rodolphe le sût, pendant ce temps, la machinerie nazie l'a repéré en Angleterre : ses états de service font mention d'une note du 19 juin 1942 qui le déclare « coupable de séjour à l'étranger en pays hostile et à ce titre ennemi du Reich ». Il est condamné *in absentia* à « la perte de tous droits découlant des emplois ainsi qu'à toute rémunération » par un arrêté revêtu du sceau bilingue en tchèque et allemand du « Protectorat de Bohême-Moravie ». C'est un reflet de son inscription sur *L'Album des traîtres* austro-hongrois pendant la Première Guerre, et la préfiguration de ce que lui infligera l'ère communiste.

Le journal de ton père égrène en un rosaire infini félicités d'hier et affres d'aujourd'hui, jusqu'à ce que le printemps 1944 soit l'annonciation de la victoire future sur le nazisme. Mais si la délivrance se profile, les ultimes stations du calvaire sont d'autant plus éprouvantes pour Rodolphe que la résurrection sera soumise au jugement dernier des alliés : la Tchécoslovaquie figure au rang des réprouvés, promise à l'enfer soviétique depuis la conférence de Téhéran de décembre 1943 — qu'entérinera le pacte de Moscou entre le Vieux Lion de Downing Street et le Satan du Kremlin en octobre suivant. Comment ton père et ses enfants peuvent-ils croire en un lendemain meilleur, quand Rodolphe ignore tout du devenir de son appartement de Montparnasse ? Et malgré le débarquement en Normandie, les bombardements sur Londres ne cesseront que plusieurs mois plus tard, mêlant la présence immédiate du danger à l'anxiété du futur proche.

Le 6 mars, mon aïeul, tandis que sa santé décline, qu'un médecin a décelé de l'hypertension, confie au journal son cafard : « Je n'ai pas prononcé un seul mot de la journée. C'est dur d'être si seul et de m'évader dans mes rêves et mes espoirs vains, ratiociner des aventures du passé qui furent si belles au moment de les vivre et qui le demeurent dans mon souvenir, ici à Londres, barricadé à perte de vue dans un bric-à-brac de maisons laides, dépourvues de goût... J'ai l'impression d'une captivité sans issue, quels sombres jours ! » Il achète aux enchères *Résurrection* de Tolstoï dans une traduction française pour ta bibliothèque russe, et se met à relire avidement ce roman dont il avait tout oublié, projetant dans le présent le récit : « L'horreur de la déportation des condamnés par le tsarisme semble légère au regard de ce que nous vivons aujourd'hui. Je m'échappe en souvenir à Paris : quelle vie y avait-il ! Aujourd'hui, tout est ruines. Que sera-t-il possible de revoir, et quand, de cette dévastation de la pauvre France ? »

Dix jours plus tard, il est convoqué à une réunion du Conseil national tchèque autour de Beneš. Pour une fois, les bisbilles entre exilés ont été mises sous le boisseau, le rôle du chef de l'État a été conforté afin de présenter un front uni aux alliés dans le but de « rétablir notre République dans la situation politique et militaire actuelle ». Le réalisme commandant d'entamer des négociations avec Staline, le président a demandé avec insistance que soit décidé qui se rendra en Russie à cette fin.

Le 19 mars revient la double célébration de l'anniversaire de Jarmila et de la Saint-Joseph. Ta sœur a désormais neuf ans et ton père se met en frais pour lui offrir des fleurs et des cadeaux. Il court partout acheter les présents durant la matinée, prend ensuite le train, va la chercher au couvent et l'emmène en promenade : il fait de cette journée un récit enjoué qui contraste avec son habituelle mélancolie. Une voisine lui a offert des gants pour Jarmila, ainsi qu'une pomme et une orange. Il se précipite à Notting Hill Gate chez le fleuriste, où l'on vend du muguet, et bien que quelques brins — il y en a cinq — coûtassent douze shillings et six pence, il les achète, puis fait les sacs. Une jeune fille de la maison a offert une petite machine à coudre pour enfant, de marque Singer. Il la met dans une grande sacoche « avec les roses et les bougies, la pomme et l'orange, un œuf dans une petite boîte, des bonbons en sachet, des feuillets de prières, les gants, et par-dessus le muguet. Dans le petit cartable j'ai glissé deux bouteilles de *grapefruit squash,* les gâteaux pour le goûter et mes livres pour le voyage. Ce n'était pas facile à porter... J'ai couru au couvent, des bagages plein les bras ». La tourière lui ouvre puis sa fille accourt. Il la trouve amaigrie et la religieuse l'informe qu'elle a des éruptions sur les mains et les jambes ainsi que des croûtes — elle pense que cela vient des moustiques car désormais la petite jardine. Il commence à déballer les cadeaux. « D'abord j'ai offert le muguet, Jarmila était rayonnante et la sœur épatée ! Puis quand est apparue la machine à coudre, celle-ci n'en revenait pas, elle est allée chercher du fil et l'a monté : il a été décidé que je la laisserais au couvent et que les nonnes lui apprendraient la couture. » Ils partent ensuite se promener et boire un thé : mais il a l'impression qu'elle n'est pas dans son état normal, elle n'a guère d'appétit et se montre moins facétieuse que d'habitude... « Hélas le moment du départ survint. Nous nous sommes dit "au revoir !", je lui ai fait un signe de croix et elle m'en a fait un autre en retour. J'ai quitté cet après-midi idyllique pour un morne train jusqu'à la gare de Londres-Holborn, il y avait des foules, je me fondais dans cette masse humaine alors que mes pensées allaient vers Jarmila qui a neuf ans, et m'a demandé : "Quand j'aurai dix ans, je pourrai encore venir dans ton lit?" Elle a si peu profité de ces câlins; je me suis retrouvé à la maison, où je n'avais personne à qui faire part de mes joies. »

Le lendemain, ton père inaugure la Saint-Joseph par l'office à Oratory. On y chante la messe de Gounod *Aux orphéonistes*, sa préférée, les prêtres portent des ornements sacerdotaux d'un splendide rose — comme pour la mi-carême de 1927, lorsqu'il vécut avec Milada leur passion d'Avignon. Mais il ne pense plus qu'à l'avenir de ta sœur et au tien : « J'étais empli d'une grande joie et je joignais mes deux enfants à cet instant de piété dans chacune de mes pensées. Après la célébration, je suis encore allé prier sous l'autel de la Vierge Marie. » L'après-midi, il a convié pour le thé quelques rares amis. Il repasse pour cette grande occasion les rideaux qu'il a préalablement lavés. Seuls trois d'entre ses connaissances honorent son invitation, en retardataires, dont Jindřich Nosek. De vingt ans le cadet de ton père, ce diplomate a été en charge de la SDN depuis Prague, puis en poste à Paris de 1933 à l'Exode, auquel ils ont participé ensemble sous l'égide de l'ambassadeur Osusky. À Londres, il est directeur politique du ministère des Affaires étrangères du gouvernement en exil. Il vient avec son épouse « absorbée dans ses marottes, peu loquace ». Elle se plonge dans un recueil de critiques sur les auteurs français les plus modernes trouvé sur le divan. Puis arrive une autre amie, pimpante et coiffée d'une mise en plis pour une invitation ultérieure à dîner : elle crée de l'ambiance, et Mme Nosek sort de sa morosité : « On se met à parler de Paris dont elle est une connaisseuse et une *gourmande* [en français dans le texte]. »

Les manœuvres pour l'après-guerre se préparent : la plénière du Conseil national tchèque élit la délégation qui se rendra en Union soviétique, dans l'espoir de modérer les appétits de l'ours moscovite. Les divers partis s'affrontent, avec les agents de Staline aux aguets, qui voient en Beneš leur idiot utile. Les discours grandiloquents masquent mal les ambitions politiques de chaque camp : « Tout cela est un complot honteux de divers escrocs. Il n'était pas question d'unité nationale mais seulement que deux partis dussent s'entre-déchirer le plus possible. C'était un spectacle abject. » Ton père quitte la réunion en fin de matinée et, dégoûté, s'abstient d'y retourner l'après-midi.

Malgré le débarquement des alliés en Normandie le 6 juin, les espoirs de la population anglaise sont douchés le 22 par une campagne de bombardements allemande inhabituelle ravageant Londres et le sud du pays par un missile inédit, le V1, que Rodolphe dépeint comme un aéroplane sans pilote, une bombe lancée pour voler avec une vitesse d'environ 500 km/h, hululant comme un hibou et sifflant comme un serpent, jusqu'à ce que le moteur s'arrête et que l'avion tombe et explose. Le poids est de plusieurs tonnes, les explosifs sont d'une puissance considérable. Il décrit le blast sur la route de Hyde Park Corner au palais de Buckingham via Green Park, détruite dans un rayon énorme, l'ensemble des platanes ont perdu leurs feuilles et sont nus comme en hiver. Comme il ne s'écoule que quelques minutes entre le *warning*, les sirènes et l'arrivée de l'engin, il est difficile de se réfugier aux abris. Tout le monde est sur les nerfs, les gens ébranlés comme jamais. « La DCA anglaise semble prise en défaut. À quoi servent les bombardements ostentatoires sur Berlin s'il s'avère impossible de supprimer notre danger de proximité ? »

Le 20 octobre 1944, tandis que la campagne de France bat son plein mais que les exilés n'ont pas encore le droit de revenir afin de ne pas gêner les opérations militaires, ton père écrit à sa fille, âgée de neuf ans et demi, une missive sur le modèle des cartes postales édifiantes qu'il t'adressait dans les années 1930 — pour l'Histoire — et sans qu'elle pût véritablement, sinon la déchiffrer, du moins la comprendre. « Qui sait si tu liras un jour ces lignes, et auquel cas, qui seras-tu à ce moment-là et où serai-je ? » Le climat de Londres est maussade, pluvieux, venteux, un « automne méchant » propre à une résurgence de spleen slave. Le peuplier devant la fenêtre à Bramham Gardens a jauni, puis le feuillage est tombé, jonchant le sol et empêchant d'en apercevoir l'herbe, l'arbre se retrouve dépouillé et Rodolphe en observe la dernière feuille sur la branche principale : « De temps en temps je jette un coup d'œil pour voir si elle y est encore, sa vie ne tient plus qu'à un fil, elle pourrait disparaître avant que j'achève de rédiger cette ligne. » Cette ultime feuille sur le point de se détacher figure le destin de Rodolphe sous la menace létale des fusées V2, successeurs plus redoutables encore des V1, qui ont accru la pression sur les Londoniens. Elle annonce aussi la disparition d'une autre feuille, de papier celle-ci, ce même matin du 20 octobre : « Aujourd'hui, *France*, ce quotidien, mon pain quotidien, ne paraît plus. Je regrette de ne plus pouvoir entrer en relations avec le monde grâce à lui. » Depuis le 25 août 1940 jusqu'au 19 octobre 1944, chaque jour sauf le dimanche, ce journal était le premier à lui tenir compagnie le matin. D'abord il allait le chercher, ensuite il lui fut livré à domicile : « À présent, *France* sortira le vendredi sur douze pages. Ce sera au moins quelque chose, mais tout sera différent, une autre *France*... qui restera éternellement ma France. »

Les journaux de la Résistance se transportent en effet dans l'Hexagone libéré, tandis que les perspectives du retour à Paris commencent à se présenter. Mon aïeul apprend que son ami Nosek y est nommé ambassadeur, et après cette nouvelle ils traversent de conserve tout Hyde Park : « En franche camaraderie, je lui ai rappelé qu'il doit aussi penser à moi, que j'ai tout perdu, j'ai des soucis avec ma retraite, je dois m'occuper de moi et des enfants afin de sortir de cette mauvaise situation. J'espère qu'il aura la volonté de faire quelque chose en ma faveur. » Le 18 novembre lui arrivent les premières nouvelles du havre de la rue Boissonade où s'est rendu un collègue tchèque. La vieille concierge lui a raconté que les Allemands avaient tout pris, mais que les déménageurs jetaient les objets par la fenêtre afin que ça se brise pour que les occupants ne récupèrent rien. Ce qui avait pu être sauvé, des tableaux et des livres, a été stocké à la cave. Il y a actuellement des réfugiés dans l'appartement mais Rodolphe pourra le récupérer à son retour : « Ce n'est que plus tard, en y réfléchissant, que j'ai mesuré l'ampleur du désastre : tout a disparu, emporté par des bras criminels. Ce sont trente années de mon existence qui ont été arasées, combien de souvenirs ne reprendront plus jamais vie pour moi si les témoins pouvant les activer, mes livres et mes tableaux, ont disparu pour toujours ! »

La réalité s'avérera différente : le récit de la concierge avait surtout pour objet de dissimuler qu'elle-même et les autres locataires s'étaient servis d'abondance après la perquisition de la Gestapo, qui n'avait pas confisqué grand-chose. Il retrouvera chez les voisins bien des tableaux — certains d'entre eux m'entourent et veillent sur la rédaction de ces pages.

Le journal de 1944 se termine à Noël avec l'achat du sapin, situant les années anglaises en rétrospective dans la longue vie de Rodolphe : « C'est le cinquième que j'acquiers depuis que nous sommes ici. Il ressemble à ceux de chez nous : pas aussi haut, bien sûr — avant la Grande Guerre papa m'en a envoyé, à Paris, en 1909 et 1912, ils mesuraient jusqu'à 1,75 mètre, il fallait attacher les branches au tronc et ensuite on cousait un sac autour. Où sont ces temps révolus ? » Il se remémore avec émotion le réveillon 1912 chez Miss Reynolds, la jeune Américaine avec qui il avait organisé une soirée au bénéfice des Serbes luttant contre les Turcs. « Cette année la célébration ne semble pas aussi timorée que précédemment, comme si les gens voulaient rattraper les restrictions. » Les enfants sont partout, car les autorités anglaises ont interrompu les enseignements le 15 décembre : tu es aussi rentré à Londres en train spécial. Très heureux de t'avoir de nouveau à ses côtés, de t'étreindre, il se dépêche de quitter la réunion du Conseil national tchécoslovaque présentant le rapport sur le séjour de la délégation à Moscou.

Pourtant l'année 1945, qui va vous voir revenir à Paris, ne commence pas sous les meilleurs auspices familiaux. Tu es en pleine crise adolescente et jettes ta gourme à la figure de ton malheureux père sexagénaire, déjà démoralisé par les V2 qu'Hitler lance quotidiennement sur Londres. Ton séjour durant la trêve des confiseurs l'a contristé. Tout s'effondre sous ses pieds — cette éducation soigneuse qu'il t'a t'inculquée, l'encyclopédie imaginaire nourrie de centaines de cartes postales adressées depuis ton troisième printemps : n'en resterait-il plus rien ? Le 8 janvier, il écrit : « Il y a dix-sept ans, à minuit et demi, Milan est né. Aujourd'hui nous célébrons son anniversaire à Londres — mais j'y suis seul avec Jarmila. Il s'en est retourné samedi au lycée dans le district des lacs. Je lui ai fait mes meilleurs vœux avant son départ : je pleurais et je lui ai souhaité qu'il ne soit plus si méchant ni grossier envers moi. Il m'a répondu : "Nous ne nous comprenons pas." J'ignore ce qu'il pensait par là mais il a sûrement tort. »

Les préparatifs pour le retour sur le continent commencent. Beneš doit partir à Prague où parvient l'Armée rouge, accompagné des membres du Conseil national tchécoslovaque qui plient bagage tandis que l'on discute des dernières affaires de ceux qui étaient ici en tant que réfugiés. C'est d'autant plus angoissant qu'il ignore ce qu'il adviendra de lui et de ses enfants, « où nous irons, ce qui pourra nous sauver. Ce sont des moments difficiles, je me fais des cheveux blancs et mes espoirs comme mes forces se brisent ». À cela s'ajoutent des soucis de santé : il apprend qu'il souffre d'un anévrisme de l'aorte, le médecin l'objurgue de se ménager car il a charge de famille — et l'atrabilaire transcrit ce diagnostic en termes noirs : « Je suis donc un invalide et la fin peut advenir à n'importe quel moment. »

Mais à peine rentré de sa consultation, il trouve dans son courrier ta lettre envoyée d'Ullswater, rédigée pour ses soixante-neuf ans — fulgurance illuminant les ténèbres où il se voyait sombrer :

> *Samedi 17 février. Cher papa, je commence aujourd'hui une longue lettre que tu recevras certainement pour ton anniversaire. Ainsi, je te souhaite en bonne santé et longtemps parmi nous, que tu te portes bien et sois heureux. Je rédige donc ces pages prolixes mais importantes car tu m'as aussi écrit d'abondance dernièrement. Elles vont certainement décider de ma vie, tu les liras lors de ton anniversaire et c'est un petit* symbole [en français dans le texte]. *Tout ce que je couche sur le papier a été réfléchi depuis longtemps, afin que tu ne penses pas que cela m'est venu à l'esprit par hasard au fil de la plume. Tu as dû remarquer que j'avais changé ces derniers temps et j'ai l'impression que je suis devenu désormais suffisamment adulte pour pouvoir t'annoncer mes plans pour l'avenir. Prends en considération, s'il te plaît, tout ce que je t'écris et réponds-moi minutieusement. J'ai deux idéaux : le théâtre et la France. Donc je dirais que je veux devenir français*

et acteur. Tu as dû penser que mon amour de la scène n'était qu'un caprice passager [en français dans le texte] *que l'on constate fréquemment chez les jeunes. Mais moi je ne le pense pas. Je suis certain que je ressens profondément le théâtre, qu'il m'est proche, et quand je suis triste ou déprimé, il me calme et m'apaise. Je dois devenir français. J'aime la France parce que je l'ai connue et parce que j'y ai été élevé dans sa magnifique langue. De toute manière je ne pourrais pas être tchèque. Je ne connais pas les Tchèques, et ceux que j'ai rencontrés, je ne les apprécie pas. En Bohême, je serais un fonctionnaire qui ne pourrait progresser car il ne maîtrise pas bien l'idiome national. Je sais que j'ai quelque chose en moi, je sens que je ne suis pas comme mes camarades, que je dois devenir quelqu'un de différent, que la vie est une voie où il faut marcher pour avancer et ne pas retourner en arrière ! J'ignore si tu avais des projets pour moi, si tu accepteras ce que j'écris. Tout ce que je rédige ici, j'aurais pu te le dire à Noël. Mais non, parce que* tu m'intimides trop, tu exerces sur moi trop d'ascendant [en français dans le texte] *alors je ne peux que t'écrire tout cela. Combien de fois, en rédigeant ces feuillets, j'ai voulu les déchirer et correspondre comme d'habitude au sujet du temps qu'il fait et autres banalités, mais je me suis contenu et j'espère pouvoir terminer cette lettre et te l'envoyer.*

Deux jours plus tard, tu achèves celle-ci afin de la faire parvenir à temps à ton père. Tu lui demandes quels sont ses projets pour l'après-guerre, où vous irez et comment ? Tu précises que rien n'est garanti pour ton baccalauréat, un examen qui requiert douze années d'expérience et de sagesse, et où on peut toujours tomber sur quelque chose que l'on ne sait pas. Mais tu as bon espoir car tu comprends tout cette année. « Alors s'il te plaît, réponds-moi ce que tu penses de tout cela. Tu as une longue et réelle expérience et moi j'ai confiance en toi. Encore une fois, papa, je te souhaite mes meilleurs vœux pour ton anniversaire ! » Tu lui demandes enfin de te transcrire deux petits poèmes français : la « Chanson de Jaufré Rudel » d'Edmond Rostand, et le « Colloque sentimental » de Verlaine. Tu conclus en l'informant que tu reçois *France* chaque semaine.

En découvrant ta lettre, je suis parti à la recherche de ces deux poèmes. Jaufré Rudel, troubadour occitan du XIIe siècle et chantre de l'« amor de lonh » (l'amour de loin), qui aurait expiré dans les bras de sa dame à Tripoli de Terre sainte durant les Croisades, a été représenté par Rostand dans sa tragédie *La Princesse lointaine*, créée par Sarah Bernhardt le 5 avril 1895 au théâtre de la Renaissance. Les vers en donnent dans le phébus, et la pièce, que George Bernard Shaw avait éreintée après une représentation au Daly's Theatre de Londres, a sombré dans l'oubli — après avoir manqué ruiner la diva qui l'avait produite. Pourquoi as-tu demandé à ton père la transcription de ces alexandrins grandiloquents ? 1895 fut l'année de ses dix-neuf ans, lorsqu'il arriva à Prague pour intégrer la faculté de romanistique, bachelier frais émoulu du *gymnasium* de Tabor — quant à toi, comme tu en as l'intuition et y prépares ton géniteur, tu n'atteindras pas les « douze ans d'expérience et de sagesse » requis pour décrocher l'examen, ballotté que tu fus dans le ressac de la guerre. Mais je ne crois pas que tu eusses pensé, en sollicitant Rodolphe de la sorte, à comparer vos destins lycéens — tu n'avais guère idée de ce que fut sa jeunesse, jamais vu les documents qu'il me serait donné de retrouver en Bohême dans l'établissement où il obtint sa *maturitas.* Or l'an 1895 est aussi celui où Alphonse Mucha invente l'Art nouveau en créant l'affiche de *Gismonda* pour la plus grande actrice de ce temps, placardée sur tous les murs de Paris. Mélissinde, le personnage principal de *La Princesse lointaine* dont Mlle Bernhardt joue le rôle, lui fait suite, avant qu'elle ne crée *Lorenzaccio* d'Alfred de Musset. L'ornemaniste tchèque façonne à cette occasion la couronne dont la Prima Donna se ceint le front, pierreries fin de siècle en miroir de la joaillerie gothique — on l'en voit parée sur les photographies d'époque. Le savais-tu ? Ou t'inscris-tu sans en avoir conscience dans cette fusion intérieure qu'initia cette année-là ton père entre la Bohême et la France, construisant notre destin à cheval sur trois siècles. En pris-tu le relais grâce au théâtre français — enfant naturel tardif de cette union initiale entre Mucha et Sarah Bernhardt ? Je ne sais. Mais en lisant les rimes ronflantes d'Edmond Rostand narrant l'arrivée calamiteuse en Terre sainte des pèlerins, des croisés et des malandrins sur la nef où se languit Jaufré Rudel, j'ai retrouvé aussi, sous l'hyperbole et l'amphigouri, les premières émotions qui seraient les miennes lors de ma dix-neuvième année, quand je découvrirais le Levant après avoir traversé l'Anatolie à la cloche de bois, amaigri et famélique mais m'arrachant à ta forêt d'Orléans.

Quant au « Colloque sentimental », qui clôt *Les Fêtes galantes*, ce poème en décasyllabes renvoie par sa théâtralité à ton désir de devenir acteur et met en scène l'incommunicabilité entre les êtres, tant dans la relation amoureuse — vous en fûtes sans cesse l'un et l'autre, votre vie durant, bourreau et victime — que dans les rapports entre fils et père. Quel message subliminal voulus-tu lui envoyer en lui demandant de te transcrire l'échange entre deux spectres qui s'aimèrent de leur vivant ?

Rodolphe est bouleversé par ce qu'il lit et relit « au moins vingt fois ». Il s'efforce dans la réponse qu'il t'adresse par retour du courrier, le jour même de son anniversaire le 21 février, de surmonter le choc. S'y mêlent la satisfaction de retrouver dans tes choix de vie le résultat de l'éducation qu'il t'a donnée et l'inquiétude parentale face aux aléas d'une existence de comédien dans une époque tourmentée. Il déplore que tu ne te sois pas exprimé plus tôt de la sorte, et peine à concevoir comment il aurait pu t'intimider : « Tu me comprendras sûrement quand tu seras plus âgé, auras acquis de l'expérience, connu des joies, ta vie heureuse et noble étant accomplie : alors tu te souviendras, et tu diras : “Papa” ! » Il aurait voulu que tu deviennes « l'un de ces créateurs du nouveau monde dont on va maintenant déterminer l'avenir », mais en aucun cas fonctionnaire, ni que tu embrasses l'un des métiers qu'il a exercés avec ennui. Il loue ta volonté de devenir artiste, accomplissement de ce qu'il n'a pu réaliser, mais te met en garde contre une rupture trop dure avec les conventions de la société : « Tu n'imagines pas comme j'ai été ému par ta décision. J'ai vécu avec l'art et pour l'art toute mon existence. Ce fut ma religion, ma seule richesse, mon empire infini où nulle bassesse humaine ne pouvait m'atteindre. Mais je suis demeuré un dilettante, je bridais mon art pour créer une vie heureuse... Toi, tu veux devenir un vrai artiste : fais-le, mon cher fils, si tu ressens suffisamment de force en toi pour être un créateur... Mais tu dois terminer avec succès le lycée et obtenir le baccalauréat. »

Quant à ta volonté de devenir français, il l'encourage, mais sous condition de ne pas te renier comme tchèque : « Tu as grandi hors de ta patrie et par le jeu du destin, c'est la France qui l'est devenue. Elle est aussi *ma* patrie et m'a offert tant de beauté et de richesses qu'en échange elle emporte aujourd'hui ce que j'ai de plus cher : mon enfant. Là non plus je ne vais pas te retenir, ne crains rien !... Je ne te demande qu'une chose : apprends le tchèque, ne dédaigne pas la langue dans laquelle tu es né comme tu le fais jusqu'à présent : tu devrais avoir honte. » Il achève en confessant ignorer quelle sera votre destinée après guerre, sinon que vous vivrez à Paris où il lui faudra travailler pour gagner sa vie, que sa santé chancelle et qu'il vieillit beaucoup : « Vous êtes loin, Jarmila et toi. Cela fait une heure que les avions bourdonnent au-dessus de ma tête. La lune éclaire cette ville qui m'est indifférente puisque mon regard se porte sur toi et les ténèbres de notre avenir. Lis bien cette lettre et garde-la en souvenir toute ta vie, afin que je t'y accompagne même lorsque je ne serai plus. »

Après avoir confié sa missive à la boîte, Rodolphe ne tient plus en place : il court à l'Albert Hall où l'on donne de Beethoven l'ouverture de *Fidelio* ainsi que les première et neuvième symphonies. Retardataire, il est placé dans une galerie latérale où l'on entend mal. Mais la musique ne fournit qu'un fond sonore exaltant ses pensées qui partent en tous sens : il pleure à chaudes larmes.

C'est à Jaroslav Kvapil, le librettiste de *Rusalka*, qu'il avoue son émotion que tu veuilles t'adonner au théâtre. Profitant du rétablissement du courrier entre Royaume-Uni et Tchécoslovaquie tout juste libérée du joug nazi, il reprend contact puis lui demande de parrainer ta vocation, après avoir célébré son rôle pour inscrire le théâtre tchèque sur la scène européenne : « Je suis allé écouter deux fois le filage de *Rusalka* à l'Institut tchécoslovaque, j'ai récité avec les chanteurs vos vers : vous vous trouviez donc ici à Londres avec moi... » L'informant que tu veux devenir acteur, il le sonde pour une recommandation : « Mon fils accepte maintenant mon héritage. Il veut entrer au conservatoire de Paris. Je ne sais si le destin sera, pour nous et pour lui, favorable afin qu'il puisse atteindre ce but heureux : vous devez lui donner, cher ami, pour cela, votre bénédiction. »

La colonie tchèque de Londres commence à voir ses rangs s'éclaircir, les fonctionnaires en exil se préparent à prendre le bateau pour rejoindre leur nouvelle affectation. Ton père doit revenir à Paris pour œuvrer dans le secteur culturel, mais n'a pas vraiment réfléchi à ce qu'il pourrait faire. Il continue à chiner de manière presque mécanique, sans y prendre vraiment plaisir car le retour en France hante ses pensées, suscitant l'angoisse de l'inconnu. Il ne parvient pas à rédiger le mémoire destiné à profiler son futur poste. Il procrastine, broie du noir, et l'incident le plus infime le plonge dans la mélancolie : « Tant de mauvaises choses sont arrivées, comme le fait qu'ils aient perdu le faux col de ma meilleure chemise dans une blanchisserie ! » Pendant ce temps tu répètes la pièce de théâtre qui clôt l'année scolaire — tu t'impliques à fond, au détriment des révisions pour le baccalauréat...

Mais tout cela est éclipsé lorsque parvient, dans la soirée du 7 mai, l'information que la capitulation de l'Allemagne n'est plus qu'une question d'heures. Ton père dîne chez Mgr Rodolphe Zhanel, ancien recteur de la mission tchécoslovaque en France. Cet aumônier militaire avait baptisé de nombreux juifs cherchant à fuir la persécution nazie à partir de l'invasion allemande, avant de se réfugier lui-même à Londres en 1941. Il se prépare aussi à revenir dans l'Hexagone pour y reprendre son apostolat. Ils écoutent la radio où le maire de Prague issu de la résistance parle « admirablement » aux partisans engagés dans un « féroce combat » sur les barricades. « C'est si beau, tellement animé de ferveur patriotique que, par comparaison, les phrases rebattues de notre propagande sonnent encore plus creux, avec ses invectives contre les "traîtres", "crapules" et autres "canailles" dont est remplie en particulier la radio moscovite en tchèque. » Rentrant chez lui, mon aïeul s'endort, mais est réveillé par la liesse qui monte bruyamment des profondeurs de la rue dès les petites heures : la nouvelle de la reddition sans conditions du Reich, signée à l'école de Reims où le général Eisenhower a ses quartiers, à 2 h 41 du matin, est parvenue à Londres par Reuters peu avant

4 heures... « Des foules sont sorties dans la rue, à West End, à Piccadilly, on buvait autant que se peut et même au-delà et puis ça folâtrait dans une humeur débridée dont seuls Anglais et Américains sont capables... Mais les pensées sur ce qui va advenir, ainsi que le pressentiment que tout ira de mal en pis m'ont rendu étranger à ces célébrations de la victoire sur le moment. »

Dans la journée pourtant, il se laisse porter par l'enthousiasme du *V-Day*. Il écoute dans les haut-parleurs installés partout le discours au Parlement de Churchill : « C'était un grand moment quand cet homme, le plus immense de cette guerre, a annoncé avec de remarquables mots cette énorme nouvelle qui a fait vibrer le monde entier. » Puis il suit la foule qui se rend en procession à l'église St Margaret pour une action de grâce, avant de prendre à Victoria Station à 16 h 25 le train de Hertfordshire pour aller y chercher ta petite sœur afin qu'elle participe à ces jours historiques. Les religieuses lui ont orné les cheveux d'un splendide nœud rouge, et elle arbore une cocarde tricolore. Ils se rendent au *Te Deum* de la cathédrale de Westminster, où il la juche sur le prie-Dieu pour qu'elle puisse voir la cérémonie. Le soir, ils rentrent à grand-peine chez eux, le métro est bondé de « gamins saouls, de soldats qui bâfrent, et tout cela est dégoûtant ». Ils tombent de sommeil, et c'est la première nuit passée sans crainte d'un bombardement.

« Mais je n'ai pas relaté l'événement majeur », conclut Rodolphe. Sa fille et lui ont accroché à la fenêtre un drapeau tchécoslovaque le mercredi 9 mai. La veille, il avait acheté un fanion français à Victoria Station pour dix shillings, et le lendemain matin, ils l'ont décousu pour composer avec ses morceaux l'étendard à deux bandes, rouge et blanche, et un triangle bleu. « Nous l'avons suspendu au balcon de la chambre de Jarmila, calé avec un sac de sable qui aurait servi à protéger les vitres... Il flottait magnifiquement au vent, c'était notre plus grande joie. »

VII

RIDEAU DE FER

De votre retour définitif à Paris le 18 septembre 1945, j'ai découvert la date dans le journal que ton père continua à tenir de manière erratique jusqu'en 1956. Cette histoire fragmentée de sa sénescence que clôt son décès le 15 juillet 1958, les dix années qui précédèrent ma naissance et les trois qui la suivirent étaient nimbées d'un brouillard qu'il m'était plus délicat de dissiper que les brumes lointaines des étangs et forêts de Nadějkov lorsque Rodolphe y vit le jour. Jusqu'à ce que je retrouve, oubliée dans les combles de mon appartement, une boîte en carton fermée par du ruban adhésif, ornée du dessin d'une lampe ainsi que de la mention *MUY FRAGIL*. C'était quelque emballage recyclé destiné originellement à du mobilier design importé d'Espagne à la fin du XXe siècle, correspondant à ton goût de dandy sexagénaire. Tu y avais noté « lettres Claude » au crayon — sans qu'aucune particule ne précisât si maman était destinataire ou expéditrice de cette correspondance. J'ignore quand tu scellas de la sorte le piètre écrin de ce trésor dont je fus l'inventeur fortuit, probablement à l'époque où la forme de la lampe représentée sur le carton était de mode. Je l'avais remarqué en passant, sans l'ouvrir, quand je déménageai tes affaires après ton décès, et l'avais rangé machinalement pour en prendre connaissance plus tard. Puis mon souvenir s'en était estompé : soudain il ressurgit, sollicité par la nécessité. Je l'exhumai, enfoui sous un monceau de vieux magazines : c'était une boîte de forme incongrue, au socle de 16 x 18 cm, et 44 cm de haut. En brisant le sceau dérisoire de ruban adhésif dont tu l'avais fermé, je compris que tu avais choisi ce réceptacle pour empiler rationnellement, sans cornure ni pliage, l'ensemble des lettres au format 14 x 12 cm, ainsi que les cartes postales, un peu plus petites, qui striaient de leurs dentelures cette haute colonne d'enveloppes bistre et bleues, affranchies d'un timbre cyan de quinze francs à l'effigie de la Marianne des barricades. Et il ne fallait pas moins que pareille élévation pour disposer les unes sur les autres ces quelques trois cents épîtres, échangées entre le mois d'août 1951 où vous frappe un coup de foudre à Bagnères-de-Bigorre et le 7 juillet 1953 où vous vous prenez pour mari et femme à la mairie de Nice.

Six années se sont écoulées entre ton retour en France en compagnie des tiens et votre rencontre, maman et toi, au cours d'un voyage organisé dans les Pyrénées, où tu sers de guide-accompagnateur pour gagner deux francs six sous. Tu parcours sans t'en rendre compte les « paysages remarquables » de la France dont ton père t'a adressé dès ton âge le plus tendre les cartes postales, et les commentes à des estivants français avec ton bagout d'acteur en herbe alors que tu ne les as jamais vus. Peut-être parfois sourdent des tréfonds de ta mémoire quelques lignes que Rodolphe leur avait consacrées dans les années 1930, lues par ta mère pour ton édification enfantine, exaltant la beauté d'une rosace de cathédrale gothique ou des sculptures au tympan d'une basilique romane ? Tu es âgé de vingt-trois ans et tu manges de la vache enragée, jeune comédien inconnu courant le cachet dans des tournées en province. Ton géniteur vivote de sa chiche retraite, quand elle lui parvient de Prague sur laquelle s'est abattu le rideau de fer, et d'un modeste complément en tant qu'attaché de presse et culturel contractuel à l'ambassade tchécoslovaque, fonction à laquelle il a été nommé, selon le relevé de ses états de service, huit jours avant son retour à Paris.

Rodolphe

De la fin août à la mi-octobre 1946, Rodolphe a passé sept semaines en Bohême. Il les mentionne dans les pages de son journal qui prennent la suite du récit du Blitz à Londres, à travers une ultime correspondance amoureuse dont il recopie ses propres lettres. La destinataire est une enseignante tchèque quadragénaire rencontrée deux décennies auparavant à Saint-Malo, et revue à l'occasion de ce voyage. Elle porte le même prénom que ta petite sœur, et ils ont une trentaine d'années de différence — comme avec ta mère. Mais il vient de célébrer en février son soixante-dixième anniversaire. Ces feuillets évoquent les échanges épistolaires de 1927 avec Milada, quoique sur un mode mineur dont la vieillesse atténue la flamme. Et la religiosité accentuée par le séjour anglais sous les bombes les a empreints de considérations pieuses autrefois absentes. Le 19 octobre 1946, il lui narre son réveil matinal, vers 5 h 30 : il a relu la lettre envoyée la veille, puis s'est rendu à la chapelle des capucins sise rue Boissonade pour la messe de 7 heures. « Il y règne un calme magnifique, au moment où l'aube point. J'étais agenouillé, assis, debout, et tout au long j'ai pensé à vous. Tels sont mes instants de recueillement divin et le Bon Dieu ne peut se prendre de colère contre moi car c'est là ma spiritualité, mon credo. Vous n'êtes pas croyante, à ce que vous m'avez dit, mais vous suivez aussi votre religion : vous avez bon cœur, vous êtes une institutrice qui aime ses élèves et son travail, telle est votre foi et c'est la raison pour laquelle je vous aime, alors que les gens ont été méchants, trahissant votre confiance et votre amour. »

Le couvent des capucins occupe l'un des angles avec le passage B/4, face à l'écurie de l'École nationale d'équitation où Rodolphe avait passé sa première nuit lors de son arrivée à Montparnasse le 17 octobre 1908 — quatre décennies séparent l'aurore d'une vie parisienne initiée sous le signe de l'animalité dressée pour le plaisir du crépuscule où l'encens de la bondieuserie émane des ultimes braises consumant l'amour. Mais il retrouve dans ce lieu de culte édifié en 1934, chef-d'œuvre discret de l'Art déco dans sa version catholique, sa dévotion pour les arts des débuts du XXe siècle. Le bâtiment d'Emmanuel d'Ault, à quatre étages en briques rouges, est d'emblée identifiable par sa porte inscrite dans une ogive surmontée des armoiries de l'ordre. Sous les arcades du cloître se réunirent Francis Jammes, Maurice Denis, Henri Ghéon... Et la chapelle où il prie à sa manière impressionne par son style dépouillé : « D'imposants arcs brisés, nus, directs, aigus, recouverts d'un crépi clair, confèrent à l'espace liturgique monacal une ambiance spectrale et mystique similaire à celle distillée dans le cinéma expressionniste allemand », note la revue *La Construction moderne* en décembre 1935.

La fréquentation de cet espace sacré incite peut-être Rodolphe à s'adonner à la délectation morose du confesseur, prolongée par l'expression d'une jalousie à laquelle la vieillesse confère un caractère morbide : « Un certain automobiliste a dû vous emmener à Karlovy Vary, vous m'avez faussé compagnie pour une autre amitié, une autre aventure, à propos de laquelle je n'ai pas mon mot à dire. Hier j'étais mélancolique, c'était le premier samedi passé sans votre compagnie... Que sommes-nous l'un pour l'autre ? Nous ne pouvons être des époux légitimes... j'attends votre première lettre, pour que nous trouvions un accord — que nous nous liions ou restions libres comme l'oiseau. Je ne veux avoir que vous pour femme, telle que vous le fûtes lors de mes sept semaines passées à Prague. » Les lignes qui suivent font écho à des périodes anciennes de sa correspondance amoureuse : « Peut-être cela vous est-il impossible, étant donné la différence d'âge, ou parce que les liens tissés durant vingt ans avec d'autres hommes à qui vous avez tout donné sont difficiles à couper pour de bon et sans remords... Vous atteignez à peine la maturité de votre vie, moi je termine l'automne de la mienne et l'hiver approche inexorablement, est-il imaginable que ce que je puis vous offrir eût un prix à vos yeux — au point que vous oubliiez vos amours d'antan ? » Cette jérémiade glisse dans la spirale d'un éternel retour depuis l'épopée des adamites sur la rivière Nežarka que décrivit Svatopluk Čech, en passant par les amours complexes avec Filča sous l'égide de Milan Štefanik, la passion malheureuse pour Germaine mariée à l'ingénieur d'Agordo, l'échange épistolaire avec Milada installée chez Coubine, mouvement du pendule sentimental de Rodolphe entre neurasthénie et compersion. Mais ce cercle vicieux où s'abîme un vieux monsieur que la fuite du temps aspire dans son tourbillon n'a guère inspiré sa jeune correspondante, qui tarde à lui répondre, motif à de nouveaux accès d'hyperesthésie : « Qui vous avait aimé autant que moi ? Était-ce votre mari pour lequel vous n'avez que dédain ? Était-ce quelqu'un d'autre de passage ? Je n'attends même plus de lettre de vous... je me prépare à mon verdict final, moi, le condamné. Un autre homme a compté et compte toujours davantage, votre corps lui a appartenu et vous lui êtes restée attachée, vous ne parvenez pas à vous déprendre de cette avanie. »

Finalement, il reçoit un courrier le jeudi 24 octobre 1946. Mais c'est une simple demande de recommandation pour un ami de la jeune dame, cherchant un emploi. Le coup est rude, et ton père confie à son carnet être désormais « débarrassé de toute sensiblerie et plus lucide que jamais ». Or le lendemain, il revient vers elle, réitérant son ambivalence passionnelle : « Vous avez été si méchante et comment une telle niaiserie a-t-elle pu passer par cette tête que j'ai caressée et étreinte ? La vie est un magnifique jeu, c'est la forme la plus aboutie de l'art dans lequel on donne ce qu'il y a de plus beau et noble en nous... Je vous écris de nouveau, je vous cherche à nouveau : que vous trouviez du réconfort auprès de n'importe qui, je suis avec vous et vous reviendrez à moi. »

Cette fin octobre est l'occasion de retourner à la jouissance esthétique à défaut de l'amour dont se sont détachés les ultimes pétales. Il rend visite avec ta petite sœur à Kupka et son épouse française dans leur pavillon de Puteaux, pour mettre la dernière main à l'exposition de celui-ci qui se tiendra à Prague à la galerie Manès à l'occasion de ses soixante-quinze ans, et où le peintre se rend pour l'inauguration. Il se targue de l'avoir organisée, par un courrier à Šima, momentanément attaché culturel tchécoslovaque : « Kupka ne le sait pas, je le lui dirai plus tard ! »

En janvier suivant, ton père fait le point sur le marasme de son existence parisienne dans une lettre à l'un de ses amis de jeunesse dont il vient de retrouver la trace, le bibliophile Josef Matouš. Il raconte son retour durant l'automne précédent en Bohême pour la première fois après neuf années, ses promenades autour de l'« école moderne » où il fut jeune professeur, l'ancienne rue de Vinohrady qui était devenue l'avenue Foch de Prague après 1918, et se nomme désormais allée de Staline. Il se retrouve dans la Tchécoslovaquie dont son ancien élève Edvard Beneš, dupé et bientôt liquidé par le maître de Moscou, est le président soliveau, sans que Rodolphe n'anticipe la brièveté de l'échéance, béatement heureux « de revenir au pays, convaincu que l'on y est bien et que tout ira mieux dès que nous retournerons à nos traditions nationales et à notre destin comme patrie ». Il donne à son correspondant depuis son « ancienne demeure parisienne » des nouvelles personnelles, l'informe qu'il a un fils de dix-neuf ans, élève dans une école d'art dramatique, et une fille de onze ans... Il dépeint la vie à Londres comme une merveilleuse expérience dans le pays des hommes libres et dignes, avec une immense richesse culturelle. Le contraste n'en est que plus fort avec Paris où rien n'a bougé, où la ville est toujours la même « bien que tout se soit dégradé et, pourrait-on même dire, périmé ». Mais la nation a changé : « La désagrégation morale et politique des années d'avant-guerre se combine avec la démoralisation instiguée par les Allemands, brisant la mentalité française, abâtardissant le caractère, ce qui a tant affaibli la France qu'elle ne parvient plus à sortir dignement de sa crise ni à frayer sa voie dans la complexité des problématiques actuelles du monde. » Rodolphe exclut qu'elle regagne sa prééminence d'antan.

Ce lamento qui idéalise en rétrospective la vie à Londres, détonnant avec les pages noires du *Journal* que ton père y a tenu sous le Blitz, retrouve les accents de la déploration que lui avait déjà inspirée le premier après-guerre en 1919, lorsqu'il écrivait à son mentor Viktor Dyk : « Le monde a vu Marianne en déshabillé et n'en a pas gardé une bonne impression. » Dans les deux cas peut-être la dégradation du statut de Rodolphe, la baisse de ses ressources contribuent-elles à assombrir le tableau, le replongeant dans notre asthénie slave, mais le constat n'en est pas moins fondé. Au moins a-t-il pu compter sur la bienveillance de l'ambassadeur Nosek pour lui assurer un complément de revenus, comme ils en étaient convenus lors de leur promenade à Hyde Park en 1944, après la nomination de celui-ci à la légation parisienne par le gouvernement provisoire. Mais ce dernier ministre de la Tchécoslovaquie « bourgeoise » en France quitte ses fonctions peu après février 1948 pour ne pas servir le régime issu du « coup de Prague » des communistes, qui congèlera pour quatre décennies notre pays d'origine dans la glacière moscovite. Demandant à son chauffeur de le déposer en ville, il lui fausse compagnie et « choisit la liberté ». Le 21 février 1949, Rodolphe décrit à mots couverts à son même correspondant, dont le sépare désormais le rideau de fer, comment lui-même a subi la purge stalinienne : « Le 1er septembre [1948], j'ai reçu un préavis d'un mois pour quitter mes fonctions. Mais j'avais commencé tellement de choses que je ne suis pas parti, et suis demeuré sans être rémunéré. J'aime ce que je fais et espère avoir pu me rendre utile à la France comme à la Tchécoslovaquie. » Il a liquidé l'énorme fonds de propagande nazie qui se trouvait à la légation, où les Allemands avaient installé leur bureau d'information pendant l'Occupation, puis commencé à établir une bibliothèque de l'ambassade. Sa situation financière est si lamentable qu'il abandonne toute pudeur à ce propos, et voit dans cette épreuve une fécondité spirituelle : « Nous vivons ici avec le minimum, soit la misérable pension envoyée en France de Prague : mais la vie n'en est pas moins riche, même si je dois me serrer la ceinture. Milan débute lentement sa carrière d'acteur : je voudrais qu'il en aille autrement, j'espère qu'il apprendra de mes erreurs. Jarmila a été dispensée de ses frais de scolarité au collège Sévigné, qui sont très élevés, afin qu'elle pût y rester après qu'ils eurent appris que je n'avais plus les moyens de payer. »

En réalité, Rodolphe bénéficie de la mansuétude du nouvel ambassadeur nommé par le régime inféodé à Moscou, qui n'est autre qu'Adolf Hoffmeister — l'ancien prisonnier à la Santé en 1939... Peintre, caricaturiste talentueux et essayiste, il sera rappelé à Prague en 1951 lors d'un tour de vis préparant les grands procès, mais on le laissera voyager pour servir de caution au socialisme réel chez les intellectuels et artistes internationaux « progressistes ». Il dispose à Paris d'une certaine latitude d'action en ce domaine : en mai 1949, il a écrit une dépêche pour plaider la cause de Rodolphe... rédigée par son jeune attaché culturel, qui n'est autre, entre 1946 et 1950, qu'Ivo Fleischmann. Paradoxalement, ton engagement de jeunesse au service du théâtre prolétarien sert d'argument pour prôner la mansuétude envers ton père, alors même que celui-ci abhorre le communisme. Rappelant que celui-ci a été licencié sur ordre du ministère des Affaires étrangères le 30 août 1948, le diplomate intercède pour lui en rétablissant les faits : « C'est un vieux monsieur qui aimait son travail et ne pouvait s'en détacher. Il venait à l'ambassade, même après sa mise à pied, pour achever la liquidation des fonds de la Gestapo, et remettre en ordre la bibliothèque négligée. Nous l'avons autorisé à continuer son activité parce que nous avons constaté qu'il n'était pas politiquement non fiable, mais qu'il était au contraire une personne paupérisée et diligente, père de famille dont le fils dirige le seul collectif de théâtre communiste à Paris, qui a pu s'implanter sur une scène du Quartier latin. Ce dernier, Milan K., acteur et metteur en scène, collabore avec nous lors d'événements culturels... » Il est précisé que la toute petite pension de ton père — 23 000 F mensuels (738 €) — le contraint à la misère, pareille somme ne permettant pas la subsistance d'une famille ni l'éducation des enfants, et proposé que lui soit versée une rétribution exceptionnelle de 10 000 F mensuels (321 €) pour les sept mois écoulés en reconnaissance de son loyal travail. Une mention manuscrite précise que cette demande est « accordée le 23.06.1949 ».

Hoffmeister s'imagine-t-il que tu es vraiment, à vingt ans, le héros jdanovien qu'il décrit, diffusant le culte du Petit Père des Peuples sur la scène parisienne, ou s'est-il laissé tenir la plume par Ivo, ton aîné de sept ans qui t'a pris sous son aile ? Votre amitié, qui a traversé le communisme jusqu'à ce que vous militiez de conserve pour sa chute quarante ans plus tard, s'est-elle nouée sur les modestes planches auxquelles il fait allusion ? En août 1948, une lettre de Rodolphe à Vaclav Černy (dont il n'imagine pas de quelles vilenies ce dernier l'accablera dans ses Mémoires) fait en effet état de tes activités théâtrales en des termes correspondants. Il l'informe qu'avec des amis, tu as monté une troupe de jeunes et que vous avez participé à la fin de la saison au Concours des jeunes compagnies. Celui-ci avait été créé en 1946 pour favoriser le théâtre communiste en France durant la guerre froide. Vous aviez joué *La Mort de Tarelkine* de Soukhovo-Kobyline, une comédie russe de la fin du XIXe siècle. « Ils ont eu une très bonne critique et donnent cette pièce au petit théâtre de la Huchette place Saint-Michel », écrit ton père innocemment à son futur détracteur.

Fus-tu même averti que ton engagement communiste, qui le consternait tant, contribua paradoxalement, à votre corps défendant l'un comme l'autre, à soulager sa misère matérielle ? Même cette ironie de l'histoire n'a pas permis une franche amélioration de sa situation, comme Rodolphe le fait savoir en mars 1950 à son ami Matouš. Il travaille toujours à l'ambassade pratiquement à titre gracieux puisque ce qu'il a touché comme salaire mensuel équivaut à une aumône. « Tu imagines ce que c'est de vivre ici avec mes deux enfants au minimum vital, je suis contraint de dépenser toutes mes économies... Mais c'est par idéalisme que je m'efforce de sauvegarder ce qui peut l'être de nos relations culturelles avec l'étranger : j'ai fait en sorte qu'il y ait des fonds tchécoslovaques dans vingt-six bibliothèques françaises, et que des publications scientifiques d'ici soient envoyées chez nous — c'était un "travail de Romain" ! »

Ce même mois, il reprend une correspondance avec l'historien d'art érudit et principal collectionneur tchèque de peinture cubiste Vincenc Kramář — il échangea des courriers entre 1908 et 1910 pour l'informer des soucis de paiement des *Baigneuses* de Derain qu'il avait fait venir à Prague, et l'inciter à acquérir les bois de Gauguin rapportés de Tahiti par Milan Štefanik. Quatre décennies séparent ces deux séries de lettres, entre le joug austro-hongrois du début du siècle et la dictature russo-soviétique de la guerre froide. Les deux septuagénaires se sont revus brièvement lors du voyage de Rodolphe à Prague à l'été 1946, mais se sont manqués au cours du dernier déplacement qu'il y effectua en 1947, avant le coup d'État communiste de février 1948. « Depuis, je ne suis plus retourné en Bohême... Mais de ce premier voyage, où tout notre pays était si inoubliablement beau, je me rappelle avec grand plaisir cette soirée chez vous pleine de belle quiétude amicale. » Il lui raconte qu'il a continué son travail à l'ambassade car il appréhende que « tout ce que nous avons construit pendant de longues décennies aille s'écrouler ».

Évoquant leur rencontre au début du siècle, Rodolphe déplore la phraséologie qui tient désormais lieu de critique d'art de l'autre côté du rideau de fer. Il s'insurge qu'une exposition récente sur l'art gothique allemand au Louvre eût inclus la peinture tchèque comme si celle-ci n'en constituait qu'un appendice, et se réfère à l'ouvrage d'un autre grand critique et collègue de Kramař, Antonin Matějček, qui avait aidé ton père à organiser l'exposition pragoise des Indépendants en 1910. Celui-ci vient de mourir et il a trouvé sa nécrologie dans la presse de Prague sous le joug communiste « pauvre et creuse », au regard de ce qui avait été « une belle, féconde et profitable époque ainsi que vous vous en souvenez ».

En découvrant cette lettre de mai 1950, je me suis rappelé que je disposais dans ma bibliothèque d'un ouvrage intitulé *La Peinture gothique tchèque*, récupéré chez toi après ton décès, et provenant de l'héritage de Rodolphe. Je l'avais rangé sans le lire, l'étrange reliure grise en tissu collé m'ayant peut-être rebuté. Je l'ai ouvert pour la première fois : c'était la traduction française du livre de Matějček, aux illustrations de grande qualité, imprimé à Prague cette année même de la mort de l'auteur, tiré à mille exemplaires, ultime bouteille à la mer avant que ne sombrent corps et biens les relations culturelles dont ton père fut le passeur.

Le 26 mars 1955, un rapport des services de renseignement tchécoslovaques — retrouvé parmi les dossiers déclassifiés de la Sécurité d'État (StB) après la chute du système soviétique en 1989 — s'efforce de miner de manière décisive la réputation de Rodolphe afin de le chasser pour de bon des locaux de l'ambassade :

K. fut éduqué dans les écoles de l'Autriche-Hongrie, entra aux Affaires étrangères à l'époque de la République capitaliste qu'il servit à Genève, Londres et Paris, et pour ses bons services à la bourgeoisie obtint la décoration française de la Légion d'honneur... Son bureau à l'ambassade se situant au dernier étage, il traverse tout le bâtiment, voit les dispositifs de sécurisation... Il déclara au sujet de l'installation de volets et barreaux aux fenêtres que « ça devenait une vraie prison » : c'est le même point de vue que celui des ennemis de notre république qui disent que toute la Tchécoslovaquie socialiste est un camp de concentration, puisque à certains endroits les frontières sont protégées avec du fil barbelé. Il sort souvent de son bureau quand il entend que s'ouvre la porte de celui de l'attaché militaire, tente de regarder à l'intérieur, et a été vu à plusieurs reprises en discussion avec l'agent de police qui « protège » notre bâtiment. Il peut être un complice du contre-espionnage français. Je rappelle que le susnommé obtint la Légion d'honneur pour son travail contre la classe ouvrière et celle-ci doit trimer aujourd'hui en République socialiste pour financer sa retraite, alors qu'il professe des opinions réactionnaires. Il ne devrait pas avoir sa place dans notre mission diplomatique.

Face à cette « ligne dure » des services de sécurité qui veulent se débarrasser de mon aïeul, mais dont l'argumentaire semble sorti en droite ligne des *Aventures du brave soldat Sveik*, les diplomates poursuivent une logique inverse pour tenter de faire de lui un vecteur d'influence. Le 23 avril 1955, une dépêche adressée de Prague au « camarade ambassadeur Souček » plaide sa cause en rappelant qu'il a soutenu autant que possible les réfugiés fuyant l'occupation de la Bohême par les troupes hitlériennes, contribué par ses relations à la promotion de la démocratie populaire de Tchécoslovaquie, fait des reportages sur Smetana et Dvořak pour la radio française. « K. est, si l'on excepte le peintre František Kupka, le doyen de la colonie en France, et son départ de nos services pourrait être utilisé par les cercles d'émigrés pour nous nuire... » Ivo Fleischmann inspira-t-il ce télégramme ? Je le suppose...

Milan

Alors que Rodolphe se débat avec le pouvoir totalitaire, tu es devenu le thuriféraire de son idéologie communiste. Le monde du théâtre parisien d'après-guerre est poreux au marxisme, le « parti des 75 000 fusillés » a obnubilé le pacte entre Hitler et Staline, et les reniements successifs des dirigeants français, de Daladier à Pétain, ont érodé leur prestige, tandis que de Gaulle entame sa traversée du désert... Prosaïquement, dans le marasme économique et moral de l'immédiat après-guerre, l'univers des banlieues et municipalités rouges, les maisons du peuple, les syndicats liés au PCF qui pèse 30 % des voix en 1947 pourvoient en emplois les acteurs du « théâtre populaire » — et te fournissent ta maigre pitance. C'est aussi l'occasion de secouer la tutelle de ton père âgé, de mettre à distance les grands principes éducatifs et esthétiques qu'il t'a inculqués et que tu ne tiens plus que pour des lubies de vieillard... Tu as hâte de faire du passé table rase, adoptant avec un enthousiasme irrépressible une doctrine et un mode de vie qui te permettent de coudre ensemble les lambeaux de ton identité déchirée entre souvenirs tchèques, genevois ou anglais et appétence pour la France dont tu attends ta naturalisation tout en haïssant son modèle capitaliste qui t'a laissé sur le bord de la route — et te projetant dans la dictature du prolétariat !

Le théâtre appartient aussi, par-delà les modes idéologiques changeantes qui le traversent, à un univers où la séduction constitue un puissant moteur. Un portrait des studios Harcourt daté de 1946 — tu es âgé d'une année de moins que ton père sur le cliché qui fut pris de lui à dix-neuf ans dans les studios photographiques Wietz à Pisek, lorsqu'il quitta Nadějkov pour Prague — témoigne que tu es doté d'un minois à chavirer les actrices, fussent-elles plus âgées que toi. Ton visage, incliné vers le haut, y est représenté de trois quarts gauche, en légère contre-plongée, l'éclairage de cinéma au tungstène affinant le grain de la peau. La moire du fond fait ressortir tes traits lumineux et surtout tes yeux clairs — le noir et blanc ne permet que d'en soupçonner la couleur verte. L'effet de clair-obscur nappe de lumière une moitié de ton visage, laissant l'autre dans la pénombre dont tu sors, ces années de guerre passées entre Londres et le Cumberland. Ton regard est à la fois pris dans ces souvenirs douloureux et fixé vers le lointain, l'avenir radieux que tu aspires à construire en toute hâte sur les ruines d'un vieux monde failli. Ton abondante chevelure est coiffée vers l'arrière, comme si elle était courbée sous le souffle d'une course impétueuse qui sera celle de ta vie, surlignant la beauté apollinienne de ta figure de jeune homme d'une force vitale dionysiaque. Tu portes une chemise blanche ouverte dont les pointes de col sont sportivement disposées par-dessus la veste, on distingue ton épaule droite musclée.

Ce portrait inaugure ta carrière d'artiste dramatique : « Milan K. — écriras-tu en 2002 dans une notice autobiographique rédigée à la troisième personne — a créé le Théâtre indépendant dès ses 18 ans avec Clément Harari et Charles Denner. Ensemble, ils montent *La Mort de Tarelkine* (Soukhovo-Kobyline), *Les Mamelles de Tirésias* (Apollinaire), *La Place de l'Étoile* (Desnos), *Plutôt qu'une autre* (Ganzo), *Ils attendent Lefty* (Clifford Odets). » Ce répertoire éclectique mêle le théâtre militant — la pièce d'Odets exalte une grève de chauffeurs de taxis américains en 1935 —, l'incertitude sentimentale — celle de Robert Ganzo, libraire et résistant parisien d'origine vénézuélienne, dépeint les atermoiements d'un jeune marié entre le confort du couple et l'attrait du grand large amoureux —, un dramaturge russe, Apollinaire — je doute que tu saches que ton père l'a traduit et connu, impatient que tu es de rejeter tout ce qui vient de lui dans les ténèbres du passé — et Desnos. Le poète surréaliste vient de mourir en juin 1945 sur le territoire tchécoslovaque, dans le camp d'extermination de Terezin tout juste abandonné par ses gardiens nazis, reconnu dans le *Revier* à l'article de la mort par un étudiant tchèque francophile.

Votre Théâtre indépendant monte sa *Place de l'Étoile*, écrite en 1927, lors de la saison 1949. Le rôle principal de Fabrice — personnage féminin au nom ambigu inspiré par la diva saphique des cabarets de Montparnasse, Yvonne George, dont Desnos était follement épris — est tenu par Loleh Bellon. L'actrice, de trois ans ton aînée, est l'épouse de Jorge Semprun, militant communiste espagnol, résistant et ancien déporté, qui deviendra écrivain de langue française. Elle en eut un enfant en 1947. Le couple divorce en 1949 — et cet épisode a fait de toi, sans que tu t'en doutasses, un personnage du roman de celui-ci, *La Montagne blanche,* paru chez Gallimard en 1986. Je l'avais lu en 2010 en toute innocence, au moment où je commençais à m'intéresser à notre filiation bohémienne, attiré par le titre qui promettait, croyais-je, de m'apporter quelque information sur la fameuse bataille advenue dans ces collines voisines de Prague.

L'intrigue se déroule en réalité dans le monde des intellectuels de gauche et dissidents communistes français et centre-européens de la décennie 1980. Elle met en scène trois hommes et deux femmes qui se retrouvent dans une maison de campagne normande rappelant l'atmosphère des *chalupa* tchèques où l'on s'adonne au libertinage. Les couples s'y entrelacent entre compersion et jalousie sur fond de fresque politique, en une ambiance proche de l'univers fictionnel de Milan Kundera. J'y découvris avec étonnement, au bas de la page 30, un patronyme familier. L'un des narrateurs, Juan, double de l'auteur, y vit une relation sentimentale complexe avec sa jeune amante Nadine et leur hôtesse Clara. Nadine mentionne incidemment une soirée passée au théâtre avec un tiers. C'est là que le personnage qui m'intrigua apparaît : « Croyait-elle vraiment, petite sotte, qu'il allait être jaloux d'une soirée avec Karel Kepela ? Émoustillé dans ses ardeurs languissantes par cette jalousie ? » Le lecteur apprend ensuite que l'individu est un metteur en scène tchèque, homme à femmes, dont Juan sait qu'il désire Nadine. « "C'est moi qui te donnerai à Kepela", conclut-il. Elle eut envie de crier, de le battre [...] Si tel est ton bon plaisir, pensa-t-elle. »

Le hasard fit que je me trouvais quelques mois après avoir lu ce roman à un dîner au siège de l'UNESCO où l'on me plaça à côté de l'auteur. Il parut, célèbre, doté d'une belle prestance ; je remarquai d'emblée dans son regard l'agacement qu'on lui eût infligé un aussi terne commensal, alors que quelques jolies femmes pimentaient l'assistance. L'une d'elles, à son soulagement, s'assit à son autre flanc, et il engagea avec la belle une conversation enjouée, sans m'accorder un mot. M'enhardissant d'un instant de silence où il avalait une bouchée, je me raclai la gorge puis lui tins à peu près ce langage : « Maître, il se trouve que je viens de lire votre roman *La Montagne blanche*, et je voulais vous dire qu'il m'avait énormément intéressé... » Ayant dégluti, il lui fallut tourner par correction le visage vers moi. Pour expédier l'importun, il me posa une colle sur le texte, à laquelle je répondrais sans doute une banalité, ce qui lui permettrait de se débarrasser du raseur : « Ah bon ? Et qu'est-ce qui vous a *intéressé* dans ce livre ? — Le personnage de Karel Kepela ! » J'affichais la plus grande ingénuité en prononçant ces mots, et vis ses yeux s'écarquiller dans un mouvement d'ahurissement : « Et pourquoi ? » Je me raclai de nouveau la gorge : « Heu... il se trouve que mon père s'appelle Milan K., et je me demandais si vous l'aviez connu ? » Ses sourcils se contractèrent puis il affecta un ton détaché pour me répondre : « Ah oui... c'était un comédien... », avant de détourner la tête vers sa capiteuse voisine, offrant à ma contemplation pour le restant du dîner un crâne à l'abondante crinière blanche — un trait qu'il partageait du reste avec toi.

Je te mentionnai l'incident quelques jours plus tard — tu résidais toujours à ton domicile, et pouvais encore soutenir des bribes de conversation. Tu ne me répondis pas, te contentant d'un rire entendu, qui éclaira soudain ton regard d'un pétillement fugace — je ne pus te tirer aucune explication, car le souvenir s'était déjà effacé et tu abordas un autre sujet. Au début de 2011 — Semprun décéderait en juin de cette année-là — je me trouvais pour la seconde fois dans une soirée avec lui, chez des amis communs. L'un des convives vint me dire que « Jorge » souhaitait me parler. Sans doute avait-il pris des renseignements depuis notre première rencontre. Désormais aussi avenant et affable que distant et mutique la fois précédente, il alla au fait sans détour : « Alors, vous êtes le fils de Milan ? Je vais vous raconter quelque chose : en 1949, j'étais marié avec Loleh Bellon, nous avions un fils. Elle jouait dans *La Place de l'Étoile,* de Desnos, que votre père avait mis en scène. Une nuit, pendant son sommeil, elle a parlé : "Milan, ah Milan, que je t'aime !" Je l'ai laissée dormir. À son réveil, je lui ai demandé : “Tu aimes Milan ?”, elle m’a répondu oui. Et nous avons divorcé. » J’avais été surpris de cette confession, puis ému lorsque je me rendis compte qu’il me l’avait faite à l’article de la mort. Je n’avais pas cherché à en savoir davantage que ce qu’il avait souhaité me signifier. J’appris ensuite que cette rupture avait constitué le plus grand traumatisme de sa vie amoureuse.

L’Adonis tchèque a-t-il tôt fait de lasser la belle actrice de bonne famille après qu’elle l’eut croqué ? N’a-t-elle vu dans votre liaison qu’une foucade, lui as-tu servi à briser les liens de son propre couple ? La réponse figure sans doute quelque part entre les lignes de *La Montagne blanche*. Et de ton côté t’es-tu identifié pour quelque temps au personnage principal de Jean dans *Plutôt qu’une autre* de Robert Ganzo, qui finit par choisir la stabilité au détriment des aventures, avais-tu besoin d’un ancrage conjugal auprès d’une épouse plus jeune qui pût te procurer une présence féminine pérenne au sein d’un foyer stable, après quatorze ans passés sans ta mère ?

*

Ta première lettre de l’empilage de correspondance amoureuse était datée du 24 août 1952. Claude et toi veniez de repartir chacun dans votre ville de résidence, toi à Paris, elle à Nice, après le coup de foudre pyrénéen. Tu as l’impression d’avoir vécu un rêve, lui écris-tu, et son image reste présente en ton esprit « pour m’aider à me battre et à pouvoir t’offrir ce que j’ai de meilleur en moi, ce qu’il y a de plus beau dans la vie ». Je retrouve ici sous ta plume française une phrase que Rodolphe, dans son courrier à Milada, aurait pu écrire en tchèque. Du reste celui-ci ne se trouve pas très loin : dans cette missive initiale, où ne figurent que quelques lignes concernant l'être aimé, tu lui fais part d'une convocation au siège du ministère de l'Intérieur, rue des Saussaies, pour l'instruction de ton dossier de naturalisation. En ton absence, c'est ton père qui s'y est rendu : « Ils l'ont questionné discrètement, et comme il est plutôt anticommuniste, ça a dû très bien se passer » — je suppose que la Légion d'honneur paternelle, tant vilipendée par les services de renseignement tchèques, a dû disposer en sa faveur ceux du contre-espionnage français.

Car tu proclames *urbi et orbi* ton militantisme. Tu exaltes, pour l'élévation politique de ta correspondante, les « filles de l'Union des Jeunes Filles de France [l'UJFF, organisation-satellite du PCF] du XIVe arrondissement qui se sont rendues à Berlin [Est] pour le festival du Mouvement de la paix, magnifique assemblée de jeunes destinés à barrer le chemin à la guerre ». Tu fais état d'un carton d'invitation que t'a adressé l'ambassadeur de la République populaire et socialiste de Roumanie en France pour un dîner — sans doute en tant qu'acteur et scénographe communiste — requérant la présence de « Monsieur et Madame Milan K. » : et c'est ainsi que tu clos ta première lettre d'amour à maman, projetant vos prochaines épousailles sous les auspices d'un État soviétique. Dans cette attente, tu vas passer tes fins de semaine dans la forêt de Fontainebleau pour t'y entraîner à l'escalade, afin d'obtenir un brevet de « premier de cordée » : l'enfant de Bohême fait retour au monde des bois pour forger là l'homme à la trempe d'acier, à l'instar de ton idole Staline.

Un de tes amis partant en voiture à Nice, tu en profites pour l'accompagner durant les deux jours que dure alors le trajet par la Nationale 7 — tu fredonneras jusqu'à tes derniers moments de lucidité la chanson homonyme de Charles Trenet, tu l'enregistreras dans les minicassettes écoutées au volant sur les autoradios de tes véhicules successifs. Souvenir récurrent peut-être de ce voyage initiatique vers le village où t'attend maman qui y termine les longues vacances estivales d'autrefois : Gorbio, qui se substituera pour nous à Nadějkov, lequel s'occulte lentement de la mémoire familiale, et dont le rideau de fer ferme l'accès... même à un communiste aussi intransigeant que tu le fus.

Tu attends en effet que soit passée la Fête de l'Humanité pour la rejoindre en ce début septembre, et tu lui écris, sous les auspices du poète officiel du Parti, que « nous regarderons ensemble ton beau ciel bleu, bleu, bleu, bleu, bleu — comme dirait Aragon ». « Plus belle que les larmes », la longue ballade en alexandrins écrite par celui-ci pendant la guerre pour exalter la résistance française, est l'un des hymnes du Mouvement de la paix, tu l'as entonné à pleine voix lors de la grand-messe annuelle du PCF à La Courneuve :

Quand je parle d'amour mon amour vous irrite
Si j'écris qu'il fait beau vous me criez qu'il pleut
Vous dites que mes prés ont trop de marguerites
Trop d'étoiles ma nuit trop de bleu mon ciel bleu

Ton arrivée au village a fait jaser : dans la maison familiale au mobilier et au carrelage Art déco rural construite par le grand-père décédé de Claude, grâce à ses émoluments de gendarme, règne sa veuve, qui veille tant sur la vertu de sa petite-fille que sur les stratégies matrimoniales à long terme de la famille. Elle possède le patrimoine foncier, les campagnes où s'alignent les rangs de courgettes, de tomates, de poivrons, d'aubergines, elle appartient à la dernière génération dialectophone et catholique pratiquante de ma lignée matriarcale — même si ses séjours dans les casernes de la maréchaussée au gré des affectations de son mari, de Marseille à Toulon, lui ont permis de maîtriser assez bien le français qu'elle lit couramment mais n'écrit guère, et lui ont ouvert un horizon plus vaste que celui du clocher originel. Entrevoyant le déclin inéluctable de son monde paysan, de la civilisation des mulets et des restanques, de la culture maraîchère des fruits et légumes méditerranéens, elle a décidé que l'armée et l'enseignement seraient les carrières de prédilection de sa descendance. Sa fille, ta future belle-mère, est institutrice, et veuve d'un instituteur. L'oncle de Claude est officier. Tu ne coches aucune de ces cases, c'est peu dire. Ma bisaïeule fait bonne figure durant ton séjour, sa propre fille a plaidé ta cause pour que tu sois reçu sous leur toit, elle supporte les qu'en-dira-t-on de la paroisse, mais à peine es-tu parti qu'elle explose, te reproche des « saletés », met son veto à tout projet d'hyménée et morigène sa petite-fille, qualifiée d'écervelée mue par ses seules pulsions. Alerté par celle-ci, tu tentes d'allumer un contre-feu en proposant de contracter des fiançailles à court terme, par une lettre bien tournée adressée à ta belle-mère putative. Celle-ci, qui a assisté à la naissance de votre passion et ne l'a pas découragée, te répond de Gorbio le 14 septembre 1951 par un chef-d'œuvre de diplomatie familiale : « C'est avec plaisir que je vous ai reçu, j'estime que pour s'aimer il faut se connaître, et Claude et vous ne vous connaissiez pas suffisamment. J'ai confiance en vous deux et je souhaite de tout cœur votre bonheur mais j'ai peur (avouez que c'est normal pour une mère) que vous ne soyez trop pressé de m'enlever ma fille. Elle n'a eu jusqu'ici d'autres soucis que ceux de ses examens, je l'ai peut-être trop gâtée, c'est pour cela que je ne la juge pas prête encore pour se marier. Je ne voudrais pas que vous me reprochiez un jour de vous avoir donné une femme ne sachant que lire et faire des versions latines !... » Elle souhaite que celle-ci ait une situation ; sa propre expérience — le veuvage prématuré — lui ayant prouvé que cela est bien utile. Rappelant que Claude comptait poursuivre ses études pour devenir professeur d'anglais, elle enjoint aux tourtereaux de patienter au moins deux ans. Réitérant une invitation à Nice pour Noël, elle n'est pas d'avis que cela soit pour se fiancer officiellement, cette formalité ne pressant pas. Il lui semble en outre que ce serait mal agir envers ton père qui ne connaît pas encore Claudette. Et de conclure qu'elle espère « que vous soyez aussi heureux tous deux que nous l'avons été mon mari et moi ».

Ce courrier bienveillant mais réaliste m'a d'autant plus frappé que j'y ai reconnu d'emblée cette écriture élégante et didactique propre aux hussards noirs de la IIIe République, celle de mon aïeule maternelle dont la correspondance régulière accompagna ma puberté, ma jeunesse et le début de mon âge adulte de ses conseils et admonestations — elle mourrait d'un cancer quand je serais quadragénaire, survivant de deux décennies à sa fille, ma mère, fauchée à trente-neuf ans dans un accident de la route alors que tu étais au volant. M'ayant élevé durant la prime enfance, et fait connaître, dans le petit bois qui ceignait l'école où elle occupait son logement de fonction avant sa retraite, les quatre années de bonheur rousseauiste par quoi commença ma vie, elle se sentait une responsabilité particulière à mon endroit. Je fus agacé de ces rappels réguliers à l'ordre lorsque je basculai dans l'adolescence, comme tu avais été déçu par le refus motivé des fiançailles qu'elle te signifia en septembre 1951. Tu ne sembles pas exagérément affecté néanmoins du décalage de la date du mariage. Lors d'une soirée parisienne où de jeunes comédiens et artistes se lancent des joutes poétiques rustico-humoristiques sur le thème « une noce en Provence », tu sublimes cette frustration en versifiant de chic à la manière du *Chantefables et Chantefleurs* de Robert Desnos vos épousailles futures :

À la noce de Claudette
S'en allaient en trottinette
Trois escargots nasillards
Poursuivis par des lézards
Un vieux crapaud clopinant
Tirait la langue aux passants
Deux serpents fermaient la marche
Déguisés en patriarches...

Tu veilles sur le perfectionnement culturel de ta promise, te réjouis qu'elle lise le livre que tu lui as recommandé, *Les Communistes* d'Aragon. Ce péan du réalisme socialiste, fin de son cycle romanesque du « Monde réel », que l'auteur renonça à achever et qu'il réécrira pour le purger en 1967 après la déstalinisation de l'URSS, avait été éreinté par la « presse bourgeoise » et défendu avec d'autant plus de hargne par les militants. Tu lui suggères de faire signer au facteur de Gorbio, l'individu le plus proche de la classe ouvrière au village, le manifeste du Mouvement de la paix. Peut-être y fus-tu encouragé par une inscription gravée dans le marbre qui figure toujours à l'entrée du sentier muletier menant de notre nid d'aigle protégé des Sarrazins jusqu'à la côte. Cette plaque aujourd'hui verdie par la mousse et grisonnée par les lichens avait été posée par un ancien instituteur, et augurait sans doute bien, à tes yeux, de l'avenir radieux des paysans maniant la faucille sous le soleil du stalinisme au côté des ouvriers brandissant leur marteau :

SANS REGRET DU PASSÉ
ALLONS VERS L'AVENIR
VERS LE COMMUNISME
JEUNESSE D'UN MONDE NOUVEAU

« Tu dois t'entraîner à la vie de militant. Quand nous serons ensemble il faudra que tu m'aides ! » sommes-tu ta chérie, avant une mise en garde contre les tentations sulfureuses de l'impérialisme yankee jusque dans la vie quotidienne : « Tu parlais dans ta dernière lettre d'acheter un blue-jeans, genre Texas : ne le fais pas, acquiers plutôt un pantalon de velours ou de gabardine ! Nous devons lutter de toutes nos forces contre l'américanisation de notre jeunesse qui pourrait avoir les conséquences les plus funestes. Et tu sais que pour essayer de séduire celle-ci, les Américains ont mille moyens à leur portée ! » Ta bien-aimée, prêchée par ta foi communiste, obtempère.

En octobre 1951, après les longues vacances qui seraient encore celles de mon enfance et me permettraient de passer septembre au village, parmi les prunes, les figues et les raisins dont regorgeait notre terre féconde, l'objet de ta passion est rentré à Nice, dans le logement de fonction maternel au sein d'une école desservant un quartier populaire du centre-ville édifié durant le Second Empire, rue Vernier, derrière la gare. Claude parcourt à pied le trajet d'une vingtaine de minutes qui, par l'avenue de la Victoire et le cours du Paillon, l'amène aux bâtiments spectaculaires du lycée Masséna, face à la vieille cité médiévale et à ses clochers aux tuiles vernissées. Ce quartier et même une grande part de cet itinéraire, désormais investis par des populations immigrées d'Afrique du Nord, ont été endeuillés à répétition par des attentats jihadistes sanglants de 2015 à 2020. Ils obèrent mon regard et mon ouïe lorsque je les revisite à la recherche des traces précédant ma conception, désormais entrelardées de librairies islamiques, de femmes voilées et de barbus en djellaba, parmi des apostrophes sur les trottoirs en dialecte tunisien.

Ta première lettre adressée rue Vernier est rédigée depuis la salle à manger de la rue Boissonade « qui donne au Sud sur un jardin que les Américains ont accaparé pour en faire un lieu de repos pour leurs “artistes” » — il s’agit du Centre américain qui occupe alors le parc où se dresse le cèdre désormais bicentenaire planté par Chateaubriand à son retour du Liban. Sur sa façade, boulevard Raspail, tu traceras nuitamment à la peinture un gigantesque « US GO HOME » avec tes camarades de la cellule Montparnasse du PCF l’année suivante. Mais pour l’heure, c’est ta naturalisation qui te préoccupe, il s’agit de leurrer la police de la bourgeoisie afin qu’elle ne se doute pas de ton militantisme, pourtant ostensible. Tu as reçu ta convocation pour finaliser le dossier : « Demain matin, tu penseras que je suis aux mains des flics ! » Tu écris une nouvelle lettre au sortir du rendez-vous, car tu étais assez inquiet « en allant dans leur sinistre repaire... le flic avait oublié de parler avec suffisamment de détails de mes voyages en Tchécoslovaquie “avant le coup d’État communiste” comme il disait ». Tant que la DST instruit la demande, précises-tu, « il faut être d’une vigilance impitoyable, ils peuvent te prendre en filature, vérifier le courrier ». Tu objurgues ta dulcinée de dissimuler ton adresse, de se méfier des concierges « qui sont des indics, je peux au besoin aller me cacher rue Vernier ». Tu inscris notre modeste destinée au cœur des enjeux de la guerre froide, voire des sagas d’espionnage à la John Le Carré, tu es convaincu que le Grand Soir est proche, félicite ta correspondante pour sa conscience de classe naissante, lui explique comment signifier au gouvernement « dit français » et à Truman que leur appareil de répression n’est là que parce qu’ils ont peur : « Mais moi je vous ai démasqués ! Suppose que cinquante Français par jour tiennent le même raisonnement : au bout de quelques années la révolution sera faite (*c'est ce qui se passe en ce moment*) seulement il faut aller vite et établir le rapport de force en notre faveur avant les incidents qui vont arriver d'ici peu ! »

En attendant, il faut à la fois que tu gagnes ta vie et que tu œuvres par ton activité d'artiste dramatique à conscientiser les masses afin de hâter l'avènement de la dictature du prolétariat — ce qui ne s'avère pas si aisé... Tu as mille projets grandioses qui doivent te propulser en tête d'affiche : monter *La Mère* de Gorki, une pièce de Grieg, pour lesquels tu demandes des subventions à l'association France-URSS et à la CGT, mais en vain. Le Théâtre indépendant fondé en 1946 a vécu, tu t'es disputé avec tes associés, sur fond de marasme financier.

Le 30 octobre 1951, tu mets un grand pli à la boîte aux lettres dans le bureau des PTT du boulevard du Montparnasse : il est plus proche de votre domicile familial exigu de la rue Boissonade que la poste historique de l'avenue d'Orléans (devenue « du Général-Leclerc » en février 1948), qu'utilisait principalement Rodolphe pour sa correspondance de 1927 avec Milada. Ton père utilise également cette « nouvelle agence postale » pour expédier son courrier à l'institutrice de Bohême, et note, incorrigible, dans son journal qu'une « sympathique brune, si aimable » y a tamponné ses timbres, et qu'il « aime repenser à elle »... Ton enveloppe mesure 22 x 16 cm, et se retrouve donc pliée en deux — c'est la seule dans ce cas — au sein de la pile de correspondance entre mes futurs parents que j'extrais soigneusement du carton d'emballage « *MUY FRAGIL* ».

Tu as fermé ta lettre de deux cachets rouges portant le monogramme de notre patronyme, la lettre *K*, élégamment inscrite dans une ellipse — je conserve un souvenir d'enfance du sceau et de son bâton de cire, qui faisaient partie de l'immense bric-à-brac acquis aux salles d'enchères de Londres par Rodolphe. Sans doute avait-il trouvé dans cette onzième lettre de l'alphabet vendue au hasard de l'encan dans un lot disparate, fréquente en anglais comme en tchèque, mais rare en français, le tesson de notre identité persistant dans la tourmente. Ce modeste *K* qui appartenait peut-être à un King, un Kellogg, un Kenneth prématurément tué ou ruiné par la guerre, magnifiait soudain notre survie familiale à travers les tribulations du XXe siècle en un blason qui lui conférait un caractère quasi nobiliaire... Petit garçon j'avais tenté de jouer avec cet objet fascinant qui produisait des dessins en relief : je me souviens comment tu fis fondre pour moi avec ton briquet — tu étais encore fumeur dans les années 1960 — la cire qui grésillait. Je me remémore son parfum de brûlé, les bulles noires et rouges, la pâte molle qui en séchant fit naître ce camée cramoisi, chétif et précieux — préfiguration concrète du « morceau de cire » de Descartes que je découvrirai plus tard en classe de philosophie. En retrouvant soudain trace de ce *K* désormais disparu, plus d'un demi-siècle après sa dernière occurrence dans ma mémoire, sur le dos de l'enveloppe, j'ai été intrigué par ta mise en scène d'une épître scellée, évoquant le rouge du velours des fauteuils d'orchestre à la Comédie-Française. C'est la plus longue de tes missives, elle comprend quatre feuillets pliés, soit seize pages, pourtant elle ne justifiait pas un si grand format.

Le papier a jauni, mais les caractères tracés à l'encre bleue grâce auxquels je te sens revenir soudainement à la vie sous mes doigts, telle une momie dont on déroulerait les bandelettes, sont aisément lisibles : ta graphie ne s'est pas encore dégradée en ces pattes de mouche indéchiffrables qui caractériseront ton ultime écriture. Tu as daté la liasse du lundi 29 octobre, la rédaction commencée le soir s'interrompt avec le sommeil et reprend le lendemain matin, en hâte pour ne pas manquer la levée du courrier — vous échangez alors trois lettres hebdomadaires, en ces débuts de votre passion. Tu n'y parles quasiment que de toi, sur un mode introspectif, interrogeant tes lacunes et situant ton engagement communiste par rapport à ta vocation théâtrale : « J'ai longuement médité sur moi et découvert un certain nombre de faiblesses... Lorsque je suis entré au Parti, tous mes problèmes de jeune homme m'ont semblé réglés : ils l'ont d'ailleurs été dans mes rapports avec les autres. Mais bientôt je m'aperçus que cela n'avait rien résolu pour moi en tant qu'artiste : j'avais certes un outil, mais je ne savais pas m'en servir. Je possédais un livre sans savoir lire. » Tu te contemples au prisme de votre sensualité bourgeonnante — je résulterai trois ans plus tard de cette correspondance, enfant de plume et de pulpe autant que chair de votre chair. « Je sens mes paupières s'appesantir. Peut-être n'arriverai-je pas ce soir au bout de cette lettre. Je suis rentré de Châteauroux où nous avons joué... Au réveil, nulle Claude dans mes bras, que je regarde dormir, qui sort du sommeil et m'observe étonnée, puis souriante enfouit sa tête dans mon épaule et disparaît : quand cela sera-t-il ? »

La majeure partie du texte constitue une méditation un tantinet pontifiante sur le théâtre, au prétexte pour le metteur en scène en herbe d'édifier sa dulcinée qui prépare un exposé pour son cours de français. Cette élève studieuse vient d'être admise, après son succès au baccalauréat (le voyage dans les Pyrénées durant lequel elle fit ta rencontre en constituait la récompense familiale), en classe de première supérieure littéraire au lycée Masséna. La fille unique d'une modeste institutrice veuve tout juste issue de sa glèbe rurale se voit brusquement projetée dans le plus fameux établissement de la métropole azuréenne, pour y être éduquée avec les rejetons de la bourgeoisie niçoise. Tu fais référence dans ta lettre à une brochure consacrée au dramaturge Jacques Copeau, dont je comprends qu'elle figurait en pièce jointe — ce qui explique la dimension volumineuse de l'enveloppe. Comédien débutant mais pas moins outrecuidant pour cela, tu vitupères son cuistre de professeur qui a recommandé aux élèves le livre de l'universitaire d'outre-Atlantique Maurice Kurtz : *Jacques Copeau, biographie d'un théâtre,* tout juste paru en 1950, sur le Vieux-Colombier — la scène que celui-ci créa en 1913. Le militant anti-impérialiste en toi qualifie cet auteur, pourtant scrupuleux et adoubé par le maître, de « petit crétin d'Américain qui a fait de Copeau un esthète et un rêveur » alors que ce dernier « quoique catholique extrêmement pieux est un révolutionnaire : "le théâtre ne peut être que chrétien ou marxiste" selon lui. La bourgeoisie qui reconnaît ses vrais amis et ses vrais ennemis l'a laissé mourir dans la misère... il a réagi contre le cabotinage, l'imbécillité et la sournoiserie du théâtre boulevardier des *coucheront-ils ?*, ce répertoire digestif ne servant que de faire-valoir à une vedette. Il s'attaque à la fausse monnaie scénique... » Et tu achèves ce plaidoyer par une déploration sur la nocivité de la France capitaliste : « Même si des pléiades de jeunes se sont levés pour continuer son œuvre, il leur devient pratiquement impossible de faire quelque chose de valable car la scène en France est en voie de dépérissement ! »

Et en effet, il te faudra pour survivre abandonner les grandes ambitions qui furent celles du Théâtre indépendant en te mettant au service d'un entrepreneur de spectacles polyvalent, réalisateur artistique de la Radiodiffusion française et ancien élève de Mounet-Sully, qui fut avant-guerre directeur des théâtres Sarah-Bernhardt ainsi que de l'Athénée-Louis-Jouvet (quinze ans plus tard, c'est là que ton *Brave Soldat Sveik* connaîtra son apothéose financière). Il s'est recyclé dans le « Documentaire dramatique », comme s'intitule sa petite entreprise. Subventionnée par le ministère de l'Éducation nationale, celle-ci vit, en ces années préalables à la télévision, de tournées en province à destination des élèves de l'enseignement secondaire, des militants et sympathisants du Parti, et des patients des sanatoriums pour représenter une version scénique marxiste de la vie de Molière. La réalisation est l'œuvre de son associée, licenciée en lettres, et actrice d'occasion : la troupe impécunieuse ne comporte que trois comédiens, vous contraignant à jouer chacun plusieurs rôles et à multiplier les changements de costumes et de perruques hâtifs en coulisse, à charrier dans les wagons de train et les hôtels pouilleux des malles bourrées de vêtements de scène. Tu dois te grimer différemment entre deux levers de rideau pour interpréter devant potaches, syndicalistes et tubards trois âges successifs de l'existence de Jean-Baptiste Poquelin, « un rôle difficile, qui n'est pas fait pour moi ». Il te faut délaisser ton métier de metteur en scène pour gagner de l'argent, et profiter de toutes les occasions que la chance voudra bien te présenter. L'une de ces opportunités aurait été de tomber dans les bras de l'actrice-réalisatrice, mais les relations sont tendues, car, écris-tu, « j'ai refusé de coucher avec elle ».

Fin octobre 1951, les lettres s'interrompent pour laisser la place à une batterie de cartes postales illustrant les étapes d'une longue tournée en province : Nevers, Montluçon, Guéret, les gorges de la Dordogne, Périgueux. Comme ton père le faisait avec toi, tu envoies à ta belle des images des « sites remarquables » d'une France que cette provinciale connaît beaucoup moins bien que le métèque qui lui écrit en la sillonnant. Tu es épuisé par les correspondances aléatoires de trains et de cars, les tortillards qui n'arrivent pas, les malles à trimballer sur tes épaules, tu as pris froid, tu es grippé, tu joues mal... Dans ce découragement de soutier des tréteaux, tu mets à profit toutefois ton passage en Périgord pour visiter les grottes de Lascaux, tout juste ouvertes au public, et parcours douze kilomètres à pied pour y parvenir. Au verso d'une carte postale de Montignac-sur-Vézère, représentant la licorne tavelée, chef-d'œuvre de l'art pariétal, tu te dépeins dans un état intermédiaire entre l'abrutissement et l'extase : « Jamais je crois je n'ai eu une sensation d'art aussi violente : Picasso gravé sur les murs d'une caverne ! »

Une dernière tournée harassante en décembre, qui s'achève à Die dans les Alpes et te permet de prendre le train des Pignes pour rejoindre Claude à la gare du Sud de Nice, à deux pas de la rue Vernier, est scandée avant l'étape finale de cartes postales de Millau, Nîmes, Montpellier, Céret, Perpignan et Avignon. Les premières recettes sont basses, l'actrice de la troupe a oublié dans le train sa musette de maquillage et toi ton beau briquet de Bagnères offert par Claude en gage de votre passion naissante ; à Nîmes un orage diluvien a effrayé les spectateurs et tu as joué devant une salle vide, la recette est désastreuse ; à Montpellier le succès en revanche est au rendez-vous, tu as été pris d'assaut par une vingtaine de lycéennes qui voulaient des autographes « et il y avait une petite Arménienne qui te ressemblait beaucoup ». Ainsi, le moral remonte, à Perpignan, les filles sont jolies et le vin excellent. Désormais, quand on évoque les Pyrénées, « c'est comme si l'on me parlait d'une femme aimée : j'éprouve le même frisson ! » En Avignon, tu passes une heure à la gare dans l'attente de la correspondance et en profites pour poster ta carte. Sais-tu seulement que sur ce même quai Rodolphe a retrouvé Milada durant son séjour chez Coubine à Simiane, l'a ensuite promenée galamment de l'arène à la tour Magne à Nîmes, où tu viens de jouer sans public — prélude à leurs retrouvailles parisiennes trois semaines plus tard — quand tu seras conçu, en la semaine de la Passion de cet an 1927 ? Ne te doutes-tu point qu'à l'instar de nos sangliers tutélaires nous frayons perpétuellement des brisées identiques, de la remise à la souille et des mangeures au fort des bois, dans une quête effrénée et répétitive de la glandée et du rut ?

Tu es loin d'imaginer en effet que ton père dont tu moques les manies de vieillard vient de rédiger une correspondance amoureuse avec une jeune institutrice tchèque. Le septuagénaire Rodolphe a tenu son rang, assurant le relais entre l'atavisme ancestral du *kanec*, le vieux Noir des forêts de Nadějkov, et son ragot présomptueux du Montparnasse communiste des années 1950.

Le 8 janvier 1952, tu célèbres ton anniversaire — occasion propice, au retour de quelques jours de vacances de Noël passées à Nice avec ta promise, de faire un bilan des retards que prend ta vie au regard de tes ambitions : « Dans quelques heures j'aurai vingt-quatre ans. Le temps passe si vite, alors qu'à nous deux il semble si lent dans l'intervalle de tes vacances. » L'échec de ta carrière professionnelle, qui te contraint à végéter au domicile paternel, te pèse mais tu en fais porter le poids sur ton géniteur accablé de toutes les tares : « En plus des valises qui encombrent tout, mon père est affligé d'un vice encore plus inquiétant, ce sont les livres : ils s'entassent le long des murs de telle sorte qu'il n'y a quasiment plus moyen de circuler dans notre appartement. Même ma chambre est remplie de bouquins et brochures les plus invraisemblables et dénués de toute valeur ! » Rodolphe refuse de lui laisser l'usage de la chambre de bonne dont ils disposent dans l'immeuble voisin, qu'il a transformée en entrepôt, et tu ne lui adresses plus la parole : « Je ne peux pas vivre ni travailler dans un débarras ! Dès que je pars en tournée, il fiche tout en l'air — il n'a pas l'air gâteux mais il est irrémédiablement atteint ! » Seule consolation à cette situation peu enviable, votre correspondance, qui témoigne avec insistance de l'urgence de l'hyménée : « Je viens de lier d'un fil doré le paquet de tes lettres du 4e trimestre 1951. Que fera-t-on de toutes ces lettres quand nous serons mariés ? Un roman-fleuve ? Et je repose les nouvelles, côte à côte, quand elles seront à la hauteur du paquet précédent nous serons bien près de nous revoir. Il faudrait tout de même que nous nous mariions cet été. »

L'hiver qui ouvre l'année 1952 est glacial dans le petit appartement mal chauffé de Montparnasse, tes descriptions du gel à Claude paraissent tout droit sorties de *La Bohème* de Puccini. Le Parti communiste fait monter la tension contre le gouvernement, une grève très dure organisée par la CGT le 12 février à la préparation de laquelle tu t'es consacré s'avère pourtant un échec. Tu vis dans la dèche, il n'y a pas de tournée en province à cause des conditions climatiques, tu n'as aucune nouvelle de ta demande de naturalisation en dépit du soutien de la vice-présidente du Sénat, veuve de Pierre Brossolette, dont le fils était ton camarade de classe au lycée à Ullswater pendant la guerre... Au milieu de ce marasme, tu trouves, grâce à ton militantisme au Syndicat français des acteurs, l'occasion de gagner quelque argent en vendant des programmes au Gala de l'Union des artistes qui se tient au Cirque d'Hiver le soir du Mardi gras — dont tu fais une description destinée à éblouir l'hypokhâgneuse provinciale : « J'ai eu du mal à nouer ma cravate blanche... j'étais posté à l'entrée, près des ménageries avec les nègres et les éléphants qui tendaient leur trompe, ce qui eut l'heur d'effrayer pas mal de dames... Le public était en tenue de soirée, les places entre 10 000 [225 €] et 1 500 F, le programme à 1 000 F, j'en ai vendu pour plus de 50 000 F ! » Tu décris les spectacles d'équitation, de dressage, les acrobaties de Jean Marais sur deux chevaux, les autres vedettes exécutant quelque numéro de leur violon d'Ingres approprié au cirque... à l'orchestre, Django Reinhardt qui dirige avec une qualité comparable à celle de Pablo Casals au festival de Prades. Malgré ta haine de la bourgeoisie, ton goût pour le beau sexe t'a rendu la soirée excitante, « c'était d'un luxe effréné, les plus grandes vedettes du monde mélangées au Tout-Paris, les robes du soir en décolleté droit complété par une fourrure, un renard bleu en général, et les cheveux courts donnaient aux femmes une silhouette jeune et fine : à chaque pas on en trouvait une plus jolie que l'autre ! »

Après cette incursion hivernale dans les fastes capitalistes, le proche printemps s'avère propice à reprendre la lutte pour le triomphe de la classe ouvrière : le dimanche 2 mars est une journée magnifique, « bouffées de senteurs matinales qui donnent envie de chanter et danser, *L'Humanité* est criée à chaque carrefour, des maisons on entend marcher à plein rendement les postes de radio, tous les travailleurs sont chez eux et on se sent vraiment chez soi ce jour-là à Paris ! » Las, les représentations en province, dont les nouvelles proviennent par des cartes postales de Lons-le-Saunier (vue générale) et d'Autun (basilique Saint-Lazare) sont catastrophiques : une épidémie de rougeole décime les rangs des lycéens, il n'y a pas de public, la situation est dramatique, tu dois contracter des emprunts pour survivre, tu es épuisé et amer, vous mourez de faim. D'habitude, pourtant, dans les tournées tu manges à peu près décemment, alors que rue

Boissonade, vous n'avez plus un sou vaillant. Ton père est malade, sa retraite lui parvient de plus en plus irrégulièrement... il a de l'argent en banque en Tchécoslovaquie, mais il est impossible de le transférer.

Ces idées noires t'amènent à t'interroger sur l'avenir de votre futur couple, dans une lettre dactylographiée qui revêt de la sorte une apparence de solennité : « Pauvre petite fille ! Je te demande à dix-sept ans de penser et de réagir déjà comme une grande personne, et j'ai terriblement peur de te priver de tout le bonheur, de toute l'insouciance auxquels tu as encore droit pendant quelques années... Crois-tu en ton âme et conscience être prête pour moi, non pour supporter mais pour aimer le genre de vie qui est le mien, m'accepter comme mari et camarade mais en sachant que je ne t'appartiendrai pas complètement ? » Ces derniers mots — prémonitoires — bouleversent Claude, qui répond avec une amertume désespérée : « Il était une fois une toute jeune fille pleine d'illusions... un jour elle aima comme seules savent aimer les toutes jeunes filles pures et confiantes... mais tout autour d'elle on ne lui brossa que tableaux sinistres de l'avenir qu'elle se ménageait. » Or un matin elle reçut une lettre : « Il lui disait qu'il voulait bien devenir son mari et son camarade mais que surtout elle se pénètre bien d'une chose : il ne lui appartiendrait jamais (comment d'ailleurs, pauvre petite fille, pouvait-elle avoir tant de présomption ?) Alors ce jour-là, elle eut terriblement envie de mourir, de partir loin, loin, parmi les algues et les poissons d'azur, et pour la première fois elle détesta la vie. »

Tu tentes de rectifier le tir trois jours plus tard, dans une lettre postée de la gare où tu embarques pour une nouvelle tournée : « Je m'en veux horriblement de te voir triste — pardonne-moi ! Je ferai n'importe quoi pour qu'il n'y ait pas trop de chemin entre tes rêves et la réalité... Si tu veux je t'appartiendrai en entier, mais alors il faudrait me faire vigneron à Gorbio : je ne voudrais pas que tu t'engages dans une vie qui ne serait pas faite pour toi ou que tu ne comprendrais pas ! »

Malheureusement les représentations restent calamiteuses, la recette très en deçà des attentes à Bourg-en-Bresse, Morzine, Bellegarde — la proximité de Genève avive ta nostalgie pour les jours heureux de l'enfance suisse — les retards du train vous contraignent à débourser votre maigre pécule pour un taxi, d'où la valise de costumes tombe du porte-bagages, il faut rebrousser chemin pour la retrouver éventrée, la tournée est déficitaire : « Je n'ai jamais vu dans ma garce de vie tant de malchance accumulée, les soucis tournent en rond autour de ma tête comme des oiseaux de proie, il n'y a pas d'argent, mon père pique des crises de colère, il sombre dans l'abattement, débloque, s'acharne sur moi car je ne travaille pas. » Une tournée dans le Massif central et le Jura au début de mai se déroule un peu mieux, et soudain une lueur apparaît au bout du tunnel : Gérard Philipe va monter *Lorenzaccio* d'Alfred de Musset au festival d'Avignon, avec trente personnages. « Il y a un espoir de décrocher un rôle », même si le metteur en scène progressiste, avec qui tu es mis en relation grâce au PCF, te trouve trop petit (tu mesures un mètre soixante-dix) pour jouer le personnage de soudard qu'il pense t'attribuer. Les pressions du Syndicat des acteurs lèveront politiquement les obstacles liés à ta taille, et te grandiront à la mesure du rôle !

En attendant, les revers du Parti font un écho politique à ta navrance personnelle : sur ordre de Moscou sont organisées le 28 mai de violentes manifestations aux cris de « Ridgway la peste ! » contre la venue à Paris, pour y prendre le commandement européen de l'OTAN, du général américain Matthew Ridgway, accusé faussement par les Soviétiques d'avoir utilisé des armes bactériologiques durant la guerre de Corée. Jacques Duclos qui préside par intérim le PCF pendant que Thorez est soigné en URSS, et dans la voiture duquel on a trouvé une arme, des notes appelant à la défaite française et des « pigeons voyageurs » (en réalité du gibier destiné à sa consommation), est arrêté et restera incarcéré un mois à la prison de la Santé. Tu bascules dans la clandestinité sur ordre de ta cellule et te mets à l'abri, mais tu réintègres après quelques jours ton domicile de la rue Boissonade car « les poulets ne sont pas venus me chercher ». Tu donnes instruction de prudence à ta promise : « N'écris pas et tiens ta langue », mais le frisson de la Grande Histoire n'a fait que vous effleurer.

Elle va passer deux semaines de vacances en juillet en Haute-Savoie, dans un camp international d'étudiants, pour lequel il lui faut changer de train le 6 au soir en gare d'Avignon, où tu es arrivé le matin. Vous y organisez une rencontre furtive dont le romantisme n'a rien à envier à l'intrigue de *Lorenzaccio*.

À la nuit tombée vous vous retrouvez sur un quai. Le lendemain tu lui envoies une carte postale — tu y loges à l'Auberge de France, un hôtel miteux — adressée à son camp estival : « Tu tremblais dans mes bras avant de remonter dans le train. » Elle est suivie d'une autre où s'exprime l'urgence du désir : « J'ai hâte de te revoir après t'avoir goûtée à la gare. » Ta destinée a placé cet enlacement sur les lieux mêmes où tes futurs parents s'étreignirent un quart de siècle auparavant, le samedi 19 mars 1927, Rodolphe regagnant ensuite Paris en coupé et Milada Simiane en autorail puis en tortillard. Ils avaient séjourné à l'hôtel d'Europe, un établissement luxueux — le contraste avec ton bouge témoignant de la décadence de notre lignage. Quant à *Lorenzaccio*, la première en France, le 3 décembre 1896, fut redevable à notre compatriote Mucha de sa notoriété, lorsqu'il dessina pour la divine Sarah Bernhardt l'affiche placardée sur tous les murs de Paris où elle rayonnait en costume florentin. Son auteur, Alfred de Musset, avait traduit dans le sonnet « Horace et Lydie » l'une des *Odes* de l'auteur latin figurant au programme de la *maturitas* de Rodolphe. Ce fut George Sand, auteure slavophile d'un *Jean Zyzka* — le connétable hussite massacreur des adamites sur le camp duquel fut édifié le lycée de Tabor — qui fit découvrir à son amant cet épisode torride de la saga des Médicis où s'entremêlent indistinctement sexe et pouvoir, tandis qu'elle entretenait avec lui une correspondance tumultueuse semblable à la vôtre. Celle-ci connaîtra son aboutissement charnel, au lendemain de l'ultime représentation de la pièce au palais des Papes, par la halte d'une nuit de Claude en Avignon dans la piètre Auberge de France au retour du camp alpin — prélude à ma naissance trois ans plus tard.

Tu t'es plaint à ta future femme que Gérard Philipe eût taillé dans le texte touffu de *Lorenzaccio* — comme tous les metteurs en scène confrontés aux longueurs de cette pièce aux innombrables personnages : « Plus de la moitié de mes répliques ont disparu — ce qui me reste n'est guère intéressant. » Dans la distribution de cette représentation de juillet 1952 au sixième festival d'Avignon sous les auspices du Théâtre national populaire, Philipe partage le haut de l'affiche avec Charles Denner — ton ancien associé du Théâtre indépendant, dont la carrière a pris son envol pendant que la tienne stagnait. Tu y occupes la dix-huitième place — mais à équidistance de Jeanne Moreau (huitième) et de Georges Wilson (vingt-septième). L'interprète du *Tourbillon de la vie* a-t-elle remarqué le jeune séducteur qui tient ce petit rôle ? Tu y joues le « 2e cavalier », mais sans doute d'autres personnages secondaires qui vont et viennent sur la scène dans la profusion des acteurs de ce drame romantique. J'ai écouté la radiodiffusion, programmée dans le cadre de l'émission « Le théâtre universitaire », pour découvrir la voix de tes vingt-quatre ans, quelques jours avant que maman et toi vous fussiez aimés nuitamment pour la première fois. La seule réplique de l'« autre cavalier » advient à la vingt-deuxième minute, et dure une trentaine de secondes : « À propos d'artiste, ne voyez-vous pas dans ce petit cabaret ce grand gaillard qui gesticule devant les badauds ? Il frappe son verre sur la table : si je ne me trompe c'est ce hâbleur de *Benvenuto* Cellini. »

Je n'ai pas reconnu ta voix — celle qui bourdonne dans ma mémoire contient une *gravitas* conférée par l'accumulation des ans, dont cette élocution de jeunesse n'a pas encore le timbre. Et je me suis révélé incapable de discerner tes autres répliques anonymes parmi la foule des personnages secondaires — peut-être y serais-je parvenu avec des appareils de mesure du son, mais je n'en ai ni la capacité ni la patience, et tout cela n'a plus d'importance : mon livre s'achève. Je t'ai identifié toutefois à ce petit clin d'œil que tu as fait à ton orphelin qui t'écoute en recueillement filial sept décennies après ta déclamation et deux ans après ta disparition. Alors que Gérard Philipe a effectué des coupes claires dans les répliques, toi, dix-huitième acteur de l'affiche, et dont le patronyme même a été estropié sur celle-ci, tu as osé ajouter un mot au texte d'Alfred de Musset, bien à notre manière de métèques bravaches. Tu as restitué le prénom du sculpteur colérique du *Persée* de Florence : *Benvenuto.*

Et j'applaudis à tout rompre, pour ta performance, cette voix d'outre-tombe de l'enfant de Bohême qui me donna la vie. Rideau. *Salut, l'artiste !*

2012-2022

NOTE

p. 19. Le poème d'Antonin Sova, traduit par Jules Chopin, figure dans l'ouvrage de Hanuš Jelinek, *La Littérature tchèque contemporaine*, Mercure de France, 1912.

p. 82. L'extrait du poème de Max Jacob est cité par Béatrice Mousli, *Max Jacob*, Flammarion, 2005.

p. 95. Ces vers d'Apollinaire sont extraits du poème « À la santé », qui fait partie du recueil *Alcools*.

p. 169. Il s'agit d'un extrait du poème « Treize novembre » d'André Salmon, publié dans la revue *Sic* en janvier-février 1919 puis repris (avec des variantes) dans le recueil *Vénus dans la balance*, Éditions des Quatre chemins, 1926.

p. 308. La citation de Jiři Mucha est extraite de son livre *Podivné lásky*, publié en français sous le titre *Au seuil de la nuit* (Éditions de l'Aube, 1991).

p. 369. « Plus belle que les larmes » de Louis Aragon, publié dans *Tunis-Soir* en janvier 1942, figure dans le recueil *Les Yeux d'Elsa* (La Baconnière, 1942 ; Seghers, 1945).

REMERCIEMENTS

Ma plus profonde gratitude va à Sophie Ireland et Alexandre Reznikow pour les recherches d'archives et les traductions du tchèque qui ont fourni une part essentielle de la matière première de ce livre. Robert Kopp et Petr Fleischmann m'ont aidé à retravailler des versions antérieures du texte — auquel Laurence Brisset m'a permis avec grand talent de mettre la touche finale : je les en remercie de tout cœur.

Enfin de nombreux amis tchèques et slavisants, ainsi que mes proches, ont partagé durant une décennie mes interrogations et mes enthousiasmes. À toutes et tous ce livre est dédié.

Composition : PCA
Achevé d'imprimer
par CPI Firmin-Didot
à Mesnil-sur-l'Estrée, en septembre 2022
Dépôt légal : septembre 2022
Numéro d'imprimeur : 171128

ISBN : 978-2-07-299591-0/Imprimé en France

546415